AF272061

115 Tage an Tisch 10

Wellengeflüster auf Weltreise

Roman

Buchbeschreibung:

Völlig unterschiedliche Charaktere erfüllen sich den Traum von einer Kreuzfahrt um die Welt. Viel gemeinsam haben sie nicht, aber allabendlich sitzen sie an dem selben Tisch des Kreuzfahrtschiffes Kosta Onda. Zunächst sehr distanziert, lernen sie sich und fast nebenbei die Welt kennen. Ihre Reise führt sie von Italien rund um Südamerika, durch die Südsee, Australien und um Südafrika herum wieder nach Italien. Nach und nach entwickeln sich Freundschaften und ihre Leben scheinen für 115 Tage ineinander zu verschmelzen. Neben lustigen Anekdoten, die auf wahren Erlebnissen beruhen, beschreibt und vermittelt Autorin Brina Stein aber auch Wissenswertes über Land und Leute. Zudem nimmt sie ihre Leser mit zu den schönsten Plätzen, die sie selbst auf ihrer Weltreise entdeckte. Und das waren einige, in 115 Tagen. Das Buch endet mit der Beschreibung des letzten Abends an Bord, der schließlich zeigt, dass die zusammengewürfelte Gruppe an Tisch 10 in der Welt zusammengewachsen ist und sogar schon ein Wiedersehen plant, was zu Beginn der Kreuzfahrt sicher niemand gedacht hätte.

Über den Autor:

Sabrina Reulecke schreibt unter dem Pseudonym Brina Stein. Sie wurde in Berlin geboren, ist in Lübeck aufgewachsen und lebt heute mit ihrem Mann im Taunus. Vor über zwanzig Jahren hat sie die Kreuzfahrt für sich entdeckt. Auf weit über 50 Kreuzfahrten war sie fasziniert von den Möglichkeiten, in einem Urlaub verschiedene Länder zu entdecken und begann, das Reisen mit dem Schreiben zu verbinden. Ihre Reiseerlebnisse wurden so zur Vorlage ihrer Kreuzfahrtgeschichten.

Seit ihrem Debüt im Jahre 2012 hat sie insgesamt zwölf Bücher in Verlagen veröffentlicht. Darunter waren auch zwei Anthologien als Herausgeberin mit anderen Autoren.

Mit dem Krimi "Mord im Schatten des Turms" erschloss sich für die Autorin 2020 ein zweites Genre, der cosy Regionalkrimi. Aufgrund seines großen Erfolges erschien in 2022 die Fortsetzung "Mord ohne Reue". Beide Krimis spielen in Eppstein und Umgebung und sind geprägt von vielen Schauplätzen, die die Autorin auch gern aufsucht. Den Leser erwartet außerdem ein großer Schuss Humor!

Nummer 13 folgte nun am 13.03. 23: "Die Familienreederei - Stürmische Zeiten" ist ein Familienroman, in dessen Mittelpunkt die 38 Jahre alten Zwillinge Lara und Lars stehen. Die Handlung spielt sowohl auf einem Kreuzfahrtschiff, als auch im Ostseebad Travemünde, was die Autorin stets liebevoll ihren "Heimathafen" nennt.

Mehr auf:

www.brina-stein.de

Brinas Reiseblog: www.kreuzfahrtautorin.de

Besuchen Sie uns im Internet:

www.brina-stein.de

Taschenbuchausgabe

3. Auflage März 2025

Alle Rechte vorbehalten.

Umschlaggestaltung & Satz: Attila Hirth
Lektorat: Hubert Quirbach
Bildnachweis: Autorin Brina Stein
Verwendung: Attila Hirth

ISBN: 978-3-7693-5773-8

Bibliografische Information der Deutschen Bibliothek:

Die Deutsche Bibliothek verzeichnet diese
Publikation in der
Deutschen
Nationalbibliografi
detaillierte
Bibliografische Daten sind im
Internet über
http://dnb.ddb.de abrufbar

Verlag: BoD · Books on Demand GmbH,
Überseering 33, 22297 Hamburg,
bod@bod.de
Druck: Libri Plureos GmbH,
Friedensallee 273, 22763 Hamburg

Für Dirk in Liebe, zur Erinnerung an unsere
Kreuzfahrt um die Welt!

Vorwort

Es ist der Wahnsinn! Heute ist der 6. Juli 2014. Ich sitze bei lauen 25 Grad um 19:30 Uhr auf meinem großen Balkon mit Blick über den wunderschönen Taunus. Wie schon so oft beschäftigt mich auch heute Abend die Reise meines Lebens, die in sechs Monaten starten wird. Wie mag ich mich nächstes Jahr um diese Zeit fühlen, wenn alles vorbei ist? Mich erwartet eine Kreuzfahrt, die 115 Tage dauern wird und einmal um die südliche Erdhalbkugel führen soll. Momentan läuft die Fußball-WM in Brasilien, auch ein Ziel dieser Reise. Jedes Mal, wenn ich den legendären Zuckerhut im Fernsehen sehe, durchfährt es mich. Dort soll ich hinauffahren? Bei meiner Höhenangst? Fünfzehn Landausflüge sind bei der Weltreise inklusive und einer geht eben auch auf den hohen Berg. Mein Mann hat mir schon deutlich zu verstehen gegeben, dass da nicht gekniffen wird.

    Irgendwie ist das erste Halbjahr 2014 sehr schnell vergangen. Die Zeit bis zum Beginn der Reise rückt schnell, manchmal zu schnell für mich, näher. Im Job ist alles längst geklärt. Morgen besuche ich meinen Fotografen Ulrich, neue Passbilder müssen her, denn sowohl der Personalausweis als auch der Reisepass müssen eine Gültigkeit von mehr als einem halben Jahr nach Reiseende haben. Doch was darüber hinaus noch alles zu erledigen ist – manchmal wache ich nachts auf und bekomme Panik. Wieder zähle ich die reinen Seetage, 68 sind es und ich bekomme Respekt. Mein Agent Hubert Quirbach ist ganz relaxed. An diesen Tagen hätte ich Zeit zum Schreiben, meint er. Südamerika, Australien und Südafrika warten auf mich, ich kann es kaum glauben, dass mein Traum von einer Weltreise so kurz bevorsteht. Ich wünsche mir so sehr, sie zu machen und habe manchmal Angst, dass etwas dazwischenkommt. Das sei total normal, hat mir ein Autorenkollege verraten, der auch einmal mit einem Schiff um die Welt gereist ist. Wie mag man sich am 30. Seetag fühlen? Ich habe keine Vorstellung. 115 Tage, auf meiner letzten Kreuzfahrt habe ich in 12 Tagen 2 Kilo zugenommen, das möchte ich jetzt nicht wirklich hochrechnen. Was sind das bloß für Leute, die mit uns reisen werden? Als wir vor einem Jahr (!) buchten, waren gut 60% der Kabinen schon weg. Alles solche Fälle von ‚einmal um die Welt' wie wir? Ich weiß es nicht, und darauf freue ich mich, denn als Autor ist man immer sehr neugierig. Ich werde es erfahren, im wahrsten Sinne des Wortes, hoffentlich.

Vier Monate später. Es ist einer dieser typisch grauen Novembertage, und wenn ich von unserem kleinen Berg ins Tal schaue, sehe ich nur Nebel. Die Panik steigt ins Unermessliche. Inzwischen befinden sich mein Mann und ich mitten in Checks durch verschiedene Ärzte. Da kommt es auch mal zu unerfreulichen Diagnosen, die einem fast die Luft zum Atmen nehmen. Eine ganze Reihe von Impfungen liegt hinter uns, die gegen Gelbfieber steht noch bevor, sie ist die letzte und wir haben lange überlegt, ob wir sie machen. Aber Sicherheit geht vor. Vor sechs Tagen ist mein drittes Buch ‚Jahresausklang auf Madeira – Wellengeflüster in Portugal' erfolgreich erschienen. Nach dem Abschlusslektorat hat mein Agent Hubert mir deutlich klargemacht, dass er erwartet, dass ich von der großen Reise meinen ersten Roman mitbringe. Also habe ich mich an einen Plot gewagt und bin ganz erstaunt, wie viel mir vorab eingefallen ist.

Ich habe nun auch die ersten Ausflüge reserviert. Unglaublich, einige waren bereits ausgebucht! In einem Internetforum habe ich eine Rubrik gefunden, in der ich mich mit Mitreisenden austauschen kann. Natürlich alle mit lustigen Decknamen. Ich hieß dort Brido (ein Mix aus Brina und Dirk-Olaf). Mit Erstaunen habe ich gelesen, dass es für einige sogar schon die zweite oder dritte Weltreise ist. In

9

solchen Momenten wächst wieder meine Neugier als Autorin. Was mögen das alles für Leute sein? Ich werde sie hoffentlich alle in den 115 Tage sehen. Jeden Tag stellen sich die Weichen weiter auf Abfahrt. Ich muss gestehen, dass ich im Büro besser organisiert vorarbeite als im privaten Bereich. Es fühlt sich immer noch sehr seltsam an zu wissen, dass man bald ganz lange weg ist. Die Koffer gehen noch eben zur Reparatur, letzte Instruktionen für den Sicherheitsdienst, auch die Eltern benötigen eine besondere Ansprache. Habe ich alles erledigt? Nein, noch lange nicht! Wie wird sich das bloß anfühlen, wenn man das erste Mal vor dem Schiff steht, auf dem man 115 Tage verbringen wird? Ich werde es erfahren, im wahrsten Sinne des Wortes, hoffentlich.

06.01.2015

Es ist 8 Uhr morgens, ich stehe auf dem Balkon unserer geräumigen Suite des NH Hotels Savona und sehe unser Schiff das erste Mal. Tränen schießen mir in die Augen, denn ich finde es schön. Unser neues Heim für 115 Tage, die ,Costa Deliziosa'. 2.000 Passagiere werden mit uns um die Welt reisen. Ich bin froh, es bis hierhin schon einmal geschafft zu haben und wünsche mir in diesem Augenblick nichts sehnlicher, als genau hier in 115 Tagen wieder gesund einzutreffen. Vor lauter Aufregung kann ich kaum etwas frühstücken. Unser

Check-in ist für 13 Uhr vorgesehen, wir können aber bereits die Koffer abgeben und bummeln noch ein wenig durch den zauberhaften kleinen Hafen von Savona. Wir genießen einen Weißwein und können trotz Januar draußen in der Sonne sitzen. Dann betreten wir das Schiff gegen 13 Uhr 30 zum ersten Mal und das Abenteuer beginnt ...

Übrigens jetzt auch für Sie, liebe Leser, denn ich darf Sie nun einladen, mit wundervollen, interessanten Charakteren in meinem ersten großen Roman einmal um die Welt zu reisen. Ich bin inzwischen seit sechs Wochen wieder zu Hause und entgegen aller Erwartungen habe ich an diesem Roman gar nicht an Bord gearbeitet. Schon nach kurzer Zeit merkte ich, dass die vielen Eindrücke zunächst ruhen und sich dadurch festigen müssen. Aber meinen Agenten habe ich trotzdem nicht enttäuscht, denn ich habe meinen ‚Jahresausklang 2015‘ an Bord geschrieben. ‚Jahresausklang auf Sylt – Wellengeflüster in Westerland‘ erschien am 20.11.2015. Vielleicht interessiert Sie im Nachgang ja auch, was vor dieser Reise auf der schönen Insel Sylt, wo das Buch spielt, passierte. Nun aber Leinen los und auf in die Welt,

Ihre Brina Stein

Kapitel 1

Die Anreise oder sind ‚Weltreisende' ganz normal?

Als Thomas mit seinem modernen gelben Reisebus in Hamburg um die Ecke am Hauptbahnhof bog, standen natürlich einige Menschen am vereinbarten Treffpunkt. Er sah auf seine Uhr. Er war mehr als pünktlich, es war noch vor 6 Uhr morgens. Kaum war er ausgestiegen, schoss auch schon ein kleiner, untersetzter Mann mit Brille auf ihn zu, den er auf Mitte bis Ende 60 schätzte.

„Na endlich, da sind Sie ja, hier sind meine zwei Koffer zum einladen. Ich setze mich mal rein, bin ja ganz durchgefroren." Thomas schüttelte mit dem Kopf. Es war nicht sein erster Bus, den er nach Savona fuhr, um Passagiere zum Starthafen ihrer Kreuzfahrt zu bringen. Jedoch war es sein erster Transfer zu einer Weltreise, die 115 Tage dauern sollte. Insgeheim hatte er sich ohnehin seit Tagen gefragt, was das wohl für Menschen sein würden, die Zeit und Geld hatten, sich diesen Luxus zu gönnen. Die erste Begegnung mit einem Weltreisenden machte ihn nun mehr als nachdenklich. Auch die anderen Gäste, deren Koffer er nach und nach einlud, waren bestimmt weit über 60 Jahre alt.

Ob das ein schwimmendes Altersheim wird?, fragte er sich. Artig stiegen alle nacheinander in den Bus ein. Der kleine Mann hatte sich bereits großzügig in den Sesseln der ersten Reihe ausgebreitet. Er war sehr intensiv mit seinem Smartphone beschäftigt. Thomas sah auf seine Passagierliste und fragte ihn nach seinem Namen.

„Bahn, Bruno", erwiderte er, sah aber nicht auf.

„Herr Bahn, Sie sitzen leider falsch, die ersten zwei Reihen sind vorab reserviert worden, bitte nehmen Sie in der dritten Reihe Platz", gab Thomas zur Antwort.

„Was?", fuhr dieser hoch, „das kann doch nicht sein, vor zwei Jahren waren Platzreservierungen im Bus noch nicht möglich."

„Diese Möglichkeit gibt es seit einem Jahr", wusste Thomas.

Widerwillig raffte Bruno seine Sachen zusammen und setzte sich in die ihm zugewiesene Reihe. Thomas hörte nicht mehr, dass Bruno leise über den wohl noch schlechteren Service als bei der letzten Weltreise motzte. Dafür kicherte es in einer der letzten Reihen im Bus und Bruno hörte, wie jemand sagte: „Bruno Bahn, warum fährt der denn nicht mit der Bundesbahn, da kann er reservieren."

Nun blickte Bruno noch finsterer drein, denn er hasste diese Anspielungen auf das Verkehrsmittel Bahn. Stetig und immer bekam er es zu hören, wenn er seinen Nachnamen nannte.

Nachdem Thomas alle Tickets kontrolliert hatte, fuhr er den Bus langsam durch das neblige Hamburg. Heute war der 5. Januar und es versprach, ein grauer, trüber Tag zu werden. Als er auf die Autobahn fuhr, blickte er das erste Mal in seinen Innenspiegel. Die meisten Gäste waren schon eingeschlafen, nur Bruno nicht. Voller Verwunderung sah er, dass dieser eine überdimensional große Landkarte aufgeklappt hatte, die er innig zu studieren schien - jedenfalls war von ihm nichts mehr zu sehen. Ab und an griff er zu seinem Telefon und tippte etwas ein.

Der kontrolliert doch nicht wirklich, wo ich jetzt lang fahre?, überlegte Thomas.

Doch es schien so. Sie waren gerade mitten in der Heide, auf der Straße war nur wenig Verkehr, als Bruno plötzlich rief: „Sagen Sie mal, Herr Busfahrer, wo ist eigentlich ihre Hostess? Bei meiner letzten Weltreise wurde zu dieser Zeit auch mal ein Kaffee angeboten."

„Ich heiße Thomas", antwortete der Fahrer und fuhr fort, „ja, diesen Service gibt es leider nicht mehr, aber wir halten dafür alle zwei Stunden an und dann bekommen Sie den Kaffee von mir."

„Wirklich noch weniger Service als letztes Mal, man sollte zu Hause bleiben", grunzte Bruno und vertiefte sich wieder in seine Karte.

Kurz nach 8 Uhr bog Thomas auf die Raststätte Hannover-Wülferode West ab. Im Spiegel sah er Brunos anklagenden Blick und sagte rasch über sein Mikrofon: „Wir haben hier den ersten Halt und weitere Zustiege, in 20 Minuten fahren wir weiter, also genau um 8 Uhr 30."

Als er den Bus geparkt hatte, blickte er auf seine Liste. Drei Frauen sollten hier zusteigen. Als er ausstieg, sah er diese auch schon wild winken. Begleitet wurden sie von einem jungen Paar. Bruno sprang nach ihm sofort aus dem Bus heraus und eilte in Richtung Raststätte. Thomas begrüßte die Frauen.

„Wir heißen Rita, Rosi und Ute", stellte eine sie gleich gesammelt vor.

Thomas lächelte und stellte sich ebenfalls vor.

„Passen Sie mir bloß gut auf die Mädels auf", meinte die jüngere Frau, die, wie er bemerkte, schwanger war, denn trotz der dicken Daunenjacke wölbte sich ihr Bauch bereits beträchtlich.

„Bis Savona verspreche ich das", gab Thomas zurück.

„Inaaaaaaa", kreischte Rita los, „pass du mal auf unser Baby auf", dann streichelte sie erstaunlich sanft im Vergleich zu ihrer Stimme über den Bauch.

„Na, eben", meinte Ute, „wir werden am anderen Ende der Welt sein, wenn es geboren wird."

Ina lächelte und ihr Mann drückte liebevoll ihre Hand.

„Keine Angst, wir schaffen das", gab er zur Antwort.

Thomas hatte inzwischen die Koffer der Frauen eingeladen und sah erneut auf seine Liste. „Sie haben die Plätze in der ersten Reihe."

„Klaro", kommentierte Rita, „die hat unsere Ina ja auch für uns reserviert. Ach, ich muss noch eine rauchen." Schnell zog sie ein Päckchen Zigaretten und ein Feuerzeug aus der Tasche. Sie zündete sich die Zigarette an und blies hektisch den Rauch aus. In diesem Moment traten drei Männer zu den Frauen, die Thomas in diesem Augenblick erst bemerkte. Sie schienen ein paar Jahre älter als die Frauen zu sein. Fragend sah er sie an.

„Keine Sorge, wir wollen nicht mit, wir verabschieden nur unsere Frauen", sagte einer von ihnen, der eine gelbe Jacke, bedruckt mit dem Logo der Deutschen Post, trug. Liebevoll legte er seinen Arm um die Frau, die Thomas als Ute vorgestellt worden war.

„Genau", sagte der Zweite, der trotz der Kälte nur einen Anzug trug, „wir sind das Abschiedskomitee für unsere … äh, Freundinnen."

„Gefährtinnen würde es auch beschreiben", meinte der Dritte, der auf Thomas einen schüchternen Eindruck machte. Die junge, schwangere Frau begann herzhaft zu lachen und meinte: „Na, über die genauen Bezeichnungen könnt ihr Jungs ja nun 115 Tage nachdenken." Ihr Mann grinste.

In diesem Moment trat Bruno wieder an den Bus. In seiner Hand hielt er einen dampfenden Becher Kaffee. Er zog die Augenbraue hoch, als er Rita sah und meinte: „Ich bin allergisch gegen jede Form von Rauch." Wie zur Bestätigung begann er zu husten.

„Im Bus rauche ich ja nicht", konterte Rita und trat demonstrativ ihre fertig gerauchte Zigarette auf dem Boden aus. Bruno schüttelte mit dem Kopf. Es war Zeit einzusteigen. Eine tränenreiche Verabschiedung folgte. Am meisten weinte Ute. Als Bruno sah, dass die Frauen die vordersten Busplätze einnahmen, konnte er sich natürlich einen Kommentar nicht verkneifen: „Ach, Sie sind das."

„Ja, unsere Ina hat nämlich ein tolles Reisebüro mit einem super Service", gab Rita zur Antwort.

Bruno stellte seinen Kaffee ab und stieg wieder aus dem Bus. Er begann diesen von allen Seiten zu fotografieren. Vor dem Fahrzeug begann das große Winken. Die Frauen, die übrigens Landfrauen waren, riefen den Männern und dem jungen Paar letzte Wortfetzen zu. Man versprach sich gegenseitig, in Kontakt zu bleiben. Ina versicherte, dass sie die Fortschritte ihrer Schwangerschaft regelmäßig per Fax schicken würde. In ungefähr drei Monaten wäre es so weit. Das Baby würde geboren werden. Ina rief den Frauen noch zu: „Und bitte ermittelt nicht wieder in irgendwelchen Sachen, macht mal Urlaub. Außerdem wünsche ich euch eine ruhige See auf den Meeren dieser Welt und nur ganz wenig Wellengeflüster."

Rita machte eine wegwerfende Handbewegung und meinte leise zu den zwei anderen Frauen: „Das wird sich zeigen, wenn es nötig ist und mein kriminalistischer Spürsinn etwas entdeckt, dann werden eventuelle Fälle auch aufgedeckt. Mit dem Seegang werden wir auch klarkommen, das Schiff hat ja schließlich Stabilisatoren!"

Ute und Rosi nickten. Bruno hatte genug Aufnahmen von dem Bus gemacht, und als er wieder einstieg, meinte er mit einem gehässigen Unterton zu den Frauen in der ersten Reihe: „Sie hätten sich besser auch noch einen Kaffee mitgenommen, der Service im Bus ist nämlich Mangelware."

Thomas zuckte entschuldigend mit den Schultern.

„Kaffee können doch wir machen", warf Ute ein, „der Tommi muss ja fahren und schließlich wollen wir nicht unser Schiff wegen so was verpassen." Die anderen zwei Frauen applaudierten begeistert. Thomas strahlte. Ina begriff, dass ihre ‚Mädels' angekommen waren. Eine letzte Kusshand und dann rollte der Bus von der Raststätte.

„Ich möchte nicht wissen, was sie wieder alles anstellen werden", meinte Ina zu ihrem Mann, der übrigens Basti hieß, als sie dem Bus hinterherblickten.

„Das wird schon werden", meinte dieser optimistisch und gab Ina einen langen Kuss. Kalli vergoss ein paar Tränen und freute sich sichtlich über die Umarmung von Hans-Hugo, dem vornehmen Anzugträger. Josef, der Pastor im Ruhestand war, faltete die Hände und betete stumm und andächtig für eine glückliche Heimkehr der Frauen.

„Männer", fand Hans-Hugo als Erster die Worte wieder und klopfte auf seine Uhr, „wir müssen los, der Weg nach Sylt ist noch weit."

„Was wollt ihr da denn bloß wieder?", hakte Ina nach.

„Nach dem Rechten sehen", antwortete Hans mit geheimnisvoller Stimme.

Sie verabschiedeten sich von dem jungen Paar, verbunden mit zahlreichen guten Ratschlägen. Über Skype würden sich Ina und Hans-Hugo immer über den genauen Reisestand der Frauen austauschen.

„Was wollen die Männer nur wieder auf Sylt, wir sind doch gerade erst vom Jahresausklang, den wir alle gemeinsam dort verbracht haben, zurückgekommen?", fragte Ina erneut.

Basti zuckte ratlos mit den Schultern. Dann meinte er gut gelaunt: „Vielleicht haben sie ein Date mit den Geistern."

Ina kicherte.

„Lass jetzt mal los", meinte ihr Mann, „ab sofort geht es nur noch um uns. Und außerdem wartet zu Hause Herr Schmitt auf einen Spaziergang."

Ina nickte. Basti hatte ihr zu Weihnachten einen Jack-Russell-Terrier geschenkt, den sie auf den Namen ‚Herr Schmitt' getauft hatten. Ihn hatte sie in den letzten bewegenden Stunden ganz vergessen. Rasch stiegen sie ins Auto ein.

Thomas fuhr den Bus wieder auf die Autobahn. Die Landfrauen benötigten einige Zeit, um sich einzurichten. Rita saß direkt hinter Thomas und der Platz neben ihr war frei geblieben, Ute und Rosi saßen auf der anderen Seite. Bereits nach den ersten zehn Kilometern hatten sie kleine Delikatessen, wie selbst gemachte Frikadellen, kleine Schnitzelchen und den berühmten Kartoffelsalat von Rosi ausgepackt. Natürlich gab es dazu Sekt. Bruno beäugte den Imbiss leicht neidisch aus Reihe drei. Er vernachlässigte sogar sein Kartenmaterial und auch sein Smartphone blieb dunkel. Als Rita meinte, Thomas auch mal ein ‚Frikadellchen' in den Mund schieben zu müssen, mitten in einer Baustelle, rastete Bruno aus.

„Nun lenken Sie nicht den Fahrer ab, das ist ja unverantwortlich", donnerte er los.

„Was haben Sie denn für Probleme?", fuhr Ute ihn an und Rita ergänzte: „Der Tommi fährt korrekt, ich sehe doch immer auf seinen Tacho."

Bruno brummelte etwas Unverständliches, verschanzte sich wieder hinter seiner Landkarte und weckte sein Telefon auf. Dass Rita den Tacho überwachte, beruhigte ihn, aber nie im Leben hätte er das offen zugegeben.

„Komischer Kauz", wisperte Rita über den Gang zu Rosi und Ute.

Diese nickten kauend. Thomas grinste auf seinem Fahrersitz, die drei älteren Frauen waren ganz nach seinem Geschmack. Er war sich sicher, dass sie das Kreuzfahrtschiff ziemlich aufmischen würden. Schade, dass er nicht selbst mitfahren durfte. Gegen 9 Uhr 30 gab er bekannt, dass man als Nächstes an der Raststätte Northeim-Nord anhalten würde, um eine halbe Stunde Pause einzulegen. Er versprach, dass es frischen Kaffee geben würde.

„Prima", klatschte Rita in die Hände, „wir helfen dir."

Als der Bus stoppte, sprang Ute jedoch sofort aus dem Bus und entschuldigte sich, sie müsste zunächst auf die Toilette. Thomas sah, dass sie genau in die andere Richtung lief, dort wo die örtlichen Telefonzellen standen. Er dachte sich nichts dabei. Rita und Rosi dagegen hielten Wort und halfen ihm, die Mitreisenden mit Kaffee und Tee zu versorgen. Thomas erfuhr, dass sie seit vielen Jahren in einer

Lottotippgemeinschaft spielten und die stolze Summe von 66.666 Euro gewonnen hatten. Diese mussten natürlich gemeinsam verprasst werden. Sie konnten sich jedoch zunächst nicht über ein gemeinsames Reiseziel einigen. Rosi wollte einmal im Leben Pinguine in Patagonien sehen, Rita, als bekennender Fan des ‚Dschungelcamps', die australische Wildnis erleben, und Utes Traum war eine Safari in Südafrika. Sie erzählten, dass ihre Ina, die ein Reisebüro führte, diese Kreuzfahrt gefunden hatte, die alle Wünsche in einem vereinte. Der Gewinn ließ eine Dreibettinnenkabine für die nächsten vier Monate ihr Heim werden, das Getränkepaket, die Landausflüge und ein kleines Taschengeld waren auch abgesichert. Thomas war beeindruckt.

„Was haben denn eure Männer dazu gesagt?", fragte er nach.

„Das sind ja nicht richtig unsere Männer", gab Rita preis.

„Doch", meinte Rosi, „Utes Kalli schon."

„Na, die sind ja nicht verheiratet und führen eine Fernbeziehung zwischen Travemünde und Hannover", meinte Rita und wertete: „Das zählt nicht."

Bruno, der gerade seinen Becher Kaffee von Rita in Empfang nahm, dachte: Typische Landeier, das Niveau der Passagiere auf dieser Weltreise ist noch um ein Vielfaches schlechter als letztes Mal.

Ute kehrte zurück und half auch noch schnell mit, die letzten Kaffeebecher zu verteilen.

„Himmel, das hat aber lange gedauert", zischte Rita ihr zu.

„Eine lange Schlange", zuckte Ute entschuldigend mit den Schultern.

Nachdem alle Gäste versorgt waren, entschuldigte sich Thomas kurz, er wollte noch schnell eine Currywurst essen gehen, die an dieser Raststätte legendär wäre. Ute, die Currywurst über alles liebte, begleitete ihn. Nach der Bestellung eilte sie schnell zur Damentoilette. Thomas tat, als würde er nichts bemerken. Als sie sich gegenüber an einem kleinen Stehtisch wiederfanden, sagte sie: „Vorhin war ich gar nicht zur Toilette, ich habe meinen Freund Kalli angerufen und auf seinem Anrufbeantworter einen letzten Gruß hinterlassen, er fehlt mir jetzt schon, aber das müssen die anderen nicht wissen."

Thomas nickte und versprach zu schweigen. Liebevoll drückte die Landfrau seine Hand. Der Busfahrer dachte an Ritas Worte, anscheinend hatte zumindest eine Landfrau doch eine feste Beziehung. Pünktlich um 10 Uhr setzte er seine Fahrt gen Süden fort. Die Landfrauen vertrieben sich die Zeit und diskutierten ausgiebig das bevorstehende Landausflugsprogramm der großen Reise. Irgendwann meldete sich Bruno zu Wort: „Wenn Sie bis heute noch nicht über das Internet Ihre Ausflüge gebucht haben, sind die schönsten Ausflüge ohnehin längst ausgebucht, da brauchen Sie gar nicht groß zu diskutieren. Stellen Sie sich an Bord einfach in der langen Schlange an und Sie werden erfahren, was Sie noch bekommen oder eben auch nicht", sagte er im belehrenden Tonfall.

„Was?", rief Rita ungläubig, „wie kommen Sie denn darauf?"

„Selbst im Internet stand doch bereits neben vielen Ausflügen ‚ausgebucht'", gab Bruno mit seelenruhiger Stimme zurück.

Ute drehte sich zu ihm um und meinte: „Ist meine Safari in Südafrika denn auch schon ausgebucht?"

Bruno seufzte und gab zur Antwort: „Also, gnädige Frau, ich habe nicht alle 567 Ausflüge der Reise im Kopf, aber meine sind durchgängig gebucht und bestätigt."

Rosi kicherte albern und kassierte einen Ellenbogenhieb von Ute.

Rita schenkte Sekt nach und sagte: „Prost, Mädels", nicht ohne Bruno einen bösen Blick zuzuwerfen.

Gegen 12 Uhr erreichten sie die Wetterau und Thomas fuhr einen Rastplatz an. Rita sprang als Erste aus dem Bus und zündete sich hektisch eine Zigarette an. So wenig rauchen zu können, war sie nicht gewohnt.

„Wir nehmen weitere Mitreisende auf und machen eine Stunde Mittagspause", informierte Thomas gut gelaunt über das Mikro. Er fuhr fort: „Heute gibt es Weißwurst mit süßem Senf und einer Brezel."

Bruno schüttelte entgeistert mit dem Kopf. Diese Verpflegungsleistung empfand er als Zumutung und suchte daher lieber die Raststätte auf.

„Das ist aber auch ein komischer Kauz", meinte Rita zu Thomas beim Aussteigen.

Dieser grinste.

„Tommi, fährst du auch mit um die Welt?", wollte Rosi schüchtern wissen.

„Nein", meinte dieser, „aber ich hole euch wieder in Savona ab."

„Oh, fein", freute sich Ute ehrlich.

Nach einiger Zeit trat ein deutlich jüngeres Paar an den Bus. „Jessica und Tim Regner", stellte sich die Frau dem Busfahrer vor.

„Hallo, ich bin der Thomas", gab dieser zurück, „einen kleinen Moment, ich lade euer Gepäck sofort ein."

„Oh, Weißwürstchen", meinte der Mann. Er liebte diese. Jessica lachte.

„Kommt mal hier rüber, es sind noch welche da", meinte Rita. Die zwei waren ihr sofort sympathisch.

„Wir heißen Jessica und Tim", gab die Frau kurze Zeit später kauend preis.

„Das sind Rosi und Ute, ich heiße Rita, ist das auch eure erste Kreuzfahrt um die Welt?"

Jessica bejahte.

Pünktlich nach einer Stunde ging die Fahrt weiter. Jessica hatte sich bereits mit den Landfrauen angefreundet, Tim beobachtete diese ein wenig skeptisch, wie es so seine Art war. Noch bevor der ‚komische Kauz' aus der Raststätte zurückgekehrt war, wusste sie bereits alles über ihn. Bruno nickte zur Begrüßung eher verhalten und Jessica und Tim setzten sich in die zweite Reihe auf ihre reservierten Plätze hinter Rosi und Ute. Der komische Kauz murmelte etwas wie „Reihenreservierer" vor sich hin, da drehte sich Tim zu ihm um und fragte: „Sprechen Sie mit uns?"

„Nein", gab Bruno knurrend zurück.

„Typ Hofhund", flüsterte Jessi ihrem Mann zu.

„Der spricht nicht mit euch, sondern über euch", grölte Rita los, Rosi und Ute schüttelten sich vor Lachen.

„Bei welchem Reisebüro haben Sie denn gebucht?", versuchte Bruno nun doch, ein wenig Kommunikation mit den Neuzugängen zu machen.

„Ich habe mein eigenes Reisebüro", antwortete Jessica stolz.

„Oh", fand Rosi, „wie aufregend, unsere Ina hat ja auch ein Reisebüro."

„Da haben Sie die Reise bestimmt günstiger bekommen, was?", schlussfolgerte Bruno.

Tim schüttelte nur mit dem Kopf und meinte: „Klar, die Reederei hat uns quasi angefleht, 115 Tage auf das Schiff zu kommen und Taschengeld gab es auch noch oben drauf."

Jessi grinste, die Landfrauen gluckstern und Thomas freute sich über diese interessante Fahrt nach Italien. Daraufhin herrschte erst mal Schweigen im Bus. Tim blickte Jessica genervt an und wackelte ein wenig mit dem Bein, wie immer, wenn er sich über etwas ärgerte. „Musste ja die Busanreise sein", raunte er ihr zu und fuhr fort: „ ... und das alles nur wegen der Klamotten."

Jessica gab keine Antwort, sondern blickte aus dem Fenster.

„In circa 15 Minuten halten wir an der Raststätte Lorsch West", verkündete Thomas derweil munter über sein Mikrofon.

„Schon wieder anhalten?", rief Bruno, „wenn das so weitergeht, kommen wir niemals pünktlich in Savona an."

„Wir sind gut im Zeitplan", gab Thomas zurück, „wir haben hier die letzten Zustiege und wir halten auch nur ganz kurz, allerdings muss ich das Gepäck umsortieren. Ihr habt alle ein wenig mehr Koffer, als angegeben, mitgenommen."

„Wie soll das erst auf der Rückfahrt werden", flüsterte Rosi, „da haben wir doch sicher noch mehr Gepäck?" Rita kommentierte dies mit einer wegwerfenden Handbewegung. Himmel, dachte sie, wir wollen doch erst mal hinaus in die Welt. Da denkt die Erste schon an die Heimkehr!

Als der Bus zum Halten gekommen war und die Türen sich öffneten, sprang Bruno wieder als Erster aus dem Bus und fotografierte den erneuten Halt. Es stieg eine Familie mit einem kleinen Jungen zu. In seiner Hand hielt er fest ein kleines, blaues Kuscheltier, das eine weiße Mütze auf hatte.

„Hallo, wie heißt denn du?", fragte Thomas.

„Ich bin Jan und das ist mein Freund Cruisy, er ist ein Schlumpf."

Thomas lächelte und erledigte mit den Eltern rasch die Formalitäten.

Rita fragte: „Wie alt bist du denn? Musst du gar nicht in die Schule in den nächsten Monaten?"

Der Kleine schüttelte den Kopf und meinte: „Nee, erst nächstes Jahr, ich bin doch erst fünf."

„Dein Cruisy ist ja süß, war der schon mal auf einem Kreuzfahrtschiff?", wollte Rita wissen.

„Klar", meinte Jan, „deshalb heißt er doch so, er ist ein berühmter Schlumpf im Internet, der immer Kreuzfahrten macht."

Die Landfrauen und Jessica lächelten, Tim tat, als hätte er nichts gehört. Nachdem die Familie Platz genommen und Rita zwei Zigaretten vor dem Bus quasi inhaliert hatte, setzte Thomas die Reise gen Süden fort. Am Nachmittag legten sie eine Kaffee- und Kuchenpause in Höhe von Freiburg ein. Die Landfrauen, die wieder eifrig bei der Versorgung halfen, wollten von Thomas wissen, wo sie denn heute die Nacht verbringen würden. Er begann daraufhin sofort, von dem kleinen, schönen Hotel in St. Gallen zu schwärmen. Es läge ganz idyllisch auf einem Berg und am heutigen Abend würde sie ein echter Schweizer Abend erwarten. Rita klatschte vor Freude in die Hände.

„St. Gallen?", hakte Bruno nach. „Vor zwei Jahren waren wir am schönen Bodensee, 5-Sterne-Haus, das war noch was."

Dann wandte er sich wieder seinem Smartphone zu, das wie festgewachsen in seiner Hand schien.

Thomas begann von dem tollen Käsefondue zu schwärmen, das heute Abend im Hotel serviert werden würde. Tim stöhnte genervt auf, er hasste Käse.

„Es gibt sicher auch was anderes", versuchte Jessica sofort einzulenken.

„Klar", meinte Thomas und zwinkerte Tim zu, „sie haben auch fantastische Steaks."

„Siehste", meinte Jessi versöhnlich.

„Tommmiii", säuselte Rita, „isst du heute mit uns gemeinsam zu Abend?"

Dieser nickte.

„Prima", freute sich Ute, „dann trinken wir einen Schweizer Schnaps zusammen."

„Oh ja", freute sich Rosi.

„Da bin ich auch dabei", meinte Jessi.

Bruno schüttelte nur den Kopf, diese Reisegesellschaft ging ihm jetzt bereits auf die Nerven, außerdem verstand er nicht, warum diese Landfrauen so ein Theater um einen einfachen Busfahrer veranstalteten. Er hoffte insgeheim, sie an den 115 Tagen an Bord möglichst wenig zu sehen.

„Der Thomas muss uns morgen noch nach Savona fahren, meine Damen, bitte berücksichtigen Sie das bei Ihrem geplanten Gelage", meinte er genervt.

Thomas lächelte Bruno im Rückspiegel an und sagte: „Keine Sorge, ich bin mir meiner Verantwortung bewusst."

Jessica war inzwischen mit den Eltern von Jan ins Gespräch gekommen. Sie erfuhr, dass sie Silvia und Jochen hießen und dass diese große Reise eine einmalige Erfahrung für Jan werden sollte, bevor er nächstes Jahr zur Schule musste. Jessi nahm Cruisy und begann mit ihm zu sprechen. Seine Antworten sprach sie mit verstellter Stimme. Nach Stunden grinste Tim wieder. Seine Frau hatte so einen Hang zu Kuscheltieren, und wenn sie diese in die Hand nahm, begannen sie zu leben. Jan strahlte und ging sofort auf das Spiel ein.

„Habt ihr keine Kinder?", wollte Silvia wissen.

„Nein, das ist nicht unsere Bestimmung", meinte Jessi, „aber wir haben eine sehr liebe Nichte, sie schreibt im Mai ihr Abitur."

Silvia nickte. Nachdem der Bus weitergefahren war, begannen die Landfrauen, ihr Lieblingskartenspiel ‚Asse raus' zu spielen. Sie überzeugten Jessica mitzumachen, Tim winkte nur entsetzt ab. Die vier unterhielten damit den kompletten Bus. Als sie die Schweizer Grenze passierten, erklang im Radio das altbekannte „Heidi-Lied". Die Landfrauen stimmten sofort ein und Thomas drehte das Radio lauter.

„Unterirdisch", kommentierte Bruno.

„Da gebe ich Ihnen ausnahmsweise mal recht", meinte Tim und sah entgeistert, dass auch Jessica mitsang.

Über 1.000 Kilometer entfernt, auf der schönen Insel Sylt, machten sich auch zwei alte Männer Gedanken über ihre bevorstehende Weltreise. Erwin und Paul würden am nächsten Tag mit dem Zug bis Hamburg fahren und von dort mit dem Flugzeug nach Savona reisen. Wie immer, wenn es auf Reisen ging, war Paul nervös.

„Du, Erwin?", fragte er.

„Ja, Paul?", gab dieser zurück.

„Meinst du, wir haben das richtig entschieden mit dieser Weltreise?"

Es war nicht das erste Mal in den letzten Tagen, dass Paul Erwin diese Frage gestellt hatte und so sagte dieser sehr bestimmt: „Paul, du wolltest die Welt sehen, hast mir monatelang damit in den Ohren gelegen. Nun ist aber mal gut."

Paul seufzte, er war eben so, wenn eine große Sache kurz bevorstand, dann zweifelte er, ob der Schritt richtig war. Er nahm einen alten Atlas zur Hand, wie so oft in den letzten Wochen, und schlug die Seite mit der großen Weltkarte auf. Fasziniert starrte er den Bereich der Südsee an, den sie besuchen würden. Seine Augen begannen zu leuchten. Erwin beobachtete ihn genau von der Seite und lächelte.

Gegen 18 Uhr erreichte der Bus das Städtchen St. Gallen. Die Passagiere erhaschten nur einen kurzen Blick auf die schöne Altstadt mit ihren Fachwerkhäuschen und dem Wahrzeichen, der Stiftskirche. Geübt und sicher lenkte Thomas den Bus den Freudenberg hinauf. Er hielt schließlich vor einem kleinen Hotel, das ganz aus dunklem Holz bestand, bestückt mit zahlreichen Balkonen und auf der Dachspitze wehte die Schweizer Fahne.

„Hammer", fand Rita.

„Bruchbude trifft es wohl eher", gab Bruno zurück und begann nach dem Ausstieg umfangreich, Fotos zu machen. Inzwischen war es freilich fast dunkel geworden. Die Tür des Hotels öffnete sich und ein älterer Mann mit einem langen, grauen Bart trat an den Bus heran.

„Guete Tag, Urs", grüßte Thomas professionell. Es folgte eine liebevolle Umarmung.

„Vermutlich kriegt der Tommi hier Prozente", mutmaßte Bruno.

„Der sieht ja aus wie der Alm-Öhi von Heidi", kreischte Ute los.

Nun lachte bis auf Bruno erstmals der komplette Bus.

„Eine luschtige Gesellschaft hast du da mitgebracht", meinte Urs.

„Die sind ein wenig speziell", flüsterte Thomas, „sie alle gehen für 115 Tage mit der Kosta Onda auf Weltreise, aber es wird sicher ein grandioser Abend werden."

Thomas' Prophezeiungen erfüllten sich voll und ganz. Nachdem die Weltreisenden ihre Zimmer bezogen hatten, die behaglich in warmen Holztönen eingerichtet und deren Betten mit rot-weiß karierter Bettwäsche bezogen waren, traf man sich in der guten Stube und nahm auf rustikalen Holzbänken Platz. Im Kamin prasselte ein gemütliches Feuer. Auf den Holztischen dampften bereits kleine Kessel mit einer sahnigen Käsemasse. Urs reichte einen typischen Apéro und dazu kleine Köstlichkeiten wie Käsewürfel und Bündnerfleisch herum. Die Landfrauen konnten sich vor lauter Begeisterung mal wieder kaum einkriegen. Schon aufgrund der Busfahrt durch die Schweiz, die ein wenig wie eine Miniatureisenbahnlandschaft auf sie gewirkt hatte, waren sie begeistert und nun praktisch mittendrin.

„Wenn das Kalli sehen könnte", meinte Ute sehnsuchtsvoll.

„Ich brauche unbedingt das Rezept von diesem Getränk", befand Rosi. Tim und Jessica tranken den Apéro gleich in einem Zug leer, Urs schenkte sofort nach. Er fragte ab, wer denn statt Käse ein Steak bevorzuge. Bruno, Tim und Jochen meldeten sich. Der Rest begann, die klein geschnittenen Weißbrotwürfel in die Käsemasse zu tauchen.

„Wow, ist das lecker", befand Rita kauend. Auch die Steaks, die auf den Punkt gebraten aus der Küche kamen, medium und es trat kaum Fleischsaft aus, stießen auf große Begeisterung. Jan bekam eine riesengroße Portion Spaghetti Bolognese und wirkte ebenfalls sehr zufrieden. Cruisy saß artig vor ihm auf dem Tisch und gab keinen Mucks von sich. Nach dem Essen genoss Busfahrer Thomas zwar noch einen guten Schwiizer Kirsch mit den Landfrauen, verabschiedete sich dann aber doch recht früh in Richtung Bett. Bruno war darüber sehr erleichtert. Rita, Rosi und Ute waren richtig in Stimmung und tranken mit Jessica um die Wette. Jochen und Silvia waren mit Jan gleich nach dem Essen auf ihr Zimmer verschwunden. Als Urs nach dem Essen ein Akkordeon herausholte, ging es erst richtig los. Nach einigen Liedern wie „Deine Heimat ist das Meer", baten die Landfrauen um das Heidi-Lied. Interessanterweise berichtete Urs, dass er früher als Kapitän eines Ausflugsschiffes auf dem Comer See gefahren war und erst im Alter dieses Hotel übernommen hatte. Schließlich spielte er das ersehnte Lied und die Landfrauen entwickelten einen neuen Text dazu:

Rosi, Ute, unsere Welt sind die Meere, Rita, Rosi, auf Deck 12
da sind wir zu Haus,
dunkle Schnäpse, bunte Cocktails bei Sonnenschein, Ute, Rita,
brauchen wir zum Glücklichsein.
Rosi, Rita wir fahrn hinaus, finden das Glück
und dann kommen wir wieder zurück!

Bruno war so entgeistert, dass er sich nun auch ins Bett empfahl. Tim gefiel diese Wendung des Abends ebenfalls nicht wirklich, aber er konnte Jessi nicht von den Landfrauen loseisen. Sie sang laut mit und vollführte auch noch ausgerechnet mit der schüchternen Rosi ein Tänzchen.

Urs lächelte glücklich und meinte: „Ich freue mich schon heute auf eure Wiederkehr im Mai."

„Wir auch", meinte Rita, „wo ist eigentlich Ute?"

„Bestimmt auf dem Klo", sagte Rosi schnaufend nach dem Tanz.

„Sie ist aber sehr lang weg", gab Rita zu bedenken, da betrat Ute die Gaststube und grölte: „Fahr hinaus, find das Glück und dann kommen wir wieder zurück."

Die anderen Landfrauen nebst Jessica klatschten dazu im Takt. Irgendwann endete der Abend. Jessi plapperte noch ein wenig im Bett vor sich hin, ein deutliches Zeichen des übermäßigen Alkoholgenusses. Tim hörte es nicht mehr, denn er war sofort eingeschlafen.

Gegen 3 Uhr nachts wachte Jessica auf. Ihr war unendlich übel. Leise stand sie auf und ging in Richtung Bad. Dort erbrach sie sich mehrfach. Als sie zurück ins Bett schlich, meinte Tim: „Na, wohl ein wenig zu viel gestern getrunken, oder?"

„Hm", machte sie. Er drückte kurz ihre Hand und sagte mit müder Stimme: „Halt dich mal von den Mädels fern, die sind ja gnadenlos, in jeder Hinsicht, nicht nur beim Trinken."

Sie versprach es und kuschelte sich sanft an seine Schulter. Morgens ging es ihr leider nicht viel besser. Der Kaffee, den sie zum Frühstück trank, landete noch vor Abfahrt des Busses in der Toilette des Gasthofes, an feste Nahrung war erst recht nicht zu denken. Tim war das alles sehr peinlich und er brummelte herum. Die Landfrauen waren bester Stimmung, bedauerten Jessica und verteilten jede Menge gute Kater-Tipps. Außerdem begeisterte sie der grandiose Ausblick auf das Säntismassiv. Die Gipfel bedeckten Schneemassen und im ersten Morgenlicht schimmerten die Berge wunderbar blau. Rosi nahm Jessica in den Arm, die nicht wirklich einen Blick für diese Naturschönheit hatte.

„Jetzt macht der Tommi dir einen schwarzen Tee und dann wird das schon", sprach sie.

Tim schüttelte nur den Kopf. Thomas hatte Mitleid mit seiner Passagierin und begab sich sofort in die Küche des Busses.

„Wenn Ihre Frau keinen Alkohol verträgt, dann sollten Sie besser auf sie aufpassen. Womöglich verpassen wir noch das Schiff. Verstehe sowieso nicht, was dieser Umweg hier in die Einöde sollte", knurrte Bruno und setzte sich anklagend in seine dritte Reihe im Bus, um sofort sein Smartphone herauszuholen.

Tim stieg ebenfalls ein und blickte noch finsterer drein.

„U-t-e … komm sofort her", schrie Rita, die in der Tür des Hotels stand.

Ute fuhr erschrocken zusammen und trottete in Richtung Eingang.

„Hier", bellte Rita, „die Telefonabrechnung der letzten Nacht unseres Zimmers. 104 Schweizer Franken! Das sind umgerechnet 100 Euro, die zahlst du jetzt, aber sofort!"

Schuldbewusst senkte diese den Blick und meinte: „Ich habe doch nur kurz mit Kalli gesprochen."

„Kurz", meinte Rita, „nee, ist klar."

Thomas hupte, der Bus war für die Reise bereit. Natürlich verabschiedeten sich die Landfrauen überschwänglich von Urs und man freute sich gegenseitig schon auf den Mai, wenn sie zurückkehren würden.

„Uf Widerluege", rief er dem Bus noch hinterher.

Die Stimmung in diesem war allerdings verhalten. Ute schämte sich über die hohe Telefonrechnung und sagte keinen Pieps. Jessica war es trotz des schwarzen Tees immer noch schlecht und Tim schwieg beharrlich. Thomas, dem die schlechte Stimmung nicht verborgen blieb, informierte bewusst munter über sein Mikrofon, dass die restliche Fahrzeit bis Savona nun nur noch rund sechs Stunden betragen würde. In Lugano direkt am See würde er die Mittagspause einlegen und pünktlich zum Check-in am Kreuzfahrtterminal eintreffen. Anstatt begeisterter Zurufe erhielt er aus dem Bus nur Schweigen, lediglich Bruno merkte an: „Hoffe, es geht nicht wieder in dieses Lokal, in dem sie angeblich ihre Nudeln selbst machen, war alles nur weiche Pampe letztes Mal."

„Oh ja, Nudeln mit Ketchup", rief Jan begeistert aus und sagte zu seiner Mutter: „Cruisy liebt Nudeln."

Sie strich ihm lächelnd über den Kopf und antwortete: „Na, er hatte doch erst gestern Abend welche, vielleicht mag er heute ja auch mal Pommes?"

Bruno schüttelte nur mit dem Kopf, damit waren auch diese Leute inakzeptabel vom Niveau her für ihn.

Wie können sie sich nur diese Reise leisten, wenn das arme Kind daheim nur Nudeln mit Ketchup oder alternativ dazu Pommes bekommt?, dachte er.

„Nein, nein", kommentierte Thomas, „wir haben drei Menüs zur Auswahl."

Allein bei dem Gedanken an Essen wurde Jessica übel, sie würgte leise. Tim blickte sie genervt von der Seite an. Inzwischen strahlte die Sonne vom Himmel und die Schweiz zeigte sich von ihrer schönsten Seite. Hohe Berge mit schneebedeckten Gipfeln und grüne Wiesen. Gut gelaunt fuhr Thomas später auf die Raststätte und geleitete seine Passagiere in das Lokal. Lange Tische waren bereits eingedeckt und die Bedienung sagte: „Willkommen in Lugano."

Allgemeines Gemurmel war die Antwort. Die Frau war in Schweizer Tracht gekleidet, hatte die Pfunde an den richtigen Stellen und einen Ausschnitt, der ihre prallen Brüste sehr gut präsentierte.

„Hallo, schönes Kind", flirtete ausgerechnet Bruno und fotografierte die Kellnerin sogleich mit der Kamera seines Smartphones. Sie schenkte ihm ein Lächeln und verteilte munter die Menükarten. Danach nahm sie erste Getränkewünsche auf. Folgende Gerichte standen zur Auswahl:

Chindsbettisuppe Lummelbraten an Ofeguck

oder

Chretzer mit Gwschelti

oder

Fleischvögel mit Hörnli

und

Tünne mit Trübeli

Rita schlug die Menükarte als Erste auf und bekam einen Lachanfall, der nicht mehr zu stoppen war. Ute und Rosi stimmten ein. Auch Jessica vergaß eine kurze Zeit ihre Übelkeit und selbst Tim grinste. Thomas, der mit der Wirtin am Tresen noch letzte, zeitliche Absprachen traf, sah verständnislos zu seiner Gruppe hinüber. Auch Bruno freute sich nach einem ersten, kurzen Schock und rief quer durch das Lokal zu der feschen Bedienung: „Ich nehme den Fummelbraten an Ofeguck."

Da begriff Thomas, dass sie Schweizer Speisekarten bekommen hatten, schnell ließ er sich von der Wirtin die deutschen geben. Rita, die nicht nur bildlich auf dem Tisch lag, grölte: „Fleischvögel, ich will Fleischvögel."

„Ja", schrie Ute, „und zum Nachtisch ‚Tünne mit Trübeli'." Als Thomas die Karten tauschen wollte, bestanden die Landfrauen darauf, die alten behalten zu wollen, ja, sie wollten sie sogar mit nach Hause nehmen. In keinem Fall wollten sie die Übersetzung wissen, sondern nach Namen bestellen. Sie gaben ihre Bestellung auf und verließen das Lokal, damit sie nicht hörten, was die anderen bestellten. Die Suppe entpuppte sich später als eine Rinderkraftbrühe.

„Die wird dir guttun", meinte Rosi liebevoll zu Jessi, die ihr gegenübersaß.

Tim zog nur die Augenbraue hoch. Dass die Fleischvögel Rouladen waren, war Rita ganz recht. Doch dass der

Lummelbraten an Ofeguck Rosi als Rinderfilet mit Kartoffelgratin serviert wurde, machte sie neidisch. Sie hatte schließlich zu Hause eine eigene Rinderzucht und probierte daher eigentlich immer und überall die Produkte der Konkurrenz. Rosi bemerkte den neidischen Blick von Rita, der auf dem Filet ruhte, und schnitt ihr ein Stück ab.

„Hervorragende Qualität", murmelte diese mit vollem Mund und trank einen großen Schluck Weißwein.

„Ich hab zu Hause nämlich eine Rinderzucht, damit kenne ich mich aus", protzte sie quer und ungefragt über den Tisch hinweg.

„Ach", meinte Jessi, und bevor sie fortfahren konnte, schüttelte Tim mit dem Kopf. Er hatte nämlich auch eine Rinderzucht, die er neben seinem stressigen Managerleben im Bereich Marketing als Hobby betrieb. Jessica verdrehte genervt die Augen, als sie verstand, dass er nicht wollte, dass sie das erzählte. Chretzer mit Gwschelti wurde als Letztes serviert und Ute war froh, dass es sich um Flussbarsch mit Pellkartoffeln handelte.

„Kalli und ich essen immer ganz viel Fisch, wenn wir in Travemünde sind", sprach sie glücklich. Rita brummte nur dazu. Der Nachtisch, Johannisbeerkuchen, enttäuschte nur Jan, er hatte auf ein Eis gehofft und es dauerte eine Weile, bis Silvia und Jochen ihn beruhigen konnten.

„Cruisy findet den Nachtisch total lecker", sagte Jessi.

„Echt?", fragte Jan, „na, dann probiere ich ihn doch."

„Im Gegensatz zu dir, was?", meinte Tim mit sarkastischem Unterton, denn sie hatte außer der Suppe nur ein wenig von dem Gratin gegessen und das Rind und den Kuchen komplett verschmäht.

„Ich gehe mal raus", meinte sie. Tim nickte.

Vor der Tür zündete sie sich eine Zigarette an, doch schon nach dem zweiten Zug wurde ihr speiübel, sie schaffte es gerade noch in die Toilettenanlage der Raststätte. Während sich der hochmoderne Toilettensitz vor ihr drehte und sich selbst reinigte, spuckte sie die komplette Suppe wieder aus. Erschöpft ließ sie sich danach auf der Toilettenbrille nieder. Ihr Kopf dröhnte, der Schweiß lief ihr über den Rücken und Tränen kullerten ihre Wangen hinunter.

Warum verhielt Tim sich ihr gegenüber nur so sarkastisch und gefühllos? Er hatte überhaupt kein Mitleid! Sie waren hier auf der Anreise zu ihrer Weltreise und nicht auf einer Kaffeefahrt.

Zum ersten Mal wurde Jessica deutlich ihre Krise bewusst. Sie dachte daran, wie sie ihn damals auf diesem Kreuzfahrtschiff mit dem roten Kussmund kennen- und lieben gelernt hatte. Nach der Reise blieben sie zusammen und sie zog aus ihrem geliebten Berlin zu ihm in den Rheingau. Er finanzierte ihr den Traum eines eigenen Reisebüros in Frankfurt und als er ihr bei der feierlichen Eröffnung einen Heiratsantrag machte, war ihr Glück vollkommen gewesen. Mit den Jahren verlor sich die Liebe ein wenig im stressigen Alltag, doch das war normal. Beim Jahresausklang auf Madeira vor einem Jahr hatten sie dies bemerkt und Tim hatte vorgeschlagen, eine gemeinsame Auszeit in Form einer Weltreise zu machen. Dass er dafür eine Kreuzfahrt gewählt hatte, freute Jessica sehr, sie liebte das Reisen auf dem Meer.

Und nun das, dachte sie weiter, schon auf der Hinreise ist er total genervt, nur weil ich einen Kater habe.

Schließlich spülte sie und trat im Vorraum an das Waschbecken. Hinter sich sah sie Rosi im Spiegel. Diese streichelte kurz ihren Rücken, fasste kurz an ihre Stirn und meinte: „Nicht viel besser, oder?"

„Nee", gab Jessica zu und trocknete sich die Hände ab.

Dann verließ sie den Waschraum. Rosi sah ihr nachdenklich hinterher. Sie war gelernte Arzthelferin, bevor sie damals den Landwirt geheiratet hatte. Sie überlegte für einen Moment, ob Jessica schwanger sein könnte. Den Gedanken verwarf sie jedoch gleich wieder, denn eine Frau, die ein Baby erwartet, würde kaum auf eine so lange Kreuzfahrt gehen und auf jeden Fall auch keinen Alkohol trinken. Vor der Toilettenanlage wartete Tim. Er zog Jessica zur Seite und es gab einen energischen Wortwechsel. Deutlich brachte er zum Ausdruck, dass sie sich mit privaten Angelegenheiten, die sie von ihnen preisgab, zurückhalten sollte. Außerdem hätte er auch keine

Lust, seinen Urlaub mit drei absolut chaotischen Landfrauen zu verbringen. Ihre Unpässlichkeit war ihm obendrein unangenehm. Jessica stand nur da und weinte.

Der Alarmknopf von Amor leuchtete dunkelrot auf. Der Liebesengel erschrak, denn er hatte sich wie jeden Tag ein kleines Schläfchen nach dem Mittagessen gegönnt. Wunderbar geträumt hatte er, von einem kleinen, ruhigen Wölkchen im Himmel, auf dem er sein Dasein genoss, ohne Aufträge und Druck. In die Jahre gekommen dachte er in letzter Zeit öfter darüber nach, mit dem großen Chef mal das Thema Vorruhestand anzusprechen. Mit einem Klick erweckte er seinen allwissenden PC zum Leben. Was er sah, schockierte ihn zutiefst. Er drückte Leitung zwei.

„Amors Gehilfe soll sich sofort bei mir einfinden", bellte er in die Sprechanlage. Seine Sekretärin, die sich gerade sorgsam die Nägel lackierte, verschüttete den Lack vor Schreck quer über den Schreibtisch. Der schläft doch sonst immer um die Zeit, befand sie kopfschüttelnd, doch eilig wählte sie die Nummer des kleinen Engels.

Keine fünf Minuten später flog Amors Gehilfe in das Vorzimmer seines Chefs.

„Darf es ein Kaffee sein?", flötete die Sekretärin, der Lack war inzwischen getrocknet.

„Nö", meinte dieser, begab sich durch die Zwischentür und schaute in das Gesicht seines Chefs, das absolut nicht entspannt aussah.

Kaum war die Tür zu, da drehte Amor den Bildschirm und sagte: „Da, schau dir das an."

Der Gehilfe erblickte Jessica und Tim. Sie standen auf irgendeinem Parkplatz, anscheinend hinter einer Sanitäranlage, und stritten sich! Als der Gehilfe sah, dass seine Jessi weinte, kullerte auch ihm eine Träne die Wange hinunter. Vor Jahren hatte er dieses Paar mittels eines Liebespfeils zusammengebracht. Gut, im ersten Anlauf hatte er versagt, aber auf ihrer zweiten Kreuzfahrt hatte er mit nur einem Pfeil getroffen. Schließlich war er ein Liebesengel und Amors treuer Gehilfe. Tim und Jessica waren seine Klienten und er selbst – der Boss hatte es anscheinend doch nicht bemerkt – war ein wenig verliebt in Jessica. Zuletzt hatte er im letzten Jahr während des Jahresausklangs auf Madeira eine Beziehungskrise zwischen ihnen gelöst. Mit nur einem einzigen Pfeil. Er musste lernen, dass Beziehungen zwischen Liebespaaren sich durch den Alltag verändern. Doch als er Jessi und Tim damals verließ, sie planten bereits die Weltreise, war er sich ihrer sicher. Und nun das! Amor googelte kurz, dann sagte er: „Sie sind auf der Anreise zu ihrer geplanten Kreuzfahrt um die Welt, aber das schaut nicht gut aus."

„Nö", quetschte der Engel unter Tränen hervor.

„Kannst du auch noch was anderes außer ‚nö' sagen?",
donnerte der Boss los.

Entschuldigend hob der Engel seine Flügel.

„Schau dir mal den gestrigen Abend an", meinte Amor.

Der Gehilfe kicherte beim Betrachten des Abends im
Schweizer Gasthof. Amor ließ ihn gewähren.

„Jessi schaut aber gut aus an dem Abend, oder?", meinte er.
„Ja, nur heute Morgen nicht, odr", versuchte Amor das
Schweizerdeutsch nachzuahmen.

„Soll ich zu ihr reisen?", wollte der Gehilfe wissen.

„Noch nicht", meinte Amor, „wir müssen das erst noch
genau prüfen. Du weißt ja, wie sensibel der Vorstand mit der
Genehmigung von Langstreckenflügen umgeht."

Amors Gehilfe nickte ergeben, Jessicas Glück lag ihm wie
kein anderes der Welt am Herzen.

Der Bus erreichte pünktlich das Cruise-Terminal von
Savona. Als Thomas langsam am Hafen um die Ecke bog,
stockte allen Passagieren der Atem. Stolz lag sie da, die Kosta
Onda. Sie war weiß und hatte einen knallgelben Schornstein.
Rita fand als Erste die Sprache wieder: „Da ist sie, unsere
kleine Ondi."

„Ist die schön", trompetete Ute los.

„115 Tage, was für ein Wahnsinn", sagte Rosi mit leiser
Stimme.

Jessica blickte Tim an, er erwiderte ihren Blick, nahm sanft ihre Hand und drückte sie.

„Ich fass es nicht", rief Bruno aus, „die haben die Roststellen auf Deck 4 an den Kabinen mit den Bullaugen immer noch nicht beseitigt."

Silvia suchte über den Gang des Busses Kontakt zu Jochen, dieser bemerkte es aber nicht und sah sehr nachdenklich auf das Schiff zum Fenster hinaus.

„Guck mal, Cruisy, jetzt geht es los", brabbelte Jan.

Thomas lud die Koffer aus und dann hieß es Abschied nehmen. Herzlichst und mit vielen Küsschen verabschiedeten sich die Landfrauen von ihrem Tommi. Brav versprach er, sie genau hier in 115 Tagen wieder abzuholen. Als er der Weltreisendentruppe hinterher sah, die in Richtung Check- in trottete, über und über beladen mit Koffern, überkam ihn ein wenig Wehmut, aber auch grenzenlose Freude, wenn er daran dachte, wie er sie hier nach ihrem großen Abenteuer wieder in Empfang nehmen würde. Vor 37 Stunden hatte er sich noch gefragt, was das für Menschen wären, die auf so eine große Reise gingen. Nun wusste er es. Im Prinzip waren sie ganz normal. Na gut, er lachte leise, als er an die Landfrauen dachte, die mit Sicherheit das komplette Schiff auf den Kopf stellen würden. Aber er erkannte auch, dass viele dieser Passagiere ihre Probleme aus dem Alltag mit auf das Schiff nehmen würden, wenn er an Jessica und Tim oder auch an die

Familie mit dem kleinen Jan dachte. Dass die ein Beziehungsproblem hatten, war mehr als deutlich zu sehen und zu spüren. Bruno würde sicher keinen Vergleich zu seiner vorherigen Reise auslassen, dessen war er sich auch sicher. Pfeifend stieg er in seinen Bus ein. Der Weg zu seinem Hotel, wo er eine Übernachtung hatte, war kurz. Er nahm sich fest vor, nachher von der Dachterrasse des Hotels seinen Leuten zu winken. Sie würden Zuspruch gebrauchen können, auch wenn sie ihn nicht sehen konnten, davon war er überzeugt.

Kapitel 2

Tisch 10 und die Straße von Bonifacio

Die Schlange am Check-in war unendlich lang. Genervt wippte Rita mit dem Fuß. Sie hatten nach immerhin dreißig Minuten eine Karte mit der Nummer 2 erhalten, was bedeutete, dass sie in Kürze endlich das Schiff betreten durften. Welche Ehre! Sie hatten schließlich bezahlt! Bruno, der vorab den Online-Check-in per Internet gewählt hatte und außerdem Goldmitglied seit seiner letzten Reise war, durfte munter an allen vorbei in den VIP-Bereich marschieren. Dort tippte er, wie im Bus, fortwährend auf seinem Smartphone irgendetwas ein.

„Was tippt der da dauernd auf diesem Telefon herum?", fragte Rosi.

„Ich frag ihn später mal", gab Rita zur Antwort. Sie blickte sich suchend nach Ute um, die einige Meter entfernt an einer Telefonzelle stand und stark gestikulierend in den Hörer sprach.

„Kalli", kommentierte Rosi, die dem Blick der Freundin gefolgt war.

Rita rollte mit den Augen und meinte: „Das muss ab sofort aber auch mal besser werden."

Rosi seufzte, sie glaubte nicht wirklich daran. Außer ihrem Schiff lagen zwei weitere Schwesterschiffe der Reederei im Hafen, die jedoch ein wenig kleiner waren. Das Cruise-Terminal war daher an diesem Tag mit Menschen stark überfüllt. Da alle Sitzbänke inzwischen belegt waren, ließen sich Rita und Rosi notgedrungen auf dem Rand eines kleinen Brunnens nieder, der mit seiner Marmoreinfassung einigermaßen bequem war. Schnaufend und gestresst stützte sich Rita auf ihr Beauty-Case, das sie auf ihrem Schoß hatte. Rosi sortierte die schweren Winterjacken, die heute viel zu warm waren. Wieder blickten sie zu Ute hinüber.

„Das dauert noch", meinte sie.

Rita nickte und schaute auf ihre Armbanduhr. Als sie sah, dass noch eine halbe Stunde Zeit war, beschloss sie, sich noch eine Zigarette auf der nahe gelegenen Dachterrasse zu gönnen. Rosi nickte zustimmend und erklärte sich bereit, auf das komplette Handgepäck der drei Landfrauen zu achten. Ganz in Ruhe und für sich ließ Rosi die Anreise nach Savona noch einmal Revue passieren. So viel hatten sie bisher erlebt und dies war ja erst der Anfang! Fassungslos schüttelte sie den Kopf. Da sah sie Jessica und Tim. Freudig winkte sie.

„Na, welche Nummer habt ihr denn?", fragte sie neugierig.

„Drei", meinte Jessica.

„Wir haben noch eine Stunde Zeit", wusste Tim, da man ihm dies beim Check-in mitgeteilt hatte. „Der kleine Hafen um die Ecke soll wunderschön sein, da gehen wir jetzt einen Kaffee trinken."

„Geht es dir denn besser?", fragte Rosi Jessica mit mitfühlender Stimme.

Diese bejahte und strahlte schon wieder. Arm in Arm verließ sie mit Tim das Kreuzfahrt-Terminal. Als sie heraustraten, sahen sie Jan ganz alleine auf einer Bank sitzen. Er fuchtelte mit Cruisy herum und sprach, doch auf der Bank saß er alleine. Jessi runzelte die Stirn und wollte gerade auf ihn zugehen, als Tim sie sanft, aber bestimmt nach rechts zog. Sie fügte sich, wenn auch ein wenig widerwillig. Er hatte ja recht, Jochen und seine Frau hatten hinter ihnen am Check-in nach ihrer Nummer angestanden und waren sicher inzwischen an der Reihe. Bestimmt würden sie ihren Sohn bald abholen. Als sie den kleinen Hafen erreichten, ging Jessicas Herz auf. Unendlich viele, schöne Segeljachten lagen dort und rund um das Hafenbecken waren viele, interessante Lokale, die aufgrund des tollen Wetters auch alle Außenbewirtschaftung hatten. In der Sonne betrug die Temperatur gut 20 Grad und schließlich entschieden sie sich für ein Restaurant, welches mit blau-weißen Tischdecken punktete, das passte einfach. Bevor sie sich setzten, blieb Jessica vor einer schnittigen, weißen Motorjacht stehen. Das Deck war ganz in türkiser Farbe gehalten. Am meisten beeindruckte sie das große Steuerrad aus echtem Teakholz.

„Wenn du mir jemals eine Jacht schenken magst", lachte Jessi zu Tim hinüber, „so müsste sie aussehen."

Er schüttelte mit dem Kopf, ging jedoch auf seine Frau ein und fragte gut gelaunt: „Okay, wie würdest du sie denn nennen?"

Jessica sah auf den Namen der Jacht, er lautete ‚Ocean Princess', das klang zwar nett, aber sie fand es einfach zu abgedroschen. Sie überlegte kurz. Die Kellnerin kam und nahm in der Zwischenzeit ihre Getränkewünsche auf. Tim bestellte wie immer zwei gekühlte Gläser Weißwein. Jessica protestierte nicht, sie fühlte sich deutlich besser und wollte bewusst die Tradition nicht brechen.

„Wellengeflüster", meinte Jessica schließlich.

„Was?", fragte Tim.

„Ich würde die Jacht ‚Wellengeflüster' nennen", meinte sie.

„Was ist das denn für ein Name?", sagte er und stieß mit ihr an, denn die Kellnerin hatte vor einem Augenblick serviert. Und es gab nicht nur Weißwein! Zusätzlich hatte sie kleine Schälchen – in Spanien würde man Tapas sagen, aber sie waren in Italien – auf den Tisch gestellt. Hier ein Bruschettabrot mit Tomatenaufstrich, dort kleine Cocktailtomaten mit Mozzarella, dann wieder kleine Melonenstückchen, die mit einer Scheibe Schinken dekoriert waren. Die zwei schlemmten und genossen die warme Sonne in ihrem Rücken und auf den Gesichtern. Die Frage nach dem – wie Tim fand – seltsamen Namen ließ Jessica einfach mal unbeantwortet, der Augenblick war einfach zu schön für Diskussionen. Getarnt durch ihre dunkle Sonnenbrille betrachtete sie ihren Mann. Er hatte in den letzten Jahren ein paar graue Haare bekommen, doch sie fand ihn noch immer sehr attraktiv. Er war ihr Gegenstück, da war sie sich sicher. Nun würden sie endlich nach langem Warten zusammen die Welt erobern. Ihr Lebenstraum stand kurz vor der Erfüllung. Als die Kellnerin fragend auf die leeren Weingläser deutete, orderte Jessica nach. Ihr Kater schien wie verflogen und Tim lächelte. Sie lehnte sich zurück und schaute in den Himmel von Savona, den heute Mittag nicht eine kleine Wolke zierte.

Derweil unterhielt sich Jan auf seiner Bank perfekt. Anstatt dass seine Eltern zu ihm geeilt wären, hatten sie nur kurz aus der Tür des Kreuzfahrt-Terminals geschaut und Silvia hatte erkannt, dass er gut beschäftigt war. So hatte sie Jochen in die kleine Kaffee-Bar im Terminal gelockt, um ihn nun mit ihren Fragen zu quälen.

„Was hast du eigentlich die ganze Zeit?", fauchte sie ihn unwirsch von der Seite an.

Verwundert sah er sie an. Sollte sie tatsächlich etwas bemerkt haben? Er war der Meinung, sich ganz normal verhalten zu haben. So normal wie es eben ging, wenn man gerade schwer und frisch verliebt war, um dann für Monate ans andere Ende der Welt fahren zu müssen und die Angebetete zu Hause lassen musste.

Ob sie mich danach noch will? Vielleicht lernt sie in der langen Zeit jemand anderen kennen, grübelte er.

Er war sich seiner Gefühle sicher, doch erst musste, ohne Frage aus Liebe zu seinem Jungen, diese Weltreise - insgeheim nannte er sie immer ‚diese Sache' - durchgezogen werden. Und nach Möglichkeit ohne dass Silvia etwas bemerkte, das würde es nur unnötig kompliziert machen. Alles war besprochen, noch am Abend der Rückkehr in 115 Tagen würde er nicht mit Jan und Silvia ins gemütliche Mittelreihenhaus zurückkehren, sondern sein Weg würde ihn direkt zu Iris führen. Er hatte sie vor acht Monaten auf einer Messe in Hamburg kennengelernt, es war Liebe auf den ersten Blick gewesen. Es hatte einfach geknallt und er hätte Silvia schon verlassen, wenn da nicht diese Reise gewesen wäre. Iris, Anfang 30, verstand ihn und die Bedeutung dieser Erfahrung für Jan. Sie versprach zu warten und verriet ihm, dass sie sich ein wenig wie eine Frau fühlen würde, die in Hamburg am Kai stand und auf das Schiff des Liebsten, der ein Seemann war, wartete. Er hatte sich geschmeichelt und groß gefühlt. Zehn Jahre trennten sie, doch bereits heute nach zwei Tagen zweifelte er. Nicht an dem neuen Leben mit Iris, sondern an der Frage, ob er das wirklich durchziehen sollte. Er beschloss, sie so schnell wie es ging anzurufen. Ihre Stimme würde ihm Auftrieb geben.

„Was meinst du?", fragte er seine Frau.

Diese rollte mit den Augen. Ob er sie für blöd hielt? Sie waren im Begriff, auf eine Traumreise, eine Weltreise, zu gehen und er hatte im Bus auf der Anreise nur mit leerem Blick aus dem Fenster gestarrt. Wenn er sprach, dann mit Jan. Sie war quasi nicht vorhanden gewesen. Als der Kleine gestern endlich in dem Schweizer Hotel eingeschlafen war, hatte sie sich liebevoll an ihn geschmiegt, doch er hatte sich aus ihrer Umarmung befreit und umgedreht, unter dem Vorwand, es wäre zu heiß im Zimmer. Danach hatte er seine Decke wie eine Höhle über sich ausgebreitet. Spätestens seit diesem Moment wusste Silvia, dass etwas nicht stimmte! Er schwieg beharrlich.

„Liebst du mich eigentlich noch?", bohrte sie weiter nach.

„Sicher", antwortete er ein wenig zu schnell für ihren Geschmack.

Zur Ablenkung nahm er einen großen Schluck von dem Kaffee, der dampfend im Pappbecher vor ihm stand. Dabei verbrannte er sich die Zunge. „Aua", litt er vor sich hin, „der ist ja glühend heiß."

Silvia antwortete nicht, aber sie war froh, dass er ihre Gedanken nicht lesen konnte. In diesen ging es nämlich sehr turbulent zu. War es möglich, dass er eine andere hatte? Aber sie begannen doch gerade eine Weltreise, das konnte nicht sein. Nachdenklich betrachtete sie ihren Mann und beschloss für sich, die Fragestunde erst mal abzubrechen. Sie hatte nun 115 Tage Zeit herauszufinden, was in ihrer Ehe nicht stimmte, und sie würde um diese kämpfen wie eine Löwin im noch fernen Afrika;schon allein wegen Jan. Er sollte seinen Vater nicht verlieren. Von der Seite sah sie ihn an und fühlte tief in sich hinein. Auch nach zehn Ehejahren liebte sie ihn noch immer von ganzem Herzen. Was auch immer mit ihm war, sie nahm sich vor, ihn für sich auf dieser Reise zurückzuerobern. Sie seufzte leise und strich sich eine Haarsträhne aus dem Gesicht. Er starrte abwesend in seinen inzwischen leeren Pappbecher und erschrak, als sie seine Hand nahm.

„Lass uns Jan abholen, die Zeit für den Check-in ist gekommen", sagte sie mit betont munterer Stimme. Er nickte ergeben. Als sie aus dem Cruise-Terminal traten, spürte er, dass sein Handy in der Hosentasche vibrierte. Er vermutete eine SMS von Iris, doch die musste nun warten.

Jan hatte der schier endlose Check-in gelangweilt und nachdem seine Quengeleien kein Ende genommen hatten, stimmten seine Eltern zu, als er bat, mit Cruisy nach draußen gehen und auf der Bank vor dem Terminal Platz nehmen zu dürfen. Die Bank war jedoch besetzt, als er dort ankam. Zwei richtig alte Männer saßen dort, die um die Wette schwitzten.

„Mir ist so heiß, Erwin, wird das noch schlimmer? Wir haben doch erst J-a-n-u-a-r", jammerte der eine soeben.

„Ja, warte ab bis zur Südsee, dagegen ist das hier gar nichts", antwortete der andere.

Schüchtern blieb Jan in einiger Entfernung stehen. Der Mann, der sich nun mit seiner rechten Hand Luft zufächelte, erblickte ihn. Er begann zu lächeln und klopfte auf den noch freien Platz neben sich. Dann sagte er: „Setz dich doch, junger Mann."

Zögerlich kam Jan näher und rutschte verlegen auf den freien Platz.

„Was für ein nettes Stofftier", fand der Mann.
„Das ist Cruisy, er ist ein Schlumpf und macht regelmäßig Kreuzfahrten", berichtete Jan und betrachtete die zwei alten Männer interessiert.

„Oh, das ist ja toll, fährt Cruisy mit uns um die Welt oder seid ihr auf einem der anderen Schiffe?"

„Cruisy hat die Weltreise gebucht", antwortete Jan stolz.
„Paul", mahnte der andere Mann, doch dieser winkte ab.

Erwin schüttelte mit dem Kopf. Das könnte ja heiter werden, sie waren noch nicht mal auf dem Kreuzfahrtschiff und sein Mann Paul hatte wieder einmal die Bekanntschaft eines Kindes gemacht, das dazu auf der langen Reise noch dabei wäre. Er hatte nichts gegen Kinder, doch sie beide waren Geister, ja richtige Geister. Sie kamen von der Insel Sylt und waren über Tage die lange und beschwerliche Strecke nach Savona geflogen. Normalerweise konnte niemand sie sehen, aber Kinder und Tiere hatten diese Gabe. Gern wäre Erwin mit Paul unentdeckt geblieben, ehrlich gesagt hatte er auch nicht damit gerechnet, dass zu einer Kreuzfahrt um die Welt ein Kind mit an Bord ging. Musste der nicht in den Kindergarten oder die Schule gehen?

„Oh, toll", freute sich Paul, „musst du denn gar nicht in die Schule gehen?", fragte er, als ob er Erwins Gedanken erraten hätte.

„Da muss ich erst im kommenden September hin", verriet Jan und fuhr fort: „Meine Eltern sagen, ich muss vorher meinen Horizont erweitern."

Paul haute sich vor Lachen bei dieser Erwachsenenwortwahl auf die Schenkel, der Kleine gefiel ihm auf den ersten Blick.

„Ich bin Paul, das ist Erwin", sagte er und deutete auf seinen Mann.

„Ich bin Jan, Cruisy kennt ihr ja schon", stellte der Kleine sich und das Stofftier korrekt vor.

„Paul", begann Erwin sanft, da wurde er von Jan unterbrochen: „Welche Nummer habt ihr denn für den Check-in?"

„Gar keine", meinte Paul wahrheitsgemäß.

„Hä?", machte Jan, „dann müsst ihr euch aber rasch eine holen."

„Ja, ja", beschwichtigte Erwin und zerrte an seinem Mann herum, „Paul, wir fliegen, äh, gehen mal kurz eine Nummer holen."

Verständnislos sah Paul Erwin an, ließ sich aber trotzdem mit ihm fortziehen. Nachdem sie das gläserne Cruise-Terminal betreten hatten, lehnte Paul sich beleidigt an eine der Scheiben und sagte mit unwirscher Stimme: „Habe ich mal wieder was falsch gemacht?"

„Nein", beschwichtigte Erwin, „nur wir wollen doch möglichst unentdeckt bleiben. Der Kleine hat zum Glück nicht gemerkt, dass wir Geister sind."

„Dieses Geistsein geht mir langsam auf den Geist", befand Paul.

Erwin nickte und klopfte seinem Mann liebevoll auf die Schulter. Dann mahnte er ihn sanft, dass es nun Zeit wäre, an Bord zu fliegen, um nach einer unbewohnten Kabine zu suchen. Erfahrungsgemäß würde das einige Zeit dauern, doch die Geister waren bereits kreuzfahrterprobt.

„Jan", rief Silvia, als sie aus dem Cruise-Terminal traten, „es ist Zeit, an Bord zu gehen!"

Der Kleine freute sich sichtbar, stopfte Cruisy in seinen Rucksack und als ob er die Stimmung seiner Eltern spürte, drängelte er sich in ihre Mitte und ergriff ihre Hände. Trotz der Nummernzuordnung mussten sie noch eine Weile in der Schlange stehen.

„Na, mein Freund", sagte Jochen und strich seinem Sohn liebevoll über den Kopf.

„War cool auf der Bank, da habe ich zwei ältere Männer kennengelernt, die fahren auch mit. Irgendwie sahen die aber aus wie Geister. Die waren so blass", brabbelte Jan aufgeregt los.

Silvia und Jochen wechselten einen Blick. Wenn es um Jan ging, waren sie noch immer eine echte Einheit. Sie grinsten sich an und Silvia verbuchte dies als ersten, wenn auch kleinen Erfolg.

„Jan", sprach sie ihren Sohn an, „ältere Menschen sind oft ein wenig blasser, denn sie können die Sonne nicht mehr so gut vertragen und meiden sie deswegen. Deshalb sind sie aber keine Geister."

Jochen nickte dazu. Jan sparte sich seinen Kommentar, denn in diesem Moment durften sie durch die Absperrung hindurchgehen. Ein kleiner Gang aus Glas führte sie auf das Schiff. Als sie ihren Fuß ins Innere setzten, sagte eine Frau, die Silvia so um die 60 Jahre alt schätzte, in einem strengen Kommandoton: „Ich bin Herlinde, Ihre deutschsprachige Reiseleiterin, die Kabinen sind erst später bezugsfertig, Sie können aber direkt mit dem Aufzug dort nach Deck 9 fahren und einen Imbiss zu sich nehmen."

Dankbar lächelte Silvia ihr zu. Der gläserne Aufzug fuhr sie hinauf und Jan war ganz aus dem Häuschen. Sie selbst sah lieber weniger durch den gläsernen Boden, sie litt nämlich unter extremer Höhenangst. Jochen meinte: „Na, die hat ja vielleicht einen Tonfall drauf."

In dem Buffetrestaurant auf Deck 9 saßen auch die Landfrauen. Sie winkten der Familie kurz bei deren Eintritt zu. Leider war an ihrem Tisch kein Platz mehr frei. Mit ihnen saßen zwei italienische Paare am Tisch, die sich lautstark unterhielten und von ihnen keine Notiz nahmen.

„Himmel, was sind die laut", bemerkte ausgerechnet Rita.

„Ja", stöhnte Ute genervt.

„Und guck mal, wie viele Weißbrotscheiben, also diese Focaccias, die sich da auf ihren Teller gehäuft haben, das essen die doch nie im Leben", fand Rosi.

Der Barkellner im gelben Poloshirt nahte und bot auf einem Tablett verschiedene Weine an. Rita machte ein Zeichen, dass sie alle drei noch Weißwein wollten. Geübt stellte er die Gläser neben die noch halb vollen Weingläser, was alle Landfrauen dazu veranlasste, diese auf ex zu trinken. Nun waren es die Italiener, die die Frauen ein wenig missbilligend ansahen.

„My name ist Mario", stellte sich der Kellner vor.

„Rita, Ute and Rosi", antwortete Rita sofort lächelnd.

Mario lächelte erfreut. Er war ein hübscher Kerl, um die ein Meter achtzig groß, gut gebaut, mit kräftigen, muskulösen Oberarmen. Auf seinem Namensschild war die Flagge der Philippinen abgebildet.

„You also make eggs in the morning?", fragte Rosi schüchtern und man merkte schon an ihrer Betonung, dass sie Englisch seit ihrer fernen Schulzeit nicht mehr gesprochen hatte.

Mario schaute sie ein wenig verständnislos an, Rita und Ute warfen sich vor Lachen über den Tisch. Als sie vor wenigen Tagen mit den Männern und Ina und Basti den Jahresausklang auf Sylt gefeiert hatten, war Rosi dem indischen Jungkoch im Hotel verfallen, der morgens die feinsten und erlesensten Eierspeisen anbot. Nun waren die Frauen eindeutig lauter als die Italiener. Diese wirkten genervt und erhoben sich, deuteten aber mit dem Kopf noch ein Nicken an, was die Landfrauen erwiderten. Nachdem Rita sich beruhigt hatte, meinte sie zu Rosi: „Der Mario kocht doch nicht, der bringt bestimmt morgens den Kaffee!"

„Ach so", piepste Rosi mit unsicherer Stimme.

An Mario gewandt sagte Rita: „My friend Rosi thought you were a cook."

„Oh, no sorry, I am your Bar Waiter", gab Mario erleichtert zurück und deutete auf einen Mann mit weißem Kittel und einer hohen Kochmütze. Brav winkten ihm die drei Landfrauen zu.

„Ladys, ich sehe euch später, ich muss in die Küche", antwortete dieser mit einem unverkennbar österreichischen Dialekt. Speziell Rosi war erfreut! Hier an Bord wurde doch nicht nur Englisch gesprochen! Mario setzte derweil mit seinem Tablett den Rundgang im Restaurant fort.

„Alles ausgepackt", meinte Jessica und Tim schaffte es tatsächlich, die zwei großen und nun leeren Koffer unter dem Bett zu verstauen. Er öffnete einige der Schränke und Schubladen und stellte fest, dass sogar noch Platz war.

„Sehr gut", meinte er, „da können wir noch ein paar Sachen einkaufen."

„Was willst du denn einkaufen?", fragte Jessi neugierig.

„T-Shirts", gab er zur Antwort, „wir kaufen jetzt die Welt leer."

In solchen Momenten war er wieder ganz der Alte und sie kuschelte sich liebevoll an ihn. Zärtlich küsste er sie auf die Nasenspitze. Die Unstimmigkeiten der Anreise schienen verflogen. Sanft schob Tim seine Frau von sich und angelte nach dem Tagesprogramm, das auf dem kleinen Tisch lag.

„17:30 Uhr Seenotrettungsübung, da haben wir noch einen Moment Zeit."

Er öffnete die Flasche Prosecco, die auf der kleinen Anrichte in einem Eiskühler stand und schenkte zwei Gläser ein. Eins reichte er Jessica und sie stießen an.

„Auf die Welt", prostete sie ihm zu.

„Darauf, dass wir gesund und munter bald wieder hier in Italien sind", entgegnete Tim.

Sie küssten sich und Jessica zog ihn mit sich auf das große, bequeme Doppelbett.

Zur selben Zeit lief Bruno bereits mit seiner Seenotrettungsweste in der Hand am zugewiesenen Sammelplatz auf Deck 3 herum. Nervös sah er auf die Uhr. Noch 30 Minuten. Es war ihm völlig unklar, wie Leute vor so einem wichtigen Termin Alkohol zu sich nehmen konnten, deshalb war er aus der Pool-Bar hinten auf Deck 9 geflohen, wo er einen Kaffee genossen hatte. Von allen Seiten inspizierte er sein Rettungsboot, welches im Notfall in Betracht kommen würde. Es machte auf ihn einen vertrauenswürdigen Eindruck, wie es dort an den Streben hing. Er setzte sich auf eine Holzbank und schaute über den Hafen von Savona. Nachdem er seine Kabine bezogen hatte, war er an der Rezeption gewesen, denn seine Tickets zu den gebuchten Landausflügen hatten nicht auf seiner Kabine gelegen. Nachdem er dort fast 30 Minuten aufgrund des hohen Andrangs warten musste, erklärte man ihm freundlich aber bestimmt, dass er sich wegen dieser Angelegenheit an das Tour Office nebenan wenden sollte. Dieses hätte aber erst ab 19 Uhr geöffnet. Wutschnaubend hatte er die Rezeption wieder verlassen.

„Die spinnen doch alle hier", schlussfolgerte er für sich selbst.

Die Tür zu Deck 3 öffnete sich und die Landfrauen traten schnatternd hinaus. Sie hatten ebenfalls ihre Rettungswesten unter den Armen und Rita steuerte zielstrebig auf die Bank zu, auf der Bruno saß. Um sie nicht grüßen zu müssen, kramte er sein Smartphone aus der Tasche und tat so, als ob er Mails lesen würde. Rita zündete sich gierig eine Zigarette an. Bruno sah auf und meinte: „Hatte ich nicht schon vor dem Bus erwähnt, dass ich allergisch gegen Zigarettenrauch bin?"

„Sie sitzen aber in einer Raucherzone", meinte Ute lässig und deutete auf das kleine, graue Blechschild, das diese auswies. Rita grinste, versuchte aber, den Rauch nicht in seine Richtung zu blasen. Bruno, den der Zigarettenqualm in der Pool-Bar am Nachbartisch bereits gestört hatte, erhob sich und ging ohne ein Wort davon.

Eine heitere Weltreise wird das, dachte er verbittert und lehnte sich auf die Reling, ein ganzes Schiff, das stinkt und voller niveauloser Raucher ist!

Dass er diesen damit unrecht tat, registrierte er nicht. Die Plätze, wo geraucht werden durfte, waren ja sicherlich sehr eingeschränkt.

„Der nervt mich jetzt schon", sagte Rita und zog an ihrer Zigarette.

„Wie soll das erst am Tag 100 werden?", gab Rosi zu bedenken.

„Vielleicht hat Rita ihn bis dahin umgebracht", kicherte Ute, „vorhin habe ich gehört, dass ein Crewmitglied zu dem anderen sagte, dass zehn neue Särge an Bord gebracht worden sind."

„Särge?", kreischte Rita, wie immer ein wenig zu laut.

Bruno an der Reling drehte sich um, wendete sich jedoch mit einer abwertenden Handbewegung gleich wieder ab.

Rosi legte Rita beruhigend den Arm auf die Schulter und gab preis: „Ja, das ist normal, die sind doch hier alle uralt im Gegensatz zu uns. Ich habe erst kürzlich eine Dokumentation im Fernsehen gesehen, nach der Särge zur festen Bordausstattung gehören, nicht nur auf Weltreisen."

Rita schnaubte kurz und drückte ihre Zigarette aus, keine Sekunde zu früh, denn in diesem Moment erklang aus dem Bordlautsprecher über ihnen das allgemein gültige Signal, das immer den Beginn der Seenotrettungsübung ankündigte. Sieben kurze und ein langer Ton.

„Tisch 10", rief Rita den anderen Frauen auf dem langen Weg durch den Kabinengang zu. Die Landfrauen waren auf dem Weg zum ersten Abendessen an Bord. Die Kleiderordnung im Bordprogramm hatte zum Glück einen legeren Dresscode vorgegeben.

„Wer wohl mit uns am Tisch sitzt?", grübelte Rosi laut.

„Hoffentlich niemand", konterte Rita.

„Wieso?", fragte Ute.

„Na, überleg mal", ergänzte Rita, „den- oder diejenigen sehen wir nun vier Monate und das an jedem Abend."

„Ach herrje", piepste Rosi noch unsicherer.

„Mädels, wir stehen das durch", meinte Ute mit optimistischer Stimme.

In der Bar vor dem Restaurant stand lächelnd mit einem Tablett in seiner Hand der Barkeeper Mario. Eifrig winkte er ihnen zu, als er sie sah und wünschte charmant einen guten Appetit.

„Na, der ist auf jeden Fall nett", fand Rosi.

Rita und Ute kicherten albern, aber hinter vorgehaltener Hand. Dies verging ihnen sofort, als der Maître sie zu Tisch 10 geführt hatte. Der Tisch war rund und stand in einem kleinen Seitenflügel des Restaurants auf der Backbord-Seite direkt an den großen Panoramafenstern. Bisher war von den acht freien Plätzen nur einer besetzt und das ausgerechnet durch Bruno Bahn! Dieser schaute auch wenig begeistert aus, als er seinen Tischzuwachs sah, grüßte jedoch artig. Nun waren noch vier Plätze frei. Die Spannung stieg. Nach kurzer Zeit tauchte der Maître erneut am Tisch auf, im Schlepptau hatte er Jessica und Tim. Die Landfrauen freuten sich, Bruno behielt Haltung, nur Tim sah entsetzt aus. Jessica bemerkte dies, sagte aber nichts. Nun waren nur noch zwei Plätze frei. Diese wurden kurze Zeit später durch ein älteres Ehepaar besetzt.

„Buena Sera", grüßte der Mann, seine Frau nickte.

Bruno war nun wirklich genervt. Nicht nur, dass er rund vier Monate mit diesen unmöglichen Landfrauen zu Abend essen musste, nein, diese junge Frau, die keinen Alkohol vertrug, saß auch mit ihrem mehr als genervten Mann am Tisch. Dazu zwei Italiener, und er konnte diese Sprache nicht! Mit wem sollte er sich nun abends unterhalten? Der Kellner des Tisches stellte sich vor, er hieß Don Michael und seinen Kollegen stellte er als Eram vor. Beide sprachen selbstverständlich Englisch. Die Landfrauen veranstalteten ihr übliches Begrüßungstheater und, wie Bruno neidisch zugeben musste, kamen sie mit dieser Sprache besser zurecht als er. Bruno verstand nur Brocken. Die Speisekarten wurden gereicht, glücklicherweise in deutscher Sprache, wie Bruno fand. Die Übersetzung ließ jedoch zu wünschen übrig. Was war ein Grasschnitzel? Bruno bestellte den Fisch, da konnte er nichts falsch machen.

„Salute", prostete die italienische Frau später allen am Tisch zu, als die Weingläser der Mitreisenden gefüllt waren.

„Prost", schrie Rita quer über den Tisch.

Tim nippte an dem Weißwein, der ihm überraschend gut schmeckte, er winkte Don Michael herbei und bat ihn, ihm die Weinflasche zu zeigen. Diesem Wunsch kam Don Michael nur zu gern nach.

„Ein Haut-Marin aus der Gascogne", verkündete Tim dem Tisch, „das ist ein sehr feiner Wein." Rita schaute in ihr Glas, das sie wie so oft in einem Zug geleert hatte, nickte Tim zu und suchte den Blickkontakt zu Eram. Sie hasste leere Gläser.

„Happy cruise", versuchte Jessi unterdessen, es am Tisch international zu machen, doch die Italiener schauten sie verständnislos an.

Sie begriff. Mit ihren Händen deutete sie einen Kreis an und legte ihre Hände auf die Stelle, wo sich ihr Herz befand. Da begriffen die Italiener und strahlten um die Wette. Speziell die Frau freute sich und es war klar, dass Jessica sich einen Platz in ihrem Herzen gesichert hatte. Inzwischen servierte Don Michael den ersten Gang, die Vorspeise in Form eines Krabbencocktails, den alle gleich gewählt hatten.

Viel passierte an diesem ersten Abend an Bord nicht mehr. Jessica und Tim entdeckten nach dem Essen, das dann doch harmonischer als gedacht verlief, die kleine Weinbar auf Deck 5. Tim wählte einen guten Wein und sie bekamen Kanapees dazu gereicht. Auf der Bühne spielte ein hervorragendes Duo Lieder in unterschiedlichen Sprachen. Die Landfrauen zog es nach draußen, an der bevölkerten Pool-Bar gönnten sie sich einen ersten Cocktail. Rita war sehr erfreut, dass sie hier rauchen durfte. Rosi summte leise das Heidi-Lied. Bruno trank noch einen Kaffee an der Bar im Atrium, das er schon auf seiner ersten Reise geliebt hatte. Es war lichtdurchflutet und man konnte bis in den Sternenhimmel hinaufblicken. Dazu spielte dezent ein Klavierspieler sanfte Melodien aus aller

Welt. Er war braun gebrannt und hatte lange, blonde Haare, die sich leicht wellten. Die ersten Verehrerinnen schmachteten ihn bereits an. Bruno fiel speziell eine alte Frau auf, die er um die 80 Jahre alt schätzte. Sie wirkte eher klein und unscheinbar, vor ihr stand ein Glas Weißwein, doch neben ihr stand ein Trolley, wie man ihn zum Einkaufen benutzt. Dessen Griff zierte ein Halstuch. So etwas hatte er an Bord noch nie gesehen. Was wohl in dem Trolley war? Reichte abends nicht eine Handtasche? Silvia und Jochen hatten mit Jan gar nicht im Restaurant gegessen, sondern waren in einem Teil des Buffetrestaurants auf Deck 9 gewesen, das sich abends in eine Pizzeria verwandelte. Das ging schneller und der Kleine war nach den ganzen Eindrücken des Tages ohnehin übermüdet. So lag er mit seinem Cruisy schon um 21 Uhr im Bett. Silvia las in einem neuen Buch, das von einem Starautor verfasst worden war. Die Handlung spielte auf einem Kreuzfahrtschiff. Es war ein Krimi und hieß „Passagier 23", während Jochen das Ausflugsprogramm der Reise intensiv studierte. Sie sprachen kein Wort.

Paul und Erwin hatten nach ihrem Einstieg eine leere Crew-Kabine auf Deck 1 bezogen. Sie bot keinen Luxus, aber ihre Rückzugsmöglichkeit. In dem runden Bullaugenfenster stand zur Hälfte das Wasser, aber so konnte Paul im Hafen zahlreiche Fische beobachten, die ihn natürlich sahen und zu seiner Freude dicht an das Fenster heran schwammen.

„Ich freue mich auf die bunten Fische in der Südsee",
meinte er zu Erwin.

Dieser nickte. Er lag müde auf dem linken Bett und war so
gut wie eingeschlafen.

Am nächsten Morgen erreichte das Kreuzfahrtschiff den
ersten Hafen der Reise, Civitavecchia. Viele Gäste nutzten
den, in dem Preis der Weltreise enthaltenen, Ausflug nach
Rom. Jessica und Tim jedoch nicht, denn ihr war erneut leicht
übel und sie fühlte sich nicht wohl. Tim war das ganz recht.
Nach den monatelangen Vorbereitungen auf diese Reise war
auch er ein wenig müde und schlapp. So erkundeten sie in
aller Ruhe und Gemütlichkeit ihr fast menschenleeres Schiff.
Sie bekamen sogar eine exklusive Führung durch den
Wellnessbereich und buchten gleich eine Ganzkörpermassage
für den Nachmittag zur Entspannung. Zu Mittag genossen sie
einen hervorragenden Fisch im Buffetrestaurant, der im
Ganzen angerichtet an einer mobilen Station angeboten
wurde. Bis es Zeit für die Massage war, entspannten sie ein
wenig in gemütlichen Liegestühlen auf Deck 10. Jessica fühlte
sich wieder besser und genoss die Stunden der Ruhe.

Die Landfrauen waren mit Bus 15 nach Rom
aufgebrochen, und zwar schon um acht Uhr morgens. Die
vierstündige Stadtrundfahrt gab ihnen einen guten Überblick
über die Stadt. Bruno war ebenfalls im Bus, ignorierte sie aber
so gut wie es eben ging. Er war mal wieder viel zu sehr mit

seinem Smartphone beschäftigt. Am berühmten Trevibrunnen warf Ute gleich zwei Münzen über ihre rechte Schulter. Eine für sich und eine für Kalli. Sie vermisste ihn, obwohl sie unbemerkt von den anderen Frauen heute Morgen kurz von der Kabine aus mit ihm telefoniert hatte.

Sonja und Jochen spazierten mit Jan nur ein wenig über die alten Burgmauern, die die Hafenstadt Civitavecchia umschlossen. Jan war ganz verrückt nach alten Burgen und Schlössern. Immer wieder erklärte er Cruisy, den er mit sich trug, dass hier früher die Piraten gelebt hätten. Als er eine große alte Kanone entdeckte, die genau auf ihr Schiff ausgerichtet war, kannte seine Freude keine Grenzen. Zum Glück war sie nicht mehr in Betrieb.

„Ein Schuss aus ihr und die Kosta Onda ist versenkt", merkte Silvia an.

„Auch nicht schlimm", war Jochens Kommentar. Fragend sah sie ihn an.

„Nur Spaß", wiegelte er schnell ab.

Er grinste, obwohl ihm nicht danach war. Er wartete seit 12 Stunden auf Iris' Reaktion auf seine SMS-Antwort von gestern Abend und seine Nerven lagen bereits am zweiten Tag der Weltreise blank. Ob sie ihn noch liebte? Warum hatte sie nicht zurückgeschrieben?

Erwin und Paul, die übrigens richtige Geister waren, fühlten sich nicht in der allerbesten Verfassung. Obwohl kaum Seegang in der Nacht herrschte, ging es Paul mal wieder schlecht. Erwin kannte das von der letzten Kreuzfahrt zum Jahresausklang auf Madeira. Da hatte es aber wirklich geschaukelt.

„Ich muss mich hier erst mal installieren", jammerte er leidend.

Erwin gestand ihm diese Zeit zu und flog alleine aus, um das Schiff zu entdecken. Es war so ganz anders, als das klassische Kreuzfahrtschiff im letzten Jahr. Hier eine große Rutsche, die direkt in den Hauptpool auf Deck 9 mündete, dort ein Rennwagen, in den man einsteigen und auf einer virtuellen Bahn seine Runden drehen konnte. Am meisten beeindruckte ihn jedoch das 4-D-Kino. Man bekam eine Brille und war mitten im Geschehen eines Wildwest-Films. Er schaute den Film ohne diese, denn eine schwebende Brille in der letzten Reihe hätte mit Sicherheit die charmante Kinobetreuerin aufmerksam gemacht. Das galt es zu vermeiden. Trotzdem fand er die Fahrt in der kleinen Lore durch eine Mine sehr aufregend. Dagegen war das Rund-um-Kino, das er von früher vom Hamburger Volksfest kannte, langweilig.

Wie sich alles weiterentwickelt, dachte er beeindruckt und war wieder einmal froh, noch am Leben teilnehmen zu können, wenn auch als Geist. Warum sie damals in der Braderuper Heide auf Sylt nach dem Unfall, den Paul verursacht hatte, weil er zu schnell fuhr, nicht Tote, sondern Geister wurden, wusste er bis heute nicht. Diese Antwort würden sie irgendwann bekommen und am zweiten Tag seiner Weltreise interessierte ihn diese auch überhaupt nicht. Welcher Geist machte denn schon eine Weltreise? Und noch dazu mit seinem Liebsten? Paul und er waren schon lange ein Paar. Er erinnerte sich, wie sie damals, als gleichgeschlechtliche Liebe noch verpönt war, von Hamburg nach Sylt geflohen waren. Dort bauten sie sich ihre kleine Pension auf, indem sie ein altes Kapitänshaus umbauten. Paul schlug den Namen ‚Haus Erwin' vor und sein Partner hatte sich sehr gefreut. Noch immer existierte es, jedoch hatte der heutige Besitzer, Kapitän Körner, finanzielle Probleme, denn es standen umfangreiche Sanierungen an. Doch daran wollte Erwin heute nicht denken. Er schaute auf die Uhr, Paul hatte nun einige Zeit geruht und beschloss, nach seiner besseren Hälfte zu sehen.

Pünktlich um 18 Uhr verabschiedete sich die Kosta Onda mit drei langen Tönen aus ihrem Typhon. Nun würde sie sich auf den Weg rund um die Welt machen. Die Landfrauen beobachteten das Ablegen von Deck 9 aus. Sie sahen, dass ein Lotsenboot ihnen in engem Abstand folgte.

„Der kommt an Bord wegen der Passage heute Nacht durch die Straße von Bonifacio", wusste Rosi zu berichten.

„Woher weißt du das nun wieder?", wunderte sich Rita.

„Steht doch im Tagesprogramm", meinte Ute.

Mario näherte sich und deutete auf die inzwischen leeren Sektgläser der Frauen. Diese winkten ab. Im holprigen Englisch erklärte Rita ihm, dass sie nun zum Tisch 10 müssten, denn das Abendessen hatte sicher seit gut fünfzehn Minuten begonnen und Bruno Bahn würde sie sonst vermissen.

„Ah, I already know Sir Bruno", gab Mario zurück und machte eine Geste, als ob er auf einem imaginären Smartphone tippen würde. Die Landfrauen kicherten albern und machten sich auf den Weg ins Restaurant, das fünf Decks tiefer und genau am anderen Ende des Schiffes lag. Bruno saß natürlich schon dort mit sauertöpfischer Miene. Weil die Landfrauen noch fehlten, hatte Don Michael die Bestellungen zur Essensauswahl noch nicht aufgenommen. Bruno knurrte der Magen.

„Pünktlichkeit ist eine Zier", sagte er beim Anblick der Frauen.

„Ja, und weiter komm ich ohne ihr", konterte Rita, während Don Michael den Damen artig die Servietten auf den Schoß legte. Jessica und Tim grinsten.

„Wir haben uns doch nur das Auslaufen draußen angesehen", verriet Rosi.

„Na, das ist doch hier nicht spektakulär", fand Bruno, „bewahren Sie sich lieber Ihre Verspätungen für die Zukunft auf."

„Buena Sera", erklang eine Stimme und ein älteres, italienisches Ehepaar setzte sich.

„Jetzt will ich endlich mal bestellen", knurrte Bruno und begann, dem Kellner wild mit der Karte zu winken.

„Hatten Sie kein Mittagessen?", fragte Rosi mitfühlend, immer bemüht, eine harmonische Stimmung zu schaffen.

„Doch", knurrte Bruno brummig, „es ist nur schon fünf Stunden her."

Stirnrunzelnd beobachtete er, dass Jessica und Tim nur die Vorspeise und Obst zum Nachtisch bestellten. Dafür ließen sie sich eifrig Rotwein einschenken.

Na, dachte er, die ist gleich wieder voll.

Er wandte sich wieder seinem Telefon zu und wunderte sich, warum die albernen Landfrauen vor sich hin glucksten. Sollten sie doch!

Auf der anderen Seite des Restaurants saßen Silvia und Jochen mit Jan erstmals an ihrem Tisch. Es war nur ein Tisch für vier und sie waren beide froh, dass der vierte Platz unbesetzt blieb. Jochen, der noch immer keine Nachricht von Iris auf seinem Handy empfangen hatte, war schlecht gelaunt und sprach kein Wort. Jan plapperte erneut, allerdings nicht mit Cruisy. Mit viel Mühe hatte Silvia ihn überreden können, dass ein Schlumpf beim Abendessen sicher keinen Spaß hätte. Irgendwie akzeptierte er das. Leider bekam er von seinen Eltern keine Antwort, sie schienen ihm nicht mal zuzuhören. Er verstummte schließlich und sah quer durch den Raum zu Jessica. Sie winkte.

„Ich geh da mal rüber", meinte er zu seinen Eltern und war auch bereits verschwunden.

„Ist alles in Ordnung?", fragte Silvia Jochen schließlich.

„Ja, ja", gab er zu Antwort, und da der Kellner gerade Wein eingeschenkt hatte, erhob er das Glas und stieß mit ihr an. So gewann er einige Minuten.

„Ich denke über die Ausflüge in Brasilien nach", behauptete er, „mal sehen, welche wir mit Jan machen können."

„Wir haben ja nun ein paar Seetage und viel Zeit, das schauen wir uns ganz in Ruhe an", schlug sie vor und angelte sich ein kleines Brötchen aus dem Brotkorb. Sie bestrich es dick mit Butter und streute reichlich Salz darauf.

Plötzlich erschien der Kellner Don Michael an ihrem Tisch. Er hatte Jan auf dem Arm. Sie schienen sich prächtig zu verstehen. Liebevoll setzte er ihn auf seinen Stuhl, keine Sekunde zu spät, denn soeben servierte sein Kollege den ersten Gang, eine Brokkolisuppe.

„Der ist echt niedlich", seufzte Jessica am anderen Ende des Restaurants.

Bis das Essen kam, hatte sie sich ausgiebig mit ihm beschäftigt. Sie hatte ihn gefragt, wo Cruisy sei und ob ein Schlumpf abends keinen Hunger hatte. Tim hatte allerhand Unsinn mit dem Schild angestellt, auf dem ihre Tischnummer, die 10, verzeichnet war. Auch die Italiener waren von dem Kleinen verzückt und der Mann hatte mehrfach mit ihm nur aus Spaß die Gardinen auf- und zugezogen. Bruno hatte verbissen keinen Blick von seinem Telefon gelassen.

„Habt ihr keine Kinder?", fragte Ute Jessica.

„Nee, das ist nicht unsere Bestimmung", antwortete diese mal wieder.

Ute beließ es dabei, dachte sich aber ihren Teil.

„Wir haben aber eine entzückende Nichte", führte Jessica weiter fast entschuldigend aus, „während wir hier um die Welt fahren, schreibt sie ihr Abitur."

„No bambini?", fragte die Italienerin.

Mit Händen und Füssen versuchte Jessica, dies erneut zu erklären. Das Ergebnis war, dass die ältere Frau beschloss, Jessica nun als ihre Tochter und Tim als ihren Sohn anzusehen, zumindest für die Dauer der Reise. Darauf stieß alle an.

„Figlia, figlio", rief sie immer wieder entzückt.

Ihr Mann lächelte dazu. Bruno fragte sich, wie er weitere 114 Tage abends diese Tischgespräche ertragen sollte. Er beschloss, auf jeden Fall, wenn die Liegezeiten länger waren oder sie sogar über Nacht im Hafen lagen, in das Buffetrestaurant auszuweichen. Dieses Theater hier würde er nicht auf Dauer aushalten.

Rita, die inzwischen nach Brunos Zählungen drei Gläser Rotwein inhaliert hatte und das noch weit vor dem Dessert, sprach ihn plötzlich an: „Was tippen Sie da eigentlich immer auf Ihrem Smartphone?"

„Ich habe eine GPS-App geladen", verkündete er stolz.

Ihr Blick zeigte ihm, dass sie keine Ahnung hatte, wovon er sprach.

„Das ist eine App, mit der ich jederzeit auf einer virtuellen Landkarte schauen kann, wo wir gerade sind", erklärte er geduldig.

„Ach", machte Rita.

„Wir haben vor Kurzem Rom verlassen", meinte Ute, „da ist sogar noch die Küste zu sehen". Dabei deutete sie aus dem Fenster.

Bruno wedelte mit dem Telefon vor den Landfrauen herum, doch diese verstanden ihn und sein Hobby nicht wirklich. Lediglich Tim zeigte sich interessiert. Diesem demonstrierte Bruno intensiv seine neue App. Er war froh, endlich mal ein für ihn interessantes Gesprächsthema an diesem Tisch gefunden zu haben.

„Haben Sie auch ein Smartphone?", fragte er Tim.

„Ja", antwortete Jessica für ihn, „aber er benutzt es so gut wie nie."

Damit war auch dieses Thema im Keim erstickt. Tim zuckte nur gleichgültig mit den Schultern.

Nach dem Abendessen stand der große Kapitänsempfang im Theater und die Vorstellung der Crew auf dem Programm. Dieses Ereignis ließ sich keiner entgehen. Sogar Paul und Erwin flogen dorthin und setzten sich direkt über der Bühne auf einen Scheinwerfer. Interessiert verfolgten sie die Begrüßung durch den Kapitän Francesco, die er in unterschiedlichen Sprachen durchführte.

Jan saß mit seinen Eltern natürlich auch im Publikum. Als er die Geister hoch oben entdeckte, winkte er aufgeregt und Paul grüßte zurück.

„Da oben auf dem Scheinwerfer sitzen die netten, alten Männer, die ich im Hafen getroffen habe", sagte er zu seiner Mutter.

Diese sah hinauf, konnte die Geister aber natürlich nicht sehen.

„Ach", meinte das Kind, „jetzt winkt der eine zurück, das ist glaube ich Paul."

„Psst", machte sein Vater, „wenn der Kapitän spricht, muss man ruhig sein."

„Aber", jammerte Jan, „ich verstehe doch gar nicht, was er sagt, warum spricht der nicht nur auf Deutsch?"

Silvia strich ihm liebevoll über den Kopf und meinte: „Jan, es sind doch Menschen unterschiedlicher Nationalitäten an Bord, im Moment spricht er Französisch, die Franzosen wollen ihn doch auch verstehen."

„Warum gibt es auf der Welt verschiedene Sprachen? Wäre doch einfacher, wenn wir alle dieselbe sprächen", fand der Junge, verstummte aber sofort, als er den mahnenden Blick seines Vaters sah.

Inzwischen war der Kapitän mühelos ins Spanische gewechselt.

Ruhig und sicher passierte die Kosta Onda in der Nacht die Straße von Bonifacio, eine Meerenge, welche die Inseln Korsika und Sardinien trennt und deren Passage für jeden Kapitän aufgrund von zahlreichen Riffen eine große Herausforderung darstellt. Der Lotse auf der Brücke beriet ihn jedoch gut, und so bahnte sich das Kreuzfahrtschiff langsam, aber sicher seinen Weg. Nach der Rückkehr auf ihre Kabine stellte Jochen fest, dass er mit seinem Handy kein Netz hatte. Das konnte doch nicht jetzt schon sein, sie waren doch noch in der Nähe vom Festland! So konnte er natürlich auch nicht in Erfahrung bringen, ob Iris geantwortet hatte. Er warf sich aufs Bett und schlief ein, noch während Silvia Jan im Badezimmer für die Nacht fertig machte. Um drei Uhr morgens erwachte er, ein Blick auf sein Telefon zeigte ihm, dass der Akku leer war. Unruhig wälzte er sich im Bett hin und her. Silvia und Jan schienen tief und fest zu schlafen, wie er ihren regelmäßigen Atemzügen entnahm. Er stand auf, zog sich nur rasch Jeans und ein T-Shirt über und verließ die Kabine. Er ging den langen Gang entlang, stieg ein Deck tiefer und begab sich an das Heck auf Deck 3. Das Schiff glitt langsam durch das Mittelmeer und das Mondlicht beleuchtete seine wunderschöne Heckwelle, die es im Meer hinterließ. Er setzte sich auf einen weißen Kasten, der nach seiner Aufschrift

Rettungswesten enthielt und starrte auf das Meer. Er überlegte, ob es nicht am einfachsten wäre, von Bord zu springen. Diese Idee verwarf er schnell, denn weder war er lebensmüde, noch würde es ihm helfen. Sein Handy und damit die einzige Kontaktmöglichkeit zu Iris lag ein Deck höher in der Kabine. Nicht mal ihre Rufnummer kannte er auswendig! Er musste versuchen, ihr zu vertrauen, sie tat das hoffentlich auch. Im Vorfeld der großen Reise hatte er ihr gesagt, dass es vermutlich Tage geben würde, wo er nicht erreichbar sei. Sie hatte verständnisvoll reagiert. Eng aneinander gekuschelt war das auch einfach gewesen, doch Jochen begriff, dass die Realität anders war. Vielleicht hatte sie eine SMS geschickt und wartete genauso wie er seit Stunden auf eine Antwort? Er raufte sich die Haare.

„Geht es Ihnen nicht gut?", drang plötzlich eine weibliche Stimme an sein Ohr.

Verwirrt schaute er sich um, konnte jedoch niemand an Deck sehen.

„Ich bin hier unten", sagte die Frauenstimme wieder.

Jochen traute seinen Augen nicht! Da schwamm eine Frau im Meer!

„Sind Sie über Bord gegangen?", fragte er unsicher.

„Nein", meinte sie, „ich konnte nicht schlafen, da dachte ich, ich schwimme ein wenig herum."

Er nickte. Im Licht des Mondes meinte er an der Stelle, wo ihre Füße sein sollten, Flossen zu erkennen. Doch das konnte ja nicht sein!

„Wer sind Sie denn?", fragte Jochen.

„Ich bin Amphitrite, die Beherrscherin der Meere", stellte sie sich stolz vor und nun war Jochen sicher, dass sie Flossen hatte. Vermutlich träumte er und saß in Wirklichkeit gar nicht hier an Deck. Da er nicht antwortete, meinte sie: „Und wie heißt du?"

„Jochen", gab er knapp zurück.

„Du bist unglücklich verliebt", wagte sie einen Vorstoß.

„Woher weißt du das?", fragte er nun doch interessiert.

„Das ist einfach", meinte sie, „nur unglücklich verliebte Menschen können mich sehen."

„Hm", brummte er.

Die ganze Situation war so irreal, dass er wirklich an einen Traum glaubte, obwohl er das Meer riechen und das sanfte Wellengeflüster hören konnte. Dazu diese Frau oder Nixe, die lässig im Schiffstempo mitschwamm.

„Magst du mir von deiner unglücklichen Liebe erzählen? Ich habe gerade Zeit", fragte sie mit einfühlsamer Stimme.

Er überlegte. Warum eigentlich nicht? Bisher hatte er natürlich mit niemandem über Iris gesprochen, nicht mal mit seinem besten Freund Benjamin. Wie hätte er das auch tun sollen, Benjamin war schließlich damals sein Trauzeuge gewesen und durch seine Einladung hatte er Silvia vor zehn Jahren auf einer sommerlichen Gartenparty kennengelernt. Ab dieser Stelle begann seine Erzählung. Nach zwei Jahren heirateten sie, vor fünf Jahren wurde Jan geboren. Sie führten die reinste Bilderbuchehe, und ihm war gar nicht aufgefallen, dass ihm etwas fehlte. Bis er Iris das erste Mal vor acht Monaten an diesem Messestand sah. Sie war groß, hatte lange blonde Haare und eine sehr weibliche Figur. Als sich ihre Blicke das erste Mal kreuzten, glaubte Jochen an Liebe auf den ersten Blick. Ihr erging es ähnlich und als sie gemeinsam die Messeparty am Abend besuchten, gingen sie schon Hand in Hand. Iris war Single und Jochen konnte sein Glück kaum fassen, als sie noch in derselben Nacht in seinem Hotelzimmer neben ihm einschlief. Er begriff, dass alles, was er bisher über körperliche Liebe und gegenseitige Anziehungskraft gelernt hatte, nichts von dem war, was er in dieser Nacht erfahren hatte.

Amphitrite legte den Kopf ein wenig schief und fragte: „Beschreibe mal das Gefühl, wie fühlte es sich mit einer fremden Frau an?"

Jochen überlegte, dann meinte er: „Sie war nicht fremd, unsere erste Nacht war so, als ob wir bereits Hunderte zuvor verbracht hätten. Dagegen war alles vor ihr nur achtzig Prozent, sie ist die hundert Prozent!"

Am Morgen danach hatte er ihr gestanden, dass er verheiratet war und einen fünfjährigen Sohn hatte, den er über alles liebte. Doch sie machte keine Szene, sie hatte nur auf seinen Ring an der rechten Hand gedeutet und mit ruhiger und gefasster Stimme erklärt, dass sie sich das ohnehin gedacht hatte.

„Und was passierte dann?", bohrte die Beherrscherin der Meere nach.

„Wir begannen eine klassische Affäre. Geheime SMS, Treffen und Telefonate, wann immer es ging. Die Weltreise war schon lange gebucht. Vor zwei Monaten kam ich zu dem Schluss, diese 115 Tage, diese Sache, noch durchzuziehen und dann zu Iris nach Hamburg zu gehen."

„Du bist auf Weltreise?", staunte Amphitrite.

„Ja, leider", meinte Jochen.

Er begann die Anreise nach Savona zu schildern, die heimlichen SMS und die Ungewissheit, in der er derzeit steckte. Er berichtete auch von Silvia und zeigte deutlich Angst bei der Vorstellung, dass sie zum jetzigen Zeitpunkt etwas merken könnte. Er wollte die perfekte Reise für seinen Sohn haben.

Nachdenklich wiegte die Nixe den Kopf hin und her und kam schließlich zu folgendem Schluss: „Ich persönlich glaube, du willst ein wenig zu viel."

Fragend sah Jochen sie an.

„Jochen, du willst die Welt, deinen Sohn und natürlich diese Iris. Das kann nicht klappen und außerdem, ich denke, dass so eine Reise um die Welt Frau und Mann für immer zusammenschweißen wird. Überlege gut, bei einer Trennung wirst du diese Erfahrung für immer mit niemandem teilen können und eventuell verlierst du auch noch deinen Sohn."

Verblüfft schaute Jochen auf Amphitrite hinunter, die immer noch neben dem Kreuzfahrtschiff schwamm. So hatte er ‚die Sache' noch nie betrachtet.

„Darüber muss ich nachdenken", gab er leise zu, doch der Wind trug seine Worte hinunter ins Meer.

„Das glaube ich auch", meinte sie, „so, ich muss weiter, der Lotse hat gerade einen nicht optimalen Kurs eingeschlagen. Ich tauche nun unter und gebe dem Schiff in ein paar Minuten einen kleinen Schubs, damit es wieder auf Kurs kommt. Es war nett, mit dir zu sprechen."

Jochen staunte nicht schlecht über ihre Worte. Er erzählte ihr, dass sie auf der Rückfahrt leider nicht wieder durch die Meerenge von Bonifacio fahren würden und dass er sie gern noch mal treffen würde.

„Theoretisch könnten wir uns noch einmal treffen, ich bin in vielen Meerengen im Mittelmeer tätig", meinte Amphitrite, gab aber zu bedenken: „Aber vielleicht kannst du mich in vier Monaten nicht mehr sehen, du weißt doch: Nur unglücklich Verliebte haben diese Gabe."

Sie hob die Hand, winkte ihm kurz zu und tauchte unter. Jochen saß noch eine ganze Weile auf der weißen Kiste und schaute auf das Meer. Plötzlich machte das Schiff eine schlingernde Bewegung. Er grinste. Als die ersten Sonnenstrahlen langsam am Himmel erschienen, stand er auf und ging zurück in seine Kabine. Silvia und Jan schienen tief und fest zu schlafen. Er zog sich aus und legte sich möglichst leise in die rechte Hälfte des Doppelbettes.

Wo kommt er jetzt her?, dachte Silvia, stellte sich aber weiter schlafend.

Jochen fiel binnen Sekunden in einen tiefen und traumlosen Schlaf. Als Silvia ihn am nächsten Morgen gegen 9 Uhr weckte, kamen ihm die Ereignisse der Nacht wieder in den Sinn.

„Alles okay?", fragte Silvia, „du siehst so mitgenommen aus."

„Ja", gähnte er, „ich hatte nur einen seltsamen Traum."

„Dann ist es ja gut", fand sie, „komm, wir müssen aufstehen, bis um 10 Uhr gibt es noch Frühstück."

Er nickte und sah zu seinem Handy hinüber, es leuchtete grün, was ein Zeichen war, dass es sich nun über Nacht aufgeladen hatte, im Gegensatz zu ihm. Er beschloss, es erst später einzuschalten, stand auf und ging ins Badezimmer.

Kapitel 3

Wiedersehen mit Madeira und die Überquerung des
Atlantiks

Die erste Woche der Weltreise war bereits vergangen.
Nach der Passage der Meerenge von Bonifacio war die Kosta
Onda einen Seetag bis nach Barcelona unterwegs gewesen.
Danach folgten drei weitere Tage auf dem Meer, bis sie
Funchal, den Hafen der Blumeninsel Madeira, erreicht hatte.
Jessica und Tim freuten sich, den Ort wiederzusehen, an dem
sie vorletztes Jahr den Jahresausklang verbracht hatten. Um
Mitternacht hatte Tim damals Jessica den Vorschlag zu einer
Weltreise gemacht. Für sie schloss sich hier der Kreis.
Gemeinsam standen sie mit den Landfrauen morgens um
10 Uhr an der Reling und beobachten das Einlaufen in den
Hafen. An der Pier hatte bereits ein weiteres Kreuzfahrtschiff
festgemacht, dessen Bug ein großer, roter Kussmund zierte.
Jessica wurde richtig aufgeregt, als sie näher kamen und
den Namen des Schiffes am Heck lesen konnten. Es war das
Kreuzfahrtschiff, auf dem sie vor einigen Jahren Tim kennen-

und lieben gelernt hatte. Sie freute sich unendlich, es heute wiederzutreffen. Liebevoll kuschelte sie sich an ihn und meinte strahlend zu den Landfrauen: „Auf dem Schiff habe ich damals Tim kennengelernt."

„Ach", machte Rita.

„Das ist doch dasselbe Schiff, das vorletztes Silvester mit uns hier im Hafen lag", bemerkte Rosi.

Ungläubig sah Jessica die Frauen an, dann meinte sie: „Wart ihr auch vor zwei Jahren hier zum Jahresausklang auf Madeira? Auf dem Schiff?"

„Waren wir", bestätigte Rita, „aber mit der blauen Konkurrenz."

„Da hat die Ute doch ihren Kalli wiedergetroffen", meinte Rosi.

Ute seufzte passend dazu auf. Erst gestern hatte sie unbeobachtet wieder eine Stunde mit ihm heimlich von der Kabine aus telefoniert. Er fehlte ihr entsetzlich und nun war sie auch noch an diesem Ort, der so viele schöne, gemeinsame Erinnerungen barg. Mit ihren Augen fixierte sie erst intensiv die Pier, dann sah sie hinüber zum kleinen Jachthafen, in dem die Männer damals mit ihrem Segelboot, der Gerlinde, gelegen hatten.

„Kalli ist nicht da", bemerkte Rita sofort.

Ute wurde rot und schaute zu Boden. Warum konnte man ihr bloß jede Gefühlsregung im Gesicht ansehen? Rosi streichelte liebevoll ihren Arm.

„Ist ja ein Hammer", plapperte Jessi fröhlich weiter. Als sie sich der Pier näherten, stockte allen der Atem.

„Immer noch schwarz", meinte Tim und machte ein paar Fotos.

Vor zwei Jahren zierten die Kaimauer noch Bilder und Zeichnungen unterschiedlichster Schiffe. Ein alter Brauch, der bis in die Anfangszeiten der Seereisen zurückging. Seefahrer verewigten sich hier, bevor sie zu ihrer Reise über den Atlantik aufbrachen. Es war wie ein Eintrag in ein Tagebuch gewesen. In besagter Silvesternacht vor zwei Jahren hatte jemand die komplette Kaimauer mit schwarzer Farbe übermalt. Er war später verhaftet worden.

„Ob der Schwarzmaler noch im Knast sitzt?", überlegte Rita laut.

„Würde mich auch interessieren", meinte Jessica, „das war damals am Neujahrstag ja echt heftig gewesen."

„Dass die in zwei Jahren nicht mal was gemacht haben", fand Tim.

„Den Schwarzmaler habe ich übrigens damals überführt", protzte Rita. Ute und Rosi nickten eifrig dazu.

„Echt?", fragte Jessi mit ungläubiger Stimme.

„Klar", gab Rita zurück und begann ihre Lieblingsgeschichte zu erzählen.

Sie hatte damals am Silvesternachmittag einen Mann beobachtet, ganz in schwarz gekleidet, der mit einem Spachtel an der Mauer herumgekratzt hatte. Natürlich hatte sie ihn sofort zur Rede gestellt und gefragt, was er dort tat. Seine Erklärung, er wäre Archäologe und nähme eine Gesteinsprobe, hatte sie ihm keine Minute lang geglaubt. Am nächsten Morgen war die bunte Mauer komplett mit schwarzer Farbe überzogen gewesen. Als der Aufruf des Kapitäns nach verdächtigen Hinweisen erfolgte, ihr Schiff hatte den Hafen allerdings längst wieder verlassen, gingen sie direkt zur Brücke und berichteten. Kurze Zeit später wurde der Mann, der Antoni hieß, gefasst. Tim und Jessica zeigten sich beeindruckt.

„Machst du mal ein Foto von mir und Tim?", fragte Jessica und drückte Rita ihr Smartphone in die Hand. Im Hintergrund war das Schiff mit dem hübschen Kussmund zu sehen.

„Das skype ich nachher Nina", freute sich Jessica.

Tim grinste. Nina war Jessis beste Freundin und sie hatten sie damals auf der Silvesterreise begleitet. Auch sie hatte an Bord eines Schiffes den Mann fürs Leben kennengelernt. Hansjörg und sie hatten genau ein Jahr später an Silvester in Berlin geheiratet. Natürlich waren Jessica und er dort gewesen, denn seine Frau war Ninas Trauzeugin.

Inzwischen hatte ihr Kreuzfahrtschiff angelegt und die Gangway war offiziell zum Landgang freigegeben.

„Was machen wir heute?", fragte Rosi.

„Die Markthalle ist immer einen Besuch wert", meinte Tim.

„Ja, aber heute ist Sonntag", gab Jessica zu bedenken, „da werden nicht viele Geschäfte geöffnet haben."

„Wieso muss Sonntag sein und wir liegen hier?", regte sich Rita auf.

Tim reichte es, er schob Jessica langsam vor sich her und sie verstand, dass er gehen wollte. Sie winkten noch kurz den Frauen zu, dann verließen sie das Deck. „Wir schlendern mal zu dem kleinen Jachthafen rüber, ich glaube, da war auch eine nette Bar", meinte er.

Jessica stimmte zu.

„Ich gehe mal an Land, Fotos von der Kaimauer für Kalli machen", meinte Ute.

„Wir kommen mit", ordnete Rita an, die befürchtete, dass Ute sonst gleich wieder in der nächsten Telefonzelle verschwinden würde.

Bruno Bahn war einer der ersten Passagiere gewesen, die das Schiff verlassen hatten. Er hatte die teure Jeep-Tour in das Hinterland gebucht. Jedoch hatte er sich diese anders vorgestellt. Eingepfercht saß er mit vier anderen Passagieren in dem Gefährt. Sie kamen aus der Schweiz, sprachen aber in einem Dialekt, den er nicht verstand. Sie waren jünger, vielleicht um die fünfzig Jahre alt. Als er bei einem Stopp in der Inselmitte eine wahre Müllhalde entdeckte, flippte er regelrecht aus. Hier lag ein alter Kühlschrank, dort ein verrostetes Fahrrad. Er begann, die örtliche Reiseleiterin zu beschimpfen, die nur hilflos mit den Schultern zuckte. Einer der Schweizer Männer trat zu ihm, legte den Arm auf seine Schulter und sagte in feinstem Deutsch: „Nun komm mal runter, da kann sie doch nichts dafür."

Hasserfüllt starrte Bruno ihn an. Die konnten also doch Deutsch! Wie unhöflich ihm gegenüber, sich die ganze Zeit auf Schweizer Deutsch zu unterhalten! Er knurrte: „Sprich du mal lieber nach der Schrift", und wandte sich ab.

Auf der restlichen Tour herrschte im Jeep eisiges Schweigen. Bruno tippte wieder auf seinem Smartphone herum und pfiff unbeteiligt vor sich hin. Erst der Stopp am Cabo Girão, mit fast 600 Metern eine der höchsten Steilklippen Europas, konnte Bruno wieder versöhnen. Beeindruckt fotografierte er die grünen Terrassenfelder am Fuße der Klippen sowie einige Paraglider, die sich von hier oben für ihren Flug in die Tiefe fertig machten. Leider blieb keine Zeit mehr, mit der Seilbahn hinunterzufahren, denn die Reiseleiterin mahnte zum Aufbruch. Auf dem Rückweg zum Jeep fragte einer der Schweizer nach der Bedeutung des Namens. Die Reiseleiterin lächelte endlich mal wieder und sagte: „Cabo Girão ist portugiesisch und heißt auf Deutsch übersetzt Kap der Umkehr."

Bruno durchzuckte es. Diese zweite Weltreise verlief so ganz anders als seine erste vor zwei Jahren. War das ein Hinweis? Sollte er wirklich umkehren? Schnell verwarf er diese Idee wieder, er hatte schließlich bezahlt und mit diesen dämlichen Landfrauen an seinem abendlichen Tisch würde er auch noch fertig werden. Denen musste ja schließlich auch irgendwann mal die Puste ausgehen. Inzwischen hatten diese sich mit den Italienern am Tisch verbrüdert und erfreuten sich gegenseitig daran, die Sprache des anderen zu lernen. Dazu der Kellner, der immer sein allabendliches Kuchenstück erst durch die Luft wirbelte, bevor Bruno es verzehren durfte. Eine billigere Trinkgeldmasche gab es wirklich nicht! Dabei zahlte er doch ohnehin die tägliche Servicegebühr, die übrigens seit seiner letzten Reise um 2 Euro pro Tag angestiegen war! Das machte bei 115 Tagen schlappe 230 Euro. Er nahm sich fest vor, künftige Weltreisen mit anderen Schiffen zu machen. Seit Barcelona musste täglich die Uhr eine Stunde zurückgestellt werden, das ging ihm auch auf die Nerven, denn so war der ohnehin lange Tag noch länger. Und die abendliche Unterhaltung an Bord nervte ihn ebenfalls, die sogenannte Talentshow gestern Abend war vom Niveau her so katastrophal wie nie zuvor. Als schließlich die Landfrauen auf die Bühne kamen und ihr albern umgedichtetes

94

Heidi-Lied zum Besten gegeben hatten, war er aus dem Theater geflüchtet.

„Wie bitte?", fragte Jessica abends Rita an Tisch 10, „die Crew bekommt gar nichts von dem täglichen Serviceentgelt?" Ihr Kreuzfahrtschiff hatte inzwischen den Hafen von Funchal verlassen. Vier lange Tage auf See hatten sie vor sich, bevor sie ihren ersten Hafen in Brasilien erreichen würden.

„Gar nix, ich weiß es genau, denn Mario hat es mir anvertraut", antworte Rita.

„Wofür zahlen wir das denn?", meinte Tim ratlos.

„Das fließt den Heinis in der Reederei in den Rachen", mutmaßte Ute.

„Ich gebe den Jungs morgen mal ein Trinkgeld, die tun mir leid", beschloss Rita.

„Wir auch", meinte Jessica zu Tim. Dieser nickte.

„Also, ich zahle hier nicht noch mehr. Alles schon teuer genug bei den Leistungen. Und was die seit meiner letzten Weltreise alles eingespart haben, es ist eine Frechheit", unterbrach Bruno.

Leider fragte ihn niemand nach den Einsparungen. So begann er genervt, sein Eis zu essen, das Don Michael erfreulicherweise mal nicht herumgeschleudert hatte. Nebenbei tippte er wie fast immer auf seinem Telefon herum.

Die Italiener standen auf und verließen den Tisch. Wie immer küsste der Mann Jessica und die Frau Tim zum Abschied auf beide Wangen. Das war auch so ein Ritual geworden, das Bruno mächtig auf die Nerven ging. Dazu nannte inzwischen der ganze Tisch die beiden liebevoll nur noch ‚Mamma und Papa Italiano‘! Bei Jessica und Tim mochte das vom Alter her noch passen, aber die unmöglichen Landfrauen waren doch höchstens zehn Jahre jünger! Aber auch Jessica und Tim brachten ihn in Rage. Warum musste man, wenn man eine Kreuzfahrt um die Welt machte, sich temporär neue Eltern suchen? Oder diese neue Kinder?

„Alles affig“, fand Bruno.

„Wir waren heute im Jachthafen in einer Bar“, verriet Jessica nach der Verabschiedung ihrer neuen Eltern.

„Ja“, bestätigte Tim, „stellt euch vor: Antoni, der Schwarzmaler, sitzt nun lebenslang im Gefängnis!“

„Was?“, rief Rita aus und trank zur Beruhigung einen großen Schluck aus ihrem Weinglas. Eram eilte sofort herbei, um dieses wieder aufzufüllen.

„Erzähl“, forderte Ute Jessica auf.

„Er hat versucht, im Gefängnis den Busfahrer umzubringen, der damals seine Frau versehentlich und mit einer viel zu hohen Geschwindigkeit überfahren hatte“, berichtete Jessi.

Die drei Landfrauen schrien im Chor auf, die Nachbartische blickten sich bereits nach ihrem Tisch um, und Bruno hielt sich demonstrativ die Ohren zu. Natürlich nur kurz, denn er war ja neugierig.

„Wegen ihr hatte er doch die Kaimauer geschwärzt", erinnerte Tim.

„Ja, ja", meinte Rita und bekam innerlich das erste Mal Zweifel an ihrer damaligen Heldentat. War es möglich, dass Antoni sich absichtlich der Polizei gestellt hatte, um in das Gefängnis zu kommen und dort den Busfahrer zu töten? Diesen Gedanken verwarf sie sofort wieder. Das konnte ja nicht sein.

„Woher wisst ihr das denn alles?", fragte sie, um abzulenken. „Wir kamen mit der Bedienung der Bar ins Gespräch, sie kommt auch aus Deutschland und arbeitet seit drei Jahren dort", erzählte Jessica.

„Wer ist denn der Schwarzmaler Antoni?", fragte Bruno nun schließlich neugierig.

„Das geht Sie gar nichts an", fand Ute, „Sie waren ja schließlich nicht zum Jahresausklang auf Madeira vor zwei Jahren dabei."

Das hatte gesessen, Bruno trank den Rest von seinem Bier in einem Schwung aus, schnappte sich sein Smartphone und verließ grußlos den Tisch. Insgeheim beschloss er, die nächsten vier Seetage abends anderswo zu speisen. Er brauchte unbedingt eine Ruhepause von diesen Tischreisenden. Morgen könnte er die Pizzeria auf Deck 9 besuchen, selbst wenn diese wieder einen Aufpreis verlangte. Übermorgen würde er die Einladung in das Clubrestaurant einlösen, dessen ihm als Goldmitglied auf dieser Reise mindestens dreimal zustand. Er brauchte dringend Abstand.

Diesen brauchte auch Jochen, doch er bekam ihn nicht, seitdem das Kreuzfahrtschiff die Straße von Bonifacio verlassen hatte. Silvia ließ ihn gefühlt keine Sekunde mehr aus den Augen. Selbst wenn er morgens im Bad war, öffnete sie manchmal unter einem Vorwand die Tür. In Barcelona hatte er endlich wieder ein funktionierendes Netz. Er freute sich über gleich drei SMS von Iris, wenn auch die letzte ihn wieder in Sorge versetzte:

Du meldest dich gar nicht, liebst du mich noch? Kuss, deine Iris.

Wie sollte er sich melden oder eine Nachricht schicken, wenn er unter Dauerüberwachung stand oder kein Netz hatte? In Barcelona hatten sie mit Jan einen Ausflug zu dem großen Aquapark Isla Fantasia gemacht, der direkt vor den Toren der Stadt lag. Jan war ganz aus dem Häuschen gewesen, hatte alle 15 Rutschen ausprobiert und natürlich auch den großen Pool, der künstlich Wellen erzeugte. An einem der künstlich geschaffenen Strände hatten sie ein schattiges Plätzchen unter einer echten, großen Palme ergattert. Nachdem Jan genug getobt hatte, wollte er ein Eis und als Silvia mit ihm zu der etwas entfernteren Ladenzeile hinüber schlenderte, wusste Jochen, dass nun die Chance gekommen war. Eilig kramte er sein Handy aus der Tasche und drückte auf ihre gespeicherte Telefonnummer. Sie ging sofort ran.

„Schatz, oh Gott, endlich rufst du an", drang es an Jochens Ohr.

Er bemerkte sofort ihre traurige Stimme. „Es ging nicht früher", antwortete er.

„Du bist heute in Barcelona", wusste sie und fuhr fort: „Bist du an einem schönen Strand? Ich höre im Hintergrund sanftes Wellengeflüster."

Er lachte laut auf. „Nee, ich bin in einem überfüllten Wasserpark und musste mit meinem Sohn 15 Rutschen ausprobieren."

„Ach so", nun lachte sie auch und in Jochens Bauch begann es mächtig zu kribbeln.

„Ich liebe dich", flüsterte sie.

„Ich dich auch", lächelte Jochen glücklich in sein Telefon. Dann sah er Silvia und Jan aus der Ladenzeile treten.

„Ich muss auflegen", sagte er, „Silvia war mit Jan ein Eis holen, sie kommen zurück. Ich melde mich wieder, sobald es geht."

„Ja, bitte, ich küsse dich", bekam er zur Antwort.

Rasch warf Jochen das Handy wieder zurück in seine Tasche und tat so, als ob er nur entspannt auf der Liege gelegen hätte. Silvia schien nichts bemerkt zu haben. Schon am Abend fühlte er sich aber wieder unglücklich. Jan ging sofort nach dem Abendessen ins Bett und um nicht mit Silvia allein reden zu müssen, behauptete er, dass er so müde von dem Ausflug sei, dass er auch schlafen müsse. Silvia schloss sich ihm an. Tatsächlich schlief er sofort ein und bekam nicht mal mehr mit, wie der Kabinensteward gegen halb 9 Uhr das Tagesprogramm für den folgenden Tag unter der Kabinentür durch schob.

Auf Madeira fuhren sie gemeinsam mit Jan mit den legendären Korbschlitten und bummelten ein wenig durch Funchal. Silvia schaute nach Souvenirs, während Jan das Gelatsche, wie er es nannte, durch die Stadt langweilte. Er begann, sich intensiv mit Cruisy zu unterhalten, den er heute unbedingt mitnehmen wollte. Jochen hörte nicht hin, was er dem Schlumpf erzählte. Er war in Gedanken bei Iris. Er musste es schaffen, sie heute noch anzurufen, denn an den folgenden vier Seetagen hatte er eventuell wieder kein Netz. Er überlegte, wie er es schaffen könnte, Silvia und Jan kurz loszuwerden. Jan zog an seinem Arm und meinte: „Cruisy möchte ein Eis!"

Das ist die Idee, dachte er und schaute sich um. Tatsächlich befand sich auf der anderen Straßenseite eine Eisdiele.

„Komm, es ist so warm", rief er Silvia zu, „wir setzen uns dort in das Café und essen ein Eis."

„Geht schon mal vor, ich komme nach", gab sie zurück und verschwand in einem Klamottenladen.

Mist, dachte er, das kann dauern.

Jan war natürlich längst vorgelaufen und hatte einen Platz ausgesucht. Um den Aufenthalt in dem Café möglichst lange hinauszuziehen, bestellte er für seinen Sohn den größten Eisbecher, der auf der Karte stand. Sich selbst gönnte er nur einen Cappuccino. Als Silvia nach einiger Zeit mit Tüten beladen an den Tisch trat, schimpfte sie auch gleich los: „Ein kleineres Eis hätte es wohl auch getan, in zwei Stunden gibt es doch bereits Abendessen."

„Papa hat den bestellt", entschuldigte sich Jan. Silvia sah Jochen an.

„Was hat du denn gekauft?", fragte er, um abzulenken.

„Einen Magneten, einen Sonnenhut und eine schicke, weiße Bluse aus Leinen", ging sie auf ihn ein.

„Einen Magneten?", fragte er, „was willst du denn damit?"

„Ich kaufe ab sofort bei jedem Halt einen Magnet und später kommen diese alle an unsere hässlich graue Kühlschranktür. Da können wir uns immer an unsere Stopps und diese Reise erinnern", erklärte sie und winkte der Kellnerin.

„Toll", fand Jan.

Jochen antwortete nicht darauf. Er würde den Kühlschrank ohnehin nicht wiedersehen. Nachdem Silvia auch ihren Cappuccino vor sich stehen hatte, erhob er sich und erklärte, er müsste mal die Toilette aufsuchen. Er bekam fast einen Herzschlag, als Silvia Jan fragte, ob er auch mal müsse. Erleichtert registrierte er, wie sein Sohn mit dem Kopf schüttelte. Das hätte ihm gerade noch gefehlt! So betrat er das Innere des Cafés, durchquerte den Raum und schloss sich im Herren-WC ein. Er wählte Iris' Nummer, doch es sprang nur die Box an. Schnell sprach er ihr mit liebevoller Stimme ein paar Sachen auf das Band. Dann steckte er das Handy wieder sorgsam in die Tasche.

Später vor dem Abendessen gab es großes Theater in der Kabine. Jan hatte das ganze Eis gegessen und es war einfach zu viel für seinen kleinen Kindermagen gewesen. Also blieb Silvia mit ihm allein auf der Kabine und Jochen aß nur zwei Gänge, um Jan einen Tee zu bringen und Silvia brachte er ein Hauptgericht mit. Es wurde eine unruhige Nacht. Jan übergab sich mehrfach und erbrach sogar den Tee. Dem Paar blieb nichts anderes übrig, als hinunter nach Deck 2 zu fahren, auf dem sich das Hospital befand. Der diensthabende Arzt schlug vor, eine Infusion zu setzen, und er wollte das Kind unbedingt in der Nacht dortbehalten. Zögerlich stimmten die Eltern zu.

„Komm, wir gehen einen Cocktail trinken", schlug Jochen vor, denn er wollte jetzt um keinen Preis mit Silvia alleine auf der Kabine sein. Sie stimmte zu. An der großen Bar im Atrium saßen Jessica und Tim. Durch die große Glaskuppel konnte man den klaren Himmel und einige Sterne sehen. Sie setzten sich zu dem Paar und es wurde doch noch ein netter Abend. Jessica und Tim plauderten so interessant über ihre bisherigen Kreuzfahrten, dass die Zeit nur so verflog. Aus einem Cocktail wurden drei. Auf dem Rückweg zur Kabine hakte sich Silvia bei ihm unter und Jochen ließ sogar einen intensiven Gute-Nacht-Kuss über sich ergehen.

Paul, der Jan wirklich in sein Herz geschlossen hatte, flog regelmäßig über das Schiff, um nach Jan zu schauen. Versteckt in einer Ecke des Restaurants hatte er das ganze Drama mitbekommen, weil er gehört hatte, wie Jochen dem Kellner erklärte, warum er heute allein war und was er an Speisen später mitnehmen würde. Erwin hatte ihm eingetrichtert, sich möglichst unauffällig zu verhalten. Zufällig hatte er später die Familie auf dem Gang gesehen und war ihr gefolgt. Er setzte sich auf eine Bank vor dem Hospital und war überrascht, als das Ehepaar allein wieder herauskam. Er flog hinter ihnen her und sah, dass sie sich zu einem anderen Paar an die Atrium-Bar setzten.

Na, die haben Nerven, dachte er, das Kind muss im Hospital bleiben und die Eltern schlürfen fröhlich Cocktails.

Er beschloss, in das Hospital zu fliegen und nach dem Kleinen zu sehen. Erwin würde später nicht begeistert sein, doch das war ihm egal. Schon nach kurzer Zeit fand er ihn, er war wach und sah ihn sofort.

„Hallo Paul", grüßte er artig.

„Na, Jan, ich wollte mal nach dir schauen", gab dieser zurück.

Jan lächelte gequält und erzählte von dem großen Eis und seinem Magen. Paul bedauerte ihn ausführlich.

„Sag mal", meinte Jan, „seid ihr eigentlich Geister? Ihr seht so blass aus."

Da der Kleine Paul leid tat, erzählte er ihm ihre ganze Geschichte. Das lenkte das Kind ab und brachte es auf ganz andere Gedanken.

„Aber das ist ein großes Geheimnis, das du niemandem erzählen darfst", endete er.

Jan nickte aufgeregt mit dem Kopf und versprach es. Er fand es total cool, mit zwei Geistern um die Welt zu fahren, die nur er sehen konnte. Das würde er nicht mal Cruisy erzählen. Obwohl? War ein Schlumpf ein Tier? Dann konnte er sie ja auch sehen. Gespannt fragte er Paul danach. Dieser lächelte und schlug vor, auch Cruisy lieber nichts davon zu sagen. Jan stimmte zu.

„Ich glaube, meine Eltern haben sich nicht mehr lieb", sagte er plötzlich.

Fragend hob Paul eine Augenbraue.

„Wie kommst du darauf?", fragte er mit einfühlsamer Stimme.

„Die sprechen gar nicht mehr richtig miteinander, nur mit mir", berichtete Jan.

Nachdenklich sah Paul ihn an.

„Versuch nun ein wenig zu schlafen, nun ist doch Urlaub, da wird alles gut", riet Paul, „wir sehen uns ja sicher bald wieder." Er blieb noch an Jans Bett, bis dieser eingeschlafen war, dann flog er zurück in seine Kabine, wo Erwin ihn mit saurer Miene erwartete. Diese erhellte sich natürlich nach Pauls Schilderungen, wo er die letzten zwei Stunden gewesen war, nicht. Im Gegenteil, die zwei Geister begannen einen richtigen Streit. Erwin verbot Paul sogar weitere Gespräche mit Jan und warnte eindrücklich davor, sich womöglich in die Beziehung des Ehepaars einzumischen. Sie versöhnten sich auch vor dem Einschlafen nicht. Das hatte es niemals zuvor und schon gar nicht im Leben gegeben. Für Paul stand jedoch insgeheim fest, dass er sich die Eltern von Jan genau anschauen würde – er war neugierig geworden. Unterdessen bahnte sich die Kosta Onda bei ruhigem Seegang ihren Weg durch den Atlantik.

Ganze vier Seetage dauerte es bis zum ersten Kontinent: Südamerika. Jessica, die sich vorgenommen hatte, ein Reisetagebuch zu schreiben, nutzte die Zeit zwischen Frühstück und Mittagessen dafür. Sie saß immer an der Heck-Bar und tippte alles, was ihr so einfiel, direkt in ihren

Laptop. Tim war zu dieser Zeit meistens im Fitnessstudio anzutreffen, er hatte sich fest vorgenommen, auf dieser Reise ein wenig abzunehmen. Heute war schon der dritte Tag auf See. Jessi hatte seit dem lustigen Abend mit Jochen und Silvia gänzlich auf Alkohol verzichtet, denn in der Nacht danach hatte sie sich wieder mehrfach übergeben, obwohl sie nur zwei Cocktails getrunken hatte. Sie hatte für sich beschlossen, dass sie anscheinend momentan keinen Alkohol vertrug und seit sie ihn wegließ, ging es ihr besser. Die Landfrauen saßen oft am Nachbartisch und bestellten munter den ersten Sekt gleich nach dem Frühstück. Dann lamentierten sie über dies und das in ihrer gewohnten Lautstärke, doch Jessica störte das beim Arbeiten nicht, sie konnte die Stimmen einfach ausblenden. Heute am dritten Tag waren aber drei Stühle an Jessicas Tisch frei.

„Dürfen wir uns zu dir setzen, oder stört dich das?", fragte Ute.

Jessica sah auf und lächelte.

„Nein", sagte sie, „setzt euch doch."

Das taten die Frauen, und Rita winkte als Erstes Mario, der sogleich, ohne eine Bestellung aufzunehmen, mit drei Sektgläsern nahte. Fragend sah er Jessica an, doch diese schüttelte den Kopf.

„Willst du gar nichts mehr trinken?", meinte Rita, der längst aufgefallen war, dass ihre Tischfreundin abends, seit ein paar Tagen nur noch Mineralwasser trank.

„Zurzeit nicht", gab diese zu und verriet: „Alkohol bekommt mir seit ein paar Tagen nicht. Wird der ganze Vorbereitungsstress auf die große Reise sein."

„So fing das bei Ina auch an", piepste Rosi schüchtern.

Rita und Ute sahen Rosi entgeistert an. Ina hatte damals mit ihnen keinen Sekt mehr getrunken, weil sie schwanger war, aber Jessica war auf einer Weltreise, das käme wohl kaum infrage!

„Rosi, manchmal spinnst du", sagte Rita und zog tief und genüsslich an ihrer Zigarette. Fragend sah Jessica die Landfrauen an. Bevor sie etwas sagen konnte, versuchte Ute die Situation zu retten: „Was schreibst du denn da immer? Du arbeitest doch wohl nicht im Urlaub?"

„Nein", grinste Jessica, „ich habe mir vorgenommen, einen Reisebericht über diese einmalige Fahrt zu schreiben. Soll ich euch mal was vorlesen?"

Erfreut nickten die Landfrauen, denn diese Seetage waren ihnen jetzt schon zu langweilig, dabei würden noch über sechzig von ihnen folgen. Dankbar über diese willkommene Abwechslung lauschten sie Jessica aufmerksam. Als sie endete, sagte Ute: „Toll, wie du schreibst, da sehe ich Bilder vor mir."

„Und so lebendig und spannend", fand Rosi.

„Der Kracher", bestätigte Rita, die sich bereits die dritte Zigarette nacheinander ansteckte und Jessica eine anbot. Diese griff zu. Sie hatte ganz rote Wangen vor Freude über so viel Lob bekommen. Rosi sah sie mit Blick auf ihre Zigarette prüfend an, sagte aber nichts. Im weiteren Verlauf dieser Reise wurde dieses morgendliche Treffen zur schönen Gewohnheit. Die Landfrauen amüsierten sich köstlich über Jessicas Sichtweise der Mitreisenden, der Crew und manchmal kamen sie sogar selbst vor, wenn es mal wieder um den Abend an Tisch 10 ging. Das war Unterhaltung ganz nach ihrem Geschmack und zehnmal schöner als die an Bord angebotenen Bastel- und Tanzkurse!

„Davon wollen wir nach der Reise einen Ausdruck", johlten sie. Jessica war stolz und versprach es gern.

„Hast du früher schon geschrieben?", wollte Ute wissen.

„Ja, so für mich", gab Jessica zu, „und natürlich damals für die Schülerzeitung."

Die netten Geister, die sich natürlich bereits am nächsten Morgen wieder vertragen hatten, hörten auch oft den Lesungen von Jessica zu. Dann saßen sie unweit des Tisches auf Deck 9 auf einer hübschen Holzbank aus Teak, die der Name ihres Kreuzfahrtschiffes zierte.

„Sie hat Talent", meinte Paul.

„Ohne Frage", befürwortete Erwin.

108

„Schade, dass sie nichts über uns schreibt", fand Paul.

Erwin sah seinen Mann nur kopfschüttelnd an, antwortete aber nicht.

Die Harmonie war also wiederhergestellt, aber nur, weil Paul sich von Jan fernhielt. Das glaubte aber nur Erwin, denn wann immer es sich einrichten ließ, befand sich Paul in der Nähe des Kindes, allerdings, um herauszubekommen, ob es wirklich so schlimm um Jans Eltern stand. Er hielt sich dabei dem Kind gegenüber versteckt. Von einer Ehekrise der Eltern war er nach den letzten Seetagen überzeugt. Sie sprachen wirklich kaum miteinander und wann immer er Jochen allein antraf, tippte dieser mal wieder eine SMS in sein Handy. Er war ihm sogar auf das WC gefolgt und hatte über seine Schulter geschaut. Manchmal war es gut, ein Geist und unsichtbar zu sein! Die SMS, die er heute Morgen abgesandt hatte, war eindeutig gewesen:

*Meine Liebe, morgen erreichen wir endlich Brasilien, da setze ich mich ab und rufe dich an, versprochen, ich liebe dich, dein Joch*en.

Als Empfänger konnte Paul den Namen Iris lesen. Es war nicht zu fassen, er hatte eine andere und fuhr hier als scheinbar braver Ehemann mit Sohn einmal um die Welt. Wie hatten diese Menschen sich doch verändert, seitdem sie Geister geworden waren. Dann dachte er, dass es früher auch schon so was gegeben hatte, vielleicht waren die Dimensionen damals kleiner gewesen. Erwin sagte er kein Sterbenswort über seine

Beobachtungen. Doch er machte sich Sorgen um Jan und kam zu dem Schluss, dass dieser seine Gesellschaft dringend brauchte. Er nahm sich fest vor, bei nächster Gelegenheit wieder Kontakt zu dem Jungen aufzunehmen. Natürlich ohne, dass sein Mann dieses mitbekam.

„Fliegen wir in unsere Kabine?", fragte Erwin, nachdem Jessica zu Ende gelesen hatte.

„Ja, warum nicht", meinte Paul.

Erwin betrachtete ihn nachdenklich von der Seite. Irgendwas stimmte nicht, das spürte er deutlich. Paul verschwieg ihm etwas. Er kannte noch Pauls Sorgenfalte aus dem Leben, die sich zwischen seinen Augenbrauen bildete, wenn er über etwas grübelte, was er ihm nicht sagen wollte. Diese war in diesem Moment aufgrund ihrer Blässe tiefer als je zuvor zu sehen. Er vermutete, dass es um dieses Kind ging, doch er beschloss, erst mal abzuwarten, bis sie wieder Land unter ihren Füssen hatten. Paul, der normalerweise mit Tagen auf See nicht so gut zurechtkam, hielt sich für seine Verhältnisse erstaunlich gut, er wurde nicht seekrank, das wollte Erwin nicht gefährden.

Am letzten Abend vor dem ersten Stopp in Recife, Brasilien, tauchte Bruno Bahn unverhofft wieder an Tisch 10 auf. Mit der Pizzeria, dem Clubrestaurant und den Snacks im Buffetrestaurant hatte er sich die letzten Tage tapfer über Wasser gehalten. Jedoch war ihm auch unendlich langweilig gewesen, was er natürlich nicht zugeben würde. Mit einem

„Abend" und einem Nicken in Richtung der Italiener ließ er sich seufzend auf seinen Stuhl fallen. Die Runde erwiderte artig seinen Gruß. Er stutzte und befühlte, wie er hoffte, unauffällig das Stuhlpolster. Rita, die das genau sah, meinte: „Die haben die Stühle neu polstern lassen, dafür klebt man jetzt bei dem Material fast fest."

„Ist das Plastik?", fragte Bruno fassungslos.

„Nee, aber so ähnlich", meinte Rita, „wenn man später aufsteht, fühlt es sich so an, als ob die ganze Hose nass wäre und man hätte, na, Sie verstehen."

Genau dieses Niveau hatte er nicht vermisst! Als Don Michael ihn freundlich begrüßte und die Speisekarte reichte, erkundigte er sich besorgt, ob sein Gast krank gewesen wäre. Bruno schüttelte mit dem Kopf und begann, sich in die Karte zu vertiefen.

„Ja, aber wo waren Sie denn abends immer?", hakte Ute nach.

„Einladung ins Clubrestaurant, Besuch der Pizzeria, na und mal hier und da, man hat ja so seine Termine", hüstelte er verlegen, ohne aufzublicken.

Niemand am Tisch glaubte ihm diese vage Ausrede. Schon bei der Vorspeise stellte er fest, dass die Gruppe in den letzten Tagen zusammengewachsen war. Alle duzten sich, nur er wurde förmlich gesiezt. Inzwischen war man sogar dazu übergegangen, sich lautstark mit den Leuten an den

Nachbartischen zu unterhalten. Um sie herum saßen fast nur Deutsche. Irgend so eine Hannelore, die mit ihrem Mann hinter ihm saß, kam plötzlich an ihren Tisch und unterhielt sich mit dem Frauentrio. Die Gespräche am Tisch drehten sich heute Abend zunächst ausschließlich um das erste Reiseziel, Recife in Brasilien. Leicht genervt stellte er fest, dass alle genau seinen Ausflug gebucht hatten, nämlich den nach Olinda. Das waren ja großartige Aussichten. Er beschloss, unbedingt zu vermeiden, mit dem Rest des Tisches in einem Bus zu sitzen. Die Italiener hatten natürlich den italienischen Ausflug gebucht, aber auch den nach Olinda. Das Theater, das sie erneut in Zeichensprache mit Jessica und Tim veranstalteten, war bühnenreif. Neidisch sah er, wie nach dem Dessert der ehrwürdige Maître, natürlich auch ein Italiener, an den Tisch zu dem alten Paar trat und ein wenig Konversation machte.

„Mit uns dürfen Sie ruhig auch mal sprechen, Herr Maître", knurrte Bruno in sein Pistazieneis, das ihm überhaupt nicht schmeckte.

„Der Salvatore spricht jeden Abend mit uns", schnauzte Rita quer über den Tisch Bruno an.

„Man muss natürlich Englisch können", gab Ute an.

Da platzte Bruno der Kragen. Er fasste Salvatore am Ärmel und deutete auf das Eis. Fragend sah dieser ihn an.

„Schmeckt scheiße", rief Bruno, sodass sich alle an den

Nachbartischen zu ihnen umsahen. Salvatore lächelte zwar lieb, verstand Bruno aber natürlich nicht.

„He doesn´t like the ice cream", half Jessi.

Keine Sekunde später griff Salvatore nach dem Eisbecher und schon war er mitsamt diesem in Richtung Küche verschwunden. Bruno sah ihm entsetzt nach. Es vergingen einige Augenblicke, aber er kehrte nicht zurück. Im Gegenteil – er war im kompletten Restaurant nicht mehr zu sehen.

„Na, vielen Dank", sagte Bruno nun mit wütender Stimme zu Jessica.

„Sie mochten es doch nicht", konterte Tim sachlich und nahm einen großen Schluck von seinem Rotwein. Nun bemerkte Bruno das erste Mal, dass Jessica gar keinen Wein, sondern Wasser trank.

„Haben Sie das Trinken aufgegeben?", fragte er gehässig.

„Es reicht jetzt", sagte Tim und obwohl er sich bemühte, klang durch, wie sehr ihn der Kommentar von Bruno ärgerte.

„Macht doch alle, was ihr wollt", sagte Bruno, knüllte seine Serviette zusammen, um diese auf den Tisch zu werfen. Dann erhob er sich und verschwand. Er sah gerade noch, wie Jessica ihren lieben neuen Eltern irgendwelche Zeichen machte. Am Eingang schaute er bei dem hohen Empfangstisch des Maître vorbei, der ihn im Übrigen an die Kanzel in einer Kirche erinnerte. Salvatore war jedoch noch immer nicht zu sehen und mit seinem Kollegen, einem großen, hochgewachsenen

Mann, der auch sehr südländisch aussah und sehr lässig über diesem Tisch hing, wollte er nicht diskutieren. Er ging auf direktem Wege in die Atrium-Bar. Die leisen Klänge des Klavierspielers würden ihn sicher beruhigen. Dort angekommen, orderte er einen Ramazotti auf Eis und zwar einen doppelten. Nach den ersten Schlucken entspannte er sich, bis sein Blick auf das weiße Klavier fiel. Dicht daneben und in absolut anhimmelnder Pose stand erneut die alte Frau mit ihrem Einkaufswagen, dem Trolley. Gerade beendete der Klavierspieler das Lied „My Way", als sie hysterisch zu applaudieren begann.

„Die werden hier vermutlich täglich alle immer bekloppter", befand er und leerte sein Glas in einem Zug. Der Barkeeper war sofort bei ihm und wollte nachschenken, doch Bruno winkte ab. Ihn zog es nur noch auf seine Kabine, den einzig neutralen Ort auf diesem Kreuzfahrtschiff, wo er keine Idioten um sich hatte. Den Zimmersteward würde er später, wenn dieser das Bett richten wollte, einfach wieder rauswerfen. Das hatte er in den letzten Tagen der Reise bereits öfter praktiziert, der war es sicher schon gewohnt.

Brunos erneuter abrupter Aufbruch hatte an Tisch 10 zunächst für Schweigen gesorgt. Als die Italiener sich kurze Zeit später ebenfalls verabschiedeten, kehrte das Leben zurück.

„Der spinnt total", befand Rita.

„Wer?", wollte Ute wissen.

„Na, der Herr Bahn", antwortete Rita und ließ sich von Don Michael nur allzu gern nochmals Wein nachschenken. „Also, ein bisschen komisch ist er sicher", gab nun auch Rosi zu.

Jessica und Tim hatten nachdenklich auf das blaue Meer geblickt. In diesem Moment ging die Sonne unter und färbte es in vielen, unterschiedlichen Rottönen. Tim stand auf und ging an das Fenster, um ein Foto zu machen. Jessica wandte sich den Landfrauen zu.

„Unmöglich von ihm, mich zu fragen, warum ich keinen Wein mehr trinke", fand sie.

Die drei Frauen nickten. Rosi taxierte Jessica unauffällig. Ihre Wangen waren rosig, ihre Gesichtszüge entspannt, nur auf der Stirn zeigte sich eine kleine Zornesfalte. Die galt jedoch Bruno und war sofort verschwunden, als Rita meinte: „Der komische Kauz soll sich mal um sich selber kümmern." Jessica lachte laut auf. Tim setzte sich wieder und bestellte noch ein Glas Wein, Jessica orderte einen Espresso.

„Du", sagte Rosi leise zu Jessica und legte eine Hand auf ihren Arm, „das mit der Übelkeit muss ja auch nicht vom Alkohol kommen, das kann auch andere Ursachen haben." „Unsinn", wiegelte Jessica ab und wechselte das Thema: „Habt ihr morgen den Vor- oder den Nachmittagsausflug nach Olinda gebucht?"

„Vormittags", wusste Ute, „das ist auch gut so, denn mit der Ankunft in Brasilien erwarten uns Temperaturen um die 30 Grad!"

„Ja", fand Rosi, „schon heute ist es draußen an Deck so schwül."

„Den haben wir auch bekommen", erwiderte Jessica, „da bin ich auch sehr froh drum."

Hinter ihnen, einige Meter entfernt, standen Don Michael und Eram. Es war inzwischen kurz vor 20 Uhr. Die zweite Sitzung erwarteten sie für 20 Uhr 30 und ihre Gäste machten keine Anstalten, sich von ihren Plätzen zu erheben. Dabei mussten sie doch den Tisch nochmals komplett eindecken und eine kleine Pause zwischen den Essenssitzungen stand ihnen eigentlich auch zu.

„Morgen, von Land aus, muss ich unbedingt Kalli anrufen", gab Ute bekannt.

Keine der Landfrauen kommentierte dies.

„Der will bestimmt wissen, wie es uns geht", versuchte sie es weiter.

„Ja", sagte Rita, aber nur, um überhaupt etwas zu sagen. . Was die Frauen nicht wussten, war, dass Ute bisher an den Seetagen an jedem Tag mindestens dreißig Minuten mit Kalli von der Kabine aus heimlich telefoniert hatte. Die saftige Telefonrechnung, die noch folgen würde, verdrängte sie bisher tapfer. Don Michael erschien am Tisch und begann, diskret leere Gläser abzuräumen.

„Wir müssen gehen", piepste Rosi.

„Ich habe noch Wein in meinem Glas", meinte Rita ungerührt.

„Was machen wir heute Abend noch?", fragte Jessica ihren Mann.

Dieser zuckte ratlos mit den Schultern.
„Im Theater ist irgend so eine Zauber-Show", berichtete Ute nicht sehr begeistert.

„Lass uns mal an Deck schauen und überlegen", schlug Tim vor.

Jessica nickte, da erschien plötzlich Jan am Tisch und warf sich auf ihren Schoß. Er war nach zwei Tagen aus dem Hospital entlassen worden und war wieder gesund und kräftig.

„Hey, mein Schatz", lachte Jessi, „wo ist denn Cruisy?"

„Der ist auf der Kabine, ihm geht es noch nicht wieder so gut wie mir."

„Ach so", gab sie zur Antwort und strich dem Kleinen über sein blondes Haar. Rosi beobachtete ihre Fürsorge genau und lächelte in sich hinein.

„Und genau da, wo Cruisy ist, gehst du nun auch hin, mein Freund", erklang die Stimme von Jochen. Silvia winkte den Mädels am Tisch zu, nahm Jan auf den Arm, und dann begaben sie sich Richtung Ausgang. Maître Salvatore, der wie aus dem Nichts wieder erschienen war, spendierte ihm am Ausgang noch einen Bonbon. Jan strahlte ihn an, unter den Crewmitgliedern hatte er, als einziges Kind auf dieser Reise, schon viele neue Fans gefunden.

Obwohl der Ausflug am nächsten Morgen bereits um 8 Uhr beginnen sollte, kehrten die Landfrauen noch für einen letzten Wein in die Heck-Bar ein. Die Luft war zwar schwül, aber hier wehte ein wenig Wind und außerdem spielte ein nettes Duo stimmungsvolle Lieder. Soeben erklang ‚I Am Sailing' von Rod Stewart, wie passend. Sie plauderten ein wenig mit Mario, dann füllte sich das Deck, er musste sich auch um die anderen Gäste kümmern und ließ sie allein. Ute sah nachdenklich in den nächtlichen Sternenhimmel hinauf.

„Das Kreuz des Südens kommt erst noch", sagte Rita.

„Ich glaube, dass Jessi schwanger ist", platzte Rosi plötzlich ganz gegen ihre Art heraus. Rita tippte sich an die Stirn und zeigte der Freundin einen Vogel.

„Es geht doch keine Frau schwanger auf eine Weltreise", fand auch Ute, die wieder auf die Erde zurückgekehrt war.

Rosi verfiel wieder in ihre schüchterne Rolle und sagte: „Ist ja auch erst ganz am Anfang, sie weiß das selbst noch nicht. Ich habe jahrelang als Arzthelferin gearbeitet und habe einen Blick für schwangere Frauen. Diese rosigen Wangen, der liebliche Gesichtsausdruck. Als unsere Ina damals zu

Silvester das erste Mal ins Hotel kam, habe ich das auch vermutet. Und zwar noch bevor Basti es gesagt hat."

„D-a-v-o-n", antwortete Rita lang gezogen, „hast du ja noch nie was gesagt."

Mit einer Geste orderte sie quer über das Deck bei Mario nochmals Wein nach. Er kam sofort und freute sich über ein Trinkgeld in Form eines 10-Euro-Scheins, den Rita ihm neckisch und mit einem Zwinkern in die linke, hintere Hosentasche steckte.

„Warten wir es ab", meinte Ute diplomatisch.

Mario drehte eine Runde über das Deck und kehrte an den Tisch der Landfrauen zurück. Er fragte die Frauen, wie die Äquatortaufe gestern gewesen wäre. Er hatte zu dieser Zeit leider Dienst an der Bar im Bug gehabt und durfte seine Station nicht verlassen, um dabei zu sein. Rita kramte begeistert ihre Kamera heraus und zeigte ihm ein paar Fotos, die sie geschossen hatte.

Alle Passagiere hatten sich auf dem großen Sonnendeck in der Mitte des Schiffes versammelt. Das Animationsteam hatte sich als Neptun und Gefolge verkleidet und war mit großem Einmarsch aufgetreten. Das erste Mal auf dieser Reise war das Glasdach über dem Poolbereich geöffnet worden und so hatten die Passagiere auf drei Decks gestanden und diesem Event beigewohnt. Um Punkt 12 hatte die Kosta Onda dreimal hintereinander aus ihrem Typhon gehupt und alle waren nach

Anweisung der Animateure, in die Luft gesprungen und auf der südlichen Halbkugel wieder gelandet. Das war ein Spaß gewesen! Die Landfrauen hatten es sich auch nicht nehmen lassen, sich von „Neptun" taufen zu lassen. Der Animateur trug ein fischähnliches Gewand, eine graue Perücke und einen langen, absolut unechten Bart. In seiner Hand hielt er einen Dreizack. Über jeden willigen Gast schüttete er eine blaue Flüssigkeit und sprach dazu in mehreren Sprachen einen Taufspruch. Die Landfrauen ergatterten von dieser Zeremonie tolle Fotos von sich und hüpften danach, ohnehin nur im Badeanzug bekleidet, sofort in den nahegelegenen Pool.

Mario freute sich mit ihnen über das Erlebnis und die schönen Bilder. Als er erneut Wein nachschenken wollte, lehnten die Frauen jedoch ab. Es war inzwischen 23 Uhr und sie wollten unbedingt fit für ihre erste Station in Brasilien sein. Im Gänsemarsch trotteten sie den Gang entlang zu ihrer Kabine. Rosis Gedanken kehrten zurück zu Jessica. Irgendwie gefiel ihr die Reaktion ihrer Freundinnen nicht. Trauten die ihr gar nichts zu?

Ich werde recht behalten, dachte sie ein wenig verbissen.

Kapitel 4

Gefährliches Brasilien und melancholisches Argentinien

Es war 7 Uhr morgens und die Kosta Onda legte im ersten Hafen von Brasilien, in Recife, an. Die Landfrauen saßen gemütlich an einem Tisch am Fenster im Buffetrestaurant und verfolgten das Anlegemanöver von Deck 9 aus durch die großen Panoramafenster. Trotz der frühen Uhrzeit gönnten sie sich ein üppiges Frühstück mit Omelett und danach frisch gebackene Waffeln mit Ahornsirup. Mario servierte den frisch aufgebrühten Kaffee mit einem Lächeln.

„Der Arme muss auch immer arbeiten", fand Ute und lächelte Mario an.

„Das Omelett schmeckt gut", fand Rosi, „aber an das von diesem Sylter Koch aus dem ‚Stadt Hannover' kommt es absolut nicht heran."

Rita und Rosi lachten laut auf. Beim Jahresausklang auf Sylt hatte Rosi für den charmanten Jungkoch geschwärmt und immer seine Rezepte genau aufgeschrieben. Hier an Bord gab es natürlich keine Eierspeise mit Trüffeln oder sonstigem Schnick-Schnack. Rita, die schon eine ganze Weile nur aus dem Fenster gesehen hatte, meinte: „Das ist nun Brasilien, alles voller Hochhäuser und davor lange, weiße Sandstrände, hm."

„Die Stadt sieht nicht reizvoll aus", meinte auch Ute, „gut, dass wir gleich in dieses Olindor fahren."

„Olinda", verbesserte Rita und leerte ihre Kaffeetasse mit Schwung.

„Ja, ja", meinte Ute.

„Ob es da auch gefährlich ist?", sorgte sich Rosi.

Diese hatte die halbe Nacht nicht geschlafen, nachdem sie gestern Abend nach ihrer späten Rückkehr auf die Kabine die Landgangempfehlungen der Reederei gelesen hatte. In einem ausführlichen Brief stand, dass man nach Möglichkeit nur mit den geführten Ausflügen an Land gehen sollte. Außerdem wurde empfohlen, möglichst keine Rucksäcke mitzunehmen und auf das Tragen von wertvollem Schmuck sollte man komplett verzichten. So trug Rosi auch nur eine billige Armbanduhr, die sie neulich an Bord für 5 Euro in einem Aktionsverkauf erworben hatte.

„Wir passen auf uns auf", antwortete Ute und drückte die Hand der Freundin, dann fuhr sie fort: „Kalli hat mich gestern auch gewarnt, Recife sei die Stadt mit der höchsten Mordrate! Im Prinzip wird alle zwei Stunden dort ein Mensch umgebracht!"

Rosi hielt sich sichtlich erschrocken die Hand vor den Mund. Rita fragte lauernd: „Gestern, Ute?"

Diese verstand sofort. „Quatsch, also neulich mal, ach es ist ja noch so früh, Mario, gibt es noch Kaffee?"

Sehr misstrauisch blickte Rita Ute an, Rosi begann ein wenig zu zittern.

Die scheint mehr mit Kalli zu telefonieren, als wir wissen, dachte Rita.

Bevor es an Land in die gefährliche Stadt ging, mussten nicht nur die Landfrauen, sondern auch Bruno, Jessica und Tim den Ausflugs-Check-in in der Mirabellenbar hinter sich bringen. Punkt 8 Uhr hatte im Tagesprogramm gestanden, sollten sie erscheinen. Alle Gäste waren da, die Sessel der Bar waren gut gefüllt, doch bis 8 Uhr 10 passierte nichts. Die Reiseleiter, die in der Mitte der Tanzfläche einen Tisch aufgebaut hatten, waren beschäftigt, Unterlagen zu sortieren. Um 8 Uhr 15 trat Bruno an diesen Tisch, um nachzufragen und wurde in recht barschem Tonfall von der deutschen Gästebetreuerin Herlinde abgewiesen. Er sollte sich wieder setzen und auf seinen Aufruf warten. Genervt trottete er wieder zu seinem Platz. Dass diese Frau wieder an Bord war, empfand er mindestens so schlimm wie die Anwesenheit der Landfrauen. Sie war schon auf seiner letzten Reise dabei gewesen und er mochte sie nicht. Sie war in seinen Augen wenig kompetent und hatte keine Ahnung. Erst gestern fühlte er sich wieder bestätigt, als er sie fragte, wo er an Land vor dem Ausflug Geld tauschen könnte und sie ihm lächelnd, aber mit sehr nachdrücklicher Stimme zu verstehen gab, dass sie selbst das erste Mal nach Brasilien reiste und woher sie das bitte wissen sollte. Als er fragte, ob es denn ‚Real' an der Rezeption vorab gebe, hatte sie ihn angeguckt, als ob er sie fragte, wo der nächste Supermarkt wäre.

„Real ist die brasilianische Währung", hatte er gemeint.

„Das ist mir bekannt", war ihre Antwort, „lesen Sie es bitte im Tagesprogramm nach, steht nichts dazu drin, gibt es auch keinen Real."

Bruno fühlte sich in seiner Meinung bestätigt. Nun saß er genervt in seinem Sessel, wippte unruhig mit dem Fuß und wartete. Er hasste es, auf etwas zu warten. Längst hatte er auf der Sitzgruppe am Fenster die Landfrauen entdeckt, die sich fröhlich mit Jessica und Tim unterhielten. Als Herlinde schließlich mit gnädiger Stimme den deutschsprachigen Ausflug nach Olinda ausrief, stürmte er nach vorn. Schnell bildete sich eine kleine Traube um den Tisch. Der schrille Ruf durch das Mikrofon von Herlinde: „Bilden Sie bitte zwei Reihen." Bruno ergatterte einen Aufkleber für Bus Nummer 2, den ihm Herlinde mit Schwung auf seine beige Weste klebte. Direkt hinter ihm drang eine bekannte Stimme, nämlich die von Jessica, an sein Ohr: „5 Personen."

„Bus 2, bitte setzen Sie sich aber erst wieder hin", gab Herlinde zur Antwort und klebte Jessi gleich fünf Aufkleber auf ihr T-Shirt. Bruno drehte sich zu Jessica um und sah sie entgeistert an, denn ihm wurde erstens bewusst, dass die Frau sich für alle zusammen angestellt hatte und zweitens, dass er diesen Ausflug mit seinen Tischreisenden verbringen musste.

Schlimmer geht es ja nicht, dachte er.

Jessi kehrte fröhlich zu den Landfrauen und Tim zurück und meinte lachend: „Der komische Kauz wird in unserem Bus sein."

„Hier wird alle zwei Stunden ein Mensch getötet, die Chancen stehen gut", meinte Rita unbeeindruckt. Ute bekam einen Lachkrampf. Rosi schaute erneut an diesem Morgen sehr unsicher drein.

„Ein Überfall ist auf jeden Fall drin", fand Jessi, „schaut euch nur seinen großen Rucksack an, den er mit sich trägt. Dabei war doch genau davor gewarnt worden."

Sogar Tim schüttelte darüber den Kopf. Auch sie trugen absolute Billiguhren und hatten sogar für den Landgang ihre Eheringe im Tresor auf der Kabine eingeschlossen. Schließlich kam der Aufruf für Bus 2 und im Gänsemarsch gingen sie gemeinsam in Richtung Ausgang zur Gangway, die sich heute auf Deck 1 befand.

Jochen und Silvia hatten beschlossen, in diesem Hafen auf einen Ausflug zu verzichten, sie hatten zu viel Angst um Jan. Großzügig hatte Jochen einen Massagetermin um 10 Uhr für Silvia gebucht, die sich darüber gefreut hatte. Jan lieferte er kurz danach bei der Kinderbetreuung ab, die ohnehin auf dieser Reise wenig zu tun hatte. Er durfte im Kinderpool plantschen und hatte das ganze Becken mit Rutschen für sich alleine. Er selbst ging an Land, um angeblich für die nächsten Stopps Geld in die Landeswährung zu tauschen. Das hatte er jedenfalls Silvia gesagt. Kaum, dass er im Cruise-Terminal angekommen war, hatte er jedoch sein Handy aus der Hosentasche gekramt. Es war jetzt kurz vor halb elf am Vormittag, Deutschland lag in seiner Zeitzone gut fünf Stunden zurück, es war also erst halb sechs Uhr morgens. Er würde Iris wecken, sie stand immer gegen 6 Uhr auf, er freute sich darauf. Bereits nach dem dritten Klingeln nahm sie ab und meldete sich mit verschlafener Stimme.

„Jochen", rief sie, als sie seine Stimme erkannte.

„Guten Morgen aus Brasilien, mein Herz", grüßte er.

„Du hast dich ewig nicht gemeldet", meinte sie zögerlich.

„Diese Seetage", stöhnte er, „nur Wasser, kein Netz, ich flippe bald aus."

„Ach so", gab sie zur Antwort.

„Ich liebe und vermisse dich, muss nun aber Schluss machen, Handy ist hier extrem teuer."

„Ich liebe dich auch, melde dich bald wieder", hauchte sie. Er versprach es und legte auf. Als er an dem kleinen Souvenirladen im Hafen vorbeikam, sah er durch die Schaufensterscheibe, dass dort Magnete verkauft wurden. Er trat ein und kaufte für Silvia einen, den die Skyline der Stadt zierte, denn sie würde sicher keinen Fuß an Land setzen und außerdem beruhigte dies sein Gewissen. Es war seltsam, in Deutschland hatte er ihr gegenüber nie ein schlechtes Gewissen gehabt, nicht mal, wenn er von einer Nacht mit Iris nach Hause gefahren war. Seit diese Weltreise begonnen hatte, beschlich ihn immer wieder das schlechte Gewissen, sogar dann, wenn er nur an Iris dachte.

Vielleicht, überlegte er, der jeden Tag dieser Reise akribisch herunter zählte, weil es mir nun bewusst ist, dass diese Ehe bald endet. Schnell tauschte er in einer Wechselstube Euro in Real um und ging zurück an Bord.

Die Fahrt nach Olinda, eine der ältesten Städte Brasiliens, dauerte über zwei Stunden. Seitdem der Bus am Hafen losgefahren war, redete die einheimische Reiseleiterin ohne Punkt und Komma, aber in einem guten und sicheren Deutsch, auf ihre Gäste ein. Die Stadt war berühmt für ihre barocke Architektur aus dem 17. und 18. Jahrhundert. Seit langer Zeit gehörte sie zum UNESCO-Weltkulturerbe. Nun hatten die Kreuzfahrer also in zwei Stunden die komplette Geschichte seit 1535 gehört. Nur noch wenige lauschten konzentriert. Jessica und Tim waren gleich zu Beginn eingeschlafen, diese frühe Uhrzeit war einfach nicht ihr Ding. Sie saßen im hinteren Teil des Busses, direkt in Höhe der Landfrauen. Bruno war es gelungen, in der ersten Reihe zu sitzen, weil er bei der

Reiseleiterin eine Beinbehinderung vorgetäuscht hatte. Dass dies eine Lüge war, sah jene allerdings sofort, als sie nach einer Stunde eine Pause einlegten und Bruno fröhlich als Erster aus dem Bus sprang. Allerdings war die Reiseleiterin schon lange in ihrem Job und kannte daher diese Art Zeitgenossen. Bruno selbst war in seinem Element. Endlich saß er in der ersten Reihe, konnte dem Fahrer über die Schulter blicken und genau mit seinem Smartphone abgleichen, wo sie sich befanden.

Als sie Olinda erreicht hatten, stoppte der Bus und die Reiseleiterin erklärte, dass man zur Stadtbesichtigung nun in Kleinbusse umsteigen müsste. Bruno stürmte erneut wie ein Irrer aus dem Bus, um auszuschließen, dass er doch noch mit diesen Tischreisenden zusammen sein musste. Die Kleinbusse fuhren zunächst den Vorplatz einer beeindruckenden, barocken Kirche an, die Igreja da Misericórdia hieß.

„Ist das schön hier", fand Jessi.

„Oh ja", wusste die Reiseleiterin. „Olinda kommt aus dem Portugiesischen Ó linda, heißt Oh wie schön."

Wenn man den Weg ein Stück hinaufging, konnte man direkt über die Kirche hinweg nach Recife mit seiner beeindruckenden Skyline blicken. Dazwischen lag glitzernd schimmernd das Meer.

„Hm", brummte Tim.

Mit Kirchen hatte er es eigentlich überhaupt nicht. So steckte er die Hände in die Hosentaschen und beobachtete Jessica, die hingebungsvoll Fotos machte.

„Schnell noch ein Selfie, das poste ich nachher in Facebook", lachte sie glücklich.

Die Landfrauen, die auch nur mäßig an Kirchen interessiert waren, standen davor in einer kleinen Ecke, die Schatten bot. Rita rauchte schon die dritte Zigarette hintereinander. Ute spähte nach links und rechts, ob es hier vielleicht eine Telefonzelle gäbe, doch sie sah keine. Den nächsten Stopp legten die Busse direkt im Herzen der kleinen Altstadt ein, die von ihren Gebäuden her noch sehr gut erhalten war. Die Reiseleiterin blickte auf ihre Armbanduhr und rief mit euphorischer Stimme: „Eine Stunde Freizeit!"

„Was soll ich denn hier eine Stunde machen?", erklang die beleidigte Stimme von Bruno.

„Ach, der ist auch wieder da", kommentierte Rita.

„Einkaufen, Kokosnuss trinken, entspannen", gab die Reiseleiterin zur Antwort. Er grunzte kurz, drehte sich auf dem Absatz um und ging in eine Seitenstraße, denn er hatte eine Neonreklame ganz am Ende der Straße gesehen, die ihn interessierte. Gemeinsam mit Jessica und Tim belagerten die Landfrauen den Stand mit frischen Kokosnüssen.

Sie waren fasziniert. Ein Mann schlug in die Schalen ein Loch, steckte einen Strohhalm hinein und reichte ihnen dieses einzigartige, gut gekühlte Getränk.

„Jetzt noch ein Schuss Rum hinein und es wäre perfekt", fand Tim und reichte dem Verkäufer lächelnd vier Dollar.

Die Frauen lachten schallend auf. Rita boxte ihm leicht in die Seite und meinte: „Na, manchmal kannst du richtig lustig sein."

Er schüttelte mit dem Kopf, grinste aber und zeigte auf Jessica.

„Für lustig ist Jessi zuständig."

Diese versuchte erneut, ein Selfie von sich und der Frucht zu machen, doch irgendwie hatte sie zu wenige Hände frei. Rosi kam zu ihr, nahm den Fotoapparat und machte eine Aufnahme von ihr.

„Geht es dir besser?", fragte sie.

„Ja, super", meinte Jessi, „alles wieder gut, musste mich wohl nur nach den ganzen Vorbereitungen auf die Reise mal ausruhen."

Rosi nickte zur Antwort. Danach bummelten alle noch ein wenig durch die Geschäfte. Es gab Kunsthandwerk, aber auch jede Menge Ramsch. Rita freute sich, sie ergatterte einen Taschenaschenbecher mit dem Bild der Kathedrale von Olinda.

„Da brauche ich meine Kippen beim nächsten Busstopp nicht mehr in die Welt zu schmeißen", erklärte sie dem Rest.

Der Kleinbus brachte sie später wieder zu dem großen Bus, mit dem sie gekommen waren. Die Reiseleiterin zählte die Insassen durch. Einer fehlte! Es war Bruno!

„Abfahren, sofort abfahren, so eine Gelegenheit kommt so schnell nicht wieder", kreischte Rita quer durch den Bus. Die Mitreisenden lachten. Die Reiseleiterin machte beschwichtigende Zeichen. Da kam Bruno doch noch um die Ecke gelaufen. Er gestikulierte und schimpfte vor sich hin. Mit scheinbar letzter Kraft erklomm er den Bus und warf sich in die erste Reihe.

„Verbrecher, alle Brasilianer sind Verbrecher, was ist das hier für ein Land?", brüllte er los.

Die nette Reiseleiterin zuckte zusammen. Wortreich erklärte er, dass er in dem ach so schönen Olinda von einem Straßenkind angegriffen worden sei. Es hatte ihn von hinten angesprungen und an seinem Rucksack gezerrt. Dann war noch ein zweites, größeres hinzugekommen und er hatte alle Mühe, sich zu wehren. Erbeutet hatten die kleinen Strolche nichts, aber er hatte ein Messer blitzen sehen und war um sein Leben davongelaufen. Die Reiseleiterin wollte wissen, wo dies genau geschehen war. Als er von der Seitenstraße berichtete, meinte sie: „In Seitenstraßen soll man als Tourist nicht gehen, das sagte ich doch vorhin."

„Sie", knurrte Bruno und zeigte mit dem Finger auf die Frau, „Sie sagen ja ohnehin viel, wenn der Tag lang ist. Am besten halten Sie auf der Rückfahrt mal die Klappe!"

Er beförderte ein Taschentuch aus seiner Hose und tupfte sich den Schweiß ab, der ihm im Nacken herunterlief. Einige Sekunden waren alle Gespräche im Bus verstimmt. Das Benehmen ihres Mitreisenden schockierte die Kreuzfahrer sehr. Er hörte von weit hinten aus dem Bus Rita. „Können wir jetzt mal fahren?", rief sie ungeduldig.

„Genau", fand Ute, „außerdem stand im Programm der Reederei, dass man nicht von den Hauptstraßen abbiegen soll."

„Sie sind ja noch am Leben", piepste Rosi.

Hasserfüllt drehte Bruno sich zu den Landfrauen um und zeigte ihnen den Mittelfinger.

Ein wenig ruhiger war der Tag bei Erwin und Paul verlaufen. Sie waren ausgeflogen und hatten die Skyline von Recife mehrfach umrundet. In den Häuserfluchten wehte ein kräftiger Wind und so legten sie schon bald einen Stopp an einem der wunderschönen, goldgelben Sandstränden ein, die mit großen Palmen gesäumt waren. Arm in Arm setzten sie sich in den Sand und schauten eine Weile dem Treiben am Strand zu. Die Menschen sonnten sich, schwammen im Meer oder spielten Ball. Besonders faszinierten sie die aufdringlichen Händler, die mit T-Shirts, Sonnenbrillen und Pareos versuchten,

Umsatz zu machen. Ließ ein Strandbesucher sich auf ein Gespräch ein, hatte er verloren. Die Händler schrien entsetzt auf und machten Gesten, als ob ihr Leben von dem Verkauf dieses Strandlakens abhinge. Aber vielleicht tat es das sogar. Paul stand auf und ging ein paar Schritte ins Meer. Nach kurzer Zeit kehrte er zu Erwin zurück, der immer noch an gleichen Stelle saß.

„Na, kalt?", fragte Erwin mit ironischer Stimme.

Paul streckte ihm die Zunge raus, dann meinte er: „Schade, dass wir es nicht mehr fühlen können."

Erwin nickte. Paul seufzte. Erwin sah seinen Mann nachdenklich von der Seite an, er spürte schon seit Tagen, dass ihn etwas bedrückte. Doch er rückte nicht mit der Sprache heraus.

„Wollen wir zurück an Bord fliegen?", fragte Paul.

Erwin stimmte zu. Friedlich flogen sie den Weg dieses Mal am Strand zurück und als sie beim Landeanflug auf Deck 14 waren, sah Paul Jan auf Deck 12 im Kinderpool spielen. Außer ihm schien niemand dort zu sein. Paul überlegte blitzschnell und meinte zu Erwin: „Flieg schon mal vor in die Kabine, ich will da im Hafen noch etwas gucken."

Gleichgültig zuckte Erwin mit den Schultern. Allerdings war er jetzt erst recht davon überzeugt, dass Paul etwas vor ihm verbarg und war entschlossen, das in den nächsten Tagen herauszubekommen. Im Leben hatten sie nie Geheimnisse voreinander gehabt, dafür wäre heutzutage auch kein Platz mehr.

Jan freute sich, als er plötzlich Paul vor dem Pool sah. Er winkte und rief: „Paul, toll dich zu sehen."

Paul ging das Herz auf, den Kleinen so fröhlich vorzufinden. Er spielte im nicht sehr tiefen Wasser mit einigen kleinen Kreuzfahrtschiffen aus Plastik. Cruisy lag vor dem Pool auf einer Sonnenliege und schaute zu. Aufgeregt brabbelte Jan Paul vor, wie die Schiffe hießen und wo sie herumfuhren. Paul sah sich um, es war tatsächlich niemand in der Nähe.

„Wo sind denn deine Eltern?", fragte er.

„Ach die", der Junge winkte ab, „Mama macht eine Massage und Papa wollte mit dem Büro telefonieren gehen.

„Hm", machte Paul.

„M-a-s-s-a-g-e", Jan dehnte das Wort, „warum machen alte Leute so was? Und warum muss Papa das Büro anrufen, wenn wir im Urlaub sind?"

Paul konnte sich sehr gut vorstellen, was das für ein Anruf sein würde. Garantiert telefonierte er mit Iris.

„Massagen entspannen die Muskeln", sagte er deshalb nur.

„Machst du denn auch Massagen? Du bist ja noch viel älter als Mama?"

„Nein", gab Paul zur Antwort, „Geister brauchen das nicht, denn sie fühlen ja nichts."

„Dann möchte ich auch ein Geist sein", sagte Jan und sah plötzlich wieder traurig aus.

Langsam kletterte er aus dem Pool und trocknete sich ab. Er sah Paul an und erzählte, dass sich seine Eltern nachts gestritten hätten. Genau hatte er nicht verstanden, worum es ging, denn sie sprachen sehr leise, weil sie dachten, er schliefe. Der Junge gab offen zu, dass er sich immer schlecht fühlte und Angst hatte, dass sie seinetwegen streiten würden. Paul fuhr ihm mit der Hand tröstend über den Kopf, als er plötzlich die nette Kinderbetreuerin Celeste aus der Tür kommen sah.

„Ich muss weiter", flüsterte er Jan zu. Dieser winkte zum Abschied.

„Ach, Jan", sagte Celeste, „du bist ja schon aus dem Wasser, komm wir gehen zum Grill und schauen, ob wir ein Stück Pizza ergattern können."

Am nächsten Tag erreichte die Kosta Onda den Hafen von Salvador de Bahia. Die Landfrauen waren auf eigene Faust an Land unterwegs. Mit einem Fahrstuhl fuhren sie hinauf und besichtigten verschiedene Kathedralen und die schöne Altstadt. Natürlich wollten sie ein Foto von den Brasilianerinnen, die in Originalkostümen vor den Kirchen auf die Touristen lauerten. Dass dieses plötzlich 15 Dollar kostete, entsetzte sie. Schnell genossen sie auf diesen Schreck hin wieder eine Kokosnuss für 2 Dollar das Stück.

Irgendwann waren sie völlig erschöpft und sackten auf ein paar Plastikstühlen zusammen, die vor einem Getränkestand standen. Ute deutete auf die nahegelegene Telefonzelle, während Rita für alle Caipi orderte. Erst nach gut 15 Minuten kehrte Ute zurück. Das Eis in ihrem Caipi war bereits in der Mittagssonne geschmolzen, doch das störte sie nicht. Gierig leerte sie das Glas in einem Zug und holte gleich drei neue. Die Landfrauen stießen an.

„Man, ist das Telefonieren teuer", jammerte Ute.

„Wie geht es Kalli denn?", wollte Rosi wissen.

„Geht so, er war eben erst aufgestanden, wir sind ja in der Zeit voraus", meinte Ute, schaute aber traurig aus. Rosi drückte liebevoll ihre Hand.

„Er geht jetzt Schnee schippen", fuhr Ute fort.

Rita bekam einen Lachkrampf, verschluckte sich dabei an ihrem Zigarettenrauch und begann, minutenlang zu husten. Rosi klopfte ihr auf den Rücken, Ute organisierte schnell ein Glas Wasser, das die Freundin in einem Zug leerte. Langsam beruhigten sich ihre Atemwege wieder.

„Entschuldigung", sagte sie, als sie wieder bei Stimme war, „aber das ist so bizarr, wir schwitzen hier wie blöde und Kalli schippt Schnee."

Rosi und Ute stimmten zu.

„Das zeigt, wie weit wir weg sind und das wird noch schlimmer", gab Rosi zu bedenken.

„Ha", machte Rita, die wieder auf dem Damm war, „Mädels, nachdem ich heute hier die ganzen dicken Brasilianerinnen gesehen habe, fühle ich mich unendlich schlank."

Nun lachte auch Ute und die Frauen stießen mit ihren Caipis darauf an.

Nach einem weiteren Seetag erreichten sie den Hafen von Rio de Janeiro am frühen Vormittag. Es war 9 Uhr und Jessica hatte Tim und den Landfrauen die Tagebucheinträge der letzten Tage auf dem Sonnendeck vorgelesen. Sogar den Bericht über die Brasilianische Nacht am Abend zuvor hatte sie schon fertiggestellt. Am Innenpool, dessen Glasdach geöffnet wurde, hatten sie alle, in bunte Pareos gehüllt, eine tolle Party gefeiert. Ohne es zu merken, überquerten sie ganz nebenbei mit ihrem Kreuzfahrtschiff den Wendekreis des Steinbocks. Das Zertifikat, das sie später auf der Kabine vorfanden, erinnerte sie aber daran. Jessica erntete großes Lob für ihre Zeilen, doch als der Zuckerhut und die Christusstatue in Sicht kamen, war es mit der Ruhe vorbei. Rita orderte bei Mario Sekt für alle, Tim ging nach hinten ans Heck, um Fotos zu machen. Nachdenklich betrachtete Jessica die zwei Seilbahnen, die von unten so klein wie Fliegen wirkten.

„Und da soll ich rauf? Mit meiner Höhenangst?", jammerte sie.

Rita zerrte sie an die Bar und orderte zwei doppelte Grappa. Jessi schaute ein wenig entsetzt drein.

„Grappa morgens um 9 Uhr?"

„Grappa ist gut gegen Höhenangst", meinte Rita seelenruhig und als die Frauen das Getränk in einem Zug ausgetrunken hatten, orderte sie gleich nochmals nach. So kam es, dass Tim eine fröhliche und lustige Jessica vorfand, als er wieder bei den Frauen eintraf. Er dachte sich nichts dabei, auch nicht, als Jessica ein zweite Runde Sekt nachbestellte. Nur Rosi sah Jessica ein wenig besorgt von der Seite an, aber das war längst zum Ritual auf dieser Reise geworden.

Der Besuch des legendären Zuckerhutes und des Corcovado wurde für Tim und Jessica zu einem einzigartigen Erlebnis. Rio lag ihnen von beiden Bergen zu Füßen und sah von oben aus wie eine kleine Spielzeugstadt. Sie hatten perfekte Sicht, keine Wolke war am Horizont zu sehen. Sie sahen sogar ihr Kreuzfahrtschiff von oben und natürlich die berühmten Strände wie die Copacabana. Tim, der um Jessicas Höhenangst wusste, wunderte sich zwar ein wenig über ihre Leichtigkeit, genoss es aber. Jessi ihrerseits sorgte dafür, dass der Alkoholgehalt konstant blieb. An der Mittelstation des Zuckerhutes spendierte sie einen Caipi, an der Talstation des Corcovado ein Bier. So hatte sie stetig einen leichten Pegel und zuckte nicht mal zusammen, als die Bergbahn des Corcovardo kurz vor ihrem Ziel freie Sicht auf den benachbarten Zuckerhut gab. Jessica bestand sogar darauf, die letzten Stufen bis zum Kreuz zu Fuß hinaufzugehen. Oben angekommen posierte sie in der Titanic-Haltung und Tim schoss unendlich viele Fotos von ihr. Als sie zu ihm zurückkam, küsste sie ihn innig.

„Ich bin so glücklich", seufzte sie, „eins der Bilder muss ich nachher gleich mal an Nina skypen. Das glaubt sie nie!"

Tim freute sich und drückte sie fest.

Die Landfrauen, die den Ausflug ‚Rio und Umgebung' gebucht hatten, waren auch glücklich. Als sie das legendäre Maracanã-Stadion erreicht hatten und der Bus zum Stillstand kam, sangen sie im Chor gleich mehrfach den Weltmeisterslogan „Die Nummer eins der Welt sind wir!" Zu ihrer Freude stimmten noch ein paar Mitreisende ein, während die Gäste aus Österreich und der Schweiz darüber nur den Kopf schüttelten. An der legendären Copacabana hatten sie bei einem der fliegenden Händler Fußballtrikots gekauft. Ute hatte so lange gehandelt, bis sie nur 10 Dollar pro Stück gezahlt hatten. In dem Lokal, wo sie zu Mittag hielten und wo sie in Kürze ein typisches brasilianisches Rodizio erwarten würde, hatten sie sich auf der Toilette umgezogen und gingen nun alle im Partnerlook. Auf ihren T-Shirts prangte die Nummer 10 und der Name Neymar. Schon nahte der Kellner mit dem ersten Fleischspieß, an dem kleine Würstchen hingen. Es folgte Schwein, Huhn, Rind und zum Nachtisch gebackene Banane. Dazu gab es Rotwein und Wasser und die Beilagen wie Salat,

Reis, Brot oder Kartoffeln konnte man sich von einem kleinen Buffet holen.

„Ach, lecker", seufzte Rosi glücklich, „endlich mal was anderes als auf dem Kutter", fand auch Ute.

Rita trank ihren Espresso in einem Zug aus und verkündete: „Ich geh mal raus, eine rauchen."

Auf den Nachtisch, eine Art Vanillecreme, hatte sie keine Lust. Sie trat aus dem Restaurant und nahm erst jetzt den wunderschönen, kleinen Garten wahr. Unzählig viele bunte Blumen säumten ihn. Auch sah sie jetzt erst, wie hübsch das Restaurant von außen wirkte. Sie blickte sich um. Sie war ganz alleine in diesem traumhaften Garten. Sie beschloss, ein paar Fotos zu machen, stellte ihre Handtasche auf die Steinstufen und entfernte sich ein paar Meter. Sie fotografierte, schaute sich die Bilder an und war sehr zufrieden. Dann setzte sie sich auf die Stufen neben ihre Tasche und zündete sich eine Zigarette an. Ungefähr eine Minute später sprang einer dieser typischen Souvenirhändler in nur fünf Meter Entfernung vor die Pforte des Restaurants und rief: „Do you want to buy a nice bag?"

Rita erschrak zutiefst und presste ihre Handtasche dicht an ihren Körper. Dem einen Händler folgten weitere. Einer hatte Pareos, ein anderer Strandlaken. Ihr reichte das, schnell rauchte sie ihre Zigarette zu Ende und begab sich fluchtartig wieder in das Lokal. Gehetzt kam sie am Tisch der Freundinnen an.

„Was hast du denn?", meinte Ute.

„Ich wäre eben vor der Tür fast beklaut worden", erklärte Rita und schenkte sich nochmals Wein nach. Rosi tätschelte ihre Hand. Rita berichtete genau, was draußen eben geschehen war. Als sie wieder vor die Tür traten, waren aus zwei Händlern zwanzig geworden. Sie umlagerten den Bus und unter Aufsicht der Reiseleitung wurde Rita wieder zu der mutigen Frau, die sie im Grunde ihres Herzens auch war. Nach längerer Verhandlung kaufte sie einen Pareo, der mit zwei Reißverschlüssen versehen war und sich in eine praktische Strandtasche umwandeln ließ. Er war überaus bunt und mit den Wahrzeichen von Rio verziert: Die Christus-Statue, der Zuckerhut und selbst die legendären Strände konnte man klar erkennen. Glücklich presste sie ihre Beute an sich und meinte: „Die nächste Brasilianische Nacht kann kommen!"

Weniger glücklich verlief die Rückkehr von Jessica und Tim auf das Kreuzfahrtschiff. Schon im Terminal bei der Gepäckdurchleuchtung fiel Tim auf, dass Jessica blass aussah. Zudem sprach sie kein Wort, was ungewöhnlich für sie war. Kaum in der Kabine angekommen, riss sie sofort die Badezimmertür auf und er konnte deutlich hören, wie sie sich mehrfach erbrach. Als sie die Tür wieder öffnete, sah er sie anklagend an.

„Entschuldigung", murmelte sie schuldbewusst.

„Das geht so wirklich gar nicht mehr", gab er mit wütender Stimme zurück.

Jessica fixierte mit ihrem Blick den bunten Teppichboden in ihrer Kabine, als gäbe es dort etwas zu entdecken. Tims Blick lag auf ihr, allerdings nicht wohlgesonnen.

„Abendessen lasse ich ausfallen", quetschte sie hervor, „ich glaub, ich gehe sofort ins Bett."

Noch wütender als zuvor kleidete er sich um. Zum Glück war kein Galaabend vorgesehen, so griff er nur zu einer Jeans und einem weißen Hemd, während Jessicas Nasenspitze unter der Bettdecke verschwand. Mit lautem Schritt stapfte er kurze Zeit später den Kabinengang entlang. Natürlich würde er heute nicht alleine an Tisch 10 gehen, das war ihm viel zu peinlich. Was wäre, wenn die Landfrauen fragen würden, wo Jessi sei? Und das würden sie mit Sicherheit! Er fuhr mit dem Aufzug nach Deck 9 und wählte an der Pizzastation ein Gericht aus. Im Grunde hasste er Pizza, doch es war zu dieser Zeit die einzige Möglichkeit der Nahrungsaufnahme an Bord. Kopfschüttelnd betrachtete er das neueste Angebot der Reederei, das sich „verrückte Pizza" nannte. Kaufte man eine Pizza und zusätzlich ein Softgetränk, sparte man 1 Euro 70. Richtig sauer war er über die Tatsache, dass heute Abend im Theater der Musical-Abend geboten wurde und er nun auch diesen allein verbringen oder auf ihn verzichten musste. Endlich mal ein Programm nach seinem persönlichen

Geschmack und er war allein. Nachdem er die Pizza verspeist hatte, trank er noch einen Espresso in der Casino-Bar. Natürlich fragte die nette Kellnerin Victoria nach Jessica, aber Tim rettete sich durch Zeichensprache, womit er vorgab, dass sie müde sei. Die wirklich schöne Aufführung im Theater genoss er später nicht wirklich. Im Gegenteil, gedanklich steigerte er sich mehr und mehr in seinen Unmut hinein. Als er gegen 23 Uhr in die Kabine zurückkehrte, schlief Jessica tief und fest. Leise zog er sich aus, um sie nicht zu wecken. Er konnte jedoch nicht einschlafen, sondern wälzte sich im Bett hin und her. Seine Wut blieb, sie steigerte sich sogar noch, denn er war nun zusätzlich sauer, dass Jessi schön schlief, während er wach lag. Er machte kurz die Nachttischlampe an und sah auf die Uhr, es war Mitternacht, er seufzte und rollte sich auf die linke Seite.

Der Alarmkopf weckte Amor Punkt Mitternacht. Träge blickte er zu seinem Monitor. Er erkannte an der Rotfärbung die Stufe 2. Müde wälzte er sich aus dem Bett. Er deaktivierte die Tastensperre. Klient ‚Jessica' blinkte, es überraschte ihn nicht wirklich. Er drückte auf den Button und befand sich im nächsten Moment in der Kabine von Jessica und Tim auf dem Kreuzfahrtschiff. Er sah, dass Jessica tief und fest schlief, leider aber sehr undamenhaft schnarchte. Tim dagegen lag wach da, starrte gegen die Decke der Kabine und als er seine Gedanken scannte, beschloss er trotz der späten Stunde, seinen Gehilfen kommen zu lassen, der dieses Paar betreute. Amors Gehilfe traf wenige Minuten später ein, müde rieb er sich die Augen und gähnte. Amor selbst war längst hellwach.

„Da", begrüßte er ihn und zeigte auf den Bildschirm. Hilflos zuckte der Gehilfe mit den Flügeln, dann meinte er: „Jessi schläft und Tim liegt wach, es ist mitten in der Nacht, alles normal."

„Hier ist gar nichts normal", donnerte Amor los, „der Alarmknopf zeigte Stufe zwei, als er ansprang, hier lies mal da oben im Kasten die Gedanken, die ich vor fünf Minuten bei Tim eingescannt habe."

„Ach, guck mal", merkte der Gehilfe an, „nun ist der Tim auch eingeschlafen, schön."

„Lies die Gedanken", mahnte Amor.

Der Gehilfe las und wurde immer blasser. Schließlich sah er seinen Chef an und meinte: „Wenn Tim keine Kreuzfahrten mehr machen will, wird es Jessi das Herz brechen."

Amor nickte und meinte: „Richtig, komm wir sehen uns ihren heutigen Tag an."

Beide nahmen sie vor dem Monitor Platz. Gemeinsam sahen sie sich den Ausflug auf den Zuckerhut, den Corcovardo an. Der kleine Engel konnte sich vor Begeisterung gar nicht einkriegen. Zu gern würde er auch mal nach Rio zu einem Auftrag fliegen. Dann würde er die Christus-Statue umkreisen und quasi unter den zwei kleinen Seilbahnen in der Luft hindurch tauchen. Schließlich kamen sie zum Ende des Ausflugs und als sie die Szene in der Kabine sahen, meinte der Gehilfe: „Warum kotzt sie neuerdings bloß immer?"

„Weil sie schwanger ist", meinte der allwissende Amor mit seelenruhiger Stimme.

„Was?", beschwerte sich der kleine Engel entrüstet und schrie: „Seit wann weißt du das? Und du hast mir nichts gesagt?"

Amor tätschelte seinen Gehilfen, denn er wusste um die Gefühle, die er für Jessica hegte.

„Sie weiß es selbst noch nicht", erklärte er.

Der Gehilfe begann zu weinen, große, dicke Tränen kullerten aus seinen Augen.

„Aber", stammelte er, „aber, sie wollten doch nie Kinder!"

„Richtig", antwortete Amor, „das wird die nächste Hürde werden."

„Soll ich mich auf den Weg nach Südamerika machen?", fragte der kleine Engel, dem noch immer die Tränen über die Wangen liefen. Amor reichte ihm ein Taschentuch und während dieser geräuschvoll hinein schnäuzte, beschloss Amor: „Nein, noch nicht, lass uns den weiteren Verlauf abwarten, schießt du den Liebespfeil zu früh ab, kann das ungeahnte Wendungen nehmen. Jessica und Tim müssen jetzt erst mal begreifen, dass sie ein Kind erwarten."

„Okay", murmelte der Gehilfe und trottete mit gesenktem Kopf wieder in sein Bett. Amor schaltete den Computer wieder auf Standby. Er lag allerdings noch eine ganze Weile wach und dachte über seine Klienten nach.

Jochen war froh, als sie Brasilien verlassen hatten. Er fand es zwar nicht wirklich gefährlich, aber sie hatten bei den Stopps nach Recife nur geführte Landausflüge gebucht. So hatte er Silvia nonstop an seiner Seite und konnte nicht mit Iris telefonieren. Seine letzte SMS war schon zwei Tage her und er hatte noch keine Antwort bekommen. Dementsprechend gereizt war er also und ließ das seine Umgebung deutlich merken. Er meckerte über alles und jeden, und eben erst über dieses unmögliche Kreuzfahrtterminal in Buenos Aires, das eher einer Lagerhalle glich. Ihr schönes Schiff war von Containern umstellt, die mit riesigen, grauen Kränen auf einige Schiffe geladen wurden, die hinter ihnen lagen. Als sie aus dem Terminal traten, bestiegen sie ein Taxi und Jochen wies den Fahrer auf Englisch an, in die Stadtmitte zu fahren.

„10 Dollar, die spinnen hier wohl", knurrte er.

„Wir wechseln ja gleich Geld", versuchte Silvia ihn zu beruhigen.

„Darf ich ein Eis haben? Cruisy hat mich das gefragt!", meinte Jan. Seinen blauen Schlumpf presste er liebevoll an sich.

„Ja, später", meinte Silvia und streichelte sanft Jans Wange.

In diesem Moment erklang aus dem Autoradio ein Tango und Silvia, die das irre romantisch fand, griff nach Jochens Hand. Sie strahlte ihn an, doch er ließ ihre Hand sofort wieder los, angeblich um ein Foto von einem alten Gebäude zu machen, an dem sie vorbeifuhren. Im Zentrum angekommen, wechselten sie zunächst Geld. Dann bummelten sie ein wenig durch die Straßen, Jan bekam sein Eis und alles schien normal. Silvia verliebte sich förmlich in diese Stadt, die das Alte und Neue so wunderbar zusammenführte. Überall wurde auf offener Straße Tango getanzt, es gab sogar Tangoshows am Abend inklusive eines guten Rodizios. Aber sie merkte in dieser Stadt auch, wie sehr Jochen sich ihr körperlich entzog. Das war ihr zuvor noch nie so bewusst aufgefallen und sie begann, darüber nachzudenken, warum das so war und seit wann eigentlich.

Später am Nachmittag erreichte die Familie den Friedhof La Recoleta, im gleichnamigen Stadtteil, der stolz über der Metropole Buenos Aires thronte. Jochen, der Friedhöfe hasste, hatte wenig Lust auf diesen Programmpunkt gehabt, doch Silvia wollte unbedingt das Grab von ‚Evita' besuchen, die eigentlich María Eva Duarte de Perón hieß. Sie hatte die Biografie über das viel zu kurze Leben der First Lady von Argentinien verschlungen und sich speziell auf diesen eindrucksvollen Moment gefreut. Als sie durch das imposante

Steintor eintraten, schauten sie sich ratlos um. Das war kein normaler Friedhof, denn die Grabstätten sahen allesamt aus wie kleine Tempelanlagen. Fast jedes Grab war aus hochwertigem Stein, viele sogar aus Marmor gefertigt.

„Wie wollen wir hier deine Evita finden?", nörgelte Jochen auch prompt.

Da entdeckte Silvia eine Reisegruppe, ihr Leiter hatte ein großes, rundes Schild in der Hand, das die Nummer 7 trug.

„Den frag ich jetzt", meinte sie.

„Das ist aber ein anderes Schiff", gab Jochen zur Antwort.

„Ist doch egal", sagte sie. Sie sprach den Reiseleiter auf Englisch an und sehr gern erklärte er ihr den Weg zum Grab von Evita. Sie müssten sich links halten, den Gang entlang und zwei Mal rechts abbiegen. Silvia strahlte und die Familie machte sich auf den Weg.

„Komischer Ort", meinte Jan zu Cruisy.

„Ob es hier auch Geister gibt?", fragte er hoffnungsvoll seine Mutter.

„Das ist ein Friedhof, Jan", erklärte Silvia, „und wir gehen jetzt eine ganz berühmte Grabstätte besuchen. Geister gibt es nicht im wirklichen Leben, die wohnen doch nur in deinen Kinderbüchern."

Jan schüttelte nur mit dem Kopf, seine Mutter hatte manchmal wirklich gar keine Ahnung. Natürlich gab es Geister, zumindest zwei kannte er und die waren mit ihnen auf Kreuzfahrt um die Welt. Wenn es hier keine Geister gab, verstand er nicht, was hier besonders sein sollte und er begann sich zu langweilen. Cruisy presste er wie immer dicht an sich. Der Schlumpf grinste, es schien ihm zu gefallen.

Erwin und Paul saßen auf dem First des Familiengrabes der Familie Duarte. Es wirkte gegenüber den anderen Grabmonumenten eher schlicht und nur eine kleine Tafel erwähnte, dass hier Evita ruhte. Irgendjemand hatte einen kleinen Blumenstrauß an das schwarze Gitter gehängt, welches die Zugangstür war. Sie hatten zunächst aus der Luft eine Weile bei den vielen Gängen gebraucht, um die Ruhestätte ausfindig zu machen. Doch als sie ganze Gruppen, die von Reiseleitern geführt wurden, in diesen Gang einbiegen sahen, wussten sie, dass es nur hier sein konnte.

„Hier ruht sie also", sagte Paul und seufzte.

„Ja", meinte Erwin.

„Warum sie wohl kein Geist geworden ist, so wie wir? Sie hat sich in ihrem jungen Leben um so vieles verdient gemacht", fand Paul.

Erwin drückte ihn liebevoll. Die Frage, warum ausgerechnet sie nach ihrem Verkehrsunfall Geister geworden waren, beschäftigte Paul von Zeit zu Zeit immer wieder neu. Erwin dachte weniger darüber nach, aber sein Mann war auch zu Lebzeiten der Sensiblere von ihnen gewesen.

„Vielleicht hatte sie ihre Aufgabe auf Erden erfüllt", versuchte Erwin das Gespräch in Gang zu halten.

„Welche Aufgabe haben wir denn nicht erfüllt?", wollte Paul wissen.

Erwin zuckte hilflos mit den Schultern. Früher bei ihren legendären Abendessen im ‚Haus Erwin' auf Sylt hatte Paul oft zum Abschluss die deutsche Version des Liedes „Don´t Cry For Me, Argentina" von Katja Ebstein gesungen. Er hatte da seine ganz eigene Version gehabt und die Gäste hatten es geliebt. Es bildete stets den perfekten Tagesabschluss und genau genommen waren sie, wie Evita, viel zu früh aus dem Leben gerissen worden. Das war auch der Grund für ihren heutigen Besuch auf diesem Friedhof. Als ob Paul Erwins Gedanken lesen konnte, begann er die bekannte Melodie zu summen. Erwin nahm Paul in den Arm und bat ihn, das Lied noch einmal für ihn zu singen, so wie früher. Alle negativen Gedanken schienen bei Paul verflogen, er stand auf und sang mitten auf der letzten Ruhestätte von Evita wie früher in ihrer Gaststätte, diese Mal jedoch nur für sie beide, den berühmten Refrain und Erwin war unendlich stolz auf seinen Mann:

Wein nicht um uns, schönes Sylt, so wild es auch war, unser Leben,
treu sind wir immer nur dir geblieben bis an das Ende,
reich uns die Hände.

Und wenn es um Ruhm und Reichtum ging, ich lud sie alle ein
in unser Haus.

Jeder glaubt, dass unser Herz an nichts anderem hing, nur
Illusionen waren es, aber nie eine Antwort für uns, auf die
einzige Frage, die zählt:

Erwin, liebst du mich so sehr, wie ich dich?

Wein nicht um uns, schönes Sylt.

Erwin flossen vor Rührung die Tränen und obwohl Pauls
Stimme fest klang, entgingen ihm die Gefühle seines Mannes
nicht. Nach dieser Darbietung kuschelten sich die Geister eng
auf der Grabstätte zusammen.

„Das habe ich so lange nicht gehört", meinte Erwin und
entfernte ein paar Tränen, die seine Wange hinunter kullerten.

„Ja, lange her", murmelte nun auch Paul.

„Du hast das damals immer zum Abschluss des Abends
gesungen, aber wenn ich es heute höre, ist es fast so, als wäre
unser Weg vorbestimmt gewesen", fand Erwin.

Paul nickt zustimmend und sah sehr nachdenklich aus.
Plötzlich fuchtelte er wild mit den Armen und deutete nach
unten: „Schau mal, wer da kommt."

Erwin blickte nach unten und sah Jan mit seinen Eltern.
Selbst von hoch oben sah er deutlich, dass da etwas nicht
stimmte. Silvia war total begeistert, endlich die Ruhestätte von
Evita gefunden zu haben, denn sie war voll und ganz darauf

151

konzentriert, Fotos zu machen. Jochen schaute kurz, aber desinteressiert auf das kleine Schild, das an Evita erinnerte. Unter einem Vorwand entfernte er sich ein paar Meter zurück zum Hauptgang und holte sein Handy hervor. Jan stand neben seiner Mutter und starrte gelangweilt vor sich hin. Zum Glück sieht er uns nicht!, dachte Erwin.

„Cruisy, weißt du, wer Evita ist?", fragte er sein Kuscheltier. Dieser sagte nichts, grinste aber nett.

„Ich auch nicht, außerdem mag ich eine Limo", fand Jan.

„Die haben eine Ehekrise", informierte Paul nun Erwin.

„Ach", machte Erwin.

„Ja, und jetzt telefoniert Jochen wieder mit Iris, das geht nicht gut aus, das arme Kind", jammerte Paul.

„Wer ist denn Iris?", fragte Erwin nach.

„Jochens Geliebte, er wird seine Familie nach dieser Reise verlassen, der arme Jan", heulte Paul nun fast.

„Seit wann weißt du das?", hakte Erwin nach.

Dieser begriff langsam und versuchte, die Situation zu entschärfen: „Ja, äh, also erst seit Kurzem."

Erwin sah in eindringlich an.

„Na gut, also schon länger, aber ich wollte uns den Urlaub nicht verderben."

Erwin schüttelte mit dem Kopf. Das war wieder typisch Paul! Nun wusste er endlich, was seinen Mann seit Tagen beschäftigte. Von hoch oben beobachteten sie, wie Silvia nach einer Weile aus dem Gang trat und dort auf Jochen traf, der immer noch telefonierte, aber nicht bemerkte, dass seine Frau unmittelbar hinter ihm stand.

„Sie kann sicher hören, was er gerade sagt", mutmaßte Paul.

„Bestimmt", schlussfolgerte Erwin.

„Das kann nicht gut gehen", sagte Paul erneut.

„Nee", meinte Erwin.

Silvia, die geschockt die Worte vernahm, die ihr Ehemann in dem Moment zu irgendwem am Telefon sagte, war wie erstarrt. Er hatte tatsächlich eine andere! Wie konnte das sein? Es war doch ihre Weltreise, die Reise ihres Lebens! Entsetzt sah sie, wie er den Aus-Knopf seines Handys drückte. Schnell nahm sie Jan an die Hand, lief in den Gang zurück zur Ruhestätte von Evita und starrte auf die Steinplatte. In ihrem Kopf erklang das legendäre Lied „Don´t Cry For Me Argentinia" und sie konnte die Tränen, die ihre Wangen hinunterliefen, nicht verhindern. Jan bemerkte dies und drückte seine Mutter liebevoll.

„Sie ist schon lange tot, da musst du nicht weinen", meinte er altklug.

„Alles gut, mein Großer", gab sie mit müder Stimme zur Antwort. Ihre Gedanken schossen längst in die Zukunft. Würde dies ihre letzte, gemeinsame Reise als Familie sein? Iris, sie hatte den Namen eben zum ersten Mal gehört. Wer war das? Welche Rolle spielte sie in Jochens Leben und seit wann? Und warum sagte Jochen „ich liebe dich" zu ihr? Das konnte doch nicht sein! Hatte sie etwas falsch gemacht?

Kapitel 5

Panik pur in Patagonien

Jessicas Totalausfall seit Rio de Janeiro war nun schon wieder neun Tage her. Ohne ein Wort darüber gesprochen zu haben, hatten sie und Tim eine Art Waffenstillstand geschlossen. Jessica verzichtete seitdem komplett auf alkoholische Getränke, aber insgeheim ging es ihr nicht wirklich besser. Wann immer Tim nicht in der Nähe war, übergab sie sich, oft auch auf den öffentlichen Toiletten. Sie selbst machte sich große Sorgen; war sie vielleicht krank? Zum Glück verfügte sie noch über eine konstante Internetverbindung und skypte oft mit Nina, die sie jedoch auch nicht richtig zu verstehen schien. Tipps von ihrer Freundin wie „Gehe doch mal zum Schiffs-Doc" beherzigte sie natürlich nicht. Sie aß wenig, schien aber zuzunehmen, daraus schlussfolgerte sie, dass sie keine schlimme Krankheit haben könnte, denn dann nahm man eher ab. Sie nahm sich fest vor, alles in der Heimat zu klären, doch das würde noch drei Monate dauern. Selbst Bruno war anscheinend ihre Veränderung aufgefallen, einmal beim Abendessen hatte er gesagt: „Na, seit Sie nicht mehr trinken, sehen Sie viel besser aus."

Tims Antwort darauf war gewesen: „Wenn Sie nochmals in den Raum stellen, dass meine Frau ein Alkoholproblem hat, werfe ich Sie eigenhändig über Bord."

Leider war Rita ein „Ach, das wäre schön" rausgerutscht und seitdem schwieg Bruno bei den allabendlichen Mahlzeiten.

Aber eigentlich beschäftigten die Passagiere von Tisch 10 ganz andere Dinge. Es ging nämlich das Gerücht an Bord um, dass es einen Toten gäbe. Es wäre ein schwerkranker Mann gewesen, der angeblich ein Franzose war und ohnehin die Reise nicht überlebt hätte. Ute hatte etwas in der Nähe der Rezeption vor ein paar Tagen aufgeschnappt und seitdem war Rita nicht mehr zu stoppen. Sie witterte nämlich keinen natürlichen Tod, sondern ein Verbrechen, wie es so typisch für sie war. Zum einen lag das sicher an ihrer derzeitigen Lektüre eines Krimis, der auf einem Kreuzfahrtschiff spielte, wo reihenweise Personen ermordet wurden, zum anderen kam wieder die Leidenschaft für ihren Dienstagvorabendkrimi mit Jan Feder durch, den sie bereits vermisste. Erst gestern hatte sie ihren Freundinnen wieder deutlich klargemacht, dass sie es doch gewesen war, die damals beim Jahresausklang auf Madeira den entscheidenden Hinweis zur Verhaftung des Schwarzmalers gegeben hatte und dass sie auf Sylt letztendlich die Geschichte der verschollenen Jacht ‚Wellengeflüster' aufgeklärt hatte. Die anderen beiden Landfrauen zeigten wenig Interesse für die angebliche Leiche an Bord und Rita begann Hans-Hugo zu vermissen, der ihr auf Sylt so wunderbar bei ihren Ermittlungen zur Seite gestanden hatte.

Jessica und Tim hatten trotzdem wunderschöne Landgänge in Buenos Aires und Puerto Madryn gehabt. In Buenos Aires besuchten sie an der neu gestalteten Waterfront ein Steakhouse, das keine Wünsche offenließ. Jessi skypte später Nina, dass es das beste Fleisch war, welches sie jemals gegessen hatte. Es war rosa und so zart wie Butter. Dazu hatte sie sich mit Tim einen wunderbaren Vorspeisenteller geteilt, der typische Tapas enthielt. Es gab Serrano-Schinken, feurige Jalapeños und Manchego, den passenden Käse dazu. In Puerto Madryn bummelten sie einfach ziellos ein wenig durch die Stadt und erstanden wunderbaren, handgefertigten indianischen Schmuck an einem Stand auf der langen Promenade.

Die Landfrauen dagegen waren total verzückt von ihrem Ausflug in Montevideo, Uruguay, an Bord zurückgekommen. Bei ihrer Panoramatour hatten sie einen Stopp, wo ein einheimisches Paar in einem Park Tango tanzte. Ehrlich und lieb wie sie waren, warfen sie je einen Dollar in das aufgestellte Körbchen und begannen erst dann, Fotoaufnahmen zu machen. Dies hatte niemand aus dem ganzen Bus getan, schon gar nicht Bruno, der, sehr zu einem Ärger, mal wieder mit ihnen in den gleichen Bus eingeteilt war. Das einheimische

Paar lud die Frauen kurzerhand zu einer Tanzstunde mitten auf der Straße ein. Das dauerte natürlich und der gesamte Bus musste auf sie warten. Es war Rosis erster Tango in ihrem Leben. Als sie viel zu spät wieder einstiegen, sahen sie 30 Augenpaare nebst Reiseleiterin böse an. Doch sie wären nicht die, die sie sind, wenn Rita nicht lauthals gegrölt hätte: „So ein Spaß für einen Dollar!"

Bei Jochen und Silvia waren die letzten Tage eher schweigsam verlaufen. Sie überlegte hin und her, traute sich aber nicht, ihn mit dem zu konfrontieren, was sie auf dem Friedhof in Buenos Aires belauscht hatte. Dafür beobachtete sie ihn auf Schritt und Tritt und war sich inzwischen sicher, dass er eine Affäre hatte. Warum, das verstand sie immer noch nicht und ihr fiel auch nicht ein, wann sie begonnen hatte und warum sie es nicht gemerkt hatte. Sie waren in den letzten Tagen immer mit Jan allein von Bord gegangen und waren einfach nur ziellos durch die Städte gebummelt. In Puerto Madryn hatte Jan das erste Mal Bilder von Pinguinen gesehen und war seitdem völlig aus dem Häuschen, als seine Eltern ihm erklärten, dass er diese bald in voller Größe und lebendig bestaunen dürfe. Er redete seitdem von nichts anderem mehr und ließ manchmal sogar Cruisy alleine in der Kabine. Der Schlumpf nahm es ihm jedoch nicht übel. Erwin und Paul waren der Familie, so gut es ging und ohne von Jan gesehen zu werden, kaum von der Seite gewichen. Sie verstanden es absolut nicht, warum Silvia Jochen nicht auf das Telefonat ansprach.

„Vielleicht will sie es einfach nicht wissen", meinte Paul einmal zu Erwin.

Dieser schüttelte mit dem Kopf und antwortete: „Möglich, aber wie soll das nach der Reise weitergehen?"

„Ob er wirklich auszieht? Zu Iris hat er neulich so was am Telefon gesagt", gab Paul zu bedenken.

„Du weißt ja bestens Bescheid", war Erwins Antwort, die einen ironischen Unterton hatte.

Der große Amor hatte sich in den letzten Tagen ab und an zu seinen Klienten geschaltet. Als Experte erkannte er klar den Waffenstillstand zwischen Jessica und Tim und war keineswegs beruhigt. Der kleine Engel hatte sich wieder entspannt, denn er hatte ihn erst mal zu einem anderen Auftrag nach Österreich geschickt, damit er abgelenkt war.

Es war der 28. Abend an Bord, die ersten vier Wochen der Kreuzfahrt um die Welt waren bereits vergangen. Pünktlich um 18 Uhr traf man sich zum Abendessen an Tisch 10. Die Weltreisenden staunten nicht schlecht, heute trugen die Stewards weiße Schürzen, auf denen die Umrisse des Heimatlandes der Reederei, Italien, abgebildet waren. Die einzelnen Regionen des Landes waren farbig markiert. Die Landfrauen beeilten sich, Don Michael zu versichern, dass er einfach großartig aussah. Die italienische Frau nahm Jessicas

Hand, deutete auf die Region um Turin herum und sagte: „Casa!"

Dann brach sie in Tränen aus, sie schien ihre Kinder über alles zu vermissen und Jessica hatte alle Mühe, sie zu trösten.

„Was für ein Affentanz", murmelte Bruno und schüttelte den Kopf. Er machte dem Kellner Zeichen, endlich sein Weinglas zu befüllen. An diesem Abend gab es aber am Tisch nur ein Gesprächsthema und das war der morgige Vormittag.

Gegen 12 Uhr war die Umrundung von Kap Hoorn geplant, eins der großen Highlights dieser Tour. Jedoch hatte auf der Kabine ein Brief gelegen, der besagte, dass der Kapitän sich bei Schlechtwetterlage vorbehalten würde, das Kap nicht zu umrunden.

„Ich hoffe so, dass wir es schaffen, um das Kap zu fahren", meinte Jessica.

„Die Wettervorhersage ist gut", sagte Tim, „ich habe vorhin im Internet nachgesehen."

„Na, logo fahren wir da rum", befand Rita.

„Der Kapitän würde ja nicht dort rumfahren, wenn es gefährlich wäre?", hakte Rosi wie immer besorgt nach.

„Nein", versicherte Tim, „mit diesem Brief sichert sich die Reederei nur ab."

„Unterirdisch", fand Rita, „die sollen sich lieber überlegen, wie sie den Toten von Bord kriegen und ob nicht doch ein

Verbrechen vorliegt. Ist ja unangenehm mit einem Mörder noch Wochen auf einem Kreuzfahrtschiff zu sein."

Sehr überraschend für alle, denn er hatte seit Tagen kein Wort mit ihnen gesprochen, meinte Bruno: „Wenn wir da nicht rumfahren, mindere ich den Reisepreis und diese Herlinde kann was erleben!"

Zur Bestätigung seiner Worte haute er mit der Faust auf den Tisch, sodass sich alle anderen Gäste nach ihnen umdrehten. Papa Italiano sah Jessica fragend an, diese winkte ab. Fragend kam auch der Maître an den Tisch und Bruno gestikulierte wild herum und sagte immer wieder „Kap Hoorn". Als dieser begriff, dass es ausnahmsweise nicht um das Essen ging, dampfte er schnellstens wieder ab und stellte sich hinter seinen Empfangstresen. Dieser Gast von Tisch 10 nervte ihn schon seit Beginn der Reise.

„Was macht dein Reisebericht, Jessi?", wechselte Rosi das Thema.

Jessica strahlte und erzählte, was sie an den letzten Tagen so geschrieben hatte. Außerdem versprach sie, am nächsten Morgen wieder um 9 Uhr an Deck zu sein und wer mochte, könnte zuhören.

„Gebongt!", sagte Rita.

Plötzlich wurde das Licht im Restaurant heruntergedimmt, aus den Lautsprechern erklang laute italienische Musik und einige Passagiere begannen, mit den Servietten über ihren Köpfen zu wedeln.

„Ach, machen die immer noch diesen Quatsch?", fand Bruno.

Alle sahen ihn fragend an.

„Das nennen sie italienischer Abend, da könnt ihr euch freuen und mal wieder voll ausrasten, ihr dürft nämlich gleich mit den Kellnern tanzen."

Nach diesem Satz stand er auf und verließ das Restaurant. Schon stand Don Michael vor Jessica und forderte sie zum Tanz auf. Auch die Landfrauen und Mamma Italiano schwenkten das Tanzbein mit den anderen Kellnern und den Abschluss bildete eine Polonaise sämtlicher Gäste durch das ganze Lokal.

„Endlich mal was los auf dem Kutter", schrie Rita freudig, als sie Jessica mitten im Getümmel traf. Diese nickte, zückte ihre Kamera und machte ein Selfie von sich und der Landfrau, dann hüpfte sie munter weiter und traf auch Jan mit seinen Eltern. Ausgelassen tanzte sie mit ihrem kleinen Freund, der heute mal richtig glücklich aussah, wie Jessi fand.

„Wo ist Cruisy?", rief sie ihm zu.

„Der ist mit einem Stoffpinguin auf der Kabine. Auf den muss er aufpassen, er ist ja noch so klein."

Jessica lächelte.

Um Punkt neun Uhr am nächsten Tag fanden sich die Landfrauen auf Deck 9 zu Jessicas Lesung ein. Sogar Bruno war dazu gekommen, was zwar alle wunderte, aber niemand sagte etwas. Als die Frauen nach Tim fragten, erzählte Jessica, dass er beim Bordfriseur wäre. Eine komplette Stunde las sie aus ihrem Reisebericht der letzten Tage vor. Als sie endete, applaudierten die Landfrauen begeistert.

„Das ist der Hammer, Jessi", rief Rita, „den musst du nach der Reise unbedingt an eine große Kreuzfahrtzeitung verkaufen."

Die anderen zwei nickten eifrig.

„Überhaupt solltest du überlegen, einen Roman von dieser Reise zu schreiben, du hast Talent, finde ich", schlug Rosi schüchtern vor.

„Sehr niedlich, was Sie da schreiben", fand Bruno.

Rita grunzte und meinte zu ihm: „Niedlich? Das ist super. Und überhaupt: Siezen Sie uns jetzt wieder? Gestern beim Abendessen hast du uns noch geduzt!"

Bruno schüttelte unwirsch mit dem Kopf und antwortete: „Na, von mir aus, ich heiße Bruno. Also Jessica, wenn du einen Roman schreibst, möchte ich da aber nicht drin vorkommen."

„Was sollte man über dich auch schreiben?", konterte Rita und begann, Mario zu winken. 10 Uhr ist ein guter Zeitpunkt für das erste Glas Sekt, fand sie. Ute und Rosi brachen in einen

Lachkrampf aus, als Jessica konterte: „Ach, da würde mir so einiges einfallen, Bruno."

„Dann muss ich dich leider verklagen", meinte dieser.

Jessica zuckte mit den Schultern und klappte ihr Notizbuch zu. Tim bog um die Ecke und staunte nicht schlecht, als er Bruno in der Runde entdeckte. Jessica betrachtete seinen Haarschnitt und fragte: „Und, wie war es?"

„Gut, mal ein wenig kürzer, gefällt es dir?"

„Du siehst zehn Jahre jünger aus", fand Rita.

Tim lächelte. Da erklang plötzlich die Stimme von der deutschsprachigen Gästebetreuerin Herlinde über den Bordlautsprecher: „Dies ist eine Durchsage für alle deutschsprachigen Gäste."

„Kann ja auch nicht anders sein, wenn die blöde Kuh am Mikro steht", sagte Bruno.

„Psst", machte Rita, grinste aber. Auch die Landfrauen waren keine Fans von der gestrengen Herlinde.

Diese räusperte sich nun unprofessionell via Mikrofon und schien einen aufgeschriebenen Text vorzulesen, bei dem sie sich leider mehrfach versprach: „Der Kapitän, der Kosta Ondo, ich bitte um Entschuldigung, der Kosta Onda, gibt bekannt, dass die Passage rund um das Kap Hoorn pünktlich um 12:30 Uhr stattfinden kann. Die Wetterbedingungen sind exzellent und es wird kaum Seegang erwartet. Dafür ist mit Regen, nein Entschuldigung, mit starkem Wind zu rechnen. Bitte kleiden Sie sich dementsprechend, wenn Sie planen, auf die Außendecks zu gehen. Ich wünsche Ihnen eine gute Navigation."

„Pünktlich um 12:30 Uhr, da ist Mittagessen", knurrte Bruno.

„Gibt es doch bis 14:00 Uhr", meinte Ute.

„Ich wünsche Ihnen eine gute Navigation", lachte Jessica und schrieb diesen Satz sofort in ihr Notizbuch.

Tim grinste, Mario erschien mit sechs Sektgläsern, doch Jessica winkte ab.

„Dann trink ich den", meinte Bruno und sicherte sich gleich zwei Gläser.

Rita, die für die Getränke unterschrieben hatte, fragte nach Jessis Wünschen. Diese wollte gar nichts trinken. Gemeinsam stieß der Rest an und Rita sagte zu Bruno: „Dann mal jetzt auch offiziell auf das Du, vielleicht wirst du ja auch noch richtig nett."

„Kann ich mir nicht vorstellen", meinte Bruno, feixte aber dabei.

Jessica fand, dass er gleich viel sympathischer aussah, wenn er lächelte. Dann dachte sie über die Worte der Frauen nach. Ja, vielleicht würde sie das wirklich tun, ein Buch schreiben nach der Rückkehr in die Heimat, Material hatte sie hier schließlich genug. Kaum einer würde ihr glauben, dass die meisten Sachen Realität waren. Sie nahm sich vor, später mit Tim darüber zu sprechen.

Die Umrundung des legendären Felsens von Kap Hoorn, der im Grunde eine Landspitze der chilenischen Felseninsel Isla Hornos ist, wurde mittags zu einem echten Highlight. Das Kreuzfahrtschiff war am südlichsten Punkt Südamerikas angekommen. Wie versprochen, hielt sich das Wellengeflüster in Grenzen, aber es herrschte ein starker Wind. Jessica und Tim waren auf Deck 14 gefahren, dort konnten sie tolle Fotos machen und sie waren froh, ihre dicken Regenjacken mit Kapuzen zu tragen. Noch ein Deck höher, auf dem Mast der Radaranlage, hatten es sich Erwin und Paul gemütlich gemacht. Sie mussten sich gut festhalten, um nicht hinuntergeweht zu werden.

„Endlich mal Wind", fand Paul.

Erwin lächelte, es wehte so stark wie manchmal auf Sylt im November. Es fühlte sich heimisch an. Zu diesem Zeitpunkt bemerkte auch er das erste Mal ein Gefühl von Heimweh. Dabei lagen noch so viele Wochen vor ihnen.
„Früher mussten alle Schiffe hier rum, das war noch vor der Eröffnung des Panamakanals im Jahr 1914", wusste Paul.

„Beeindruckend", fand Erwin.

Die Landfrauen beobachteten das Spektakel von Deck 3 aus, hier wehte es weniger und Rita konnte rauchen.

„Wenn Kalli uns jetzt sehen könnte", seufzte Ute.

„Oder Hans-Hugo", meinte Rita.

„Oder Josef", schwärmte Rosi.

Die drei sahen sich an und begannen zu lachen. Tatsächlich hatte alle der gemeinsame Jahresausklang auf Sylt nähergebracht, wenn bisher auch nur Ute und Kalli ein Paar geworden waren. Aber schließlich würde es auch mal ein Ende dieser Kreuzfahrt geben und daran dachten sie alle drei, unabhängig voneinander. Nach einer guten Stunde war die Umrundung beendet und das Kreuzfahrtschiff nahm Kurs auf den Hafen von Ushuaia, der südlichsten Stadt Argentiniens, die am Beagle-Kanal lag.

„Hey, wacht auf Leute, die Pinguine, wir wollen doch die Pinguine besuchen", quengelte Jan schon zu früher Stunde in der Kabine und zerrte an den Bettdecken seiner Eltern. Jochen blickte auf sein Handy, es war 7 Uhr morgens. Neben der aktuellen Uhrzeit sah er eine eingehende SMS von Iris. Endlich! Er konnte nicht widerstehen und drückte auf seinen Nachrichteneingang:

Liebster, wo bist du? Warum rufst du nicht an? Liebst du mich noch, oder hast du dich mit ihr vertragen? In absoluter Ungeduld, deine Iris!

Er lächelte glücklich und beschloss, sie später unbedingt anzurufen. Silvia war zwar noch schläfrig, aber sein langer Blick auf das Smartphone war ihr nicht verborgen geblieben.

Jochen sprang enthusiastisch aus dem Bett, trat an das Fenster und rief: „Super, wir laufen gerade in den Hafen ein, lasst uns doch heute mal früh den Tag beginnen! Das Wetter scheint herrlich zu werden, die Sonne geht gleich auf!"

Das war absolut ungewöhnlich für Jochen. Silvia, die ihn als Langschläfer kannte und seit Beginn der Weltreise auch als Dauernörgler, schöpfte erneut Verdacht.

„Dann geht ihr Männer jetzt gemeinsam duschen und ich spanne noch ein wenig aus", sagte sie bestimmend.

Jan jubelte und folgte seinem Vater nur zu gern ins Bad. Silvia wartete, bis sie die Dusche angeschaltet hatten, dann griff sie nach Jochens Handy. Da die Zeitspanne zu kurz gewesen war, war es nicht notwendig, einen Code anzugeben. Zunächst hatte sie ein wenig Gewissensbisse, doch die waren schnell verflogen, als sie den SMS-Verlauf las. Jochen hatte sich nicht die Mühe gemacht, diesen zu löschen. Wenn sie nicht im Bett gelegen hätte, wären ihr die Beine weggeknickt. Ihr Problem war weit größer, als sie angenommen hatte. Sie überlegte, was nun zu tun sei.

Ich muss die Kommunikation unterbinden und um ihn kämpfen, dachte sie, das ist meine einzige Chance.

So entnahm sie seinem Handy die SIM-Karte, rieb mit ihrem Ehering – das fand sie sehr symbolisch – auf dem kleinen, goldenen Chip herum und steckte die Karte wieder zurück. Dann zog sie das Ladekabel leicht aus der Station, sodass das Handy keinen Strom mehr bekam. Jochen würde es später ausgeschaltet vorfinden. Das Laden würde Zeit kosten, die sie für sich nutzen würde. Als Jochen und Jan aus dem Bad traten, zogen sie sich an und überließen Silvia die Kabine. Sie wollten an Deck gehen und einen Blick auf den Hafen werfen. Das war Silvia sehr recht, das Handy von Jochen blieb in der Zeit nämlich unberührt auf dem Nachttisch liegen. Als das Wasser der warmen Dusche auf sie niederprasselte, überschlugen sich ihre Gedanken. Wie sie gelesen hatte, liebte er schon lange eine andere Frau. Sie wohnte in Hamburg. Er plante eine gemeinsame Zukunft mir ihr. War das ihr Ehe-Aus? Was würde aus Jan werden? Warum liebte er plötzlich eine andere? Und warum zum Teufel hatte sie nie etwas gemerkt? Doch sie tankte auch Kraft aus den wärmenden Wassermassen, die aus der Dusche kamen. Verzweifelt presste sie ihr Gesicht an die Fliesen. Sie liebte diesen Mann, ihre Familie, sie würde kämpfen, mit der ‚Ausschaltung' des Handys war ihr ein erster, wichtiger Schritt gelungen, da war sie sich ganz sicher. Vom Hafen in die Stadt waren es nur ein paar Schritte. Staunend betrachteten die Landfrauen die Häuser dieser Stadt. Rita fand wie üblich die ersten Worte: „Sieht aus wie ein Schweizer Bergdorf mit all diesen Fachwerkhäusern und kleinen Giebeln."

Die anderen zwei nickten. Tatsächlich erinnerten die Häuser, die zum größten Teil aus Holz waren und in unterschiedlichsten Farben vor dem schneebedeckten Gletscher in der Sonne schimmerten, ein wenig an das Dorf in der Schweiz, in dem sie auf dem Hinweg übernachtet hatten. Fast an allen Häusern war der Spruch ‚Fin del Mundo', also ‚Ende der Welt' zu lesen.

„Wie es Urs wohl geht?", überlegte Ute laut.

„Auf den freue ich mich heute bereits", meinte Rosi.

„Ja, ich auch", stimmte Ute zu und ergänzte: „Und auf Tommilein, dem sollten wir mal eine Postkarte schreiben vom Ende der Welt, wo wir gerade sind."

Rosi nickte eifrig und meinte: „Ja, und Ina und Basti schicken wir nachher ein Fax. Was unser Baby wohl macht? Ich freue mich so darauf, es im Arm zu halten."

„Mädels, was redet ihr denn da?", konterte Rita, „dann ist das alles hier vorbei, unsere Kreuzfahrt um die Welt! Geht es euch noch gut?"

Ute wand sich ein wenig und antwortete: „Ja, okay, aber ich vermisse Kalli doch sehr."

„Und ich vermisse meinen gemütlichen Sessel im Wohnzimmer", gab Rosi zu.

„Wir sind hier an dem Punkt der Erde, wo du, Rosi, immer hinwolltest, nach Feuerland, Pinguine gucken. Das steht morgen auf dem Programm und du jammerst nach deinem Wohnzimmersessel?"

Rita schrie die letzten Worte, blieb stehen und zündete sich mitten auf der Straße eine Zigarette an.

Ungläubig blickte sie die Freundin an.

„Das ist eben Gewohnheit", piepste die schüchterne Rosi, gab aber zu, sich natürlich auf die Pinguine morgen zu freuen. Ute sah betreten zu Boden, während Rita mit dem Kopf schüttelte. Der anschließende Stadtbummel verlief dann auch eher schweigend. Die Frauen gingen die Hauptstraße auf und ab und fanden sehr individuelle Geschäfte vor. Richtig Lust auf Shopping hatte jedoch niemand. Als sie an einer Telefonzelle vorbeikamen, die direkt einer Bar gegenüberlag, legte Rita Ute versöhnlich den Arm auf die Schulter und meinte: „So, du gehst jetzt telefonieren und wir gehen schon mal vor in die Bar."

Ihre Freundinnen gingen ihr zwar im Augenblick mächtig auf die Nerven, aber sie konnte Schweigen auch nicht gut aushalten. Ute strahlte und begab sich sofort in Richtung Telefonzelle. Als Rita und Rosi gerade die Straße überqueren wollten, hörten sie hinter sich die Stimme von Bruno: „Halt, stehen bleiben."

Sie drehten sich um und sahen Bruno mit seinem Smartphone in der Luft herumwinken. Völlig außer Atem erreichte er sie.

„Was gibt es denn?", wollte Rita wissen.

Er berichtete, dass weiter vorn ein tolles Fischlokal sei, da war er eben Riesenkönigskrabben essen. Im Schaufenster des Restaurants stand ein großes Becken und dort schwammen die Krebse noch lebend herum.

„Ja, und?", meinte Rita ungeduldig.

Sie hatte Durst und konnte äußerst ungehalten werden, wenn dieser nicht zeitnah gestillt wurde.

„Ein Foto, ich brauche unbedingt ein Foto, wo ich mit den Dingern drauf bin, die sind mindestens einen Meter groß", rief Bruno aus.

„Ach so", gab Rita zur Antwort, „na, das ist schnell erledigt."

So gingen sie ein Stück mit ihm die Straße hinunter und erreichten schließlich das besagte Lokal. Auch dieses Haus war aus Holz und rot angestrichen. Neugierig betrachteten sie im Schaufenster das Bassin mit den Tieren. Bruno warf sich in Pose, als ob er ein berühmter Popstar wäre und verscheuchte mit einer Handbewegung einen anderen Mann. Rita sah, dass es sich um den smarten Pianisten Pietro handelte, der abends immer in der Atrium-Bar auf dem Schiff spielte und der Schwarm vieler Frauen an Bord geworden war. Sie lächelte ihm entschuldigend zu, er machte eine versöhnliche Handbewegung. Nun begann Rita, Bruno von allen Seiten mehrfach zu fotografieren. Danach kontrollierte sie die Aufnahmen und gab Bruno das Handy zurück.

„Und?", fragte er.

„Super", sagte sie, „wir müssen nun aber weiter."

„Danke, na klar, bis später mal", war Brunos Antwort, und anschließend ging er in die andere Richtung die Straße hinunter. Die Frauen gingen in die entgegengesetzte Richtung und sahen, dass Ute immer noch in der Telefonzelle stand. Rita verzog ein wenig das Gesicht, sagte aber nichts. Die ‚Bar Ideal' war ein kleines, gelbes Fachwerkhäuschen. Von innen war sie eher wie ein englischer Pub eingerichtet. Unmengen an Fahnen von Fußballvereinen hingen an den Wänden und der Decke. Eine Wand war mit Zetteln übersät. Als die Frauen näher traten, sahen sie, dass es sich um Grüße von Besuchern aus der ganzen Welt handelte.

„Das machen wir nachher auch", fand Rita, als sie plötzlich schon wieder ihren Namen hörte. Sie drehte sich um und sah Jessica und Tim an einem der Holztische sitzen.

Zielstrebig gingen die Frauen zu ihnen und freuten sich, dass am Nachbartisch noch Platz war.

„Hey Mädels", grüßte Jessica und fragte: „Wo ist denn Ute?"

„Telefoniert mit Kalli", war Ritas kurze Antwort.

Rosi hingegen beäugte die zwei leeren Glasschalen, die vor den beiden standen. Jessica sah ihren Blick und begann sofort zu schwärmen: „Das war ein Krabbencocktail, den müsst ihr probieren, frischer geht es nicht mehr am Ende der Welt!" Tim deutete auf die fast leeren Biergläser und meinte: „Und dazu ein hausgebrautes Bier, einfach köstlich."

„Ja", stimmte Jessi zu, „das habe sogar ich vertragen."

Als die Bedienung zu den Landfrauen trat, orderte Rita sofort drei Portionen des Krabbencocktails und drei Bier, indem sie auf Jessicas und Tims Tisch deutete. Kurz darauf traf Ute ein, warf sich auf den noch freien Stuhl und sagte: „Soll euch alle von Kalli grüßen. Nein, diese Telefonkosten, also meine argentinischen Pesos sind nun alle."

In diesem Moment servierte die Bedienung drei Gläser Bier und Ute sah geschockt aus.

„Ich leihe dir was", sagte Rosi sofort, „Rita hat noch Krabben bestellt."

Ute zögerte kurz und sagte: „Na gut."

Sie stießen an. Tim und Jessica verabschiedeten sich, denn sie wollten unbedingt noch das ehemalige Gefängnis der Stadt ansehen, das heute ein schön gestaltetes Museum sein sollte. Die Frauen genossen ihre Mittagsmahlzeit. Tatsächlich schmeckten die Krabben so frisch, als ob sie am Morgen noch im Meer geschwommen wären. Sie waren lediglich mit ein paar Spritzern frischer Zitrone angemacht worden. Auch das Bier mundete ihnen so gut, dass Rita nochmals nachbestellte.

Dann beschrieben sie einen Zettel und pinnten diesen mit großem Aufwand an die Wand. Auf diesem Stand:

Juhu! Wir waren hier, 04.02.16, am Ende der Welt, Rita, Rosi und Ute aus Hannover, Deutschland!

Zufrieden betrachteten sie eine Weile ihr Werk, Ute machte ein paar Fotos. Rosi, die ganz beseelt von dem Essen und ein wenig angetrunken von den zwei Bieren war, rief plötzlich aus: „Und morgen der Ausflug zum Pinguinfelsen, ach, ich freue mich so darauf."

Rita strahlte, das war eine Stimmung nach ihrem Geschmack, als Ute plötzlich einwarf: „Ich, ähm, ich komme morgen nicht mit, ich habe den Ausflug storniert."

Ungläubig sahen die Freundinnen sie an. Sie konnte diesem Blick nicht standhalten und senkte die Augen. Rita haute auf den Tisch und sagte: „Was soll das denn?"

„Also, ähm, mir ist der zu teuer", gab Ute zu, den Blick noch immer gesenkt.

„Aber", warf Rosi ein, „das soll ein Highlight der Reise sein."

„Fahrt ihr mal, ihr zwei, ich schaue mir hinterher die Bilder an", wich Ute erneut aus. Rita leerte daraufhin ihr Bierglas in einem Zug.

Am Abend blieben an Tisch 10 die Plätze von Jessica und Tim leer. Die Landfrauen wunderten sich sehr und begannen sich Sorgen zu machen. Ob es Jessica wieder schlechter ging? Bruno kam ein wenig verspätet an den Tisch und seine Miene verriet keine gute Stimmung. Statt einer Begrüßung grunzte er nur kurz vor sich hin und schrie in Richtung Don Michael: „Vino, aber pronto!"

Dieser nahte sofort mit der bekannten Weißweinflasche, dem Haut-Marin.

„Was hast du denn nun wieder?", fragte Rita.

Auf diese Frage schien Bruno nur gewartet zu haben. Er tippte kurz auf seinem Handy herum und warf es ihr auf den Tisch. Rita sah eins der Bilder, das sie heute von ihm vor den Königskrabben gemacht hatte.

„Ja und?", fragte sie mit unschuldiger Stimme.

„Man sieht sie nicht", knurrte Bruno.

„Wen?", wollte nun Ute wissen, die ja nicht dabei gewesen war und auch gar nicht wusste, um was es ging.

„Die K-Ö-N-I-G-S-K-R-A-B-B-E-N", konterte Bruno mit wütender Stimme.

„Die waren einen Meter lang und schwammen in einem Schaufenster in einem Becken", erklärte Rosi der Freundin.

Rita zuckte gleichgültig mit den Schultern und meinte relativ unbeteiligt: „Wir liegen ja morgen auch noch hier, dann gehst du eben noch mal dort hin und machst selbst Bilder."

Dafür kassierte sie einen weiteren bösen Blick von Bruno, der sein Smartphone vom Tisch nahm und es in die Hosentasche steckte. Den Rest des Abendessens schwieg er wie so oft, wenn ihm etwas nicht gefiel.

Das große Schweigen setzte auch in Silvias und Jochens Kabine ein, als sie von ihrem Landgang zurückkamen und Jochen feststellte, dass sein Handy ungeladen auf dem Nachttisch lag. Er hatte es sofort angeschlossen und kurze Zeit später bemerkt, dass es zwar lud, er sich aber nicht mit seiner PIN einloggen konnte. Da sie am frühen Abend an Land gegessen hatten, machte Silvia Jan für das Bett fertig, denn sie alle hatten keinen Hunger und verzichteten an diesem Abend auf den Restaurantbesuch. Jan schien nichts vom Unmut seines Vaters zu merken, der Tag war so aufregend für ihn gewesen. Spontan waren sie mit einem Fischer rausgefahren und er hatte endlich selbst Pinguine in freier Wildbahn gesehen. Unter der Dusche machte er ihren watscheligen Gang nach. Silvia lachte herzlich über ihren Sohn. Plötzlich öffnete Jochen die Tür zum Bad. Als er Jan sah, lächelte er, sagte aber zu Silvia: „Ich gehe nochmals an Deck, warte nicht auf mich."

Silvia nickte und kaum, dass er die Kabine verlassen hatte, schaute sie nach, ob sein Handy noch auf dem Tisch lag. Das war nicht der Fall.

Jochen fuhr mit dem Lift nach Deck 14 hinauf. Wie erwartet, war er hier alleine, die meisten Passagiere waren beim Abendessen oder an Land. Er schmiss sich trotz der schon recht kühlen Temperaturen auf eine Liege. Sein Handy war kaputt, wie konnte das sein? Heute Morgen hatte er noch die SMS von Iris gelesen, nun tat sich nichts mehr. Wie konnte das sein? Er raufte sich verzweifelt die Haare. Wie sollte er nun mit ihr kommunizieren? Auf solch einen Fall war er nicht vorbereitet gewesen. Womöglich würde sie denken, dass er sie nicht mehr liebte? Er beschloss, noch auf einen Cognac an die Heck-Bar zu gehen. Auch dort war es relativ ruhig und er bedeutete dem Barkellner, gleich einen Doppelten einzuschenken. Was er nicht sah, war, dass Erwin und Paul direkt neben ihm auf den Barhockern Platz genommen hatten. Auch im Leben hatten sie es geliebt, in Bars zu sitzen und heute war es am Heck so schön ruhig, dass sie es sich einfach dort gemütlich gemacht hatten. Der hintere Teil des Decks war – wie so oft zu dieser Abendzeit – schon abgesperrt und der ‚Deck-Adjutant' fuhr bereits mit seiner Reinigungsmaschine auf und ab. Es war übrigens der Gleiche, der am Tag stets mit seinem Wischmop über alle Außendecks wanderte, immer auf der Suche nach Dreck, den er wegputzen konnte. Jochen kramte erneut sein Handy hervor und begann verzweifelt immer wieder auf den Knopf zu drücken, der es normalerweise einschalten würde.

Es tat sich immer noch nichts. Er seufzte und bestellte einen zweiten doppelten Cognac.

„Sein Handy scheint defekt zu sein", meinte Paul.

„Sieht so aus", gab Erwin zurück.

„Na, das kann ja spannend werden, wie will er nun mit Iris kommunizieren?", überlegte Paul bereits.

„Das scheint er auch nicht zu wissen, dafür betrinkt er sich nun", schlussfolgerte Erwin. Die Geister waren der Familie heute nicht gefolgt, denn auf dem kleinen Boot wäre die Möglichkeit, dass Jan sie entdeckt hätte, zu groß gewesen. Sie waren stattdessen zu dem großen Gletscher hinauf geflogen, der sich über der Stadt erhob. Es hatte ihnen unendlich viel Freude bereitet, im Schnee herum zu stapfen, ohne Spuren zu hinterlassen. Ausgelassen hatten sie sich sogar eine kleine Schneeballschlacht geliefert.

Der Ausflug zur Pinguin-Kolonie startete pünktlich um 8 Uhr morgens am nächsten Tag. Rita und Rosi freuten sich, in der Mirabellen-Bar Jessica und Tim zu treffen, die bereits an einem der Tische saßen und auf den Aufruf von Herlinde warteten. Die deutsche Gästebetreuerin sah an diesem Morgen besonders blass und gestresst aus. Das bemerkte auch Landfrau Rosi und meinte: „Hoffentlich wird sie nicht krank, die Herlinde."

Rita macht eine wegwerfende Handbewegung, während Jessica sagte: „Auch kein Verlust, den Job kann jeder besser machen als sie."

„Ich habe gehört, dass in Valparaiso sogar ein zweiter Betreuer zusteigt", trumpfte Rita auf.

„Echt?", fragte Jessica ungläubig.

„Woher weißt du so was bloß immer?", wunderte sich Rosi. „Raucherlounge", erklärte Rita, „inzwischen kennen wir uns da ja alle und unterhalten uns. Diese Information zum Beispiel habe ich von der netten Schweizerin Thea und diese wiederum von der Burgl aus Österreich, die es in einem Gespräch zwischen Herlinde und einem Gast zufällig gehört hat. Apropos, Jessi, holst du wieder Tickets? Dann gehe ich noch eine rauchen, wer weiß, was ich heute erfahre. Die Sache mit den inzwischen zwei Toten ist ja auch noch nicht vom Tisch."

Jessica nickte und Rita entschwand. Nur wenige Minuten später erklang Herlindes müde Stimme über das Mikrofon, es ging los.

Nachdem die Passagiere das Deck heute über den Ausstieg von Deck 3 verlassen hatten, stiegen sie zum Ausflug in einen nahegelegenen Katamaran um. Da es doch noch sehr frisch war am Morgen, ballte sich alles im Innenraum. An einer kleinen Bar konnte man Getränke und Snacks kaufen. Tim machte bereits eifrig Fotos aus dem Fenster. Gerade fuhren sie an einem Kreuzfahrtschiff vorbei, das ein Stück entfernt vom Hafen auf Reede lag.

„Ach, ein Amidampfer", kommentierte Rita, „gut, dass wir heute nicht in der Stadt sind, da ist es bestimmt rappelvoll."

Dann fiel ihr etwas ein und sie wandte sich an Jessica: „Wo wart ihr eigentlich gestern Abend?"

„Wir waren draußen essen", strahlte diese, „Lamm Asado, ein Traum!"

„Lamm was?", fragte Rosi.

Jessica berichtete, dass Lamm Asado ein Traditionsgericht von Patagonien war. Es wurde im Ganzen über dem Feuer gegrillt und komplett auf einen senkrechten Grillrost aufgezogen. Man konnte durch eine Fensterscheibe sogar in die Grillküche hineinschauen. Die Landfrauen waren sichtlich beeindruckt. Als Nächstes berichtete Rita vom Abend am Tisch 10 und Brunos Ausraster.

„Da haben wir ja echt was verpasst", lachte Jessica.

„Nee, ihr habt das richtig gemacht", fand Rosi.

„Wo ist eigentlich Ute?", warf Tim plötzlich ein.

„Ach die", meinte Rita und schüttelte mit dem Kopf.
„Der Ausflug war ihr zu teuer", half Rosi.

Tim und Jessica sahen sich erstaunt an, sagten aber nichts. Kurze Zeit später verlangsamte der Katamaran seine Fahrt und machte seine Gäste auf einen Felsen aufmerksam. Nahezu alle Passagiere stürmten aus dem Innenraum. Das Boot hatte vor einer kleinen Felseninsel gestoppt und auf dieser lagen Dutzende Seelöwen in der frühen Morgensonne und dösten. Mitten auf der Insel stand ein rotgeringelter Leuchtturm. Rita spürte wieder die Kälte des Morgens, entdeckte aber an einer Schiffswand einen Aschenbecher. Schnell zündete sie sich eine Zigarette an.

„Du hättest besser deine dicke Jacke mitgenommen", fand Rosi.

„Ja, ich werde es sicher überleben", meinte die Freundin.

Nach fünfzehn Minuten setzte das Schiff seine Fahrt im Fjord fort. Rita gelang es, der netten Bedienung hinter dem Tresen zu erklären, dass sie dringend „hot water with rum, Grog, you know", brauchte. Nach weiteren dreißig Minuten erreichten sie endlich den Pinguin-Felsen, und Rosi war in ihrem Element. Nicht ein Magellan-Pinguin, sondern Hunderte thronten am Ufer dieser Insel, als ob sie die Kreuzfahrer schon erwartet hätten. Der Katamaran fuhr auf den Strand, aber aussteigen durfte niemand, denn dies war ein Naturschutzgebiet. Daher drängelten sich die Passagiere dicht an der Reling, denn jeder wollte natürlich ein Foto von den kleinen Freunden. Diese boten beste Unterhaltung. Sie schwammen, darin waren sie Meister, watschelten über die Steine am Ufer, das fiel ihnen schwer, denn sie hatten keinen sicheren Gang. Einige neckten sich, andere liebten sich. Es war eine wahre Freude, ihnen zuzuschauen. Rosi rastete für ihre Verhältnisse völlig aus und schrie: „Ich liebe diese Reise", dann umarmte sie heftig erst Rita, dann Jessica und zum Schluss bekam sogar Tim einen Kuss auf die Wange. Viel zu schnell für alle verließen sie die Insel wieder und begaben sich auf den Rückweg zum Hafen. Man verglich die Fotos auf den Kameras und freute sich gemeinsam über diesen gelungenen Ausflug. Dass heute keine Königs-Pinguine dort gewesen waren, trübte die Stimmung nicht. Jessica hatte ein Buch über Pinguine in dem kleinen Shop gekauft, der eigentlich nur aus einem Glaskasten neben der Bar bestand. Darin las sie eifrig.

„Hammer", entfuhr es ihr.

„Was ist los?", fragte Rita, die bereits den zweiten Grog trank und bereits leicht alkoholisiert war.

„Pinguine, die sich einmal als Paar finden, bleiben ihr ganzes Leben lang zusammen."

„Die sehen doch alle gleich aus", fand Rosi, „wie erkennen die sich denn?"

„Am Geruch, steht hier", meinte Jessica.

Tim schenkte seiner Frau einen tiefen Blick und küsste sie sanft auf die Wange. Dafür liebte er sie, dass sie sich stets für neue Sachen so intensiv begeistern konnte. Er nahm sich vor, gleich noch mit ihr in die Stadt zu gehen, denn er wollte ihr unbedingt einen Pinguin aus Stoff als Andenken schenken.

Als Rita später mit ihrer Karte die Kabinentür öffnete, sah sie ihre Freundin Ute mit dem Telefonhörer in der Hand.

Diese schaute ein wenig schuldbewusst und beendete schnell ihr Gespräch.

„Schon wieder", donnerte Rita los, „weißt du, was ein Gespräch vom Ende der Welt nach Deutschland kostet?"

Ute begann zu weinen, Rosi schob sich an Rita vorbei und nahm die Freundin in den Arm.

„Ich hab eben solche Sehnsucht nach Kalli", schluchzte diese, „das Telefon ist unsere einzige Kommunikationsmöglichkeit."

„Ja", hauchte Rosi, „ist doch alles gut."

„Ha", machte Rita, „Kalli statt Pinguine, geht es dir noch gut? Ich bin mal gespannt auf die erste Abrechnung und nur zur Info, ich zahle keinen Cent für das Telefon!"

Sie zog sich ihre Jacke aus und knallte wütend die Badezimmertür hinter sich zu. Nur kurze Zeit später hörte man die Dusche laufen.

Die einzige Kommunikationsmöglichkeit vermisste auch Jochen. Er war heute den ganzen Tag durch Ushuaia gestreift in der Hoffnung, ein neues Handy kaufen zu können. Leider schien es am Ende der Welt keinen einzigen Laden zu geben, der Handys verkaufte. Auf die Idee, dass es an der SIM-Karte liegen könnte, kam er nicht. Ebenso verstand er Silvia nicht, die sein defektes Telefon anscheinend nicht zu interessieren schien. Seelenruhig hatte sie ihm gesagt, dass sie mit Jan an Bord bleiben würde. Sie wollten das 4-D-Kino testen, ein wenig im Innenpool schwimmen und zu Mittag einen Burger essen gehen. Was Jochen richtig fertigmachte, war die Aussage von Herlinde gewesen. Diese hatte ihm unmissverständlich klargemacht, dass die kommenden Häfen in Chile alle sehr klein wären, jedenfalls hätte man ihr das gesagt, denn sie war noch nie dort gewesen. Daher würde er frühestens in Valparaiso die Chance bekommen, ein Geschäft zu finden, das Handys verkaufte. Jochens Nerven lagen blank, denn bis Valparaiso dauerte es nun insgesamt acht Tage. Was würde Iris von ihm denken? In Valparaiso würde auch der erste Abschnitt dieser Weltreise enden. Jochen, so verzweifelt wie er war, überlegte ernsthaft, von dort aus in die Heimat zurückzufliegen, und zwar allein.

Kapitel 6

Chile ist scheiße!

Nachdem das Kreuzfahrtschiff den Hafen von Ushuaia verlassen hatte, begab es sich für sieben Tage in chilenische Gewässer. Das an sich wunderschöne Land Chile, mit seinen schneebedeckten Gipfeln und beeindruckenden vereisten Gletschern, die von den Berghängen bis ins Wasser verliefen, zeigte sich leider den Passagieren von Tag zu Tag grauer. Wenn mal – was selten passierte – die Sonne herauskam, erhielten die Kreuzfahrer einen Eindruck, was hinter diesem öden Grau sein müsste. Doch den Weltreisenden war es nicht oft vergönnt. Die Außentemperatur betrug nur kühle 10 Grad und lud nicht zu einem Besuch an Deck ein. Das Schiff, das mit 22 Knoten fuhr, schaukelte zudem unablässig. Verständlich, dass die Stimmung an Bord von Tag zu Tag gereizter wurde. Bei den Landfrauen war es besonders übel. Als Rita am ersten Seetag Richtung Punta Arenas erwachte, kam aus ihrem Hals nur noch ein Krächzen. Sie hatte sich beim Ausflug zum Pinguinfelsen eine ordentliche Erkältung eingefangen und brachte keinen Laut mehr heraus. Ute schlich mit guten

Ratschlägen um sie herum, ihr schlechtes Gewissen wegen der Telefonkosten war ihr mehr als anzumerken. Rosi war auch still, denn der permanente Seegang, verbunden mit starkem Nebel, machte ihr große Angst. So verzichteten die Frauen auch auf den Landgang in Punta Arenas und bevölkerten stattdessen die hübsche Atriumbar. Rita, die sonst immer bestellte, deutete nur auf Ute, als die nette indonesische Kellnerin Seti sich nach ihren Wünschen erkundigte. Fragend deutete diese auf Rita. Die zuckte hilflos mit den Schultern und Ute versuchte, die Lage zu erklären. Als sie mit den Getränken zurückkam, war neben den drei Prosecco eine bräunlich schimmernde und vor sich hin dampfende Flüssigkeit in einer Kaffeetasse. Seti nahm die überraschte Rita an der Hand und zog sie mit sich fort Richtung öffentlicher Toilette. Fragend sahen sich Ute und Rosi an, als Jessica und Tim Hand in Hand vor ihnen stehen blieben.

„Na?", fragte Jessica, „ist euch auch so langweilig?"

„Ja", ertönte es im Chor.

„Das Schlimme ist, dass Rita stark erkältet ist und kein Wort reden kann", jammerte Rosi.

„Na, Ruhe ist doch auch mal schön", meinte Tim, lächelte aber dabei.

In diesem Moment kam Rita, noch bleicher als zuvor, mit Seti zurück. Diese erklärte, dass Rita mit dieser Flüssigkeit hatte gurgeln müssen, es handelte sich um ein Hausrezept aus ihrer Heimat Indonesien. Sie versicherte, dass es ihr morgen schon besser gehen würde, obwohl sich Rita beim Gurgeln dreimal hatte übergeben müssen.

„Schön, wenn auch mal jemand anderes spuckt", sagte plötzlich eine Stimme hinter ihnen, die Bruno gehörte. Tim holte Luft, aber Bruno legte ihm versöhnlich den Arm auf die Schulter: „War doch nur Spaß!"

„Also, deine Späße sind grenzwertig", fand Jessica, die froh war, ihre beinahe täglichen Spuckattacken, die sie meistens morgens nach dem Frühstück ereilten, vor den anderen und insbesondere vor Tim inzwischen verstecken zu können.

Rita ließ sich nur böse Richtung Bruno blickend erschöpft in den Sessel fallen. Seti streichelte sanft ihre Schulter und lächelte ihr aufmunternd zu.

Dann kramte Bruno sein Handy aus der Tasche, um den Liegeplatz des Hafens zu checken. Stolz zeigte er danach allen die Fotos, die er von sich mit den Königskrabben am zweiten Tag gestern hatte machen lassen. Er schien versöhnt und meinte zu Rita: „Schade, dass du nun heute nicht mit mir sprichst."

Diese tippte sich an die Stirn und zeigte ihm einen Vogel. „Geht noch jemand heute an Land?", fragte Ute in die Runde.

„Nö", kam es im Chor.

„Alles grau in grau", meckerte Bruno, „was soll ich da draußen?"

„Ich gehe meinen Reisebericht weiterschreiben, dann kann ich euch morgen am Seetag vorlesen."

Rosi klatschte vor Freude in die Hände und man verabredete sich für den nächsten Tag um 10 Uhr auf Deck 9.

Bei Erwin und Paul war die Stimmung während der Passage von Chile ebenfalls gedrückt, denn erstens litt Paul leider mal wieder unter dem heftigen Seegang und war ganz grün im Gesicht und zweitens bekam er furchtbares Heimweh nach zu Hause, der schönen Insel Sylt. Er lag im Bett, schniefte und heulte Rotz und Wasser. Erwin kannte die intensiven Gefühlsausbrüche seines Mannes, aber am zweiten Tag beschloss er, dass es damit nun genug sei.

„Komm, wir fliegen mal aus", meinte er.

„Nö", heulte Paul und drehte sich auf die Seite.

„Du, wir können ja mal nach Jan schauen", lockte Erwin.

Da brach Paul wieder in einen Weinkrampf aus und schluchzte: „Das wird auch nicht gut ausgehen, der arme Junge!"

So verließ Erwin alleine die Kabine und hörte Paul nur noch schimpfen: „Chile ist scheiße!"

Als Erwin Deck 9 erreichte, platzte er mitten in die Vorlesestunde von Jessica. Er freute sich über die willkommene Abwechslung und nahm auf den Treppenstufen zu Deck 10

Platz. Gespannt lauschte er ihrer melodischen Stimme. Allein, wie sie die hautnahe Begegnung mit den Pinguinen schilderte, begeisterte ihn zutiefst. Sie nannte diese Tiere permanent die „Jungs" und beschrieb die Szene nicht etwa aus der Sicht der Passagiere, sondern aus der der Pinguine. Dabei dachte sie sich so tief in die Seele dieser Tiere hinein, dass es für die Zuhörer eine wahre Freude war. Detailliert schilderte sie, wie die „Jungs" den Katamaran erblickt hatten und sich wie Filmstars in Szene setzten. Einige watschelten besonders tapsig, andere zeigten ihre Schwimmkünste, um die Menschen zu beeindrucken. Als sie endete, bekam sie viel Applaus, inzwischen gesellten sich auch immer mehr Mitreisende dazu. Rosi bat Jessica um einen Ausdruck dieses Abschnitts und diese versprach, ihn abends an Tisch 10 mitzubringen. Glücklich lächelte Rosi vor sich hin.

Auf einmal riss der bewölkte Himmel auf, die Sonne trat hervor und es war, als ob das Land Chile seinen Vorhang aufgezogen hätte. Plötzlich zeigte es seine schneebedeckten Berge. Über den Bordlautsprecher wurden die Passagiere informiert, dass es sich bei der höchsten Erhebung um den Amalia-Gletscher handelte. Alle sprangen aufgeregt herum und zückten ihre Fotokameras. Erwin flog einige Decks höher und betrachtete gerührt dieses Naturschauspiel von Deck 14 aus. Die Sonne brachte die grauen Berge zum Leuchten, sodass sie nun fast bläulich schimmerten. Er war ein wenig traurig, dass er diesen Moment nicht mit Paul teilen konnte, doch das war eben so. Nach nur dreißig Minuten war das Schauspiel leider beendet. Es setzte ein heftiger Regen ein und obwohl den Passagieren noch ein wunderschöner Regenbogen geboten wurde, kehrte die Farbe Grau zurück. Erwin flog durch das Schiff und suchte Jan. Er fand ihn aber nicht an den bekannten Plätzen. Auch von Silvia und Jochen war nichts zu sehen. Er vermutete sie in ihrer Kabine und dort hinein wagte er sich nicht. Die Gefahr war zu groß, dass Jan ihn sähe und anspräche.

Tatsächlich befand sich das Paar nebst Kind in seiner Kabine. Alle drei hatten sich eine heftige Grippe eingefangen und hüteten seit Tagen das Bett. Das Wenige, was sie aßen, ließen sie sich vom Zimmerservice bringen. Speziell Jan war es langweilig ohne Ende. Jochen, der versucht hatte, mit seinem Laptop Mails zu empfangen, war zusätzlich genervt, denn seit Tagen war es nicht möglich, eine Verbindung herzustellen. Das defekte Handy lag anklagend auf seinem Nachttisch. Silvia, der es selbst nicht gut ging, kümmerte sich trotzdem aufopfernd um ihre Männer. Sie registrierte, dass Jochen einem Körperkontakt nicht mehr auswich, sondern dankbar lächelte, wenn sie ihm, der auch noch starkes Fieber hatte, kühle Waschlappen auf die Stirn legte.

„Du bist selbst so stark erkältet und sorgst dich noch um mich", meinte er.

„Wir sind doch ein Team", lächelte sie und nahm sanft seine Hand.

Er ließ es zu.

„Cruisy und ich sind auch ein Team", verkündete Jan, „und wisst ihr, was wir beschlossen haben?"

Silvia und Jochen schüttelten mit dem Kopf. Mit triumphierender Stimme verkündete der Junge: „Chile ist scheiße!"

Jochen brach in einen Lachkrampf aus und sah Silvia an. Diese wollte zunächst ihren Sohn zurechtweisen, doch dann musste auch sie lachen. Sanft kuschelte sie sich vorsichtig an Jochens Schulter. Gemeinsam betrachteten sie ihren Sohn, der nun dabei war, Cruisy zu erklären, dass man keine Angst vor dem Seegang haben musste, da es genug Rettungsboote an Bord gäbe und dass der Kapitän die Route kannte. Der Schlumpf grinste glücklich.

Am Abend nahm Rosi den gewünschten Textausdruck von Jessica an Tisch 10 in Empfang. Ritas Stimme war zwar noch nicht hundertprozentig zurückgekehrt, doch sie konnte schon wieder ein wenig sprechen. Krächzend wie ein alter Papagei beschrieb sie beim Essen, wie ekelhaft das Gurgeln gewesen war und dass Seti aufgepasst hätte, dass sie es auch intensiv genug betrieb. Bruno schaute bei ihren Schilderungen angewidert über den Tisch, sagte aber nichts.

„Was war denn da genau drin?", fragte Rosi nach.

„Zwei Beutel schwarzer Tee, anderthalb Teelöffel Salz, einen Teelöffel Zucker, eine halbe Zitrone und heißes Wasser", antwortete Rita kauend.

Das vermeintlich zarte Rinderfilet war mal wieder hart wie eine Schuhsohle.

„Igitt", meinte Ute.

„Meinst du jetzt das Fleisch oder den Drink?", wollte Bruno wissen, auch er kaute lustlos auf dem Filet herum.

„Beides", gestand Ute.

Daraufhin spießte Bruno das komplette Filet auf seiner Gabel auf und winkte damit in Richtung von Don Michael. Dieser kam sofort an den Tisch, als er Bruno damit wedeln sah. Fragend sah er seinen Gast an.

„Hart, es ist steinhart!"

Don Michael kratzte sich am Kopf und fragte nach, ob er ein Neues bringen sollte, Bruno antwortete mit einer wegwerfenden Handbewegung und reichte ihm seinen Teller. Neidisch blickte er auf Jessicas und Tims fleischloses Nudelgericht.

Später am Abend saßen die Landfrauen noch in der kleinen Weinbar auf Deck 3. Dort war es deutlich ruhiger als im Atrium, wo heute Abend eine große Karnevalsparty gefeiert wurde, und Rita wollte unbedingt ihre noch brüchige Stimme schonen. Rosi las nochmals Jessicas Text vor. Nach einer Weile meinte Ute: „Schaut mal! Dahinten sitzt dieser Lektor, der Hubert, dem gebe ich den Text."

Noch bevor die anderen Frauen sich äußern konnten, hatte sie sich den Ausdruck genommen und war zu dem Mann gegangen. Sie redete ungefähr zehn Minuten auf ihn ein. Er nickte mehrfach, dann kehrte sie an ihren Tisch zurück. Sie strahlte.

„Er will sich das mal ansehen", freute sie sich.

„Und dann?", hakte Rosi nach.

„Das ist so großartig geschrieben, vielleicht hat er ja Kontakte in die Buchbranche", antwortete Ute und nippte an ihrem Weinglas.

„Genau", stimmte Rita zu und ergänzte, „und dann schreibt die Jessi ihren ersten Bestseller über unsere Reise um die Welt und wir waren dabei!"

„Woher kennst du eigentlich diesen Hubert?", fragte Rosi nach.

„Wir saßen neulich mittags zufällig zusammen am Tisch beim Mittagessen, als ihr zu den Pinguinen unterwegs wart", sagte Ute.

Mario stand am Tresen und schlief fast ein – es war einfach zu wenig los. Quer durch die Bar machte Rita ihm Zeichen, drei neue Gläser Wein zu bringen. Er winkte zurück.

„Ob wir auch in dem Buch vorkommen?", piepste Rosi unsicher.

„Garantiert", antworteten Rita und Ute gleichzeitig.

Mario trat an den Tisch, neben dem Wein hatte er auch noch ein paar kleine Kanapees mitgebracht. Die Frauen strahlten. Die Häppchen waren mit Lachs, Krabben und Käse belegt und er servierte sie mit einem warmen Lächeln.

„Ach", fand Ute, „uns geht es so gut."

Gemütlich streckte sie sich in ihrem Ledersessel aus und griff zuerst nach einem Lachs-Kanapee.

Die Freude bei den Landfrauen währte jedoch nicht lange. Als sie kurz vor Mitternacht ihre Kabine betraten, lag dort die erste Abrechnung der Nebenkosten dieser Reise. Rita riss diese sofort an sich, schnaufte schwer und warf sie schließlich überraschenderweise kommentarlos auf Utes Bett. Als Ute diese studierte, wurde sie sehr blass. Natürlich war die Rechnung in Ordnung. Dadurch, dass sie das Getränkepaket gebucht hatten, waren die Kosten aus den Shops überschaubar. Den Rahmen sprengte jedoch die Telefonrechnung. Schließlich ließ sie die Rechnung los und Rosi warf einen Blick darauf. Entsetzt sah diese ihre Freundin an. In der Kabine der Landfrauen wurde an diesem Abend kein Wort mehr gewechselt. Ute konnte lange nicht einschlafen und wälzte sich noch bis in die frühen Morgenstunden unruhig in ihrem Bett hin und her.

Chile ist scheiße, dachte sie kurz vor dem Einschlafen.

Nach zwei langen Seetagen lief die Kosta Onda pünktlich morgens um 8 Uhr in den Fjord von Puerto Chacabuco ein. Bruno – auf dem Sprung für den Ausflug – saß nur wenige Meter von dem Tisch der deutschen Gästebetreuerin entfernt. Herlinde machte jedoch keine Anstalten, ihre berühmte Durchsage zu machen. Sie sortierte Unterlagen und ab und an sprach sie in ihr Funkgerät. Bruno fragte sich, warum es nicht langsam losging. Sie mussten heute die Tenderboote nutzen, da ihr Kreuzfahrtschiff zu groß für die kleine Pier am Hafen war. Die Ankerkette hatte er rasseln hören, als er vorhin kurz von Deck 3 aus einige Fotos gemacht hatte. Doch es passierte nichts. Dabei sollte der Ausflug eigentlich schon lange begonnen haben. Er schaute auf seine Uhr, es war inzwischen halb neun. Verärgert schüttelte er den Kopf, als plötzlich eine Durchsage über die Bordlautsprecher ertönte. Wie immer zuerst in Italienisch, dann in Spanisch, schließlich auf Englisch, Französisch und zum Schluss auf Deutsch. Er hasste diese Reihenfolge, aber richtig Leben kam in ihn, als er den Sinn begriff. Aufgebracht stand er auf und baute sich vor Herlindes Tisch auf. Da sie nicht aufsah, klopfte er, als ob er in ein Zimmer eintrat, auf diesen. Langsam sah sie auf.

„Was soll das heißen, die Ausflüge sind auf unbestimmte Zeit verschoben?"

Herlinde blickte ihm direkt in die Augen und meinte: „Herr Bahn, das wurde doch eben durchgesagt, momentan lässt der hohe Wellengang eine Beförderung mit dem Tenderboot Richtung Land nicht zu."

Brunos Rage schien sie überhaupt nicht aus der Ruhe zu bringen. Seelenruhig sortierte sie weiter die Busnummern. Doch so einfach ließ Bruno sich nicht abspeisen, er gab anklagend zur Antwort: „Ich habe gebucht und bezahlt, und ich will an Land, und zwar sofort. Schließlich bin ich nicht umsonst heute Morgen um 6 Uhr aufgestanden."

Herlinde verdrehte genervt die Augen und bedeutete ihm, wieder Platz zu nehmen. Sie war sogar schon um 5 Uhr morgens aufgestanden, aber den Kommentar verkniff sie sich, der Gast war schließlich König oder sollte sich zumindest so fühlen. Mario und Seti erschienen und fragten die Gäste nach Getränkewünschen. Bruno schloss daraus, dass es länger dauern könnte. Er erhob sich und verließ die Bar. An einem der Tische, an denen er vorbeiging, hörte er nur die Wortfetzen: „Herr Bahn, das ist eben wie bei der Bahn …!"

Das gab ihm den Rest. Noch wütender als zuvor nahm er die Treppe ein Deck tiefer und trat auf das Deck hinaus. Er lehnte sich über die Reling und betrachtete das Meer. Es schien ihm bewegt zu sein, aber keinesfalls gefährlich. Von den Tenderbooten war weit und breit nichts zu sehen, die hingen brav an ihren Streben. Er sprach einen Mann an, der rechts neben ihm stand: „So ein bisschen Wellengeflüster und die machen ein Theater, als wäre hier Windstärke 9. Was halten Sie davon?"

Der Mann zuckte hilflos mit den Schultern, offensichtlich verstand er Bruno nicht. Das nervte diesen nun erst recht und er stapfte noch wütender weiter über Deck. Hätte er sich seinen Gesprächspartner genauer angesehen, wäre ihm aufgefallen, dass er südländische Gesichtszüge hatte.

Die Landfrauen, die heute keinen geführten Landausflug gebucht hatten, verlängerten kurzerhand ihr Frühstück. Die Stimmung am Tisch war aufgrund der ersten Abrechnung gedämpft. Sie unterhielten sich zwar miteinander, doch längst nicht so fröhlich wie sonst. Rosi hatte sich ein Omelett mit Schinken, Pilzen, Tomaten und Käse zubereiten lassen.

„Guckt mal", rief sie, als sie an den Tisch trat, „es hat die Umrisse der Insel Sylt."

Rita zeigte ihr als Antwort einen Vogel. Ute knabberte nur spärlich ein wenig Obst. Sie überlegte hin und her, wie sie den Freundinnen die nächste schlechte Nachricht beibringen sollte.

„Wo ist denn Mario heute bloß?", wunderte sich Rita und fuhr fort: „Der Leo ist ja sehr nett, aber der ist so langsam in der Bedienung. Ich will noch einen Kaffee."

„Das stimmt", piepste Rosi, deren Tasse auch leer war.

Rita erblickte den dunkelhäutigen Mann aus Jamaika plötzlich. Sie schwenkte wild die Arme in der Luft herum.

Leo hatte verstanden und eilte herbei. „Ladies", grüßte er charmant und seine weißen Zähne schimmerten und boten einen hübschen Kontrast zu seiner dunklen Haut. Rita fragte nach, wo Mario sei, aber Leo hob nur unwissend die Schultern. Ute nutzte die Gelegenheit und orderte drei Glas Prosecco. Es war schließlich schon zehn Uhr morgens und außerdem fand sie es besser, den Freundinnen die schlechte Nachricht bei einem kleinen Tröpfchen beizubringen. Als die Getränke serviert wurden, stießen sie an und Ute trank das Glas fast auf ex. Dann stellte sie es mit Schwung auf den Tisch und begann: „Also, ich gehe nachher zur Rezeption und begleiche die Telefonkosten." Niemand sagte etwas dazu. Ute wand sich ein wenig wie eine Schlange und gab zu: „Ich bin danach aber pleite."

„Was?", schrie Rita, da sie aber noch nicht vollständig genesen war, ein wenig leiser als sonst. Rosi nahm Ute in den Arm und verkündete: „Ich leihe dir Geld."

Das brachte nun Rita richtig in Rage: „Mädels, wir sind hier nicht auf einer einwöchigen Mittelmeertour, wir fahren an das andere Ende der Welt und haben noch mindestens 70 Tage vor uns! Wie viel tausend Euro, Rosi, willst du Ute denn leihen?" Auch Rita kippte nun das Glas auf ex hinunter und schüttelte mit dem Kopf. Im Verlauf der Reise verstand sie ihre Freundinnen manchmal immer weniger.

„Nein", sagte Ute zu Rosi, „das möchte ich nicht, mir wird was einfallen, wie ich das lösen kann."

„Da bin ich mal gespannt", machte Rosi Ute Mut.

„Nur gut, dass die Getränke schon bezahlt sind", war Ritas Kommentar und winkte erneut nach Leo. Ute, die froh war, dass die Sache raus war, schaute aus dem Fenster und versuchte, auf ein anderes Thema zu lenken: „Also dass wir heute noch tendern, glaube ich kaum, die haben ja bis jetzt noch nicht ein einziges Rettungsboot zu Wasser gelassen."
„Sparst du Geld", zischte Rita ihr über den Tisch zu, zwinkerte aber mit dem linken Auge. Im Grunde ihres Herzens beneidete sie die Freundin. Ute und Kalli hatten sich vorletztes Jahr beim Jahresausklang auf Madeira gesucht und gefunden. So etwas passierte in ihrem Alter nur selten. Wie groß musste diese Sehnsucht sein, wenn man seine komplette Reisekasse für Telefonate ausgab? Wieder einmal dachte Rita an Hans-Hugo und irgendwie hatte sie auch das Bedürfnis, seine Stimme zu hören. Sie nahm sich fest vor, ihn bei Gelegenheit anzurufen, aber von einer öffentlichen Telefonzelle, denn den Spott über weitere hohe Telefonkosten auf der nächsten Teilabrechnung wollte sie sich nicht antun.

Bei Jessica und Tim begann der Tag eher entspannt. Nachdem sie die Durchsage gehört hatten, dass sich der Landgang verzögern würde, hatten sie ihr Frühstück auf die Kabine bestellt. Es war spärlicher als im Restaurant, aber in Ordnung.

Zwei Becher Kaffee, dazu zwei Croissants, Butter, Marmelade, Honig und ein wenig Obst. Wie fast an jedem Morgen musste Jessica sich danach übergeben, aber sie stellte die Dusche an und hoffte, dass Tim es nicht hörte. Dieser kannte seine Frau und er hörte es natürlich trotzdem. Er nahm sich fest vor, in Kürze mit ihr darüber offen zu sprechen. Jessica sah schon seit Tagen blass aus und das lag nicht an diesem grauen Chile. Sie aß wie ein Spatz, verlor aber kein Gewicht. Tim sorgte sich, wollte aber keinen neuen Streit entfachen. Er wartete einfach nur auf den richtigen Zeitpunkt. Als Jessica geduscht aus dem Badezimmer kam, sah sie ihn auf dem Bett liegen. Auf dem Schoß hatte er sein iPad. Er lächelte ihr zu und sagte: „Wir haben ein Netz, endlich!"

Als sie näher kam, sah sie, dass er auf der Homepage von Eintracht Frankfurt, seinem absoluten Lieblingsverein, surfte. Jessica wusste, wie sehr er litt, weil er nur selten bisher von dem Sport daheim etwas mitbekam. Daher strich sie ihm einfach nur liebevoll über den Kopf. Außerdem war sie froh, dass er von ihrer morgendlichen Übelkeitsattacke offensichtlich nichts mitbekommen hatte. Sonst hätte er bestimmt etwas gesagt. Schnell zog sie sich an und sah auf die Uhr, es war kurz vor 11 Uhr. Sie sah aus dem Fenster. In diesem Moment hörte sie eine Lautsprecherdurchsage auf dem Flur und öffnete schnell die Kabinentür.

„Und?", fragte Tim, als sie die Tür wieder schloss.

„Wir fahren jetzt weiter zum nächsten Hafen, der Landgang wurde wegen zu bewegter See gestrichen."

Tim zuckte unbeteiligt mit den Schultern.

„Also Seetag und wieder schlechtes Wetter", meinte er nur. Jessi stimmte zu. Tim erhob sich und verkündete, dass er auch erst mal duschen würde und dann könnten sie ja überlegen, was sie machen wollten. Jessica klappte ihren Laptop auf, sie dachte nach und ihr fiel ein, dass es in Deutschland sieben Uhr morgens sein musste. Das war die Zeit, zu der ihre Freundin Nina immer im Büro in Berlin gemütlich mit einer Tasse Kaffee saß, vielleicht erreichte sie diese heute Morgen per Skype. Sie sah kurz im Tagesprogramm nach, weil sie partout nicht wusste, welcher Wochentag war. Es war Dienstag. Aufgeregt loggte sie sich bei Skype ein und freute sich, als sie neben Ninas Namen ein grünes Licht blinken sah.

Jessica: Hi Liebe, ich grüße dich herzlich aus Chile. :-)

Nina: Jessi … was freue ich mich, wo seid ihr, wie geht es euch? :-)

Jessica: Und ich freue mich, ja geht so, sind in Chile, hier ist alles nur grau in grau und wir haben weniger als 15 Grad.

Nina: Na, mehr haben wir hier auch nicht in Berlin, dazu schrecklich viel Schnee.

Jessica: Na, da ist es hier besser, Schnee ist nur oben auf den Bergen.

Nina: Deine Fotos bei WhatsApp von den Pinguinen waren so toll, ich beneide dich. Wie geht es Tim?

Jessica: Ja, da war es toll, mit Tim geht so. Nina: Sag mal, ist was nicht in Ordnung? :-)

Jessica: Ja, Tim ist oft total genervt und mir, mir geht es gesundheitlich nicht gut, stell dir vor, kaum trinke ich einen Schluck Alkohol, muss ich spuken. Also trinke ich keinen. :-)

Nina: Was? Seit wann das denn?

Jessica: Eigentlich schon seit der Hinreise.

Nina: Warst du beim Arzt? Bestimmt gibt es einen Arzt an Bord.

Jessica: Nee, noch nicht.

Nina: Da gehst du aber schnellstens mal hin, ich mache mir Sorgen um dich.

Jessica: Mal sehen.

Nina: Nichts da, das machst du! Jessica: Wie geht es Hansjörg?

Nina: Super, er ist wirklich der Mann, auf den ich gewartet habe.

Jessica: Schön.

Nina: Du, wie sind denn so die Leute an Bord, habt ihr schon nette Mitreisende kennengelernt?

Jessica: Ja, drei total lustige Landfrauen aus Hannover, die Mädels sind drauf, sage ich dir. Dann noch so einen Obernörgler, den Bruno. Die sitzen alle an unserem Tisch abends. Ach so, und ich habe jetzt neue Eltern, die kommen aus Italien und sitzen auch bei uns am Tisch.

Nina: Klingt witzig.

Jessica: Ja, manchmal ist es sehr schräg, manchmal auch anstrengend.

Nina: Ich schaue jeden Tag auf eurer Routenkarte, wo ihr seid, als Nächstes kommt die Südsee, so ein Hammer.

Jessica: Ich hoffe, es wird bald wärmer.

Nina: Ich drücke dich, du, ich muss mal raus, mein Chef ist eben gekommen.

Jessica: Auf bald, ich melde mich wieder.

Nina: Drück dich Liebe, passt auf euch auf und schick mal wieder Bilder, ja? Vermisse dich.

Jessica: Ich dich auch. Sobald das Graue weg ist, weißt du, Chile ist scheiße!

Nina: Bussi :-)

Als Tim die Badezimmertür öffnete, sah er seine Frau mit einem traurigen Gesichtsausdruck auf dem kleinen Sofa sitzen. Er setzte sich neben sie, da begann sie auch schon zu weinen. Er nahm sie in den Arm und drückte sie.

„Was ist denn los?", fragte er besorgt.

„Ich habe eben mit Nina geskypt", schluchzte Jessica.

„Ist bei ihr was passiert?", wollte er wissen.

„Nein, mit Hansjörg ist alle gut und es schneit."

„Warum weinst du denn?", wollte Tim wissen.

„Ich vermisse sie so, sie fehlt mir. Erst war ich glücklich, aber nun bin ich so traurig", jammerte sie weiter und schnäuzte geräuschvoll in ein Taschentuch, das Tim ihr reichte.

„Das ist nur Heimweh, Jessi, wir sind doch erst fünf Wochen unterwegs, aber das ist absolut normal. Komm, wir gehen mal schauen, ob es irgendwas Schönes zu Mittag gibt, das bringt dich auf andere Gedanken."

Ihre Antwort war ein langer Kuss auf seine Wange. Er hatte sicher recht. Ihr Abenteuer, von dem sie immer geträumt hatte, begann gerade erst. Nun kam bald die sonnige Südsee, da würde alles besser werden.

Auch Jochen hatte die Gelegenheit genutzt, ins Internet zu gehen. Er hatte Iris endlich wieder schreiben können. So konnte er von dem defekten Handy und seiner Grippe berichten. Über die eigentliche Reise schrieb er kaum etwas, das fand er nicht passend. Er hoffte, dass er bald wieder eine stabile Internetverbindung und eine Antwort von ihr haben würde. Gesundheitlich ging es ihm, Silvia und Jan bereits erheblich besser, aber über den Berg waren sie noch lange nicht. Dafür war aber die Stimmung zwischen ihm und Silvia nach langer Zeit im gemeinsamen Krankenlager sehr harmonisch gewesen. Sie hatten gemeinsam gelitten und sich an Jans wachsender Fröhlichkeit erfreut. Cruisy hatte sich nach seinen Angaben natürlich auch die schlimme Grippe – er nannte sie Chile-Pest – eingefangen, und so gab er dem Schlumpf viele gute Ratschläge. Jochen hatte in diesen Tagen beschlossen, dass er in Valparaiso nicht allein nach Hause fliegen würde. Der Traum würde früh genug nach der Heimkehr für seine Familie platzen, da könnte er ihnen auch die letzte gemeinsame Zeit noch schenken. Jedoch nahm er sich fest vor, in Valparaiso ein neues Handy zu kaufen. Die nächsten zwei Tage würde er nun auch noch überleben.

Es war das erste Mal seit ein paar Tagen, dass die Familie abends wieder zum Essen ins Restaurant ging. Jan lief gleich wie von der Tarantel gestochen an Jessicas Tisch. Diese umarmte ihn liebevoll und er erzählte ihr alle ‚Ereignisse' der letzten Tage. Sie bedauerte ihn aufrichtig, als aber Don Michael mit der Speisekarte nahte, zogen Jochen und Silvia ihren Sprössling winkend mit sich fort.

„Ach, der Arme", fand Jessica mitfühlend.

„Guck mal in die Karte", strahlte Tim, was nur selten beim Abendessen vorkam.

„Tatar", lachte Jessica, das war eins von seinen Lieblingsgerichten.

So bestellte Tim davon auch gleich eine doppelte Portion, was Don Michael verwunderte, aber natürlich freute. Die Landfrauen taten es ihm gleich und als Bruno mit sauertöpfischer Miene an den Tisch kam, wunderte er sich über die fröhlichen Gesichter.

„Hat jemand den Küchenchef ermordet oder warum strahlt ihr so?", wollte er wissen.

„Tatar, es gibt Tatar", schrie Rita quer über den Tisch.

„Ach so", meinte Bruno, „na, dann nehme ich das auch."

„Doppelt, bestelle gleich eine doppelte Portion", riet Rosi.

Doch auch das schöne Essen, das wirklich gelungen und in großen Portionen aus der Küche kam, besänftigte Bruno nicht. Kauend berichtete er über seinen grauenvollen Tag. Stundenlang hatte er am Morgen im Atrium gesessen und auf den Ausflug gewartet, der dann wegen so ein paar Wellen abgesagt wurde. Nach der Durchsage hatte er sich bei den Tour-Guides beschwert, die erstatteten aber nur mit wenig hilfreichen Kommentaren das Ausflugsticket. Als er Herlinde später durch Zufall auf dem Gang traf und er ihr deutlich sagte, dass er nun eine E-Mail an die Reederei schreiben würde und eine Reisepreisminderung wegen entgangener Leistung fordern würde, hatte dieses nur unbeteiligt gemeint: „Höhere Gewalt, lieber Herr Bahn, wir wollen doch beim Tendern nicht noch mehr Verletzte oder sogar Tote haben."

„Tote", das war Ritas Stichwort, „eben in der Raucherlounge habe ich gehört, dass schon wieder einer tot ist. Dieses Mal angeblich ein Spanier."

Rosi zuckte vor Schreck zusammen.

„Das wäre ja wohl Nummer drei", meinte Jessica.

„Das kann ja noch heiter werden", bemerkte Ute und leerte ihr Glas mit einem Zug. Jessica ‚übersetzte' dies gleich zu Mamma und Papa Italiano. Sie sahen betroffen aus.

Bruno grunzte nur, er fand das Desinteresse an seinem schlimmen Tag unmöglich. Schließlich lebte er noch! Dann aber fiel ihm etwas ein, was ihn wieder in den Mittelpunkt des Interesses stellen würde. Er kramte sein Telefon aus der Tasche, drückte einige Knöpfe und las laut vor: „Morgen Puerto Montt, Sonne, 15 Grad. Dann Seetag, Sonne 17 Grad. Valparaiso, sonnig, 20 Grad. Leute, es wird besser, dieses Chile war einfach nur scheiße."

Er erhob sein Bierglas, und sie alle stießen gemeinsam darauf an und lachten.

Kapitel 7

Das Salz der Südsee

Inzwischen waren vierzehn Tage vergangen, die Kosta Onda schwamm im Pazifik umher und würde gegen Mittag die Pitcairn Islands erreichen. Jessica ging es nicht besser, erst am Morgen hatte es wieder eine heftige Auseinandersetzung mit Tim gegeben, als er mitbekam, wie sie ihr Omelett kurz nach dem Frühstück ausspuckte. Sie gab der Eierspeise die Schuld und erzählte etwas von Laktoseintoleranz. Tim zeigte ihr nur einen Vogel und griff zum Kabinentelefon. Er ließ sich mit dem Hospital verbinden und vereinbarte einen Termin für den Nachmittag für Jessica, daraufhin rastete diese aus und warf mit einem Schuh nach ihm.

„Um 16 Uhr treffen wir uns im Hospital auf Deck 2 wieder. Ich hoffe, bis dahin hast du dich beruhigt", sagte er und verließ die Kabine.

Jessica hatte eine Zeit lang weinend auf dem Bett gelegen, dann war sie zu dem Schluss gekommen, sich abzulenken. So hatte sie ihren Laptop geschnappt und saß nun auf Deck 10 auf einer Liege und tippte eifrig. Das Schreiben lenkte sie wunderbar von ihren Gedanken ab. Rechts und links auf dem Kopfteil der Liege saßen übrigens die Geister Erwin und Paul. Ihnen war ein wenig langweilig gewesen und so hatten sie beschlossen, Jessica mal über die Schulter zu schauen, was sie so über die letzte Zeit an Bord schrieb.

Was bin ich froh, dass wir dieses Chile hinter uns haben. Grau, grau, nichts als grau war es gewesen. Na gut, in Valparaiso war endlich mal wieder schönes Wetter und die Sonne war rausgekommen. Das tat gut. An einem Tag haben wir einen wunderschönen Ausflug gemacht, und am Ocean Rock konnten wir aus nächster Nähe Seehunde und Pelikane bestaunen. Das war ein Erlebnis. Es war auch der Tag, wo mir mal nicht schlecht war. Dann die Aufregung: Kurz vor dem Ablegen sagte Herlinde durch, dass wir noch eine Nacht länger bleiben würden. Angeblich mussten wir noch auf ein wichtiges Ersatzteil für die Maschine warten! Sehr beruhigend, denn in ihrem Vortrag über die Südsee hatte sie verkündet, dass wir nun die Zivilisation für einige Wochen verlassen würden. Die Durchsage kam mitten beim Abendessen und für alle überraschend. Bruno, der neuerdings immer mit seinem Fernglas zum Abendessen erschien, sprang auf und starrte durch das Glas auf die Pier. Natürlich sah er die Gangway, die noch ausgefahren war und liebreizend in der Abendsonne glitzerte. Er schimpfte vor sich hin und begann, wie wild auf seinem Smartphone zu tippen. Ich verstand seine

Aufregung nicht und fragte nach. Er verkündete, dass wir die Osterinseln nach seinen Berechnungen nun nicht anlaufen würden, weil das mit einer zusätzlichen Nacht in Valparaiso nicht zu schaffen wäre. Umständlich tippte er in sein Smartphone seinen nächsten Beschwerdegrund, wie er es nannte. Wenn er so weitermachte, hatte er sicher gute Chancen, die Hälfte des Reisepreises herauszuholen. Nun ging es an unserem Tisch 10 richtig rund. Rita haute auf den Tisch und schrie durch den ganzen Saal: „Scheiße!" Rosi, die völlig verschüchtert wegen des Ersatzteils dagesessen hatte, begann zu weinen und auch ich wurde ganz traurig, denn auf diese ‚Steinjungs' hatte ich mich als einen absoluten Reisehöhepunkt gefreut. Nur Tim blieb ruhig und meinte: „Das werden wir ja sehen."

Rita kippte ein Glas Rotwein nach dem nächsten vor Wut und informierte uns am Ende des Essens, dass sie gar nicht an die Story mit dem Ersatzteil glaube. In der Raucherlounge hätte sie heute erfahren, dass ein weiterer Passagier verstorben sei und es wohl Probleme mit den strengen, chilenischen Behörden wegen des Abtransports gegeben hätte. So wie sie eben war rief sie, leider wieder sehr laut: „Müssen die alle nacheinander abkratzen, wenn ich mal die Osterinseln gebucht habe? Die sterben hier wie die Fliegen an der Wand, das kann ja nicht normal sein, wir sollten unsere Ermittlungen wieder aufnehmen." Da mussten wir dann doch alle am Tisch lachen. Zum Glück aber behielt Tim recht. Unser Schiff verließ pünktlich am nächsten Morgen den Hafen, fuhr mit seinen schnellsten 21 Knoten und holte so die verlorene Zeit wieder rein. Nach dreieinhalb Tagen erreichten wir den Hafen der Osterinseln, Hanga Piko, die Sonne schien und es waren stolze 25 Grad. Wir bestiegen nach dem üblichen ‚Herlinde-Nummern-Vergabe-Theater' in der Mirabellenbar das Tenderboot, welches mächtig schaukelte, uns aber sicher an Land brachte. Im Hafen standen Kleinbusse für den Ausflug bereit und in unserem war außer den Landfrauen auch Bruno. Gut, mit den Mädels hatten wir wie immer zusammen angestanden, Bruno hatte sich geräuschlos angeschlichen, um im selben Bus mitzufahren. Ob er doch langsam unsere Gesellschaft schätzte? Ich hatte beobachtet, dass er bisher, vermutlich durch seine Art, nicht viele Bekanntschaften geschlossen hatte. Natürlich krallte er sich den Platz neben dem Fahrer, Tim und ich kletterten umständlich in die letzte Reihe. Dann startete die Fahrt über diese Insel, die so unendlich grün ist. Rechts und links der Straße sahen wir immer wieder wilde Pferde und wunderschöne Blumen in allen Farben. Zunächst besuchten wir die Moai am Ahu Tongariki. Mich faszinierte besonders der einzeln stehende Moai mit einem zylinderförmigen Kopfaufsatz, der sogar richtige Augen hatte. Mit denen schien er mich zu fixieren, egal von welcher Position ich ihn fotografierte. Einheimische in typischen Kostümen stellten ein paar Kampfszenen nach. Ich bekam meine Kamera gar nicht mehr aus der Hand und natürlich legte ich ein paar Dollar als Trinkgeld in ein kleines Körbchen, im Gegensatz zu Bruno, der mir erklärte, dass die froh sein könnten, dass ihr Foto nun als Werbung für die Osterinseln in die Welt hinausgetragen würde. Das war mal wieder typisch Bruno! Bei unserem zweiten Stopp hielten wir am Ahu Akivi, dort standen gleich sieben Moai nebeneinander und blickten auf das Meer. Von hier oben konnte ich auch unser Kreuzfahrtschiff auf Reede liegen sehen, es wirkte winzig. Unsere Reiseleiterin erklärte uns, dass diese Moais eine astronomische Bedeutung hätten. Man nannte sie auch die sieben Botschafter. Ich blickte direkt in ihre steinernen Gesichter und spürte eine Art Botschaft, die aber nicht in mein Gehirn durchdringen wollte. Später am Hafen kaufte ich einen Magneten, auf welchem der Moai mit den blauen Augen abgebildet war und einen handgefertigten, kleinen Moai. Ich beschloss, ihn als persönlichen Glücksbringer einzusetzen und kaufte gleich noch einen zweiten für Nina. Ach, Nina, was fehlte sie mir und unsere sonst tägliche Kommunikation doch. Rita, Rosi und Ute brachen übrigens bei den sieben Moai alle Rekorde. Ein Polizist war nach einer Weile auf einem Pferd erschienen. Nun wollten alle Landfrauen Fotos mit ihm und seinem Tier. Er stimmte zu, verlangte aber, dass sie dazu auf dem Pferd sitzen sollten. Mühsam hievte sich eine nach der anderen hinauf und posierte stolz für das Foto. Bruno bekam fast die Krise! Wie sehr habe ich mich schon an diese lustige Truppe gewöhnt, diese Landfrauen, die werden mir nach der Reise bestimmt fehlen. Inzwischen hatte ich natürlich auch von Utes Dauergesprächen mit Kalli erfahren. Das hatte anscheinend ganz schön geknallt in der Kabine der Landfrauen, denn Utes Urlaubskasse war fast leer gewesen. Doch diese erfinderische Frau hatte in Valparaiso reichlich Wolle und Schaumstoffkugeln eingekauft. Die Kugeln umhäkelte sie und wollte sie in der Südsee an die Einheimischen als deutsche Tradition verkaufen. Auf den Osterinseln hatte sie erstaunlicherweise sogar erste, begeisterte Abnehmer gefunden. Man sah sie an den Seetagen nun eigentlich ständig mit dem Häkelzeug. Inzwischen hatte sie sogar an erste Passagiere Kugeln verkauft. Ich überlegte auch, welche zu kaufen, einfach schon als Erinnerung. Wie würde es sich wohl anfühlen, diese beim nächsten Weihnachtsfest am heimischen Baum schwingen zu sehen? Ich konnte es mir heute noch nicht vorstellen.

Nun waren wir auf dem Weg nach Tahiti. Heute Mittag würden wir in Höhe der Pitcairn Islands vor Anker gehen. Im Tagesprogramm stand, dass wir Besuch von den Einheimischen bekommen würden, alle Nachfahren von den Meuterern der Bounty. Die Pitcairn Islands gelten als britisches Überseegebiet und …

214

„Ach, hier bist du, na da kann ich dich ja lange suchen", sagte Rosi, die plötzlich vor Jessicas Liege stand. Jessica blickte auf.

„Wo ist denn Tim?"

Jessica zuckte mit den Schultern.

„Wir hatten Streit", verriet sie und klappte ihren Laptop zu.

„Magst du darüber sprechen?", fragte Rosi.

„Nee, eigentlich nicht", meinte Jessica, fügte aber noch hinzu: „Er hat für mich heute um 16 Uhr einen Arzttermin im Hospital gemacht, weil ich nach dem Frühstück das Omelett ausgespuckt habe.

Rosi nickte, im Grunde beruhigte sie das sehr und sie streichelte Jessica sanft über die Wange, als sie sah, dass diese Tränen in den Augen hatte. Sie schaute auf die Uhr, es war kurz vor zwölf.

Sie zog Jessica mit sich hoch und meinte: „Du gehst jetzt mit uns zum Mittagessen, wir gehen heute mal nach Deck 2 und lassen uns am Platz bedienen. Danach kommen ja diese Piraten, also ich habe ein wenig Angst, sind bestimmt Wilde, die da an Bord kommen, aber Rita und Ute wollen danach unbedingt die Verkaufsstände im Atrium besuchen. Die zwei meinten, sie seien total untershoppt bei diesen ganzen Seetagen, dabei hat Ute doch kaum noch Geld. Da gehst du auch mit."

Jessica war sehr froh über diese liebe Einladung und folgte Rosi sehr gern. So musste sie wenigstens nicht alleine essen, wobei sie jetzt erst merkte, dass sie wirklich Hunger hatte.

Nachdenklich blieben die Geister zurück, die noch immer auf dem Kopfteil der Liege saßen. Eine Weile sprachen sie kein Wort, dann meinte Paul: „Also, was Jessi da schreibt, ist wirklich großartig, da hat man beim Lesen gleich Bilder im Kopf."

„Hm", war Erwins Antwort.

„Ich glaube, sie erkennt ihr Talent gar nicht", fuhr Paul fort. Erwin schwieg.

„Hast du was?", wollte Paul wissen.

„Ich denke gerade über diese Weltreisenden nach", gab Erwin zu.

Fragend hob Paul seine rechte Augenbraue.

„Man denkt doch, wenn jemand so eine Reise macht, dann ist das die absolute Glückseligkeit. Einmal im Leben die ganze große Freiheit genießen, die schönsten Plätze der Erde sehen. Tatsächlich aber schleppen sie alle ihre Probleme von zu Hause mit an Bord und diese vertiefen sich zum Teil auch noch. Seltsam, oder?"

„Ja", fand Paul, „speziell Jochen ist auch noch immer ein Problem. Nun hat er zwar ein neues Handy, weiß Iris' Nummer aber nicht auswendig. Ich hörte, wie er sich bei Silvia beklagte, dass seine Smartcard wohl auch kaputt ist."

„Ob Silvia damit vielleicht sogar etwas zu tun hat?", mutmaßte Erwin.

Paul zuckte mit den Schultern und wechselte das Thema: „Willst du dir denn auch gleich die Piraten ansehen?"

„Klar", meinte Erwin.

„Hoffentlich tun die uns nichts. Das Schiff werden sie wohl nicht kapern, oder?"

Erwin brach in einen Lachkrampf aus und haute Paul gut gelaunt auf die Schulter. Dann sagte er: „Paul, das kann uns doch egal sein, sie können uns doch nicht sehen."

Paul schlug sich mit der Hand an den Kopf und schüttelte sich nun auch vor Lachen, wieso vergaß er bloß immer, dass er ein Geist war? Kurz kam in ihm wieder das Warum auf, doch als Erwin rief: „Schau, da am Horizont sind die Pitcairn Islands schon zu sehen, lass uns hinauf nach Deck 14 fliegen", schob er diesen Gedanken schnell und sehr gern beiseite.

Im Restaurant auf Deck 2 war mittags freie Platzwahl, doch als die Landfrauen und Jessica sahen, dass ‚ihr' Tisch 10 noch komplett frei war, steuerten sie, ohne sich abzustimmen, direkt auf diesen zu. Sie ließen sich auf ihre abendlichen Plätze fallen und Don Michael winkte ihnen erfreut zu. Rita war wieder schwer mit ihren Häkelsachen beladen. Als sie nachfragte, wo Tim sei, begann Jessica nochmals die Geschichte von heute Morgen zu erzählen. Sie ließ sogar den Teil mit dem hinterhergeworfenen Schuh nicht aus. Rita bog sich vor Lachen, wurde aber gleich wieder ernst, als sie Jessicas traurigen Blick sah. Diese schämte sich sehr für ihren Ausbruch. Bevor Rita gute Ratschläge erteilen konnte, nahte Don Michael auch bereits mit der Mittagsspeisekarte. Still begannen die Frauen zunächst darin zu lesen.

„Schon wieder Bohnensuppe, man echt, die kann ich auch zu Hause essen", stöhnte Rita genervt auf, „ewig wiederholt sich hier alles."

„Oh, Tortellini alla panna", freute sich Jessica, denn das war eins ihrer Lieblingsgerichte.

„Grasschnitzel", las Ute vor, „was zum Himmel ist denn ein Grasschnitzel? Also die Übersetzungen in die deutsche Sprache sind mehr als schlecht."

„Grasschnitzel gab es vor Kurzem mal, was essen wir denn nun?", piepste Rosi.

Rita winkte dem Kellner und schrie: „Tortellini tutti, tutto bene?"

Don Michael lächelte entspannt und begann, die Getränkebestellungen aufzunehmen. Rita beugte sich über den Tisch und wollte gerade, wie Jessica vermutete, das Thema Tim wieder aufnehmen, als plötzlich Silvia, Jochen und Jan an den Tisch traten.

„Ist bei euch noch frei?", fragte Silvia.

Alle bejahten. Jan jubelte, weil der Platz neben Jessica noch frei war und er nun dort sitzen durfte. Sollten Silvia und

Jochen überrascht sein, dass Tim nicht da war, sie ließen es sich nicht anmerkten und fragten auch nicht nach ihm. Jessica hatte nachmittags an einem der letzten Seetage mal allein mit Silvia Kaffee getrunken und sie hatten sich gegenseitig ihr Herz ausgeschüttet. Deshalb war Jessica sehr im Bilde über die katastrophale Lage der Familie. Heute sah sie Silvia an, diese lächelte, was Jessica für ein gutes Zeichen hielt. Sie war von dieser Frau beeindruckt, die beschlossen hatte, wie eine Löwin um ihren Mann und ihre Ehe zu kämpfen. Dazu gehörte eine besondere Stärke. Rita lehnt sich wieder zurück. Sie würde Jessica später ihre guten Ratschläge in puncto Männer erteilen. Jessica wandte sich Jan zu, als sie sah, dass er sein geliebtes Kuscheltier gar nicht bei sich hatte: „Hat Cruisy denn gar einen Hunger?"

„Nee", brabbelte der Kleine, „der sitzt auf der Kabine und beobachtet das Meer. Gleich kommen nämlich echte Menschen an Bord, die wohnen da."

Er deutete auf die Insel, die nun immer näher kam. Sie war sehr bergig und steinig, aber sie leuchtete in der Mittagssonne in einem satten Dunkelgrün. Jessica lächelte.

„48 Menschen leben da, alles Piraten", erklärte Jan mit wichtiger Stimme, „aber nur 24 kommen, der Rest ist sicher in der Schule."

„Woher weißt du das denn?", fragte Rosi kauend nach.

„Tante Herlinde hat mir das heute Morgen erklärt", trumpfte Jan auf.

„Dass die mal was weiß", konterte Rita.

Alle am Tisch grinsten, Jan packte weiter aus: „Das sind alles die Maurer von der Bounty."

„Meuterer, heißt es, Jan und es sind heute keine Piraten mehr, sondern die Nachfahren", verbesserte Silvia und schlug die Speisekarte auf, die Don Michael ihr reichte. Ihr Sohn sah sie mit großen Augen an, dann meinte er: „Was ist denn ‚meutern'?"

Sein Vater strich ihm liebevoll über den Kopf und erklärte: „Das, was du machst, wenn du abends ins Bett sollst und nicht willst."

Jan nickte, insgeheim freute er sich, dass er so viel Talent hatte wie diese Leute, die ja bestimmt erwachsen waren.

„Wenn ich groß bin, werde ich auch Pirat, denn meutern kann ich ja schon."

Damit erheiterte er nicht nur Tisch 10, sondern auch alle deutschsprachigen Gäste, die in der Nähe saßen und ihn hören konnten.

„Pirates, pirates", rief Don Michael aus und deutete mit seinem Zeigefinger auf das Meer.

Alle sprangen auf und sahen hinaus. Ein kleines Boot, welches neben ihrem großen Kreuzfahrtschiff wie eine Nussschale wirkte, fuhr direkt auf die Kosta Onda zu. Sie erkannten Menschen, die dem Schiff fröhlich zuwinkten. Alle an Tisch 10 winkten aus Leibeskräften zurück, und Rosi begann vor Rührung zu weinen.

„Das ist so nett, dass die uns besuchen kommen", meinte sie gerührt.

„So, wenn die Piraten winken, hast du also keine Angst mehr vor denen", kommentierte Rita kopfschüttelnd.

„Sind das nun wirklich Piraten oder nicht?", quengelte Jan.

Die Antwort darauf bekamen die Landfrauen und Jessica nicht mehr mit, denn sie hatten eilig den Speisesaal verlassen, um mit dem Lift nach Deck 9 hinaufzufahren, schließlich mussten die Besucher doch gebührend empfangen werden! Zurück blieben vier halbvolle Teller Tortellini alla panna, die Don Michael natürlich sofort abräumte.

Bruno war bereits auf Deck 9 und beobachtete die Ankunft vom Pooldeck aus mit seinem Fernglas. Er hatte schon die zwanzig Verkaufstische im Atrium inspiziert, die sich gleich füllen würden. Er verstand den ganzen Aufstand nicht. Da kamen so ein paar Halbwilde, die auf einer kleinen Insel fern der Zivilisation wohnten, und das ganze Schiff stand kopf.

‚Fern der Zivilisation' waren seine neuen Lieblingsworte, denn es klang so schön exotisch. Dass er diese bei Herlinde das erste Mal gehört hatte, verdrängte er tapfer, aber bestimmt. Kopfschüttelnd registrierte er, dass das ganze Deck einschließlich der Kellner dem kleinen Boot winkte.

„Na, winkt mal schön", knurrte er, „diese Piratennachfahren wollen euer Geld und vielleicht ein warmes Mahl, sonst nix." Niemand antwortete ihm. So schlenderte er zu der fast verwaisten Poolbar hinüber. Er sah Marios Tablett mit gefüllten Weißweingläsern dort stehen und nahm sich gleich zwei. Die Getränke zum Mittagessen waren schließlich inklusive. Dann sah er Tim ein paar Meter entfernt an der Bar sitzen. Er schlenderte zu ihm hinüber und deutete mit dem Kopf auf die Gläser: „Nun muss man sich schon selbst um seinen Wein kümmern, nur weil da so ein paar Halbwilde im Anmarsch sind."

Großzügig bot er Tim ein Glas an, dieser griff zu. Bruno ging sofort noch mal zu dem Tablett und holte zwei weitere Gläser. Er nahm neben Tim auf dem Nachbarhocker Platz.

„Wo ist denn Jessica?", fragte er.

„Weiß ich nicht", gab Tim ehrlich zu.

Nachdem Bruno darauf nicht antwortete, meinte er: „Es gab eine kleine Auseinandersetzung heute Morgen, seitdem habe ich sie nicht mehr gesehen, obwohl ich das ganze Schiff abgesucht habe."

„Na ja", meinte Bruno überraschend freundlich, „die ganze Zeit so dicht aufeinander, da knallt es eben auch mal. Wenn ich überlege, wie oft ich mich früher mit Inge gestritten habe, heute fehlt sie mir."

Er seufzte leise und sah plötzlich sehr traurig aus.

„Wer ist Inge?", fragte Tim und nahm einen kräftigen Schluck aus seinem Weinglas.

„Inge ist meine verstorbene Frau. Es ist schon fünf Jahre her, Krebs", antwortete Bruno knapp.

„Das wusste ich gar nicht", gab Tim betroffen zu.

„Ja, denkst du, ich war immer alleine? Nein, wir waren dreißig Jahre miteinander sehr glücklich verheiratet, na meistens jedenfalls. Du hast wohl gedacht, ich hätte nie eine Frau bekommen, weil ich so eklig sein kann, was?", lachte Bruno plötzlich und haute Tim kameradschaftlich auf die Schulter. Dieser grinste, er fühlte sich ertappt.

„Jessica ist eine tolle Frau, die musst du nur ab und an mal bremsen. Vor allem, wenn sie mit diesem chaotischen Damentrio unterwegs ist."

Tim blickte Bruno überrascht an, bisher hatte er nicht gedacht, dass Bruno Jessica toll fand.

„Wobei", meinte Bruno und leerte Weinglas Nummer 1 in einem Zug, „langsam gewöhne ich mich an die, sie sind ja auch sehr unterhaltsam. Nur schade, dass keine neulich auf den Osterinseln vom Pferd gefallen ist, das hätte ein tolles Erinnerungsfoto gegeben."

Tim überraschte Brunos Offenheit, er war ihm in diesem Moment fast sympathisch, wenn er natürlich auch mit seinem letzten Satz in die Ekelrolle zurückfiel. Bruno reichte Tim das zweite Weinglas und zwinkerte ihm zu, da verstand er, dass dieses Miesepetergehabe eben eine Rolle war, in die er hineinschlüpfte, um sich vor der Gesellschaft zu schützen. Bruno Bahn schien nach dem Tod seiner Frau ein Einzelgänger geworden zu sein. Tim war sich sicher, dass er im Grunde seines Herzens keiner der Landfrauen einen Sturz vom Pferd gewünscht hatte.

„Ja, du hast recht, Jessi muss man bremsen, allerdings ist ihre Lebhaftigkeit damals genau der Grund gewesen, warum ich mich in sie verliebt habe."

Eine Weile schwiegen sie, dann hörten sie zunehmendes Stimmengewirr aus dem Atrium.

„Komm", meinte Bruno, „wir sehen uns das drinnen doch mal an, sonst können wir heute Abend ja nicht mitreden."

Tim folgte ihm, er war sich sicher, dort drinnen irgendwo Jessica zu treffen, dieses Ereignis würde sie sich mit Sicherheit nicht entgehen lassen.

Als sich die Tür des Fahrstuhls öffnete, verschlug es den Landfrauen und Jessica für einen Moment die Sprache. Sechs Männer, allesamt im Piraten-Look, standen dort drin und grinsten die Frauen fröhlich an.

„Hello", grüßte einer und machte ihnen eine Geste einzusteigen.

Während Jessica sofort mit den Männern ins Gespräch kam, quetschte sich Rosi angstvoll an die Fahrstuhlwand. So dicht hatte sie sich diese Begegnung dann doch nicht vorgestellt. Als sie sah, dass auch Rita und Ute munter mit den Männern plauderten, entspannte sie sich ein wenig. Als der Fahrstuhl auf Deck 9 hielt, bestand Rita zunächst auf ein paar gemeinsamen Fotos. Die Männer kamen ihrem Wunsch nur zu gern nach.

„Kalli platzt vor Stolz, wenn er das sieht", rief Ute aus.

Die anderen Frauen lächelten. Es war das erste Mal nach dem großen Streit auf der Kabine, dass Ute seinen Namen erwähnt hatte. Schnell griff sie in ihren Häkelbeutel und schenkte den Männern ein paar ihrer Kugeln. Sie hatte eben ein gutes Herz. Dafür bekam sie eine kleine Dose Honig original von den Pitcairn Islands. Den wollte sie irgendwann mit Kalli gemeinsam in Travemünde verspeisen, wenn sie zurückgekehrt waren. Danach zeigten sie den Männern noch den Weg zum Atrium.

„Are there many people?", fragte einer der Männer Jessica. Diese hatte das Stimmengewirr schon gehört und vermutete, dass sich bestimmt fast das ganze Schiff dort aufhalten würde, immerhin 2.000 Passagiere. Dennoch gab sie lächelnd zur Antwort: „Only a few."

Als sie um die Ecke bogen, zuckten die Männer zusammen. Über zwei Decks hoch standen die Passagiere, im eigentlichen Atrium selbst kam man kaum voran. Um die Verkaufstische hatten sich Menschentrauben gebildet, obwohl ihre Kollegen noch beim Aufbau waren. Die Männer verabschiedeten sich herzlich von den Frauen und wünschten ihnen noch eine schöne Weiterreise um die Welt. Diese bedankten sich artig und Rita ließ es sich genau wie Jessica nicht nehmen, sie alle noch mit Küsschen rechts und links auf die Wange zu verabschieden.

Genau diese Szene sahen Tim und Bruno, die an der Seite im Atrium standen und fassungslos ihre Mitreisenden betrachteten.

„Siehst du", meinte Bruno, „genau das meine ich. Da kommen 24 Wilde an Bord und die vier Frauen schaffen es, sofort mit immerhin sechs Männern Freundschaft zu schließen. Wie haben die das nun wieder gemacht?"

Es schwang allerdings auch ein wenig Neid in seiner Stimme mit. Tim beobachtete, wie Jessica mit den Landfrauen in die Menge um die Verkaufstische eintauchte und beschloss, auf sie zu warten. Aufgrund der vielen Menschen war es unglaublich heiß im Atrium, und obwohl ihm der Schweiß von der Stirn tropfte, bewegte er sich keinen Zentimeter von der Stelle. Er musste nicht lange warten. Etwa fünfzehn Minuten später sah er Jessica aus der Menge zurückkommen. Wie er war sie schweißüberströmt. Als sie ihn sah, winkte sie, kam zu ihm und schwenkte stolz zwei T-Shirts mit dem Wappen der Pitcairn Islands.

„Eins für dich, eins für mich und Honig für die Eltern", japste sie, sichtlich erschöpft von dem Bad in der Menge. Er nahm sie in den Arm und drückte sie fest. Dann sah er auf die Uhr und sagte: „Danke, komm, wir gehen auf die Kabine und legen uns trocken, dann haben wir noch eine Stunde bis zum Termin im Hospital."

Jessica nickte und sie verließen Hand in Hand das Atrium. Bruno sah ihnen nachdenklich hinterher. Er hatte Tims Worte genau gehört und hoffte insgeheim, dass Jessica nichts Schlimmes hatte.

Amors Alarmknopf leuchtete erneut dunkelrot und hupte so laut, dass er befürchtete, die komplette Engelschar würde erwachen. Es war mal wieder mitten in der Nacht. Warum mussten seine Klienten nur immer nachts aktiv werden? Das war ihm ein echtes Rätsel. Er schaltete den Bildschirm an und sah den Button ‚Klient Jessica' blinken. Insgeheim hatte er darauf schon die letzten Tage gewartet. Er klickte auf den Button und befand sich mitten im Hospital der Kosta Onda. Jessica lag auf einer Krankenliege, Tim saß neben ihr auf einem Stuhl. Vor ihnen stand ein Mann in einem weißen Kittel.

„Was bin ich? Schwanger?", schrie Jessica soeben.

„Das kann ja nicht sein", meinte Tim, er sah sehr aufgebracht aus.

„Achte Woche", verkündete der deutsche Arzt mit fröhlicher Stimme, „den Geburtstermin kann ich genau berechnen, Moment, es wird der 5. September werden."

Tim schnaubte und Jessica jammerte nun auch: „Das kann gar nicht sein."

„Doch, doch", versicherte der Art erneut, „Sie sind gesund, es schaut alles wunderbar aus, trotz Ihres Alters, allerdings sollten Sie sich nun auf dem Rest der Weltreise ein wenig schonen."

„Ich glaube das nicht", meinte Tim und begann im Behandlungsraum nervös wie ein eingesperrter Tiger auf und ab zu gehen.

„Wir wollen keine Kinder", heulte Jessica, „die haben wir in unserem Leben ausgeschlossen."

Der Arzt sah sie streng über seinen Brillenrand an. Dann meinte er: „Ja, aber es ist nun mal passiert, muss an Weihnachten gewesen sein, warum nehmen Sie es nicht als Geschenk an? Sicher ein wunderbares Reisemitbringsel."

Der große Amor hatte genug gesehen, er warf seine Sekretärin aus dem Bett und befahl ihr, sofort nach seinem Gehilfen zu rufen. Dieser erschien keine zehn Minuten später, schlaftrunken wie immer. Gemeinsam sahen sie sich die Szenen aus dem Hospital nochmals an. Nachdem der Arzt

Jessica insgesamt sechs Ampullen Blut abgenommen hatte, entließ er das Paar. Sie fuhren ganz nach oben auf Deck 14 – das eigentliche Joggingdeck, auf dem am Nachmittag kaum Betrieb herrschte. Natürlich stritten sie sich. Am 1. Weihnachtstag waren sie auf einer feuchtfröhlichen Party bei ihren Nachbarn eingeladen gewesen. Keiner von ihnen erinnerte sich so recht an die Rückkehr und was danach geschah. Da Jessica die Pille nicht mehr vertrug, hatten sie immer die Tage ausgerechnet, offensichtlich aber nicht in dieser Nacht.

„Ach du je", machte der Gehilfe, der sich notgedrungen schon an die Schwangerschaft gewöhnt hatte. Dann fragte er seinen Chef: „Warum wollen sie eigentlich keine Kinder?"

„Nun", sagte Amor, „Tim wollte noch nie welche und Jessica ist ja selbst ein Adoptivkind. Aus Gründen, die ich auch erst nachgoogeln müsste, war sie immer wild entschlossen, ihre Gene nicht weiterzugeben."

„Dabei ist sie so toll", schwärmte der kleine Engel und streichelte ihr auf dem Bildschirm liebevoll über das Gesicht.

Jessica zuckte genau in diesem Moment zusammen und blickte in den Himmel.

„Lass das", herrschte der Boss ihn an, „du weißt doch um deine Kraft."

„Tschuldigung", sagte der Engel und fragte: „Was machen wir jetzt?"

Der große Amor studierte die Reiseroute der Kosta Onda. Dann berechnete er die Flugdauer. „Sie werden das niemals alleine hinbekommen, die Gegensätze sind zu groß. Dafür kennen wir sie nun zu gut. Du startest gleich morgen früh in Richtung Sydney. Deine Reise wird vierzehn lange Tage dauern. Du musst versuchen, mit einem Pfeil in beide Herzen gleichzeitig zu treffen, dann werden sie sich wieder annähern. Glaubst du, dass du das schaffst?"

„Klar", versicherte dieser und in seinem Magen fühlte er wieder dieses Kribbeln, wie immer in den vergangenen Jahren, wenn er auf dem Weg zu seiner Lieblingskundin war. Allerdings war ihm auch klar, dass es dieses Mal so ernst wie noch nie werden würde. Sollte er versagen, wären Jahre seiner Arbeit umsonst gewesen und seine Jessica würde unglücklich sein. Das könnte er nicht ertragen. Zurück in seiner kleinen Wohnung angekommen, schenkte er sich einen großen Cognac ein, manchmal benötigten auch Engel ein wenig Unterstützung. Als er diesen geleert hatte, begann er sich auf das Wiedersehen mit Jessica zu freuen und außerdem, welcher Engel hatte schon einen Auftrag in Australien?

Als Jessica und Tim an diesem Abend als Letzte am Tisch 10 eintrafen, sahen sie vier Augenpaare besorgt an. Jessica war sehr blass und man konnte deutlich sehen, dass sie geweint hatte. Tim schaute eher genervt drein, trotzdem rückte er ihr wie immer den Stuhl zurecht. Schon erschien Don Michael mit der Weißweinflasche und wollte Jessica einschenken, als sie sagte: „Only water, please."

Niemand am Tisch sprach ein Wort. Selbst den Italienern fiel die ungewohnte Stimmung auf und so stand Mamma Italiano auf und ging zu Jessica um den Tisch herum. Als sie ihr sanft über die Wange strich, brach Jessica in einen Weinkrampf aus, sie stand auf und fiel ihrer ‚italienischen Mutter' um den Hals. Nun stand auch Papa auf und ging zu Tim. Jessica schluchzte, deutete auf ihren Bauch und rief laut aus: „Bambino."

Nun verstummten sämtliche Gespräche auch an den anderen Tischen. Allerdings vermutete man dort eher, dass es Freudentränen waren. Alle Gäste von Tisch 10 wussten das jedoch besser. Die Landfrauen erhoben sich ebenfalls und eine nach der anderen war nun bemüht, Jessica zu trösten, die immer noch weinte. Don Michael stand hilflos mit den Menükarten da und wusste nicht, was er tun sollte. Erst nachdem alle Jessica genug geherzt hatten, setzte man sich wieder und Tim sagte:

„Ja, es stimmt, Jessica ist schwanger."

„Wusste ich es doch", zischte Rosi Rita quer über den Tisch zu. Diese lächelte zaghaft.

„Na gut, nun wissen wir wenigstens, was es mit der Kotzerei auf sich hatte", meinte Bruno und machte Don Michael Zeichen, dass er nun gern bestellen würde. Rosi, die neben Jessica saß, nahm ihre Hand und fragte: „Wie weit bist du denn?"

„Achte Woche", war Jessicas knappe Antwort.

„Und wann würde es kommen?", wollte Rita wissen.

„Am 5. September", antwortete Jessi.

„Was heißt hier ‚würde'?", wollte Ute an Rita gewandt wissen.

„Erstens sind immer noch Komplikationen bis zur zehnten Woche möglich und zweitens muss man ja heute kein Kind bekommen, wenn man es nicht will", erklärte Rita Ute mit einer Genauigkeit, als wäre sie ein Kleinkind.

Ute zeigte ihr daraufhin einen Vogel.

„Der Arzt meint, es schaut alles ganz wunderbar aus", gab Tim genervt von sich und ergänzte: „Alles wunderbar, nur wir finden es nicht wunderbar und jetzt möchte ich bitte das Thema wechseln, sonst stehe ich auf und gehe."

Es wurde ein sehr stilles Essen, nur Bruno schwafelte über die kommenden Ziele in der Südsee herum und dass das der nächste Reklamationsgrund bei der Reederei wäre, wenn er nicht langsam das Kreuz des Südens zu sehen bekäme. Die Landfrauen dachten an diesem Abend an ihre Ina, die sich so auf ihr Baby freute, welches innerhalb der nächsten sechs Wochen kommen würde. Erst gestern war wieder ein Fax von ihnen eingetroffen, und sie konnten die Vorfreude zwischen den Zeilen lesen. Wie schwer mochte es sein, eine Schwangerschaftsmitteilung zu bekommen, über die man traurig war? Jessica und Tim verließen als Erste den Tisch nach dem Abendessen. Sofort rief Papa Italiano den Maître herbei, der neben Italienisch natürlich auch Englisch sprach, und ließ ihn dolmetschen, was Bruno und die Landfrauen mit ihren spärlichen Englischkenntnissen erzählten. Immer wieder schlug er die Hände über dem Kopf zusammen und rief: „Che disastro, che disastro."

Ein disastro, also ein Unglück, war auch der Gemütszustand von Jochen. Er hatte nach dem Abendessen mit seinem Laptop noch im Internetcafé auf Deck 3 gesessen, angeblich um seine beruflichen E-Mails in Ruhe zu checken. Silvia und Jan waren derweil auf die Kabine gegangen. Silvia war nicht wohl bei dem Gedanken gewesen, doch sie hatte ihn gewähren lassen. In Wahrheit hatte Jochen natürlich Ausschau nach einer Mail von Iris gehalten. Es war Zufall, dass die Geister ihn entdeckten, als sie ein wenig ziellos durch das Atrium geflogen waren. Paul deutete auf ihn und so lasen auch sie die Antwortmail von Iris, die Jochens Vorstellungen allerdings nicht entsprach. Anstatt heißer Liebesschwüre und großer Sehnsucht, schrieb sie eher nüchtern und sachlich. Er las nun bereits zum dritten Mal die Passage, die ihn völlig aus der Bahn warf und unerwartet traf:

Du bist nun schon 50 Tage weg und ich habe hier im fernen Deutschland viel Zeit zum Nachdenken gehabt. Du hattest versprochen,

*dich immer zu melden, mich anzurufen, mir SMS und E-Mails zu
senden. Aber in der Wirklichkeit sieht das seit 50 Tagen anders aus und
ich leide extrem darunter. Ich vermute, die Nähe zu deiner Frau, was ja
kein Wunder ist auf so engem Raum, ist wieder größer geworden. Die
Erlebnisse schweißen sicher auch wieder eine zerrüttete Ehe zusammen
und Jan wird sein Übriges dazu tun. Daher habe ich beschlossen, dass wir
uns trennen, es ist aus, Jochen ...*

Jochen saß noch immer fassungslos in dem gemütlichen
Sessel. Er bestellte sich bei Mario einen doppelten Cognac
und leerte ihn nach dem Servieren in einem Zug. Als er einen
zweiten nachbestellte, hob Mario zwar fragend die
Augenbraue, er hatte diesen Gast noch nie Cognac trinken
sehen, sagte aber nichts. Den zweiten Cognac trank Jochen
ein wenig langsamer. Er lehnte sich im Sessel zurück und
schloss die Augen. Hatte Iris vielleicht recht? War seine Ehe
überhaupt zerrüttet gewesen? Eigentlich nicht. Nur eben
eingefahren, ohne große Höhepunkte. Der Alltag hatte die
Familie immer fest im Griff gehabt. Als er Iris traf, war das wie
eine Explosion gewesen, nicht nur im Bett. Sie interessierten
sich für die gleichen Themen, hatten einen ähnlichen Humor
und mit ihr schien alles immer so leicht zu sein. So intensiv
wie in ihrer Gesellschaft hatte er das Leben nie zuvor gespürt.
Und nun hatte sie per E-Mail Schluss gemacht, er war kurz
vor der traumhaften Südsee und sein Leben verwandelte sich
in den reinsten Albtraum. Er wollte das nicht. Er fühlte sich

auch ein Stück weit ungerecht behandelt. Wann immer es ging, hatte er sich bei ihr gemeldet. Dann dachte er über ihre Worte bezüglich Silvia nach. Ja, sie hatten sich hier an Bord besser als zu Hause verstanden, sie hatten wieder gemeinsame Gesprächsthemen und sie hatte sich rührend um ihn gekümmert, als er so krank war. Und Jan hatte ihnen bisher auch viel Freude bereitet. Als die Piraten heute an Bord gekommen waren, hatten sie an der Reling sogar Arm in Arm gestanden und ihnen zum Abschied nachgewunken. Es hatte sich nicht falsch angefühlt, sie war schließlich noch immer seine Frau. Jochen überlegte, was er Iris nun antworten sollte, beschloss aber, das auf morgen zu verschieben. Er musste nun erst mal eine Nacht darüber schlafen, seufzend erhob er sich aus dem Sessel und trottete in Richtung Kabine. Paul und Erwin blieben nachdenklich zurück.

„Was wird das geben?", fragte Paul laut.

„Ich weiß es auch nicht", gab Erwin offen zu.

„Wir müssen auf jeden Fall an der Sache dranbleiben", verkündete Paul. Erwin stimmte zu, meinte aber: „Ja, irgendwie hast du ja recht, aber mit Abstand, bitte."

Paul versprach es.

In den nächsten Tagen gingen Jessica und Tim oft getrennte Wege. Wenn sie versuchten, miteinander zu sprechen, endete dies grundsätzlich im Streit. Heute lag die Kosta Onda vor Moorea auf Reede. Da Tim nicht sonderlich gern tenderte, hatte er nichts dagegen gehabt, dass Jessica sich den Landfrauen anschloss, die in das Hilton Resort fahren wollten, um einen geruhsamen Tag am Strand zu verbringen. Überraschenderweise hatte sich ihnen sogar Bruno angeschlossen. Nun tuckerten sie im Kleinbus über Tahiti und konnten sich vor Begeisterung kaum noch einkriegen.

„Es sieht genauso aus wie im Fernsehen", schrie Rita ein um das andere Mal.

Bruno saß mal wieder vorn neben dem Fahrer und schoss Fotos im Sekundentakt. Moorea schimmerte in den schönsten Grüntönen. Dominiert wurde die Insel von einem großen Vulkan, der sich mit seinen Felsen schroff über ihr erhob. Dazu als Kontrast die weißen, unendlich langen Sandstrände und ein Meer, welches im schönsten Türkis glitzerte. Es waren über 30 Grad im Schatten und eine Luftfeuchtigkeit von über 80%. Im Resort angekommen, belagerten die vier sofort die letzten freien Liegen im Schatten, die unter einigen hohen Palmen standen. Jessica, die ihren Bikini morgens untergezogen hatte, zog sofort ihre Shorts und das leichte Top aus und lief in das Meer hinein. Dabei jauchzte sie fröhlich und rief: „Fische, Wahnsinn, Millionen kleine, bunte Fische." Die Frauen und Bruno lächelten, sie waren froh, Jessica so glücklich zu sehen. Diese war inzwischen vollständig in der weiten Südsee abgetaucht. Bruno lag keine fünf Minuten auf der Liege, da jammerte er schon: „Boh, ist das heiß, ich glaub, ich gehe mal ein Bier holen."

Sofort stand er auf und lief über den Sand in Richtung Strandbar. Als er mit insgesamt fünf Bieren zurückkam, waren die Landfrauen erstaunt, aber sehr erfreut. Sie stießen an. Als Jessica endlich aus dem Wasser kam, reichte Bruno auch ihr eine Flasche: „Alkoholfrei für dich", meinte er.

Jessica lächelte und trank einen großen Schluck.

„Mädels, ihr müsst ins Wasser, das ist so herrlich, ich bin getaucht und habe diese bunten Fische gesehen, sie schwimmen zu Tausenden im Meer. Und übrigens, die Südsee schmeckt salzig, ist das nicht ein Hammer!"

Erschöpft ließ sie sich auf ihre Liege fallen.

„Wieso soll die auch süß schmecken, ist doch hier kein Ententeich", war Brunos Antwort.

„Nee, ich gehe nachher nur mal mit den Füßen rein, ich will meine Haare nicht nass machen", zickte Ute ein wenig mädchenhaft.

„So ein Quatsch", war Ritas Kommentar, „die sehen bei dieser Luftfeuchte doch jetzt schon scheiße aus."

„Was?", rief Ute entsetzt und kramte sofort ihren kleinen Taschenspiegel hervor, was sie sah, ließ sie erneut aufschreien: „Ich will doch noch Kugeln hier am Strand verkaufen, was sollen denn die Leute über mich denken?"

Bruno hielt sich die Ohren zu. Mit einem Blick auf Jessica, die heute alle Haare einfach nach hinten gekämmt trug und anscheinend mit Gel fixiert hatte, meinte Rosi: „Jessi hat das richtig gemacht, so eine tolle Strandfrisur."

Diese lachte und sagte: „Wisst ihr, was Mario heute Morgen zu mir gesagt hat, als er mich so gesehen hat? You look very sexy today. Tim hat fast einen Anfall bekommen."

Die Landfrauen brüllten los vor Freude. Bruno stand auf und ging ein wenig am Strand entlang, er bereute schon sichtlich den gemeinsamen Ausflug. Jessica kramte das Gel, einen Kamm und ein wenig Haarspray aus ihrer Tasche. Dann erklärte sie den Frauen, wie sie die Frisur machen konnten. Begeistert gingen diese zum öffentlichen WC und kehrten schnell zurück. Sie trugen ihre Haare nun ebenso gegelt und kamen sich mächtig toll vor. Jessica schoss ein paar Fotos. Friedlich lagen sie eine Zeit lang auf ihren Liegen, als Rita plötzlich sagte: „Na, wenn das Foto unsere Männer sehen, die platzen vor Stolz. Ich habe übrigens gestern mit Hans-Hugo telefoniert."

„Was? Wann? Von Papeete aus? Wieso darfst du telefonieren und ich nicht mehr?", sagte Ute sichtlich beleidigt.

„Weil ich noch Geld habe", konterte Rita ein wenig hart, ergänzte: „Als ihr in dieser Markthalle wart. Es war nur ein kurzes Gespräch, er hatte keine Zeit, denn er war mit Kalli und Josef auf Sylt."

„Hast du ihm denn erklärt, dass ich ein wenig, ähm ... pleite bin?", wollte Ute wissen.

„Ja, habe ich", sagte Rita.

„Was machen die denn schon wieder auf Sylt?", piepste Rosi.

„Genau das frage ich mich auch seitdem", sagte Rita, „die hecken was aus und ich wüsste nur zu gern was."

„Ich gehe mal ein wenig spazieren", verkündete Jessica, „ich will mir mal dahinten diese Bungalows auf Stelzen ansehen. Geht jemand mit?"

„Nö, viel zu heiß", erklang es im Chor.

Jessica ging am Strand entlang und machte ein paar Fotos. Dann erreichte sie die ersten Bungalows und war begeistert. Sie waren nicht sehr groß, hatten aber alle eine Terrasse, die zum Meer hinausgerichtet war. Sie stellte sich vor, wie traumhaft es hier sein musste, wenn die Sonne am Abend in das Wasser tauchte. Auf einmal umklammerte etwas ihr linkes Bein. Sie erschrak, aber als sie sich umdrehte, sah sie Jan.

„Hallo, mein Schatz", grüßte sie ihn erfreut.

Nun sah sie auch Silvia und Jochen ein paar Meter weiter, sie gingen Arm in Arm, was Jessica sehr freute.

„Du, Jessi, da hinten sind zwei echte Delfine in einem Bassin, die muss ich dir unbedingt zeigen."

Er zog sie mit sich. Es war eine künstlich angelegte Poollandschaft, die von einer kleinen Brücke überquert wurde.

Auf dieser stand ein Mann und fütterte gerade die Tiere mit Fischen. Jessica war begeistert und versuchte, die Delfine zu fotografieren. Da diese aber immer dazu neigten abzutauchen, gestaltete sich das schwierig. Schließlich klappt es doch.

„Kommt mal rüber", rief Jochen, „hier gibt es auch noch große Schildkröten zu sehen."

Diese ließen sich deutlich einfacher fotografieren, denn sie bewegten sich in der Mittagshitze nicht. Ihren Kopf hatten sie im Rumpf eingefahren.

„Geht ihr gar nicht an den Strand?", fragte Jessica?

„Ist das nicht zu warm?", meinte Silvia.

„Nein, kommt doch mit mir, wir haben da ein schönes, schattiges Plätzchen unter einigen Palmen gefunden."

Am frühen Abend brachte das Tenderboot sie wieder auf das Kreuzfahrtschiff zurück. Der Erste Offizier, der es heute fuhr, trat derart heftig auf das Gaspedal, dass das Boot laute Geräusche von sich gab und die Überfahrt extrem wackelig war. Jessica saß mit Jochen und Silvia in der letzten Reihe und als Jan immer ängstlicher schaute, sagte Jessica zu ihm: „Ich wusste gar nicht, dass Tenderboote fauchen können, du etwa?"

„Nö", kam es ganz erstaunt von dem Jungen, „gut, dass Cruisy nicht mit ist, der hätte bestimmt Angst."

„Genau, auch gut, dass Tim nicht mit ist, der hat auch immer so Angst."

Silvia blinzelte ihr hinter dem Rücken des Jungen zu.

Die Landfrauen saßen mit Bruno einige Meter entfernt und konnten aufgrund des hohen Geräuschpegels die Worte nicht verstehen, die Jessica mit Jan sprach.

„Aber nun schaut doch mal, sie kann doch mit Kindern", fand Rosi.

„Stimmt irgendwie", meinte nun auch Ute.

Rita verzog genervt das Gesicht und meinte: „Sie will aber kein eigenes, das ist doch ein riesengroßer Unterschied."

„Nun kriegt sie aber eins", resümierte Bruno, „da kann sie doch schon mal prima üben." Ein Stöhnen der Landfrauen war ihre Antwort. Der Mann hatte einfach kein Feingefühl.

Am nächsten Tag lag das Kreuzfahrtschiff erneut auf Reede, dieses Mal vor dem Traumziel Bora Bora. Es war noch heißer geworden und die Luftfeuchtigkeit näherte sich den 90 Prozent. Die Geister waren ein wenig an Land geflogen. Paul jammerte zwar, dass ihm heiß sei, aber Erwin wollte unbedingt schauen, was die Menschen an Land so machten, die sie ja nun bereits eine Weile begleiteten. Die Landfrauen waren mit einem lustig aussehenden Jeep, er war blau und hatte ein Dach aus Stroh, zu einer nahegelegenen Perlenfarm gefahren. Silvia, Jochen und Jan sahen sie beim Einkaufsbummel, als sie an einem einen Hot-Dog-Stand Rast machten.

„Wo Jessica und Tim wohl sind?", wunderte sich Paul.

„Ich habe sie an Bord gesehen, Jessica hackt auf ihren Laptop ein, Tim liegt auf Deck 9 im Schatten und liest."

„Wie kann man denn bei diesem Traumziel an Bord bleiben?", fragte sich Paul.

Erwin zuckte mit den Schultern und meinte: „Komm, wir fliegen an den Strand, der dahinten schaut traumhaft aus."

Dort angekommen ließen sie sich im weißen Sand nahe des Wassers nieder. Staunend blickten sie sich um.

„Es ist das Paradies, Paul", meinte Erwin.

Dicht aneinander gekuschelt saßen sie eine Weile sprachlos im Sand. Es waren auch einige Surfer am Strand und auch zu Hause auf Sylt liebten sie es, diesen zuzuschauen. Ein Stück weiter entdeckten sie Menschen, die mit einem Bananenboot fuhren. Von Zeit zu Zeit fuhr es Zickzack und dann fielen die Passagiere jauchzend in die warme Südsee.

„Es ist unglaublich schön, aber das Paradies ist es, wenn ich mit dir auf unserem Dachfirst daheim sitze", sagte Paul.

Dann überlegte er laut: „Nun noch drei Seetage, dann sind wir auf Tonga. Ich hörte, wie Herlinde vorhin in ihrer morgendlichen Sprechstunde einem Gast erzählt hat, dass die Insel ein echtes, kleines Königreich ist, wie aufregend. Du, den König gehen wir uns aber anschauen, ja?", bettelte Paul.

„Na, klar", antwortete Erwin, er konnte seinem Mann nur selten etwas abschlagen.

Die drei Seetage in Richtung Tonga boten nicht nur allabendlich eine fantastische Sicht auf das legendäre Kreuz des Südens am nächtlichen Sternenhimmel, sondern auch eine weitere Überraschung für Jessica. Dieses Mal eine positive, die sie am Abend beim Essen an Tisch 10 verkündete.

„Und der Lektor hat dich angesprochen?", wollte Rita kauend wissen.

„Ja", freute sich Jessica. „Ich saß mit meinem Laptop am üblichen Platz auf Deck 10 und er hat gefragt, was ich da so schreibe und ob er mal was lesen darf."

Ute strahlte und trat Rita unter dem Tisch sanft gegen das Schienbein.

„Und dann?", wollte Rosi wissen.

„Nun, er meinte, ich hätte Talent! Er riet mir noch, ruhig ein wenig mehr meine Gefühle herauszuarbeiten, aber mein Schreibstil wäre ungewöhnlich und ich soll meine Reiseerinnerungen unbedingt in ein Buch bringen."

Die Landfrauen applaudierten begeistert, selbst Tim lächelte, denn auch er hörte diese Neuigkeit eben zum ersten Mal.

„Er heißt Hubert", verkündete Jessica mit vergnügter Stimme.

Ute grinste in sich hinein.

„Nichts gegen dein Talent, Jessica, aber es gibt heutzutage Millionen Personen, die schreiben. Die Verlage werden mit Manuskripten überschüttet", gab Bruno zu bedenken.

„Das weiß ich natürlich, aber der Hubert ist ziemlich bekannt in Deutschland, ich habe ihn gegoogelt, er arbeitet für mehrere Verlage und er hat mir seine Hilfe angeboten", verriet Jessica.

„Leute, bald werden wir alle berühmt", schrie Rita, stand auf und fiel Jessica um den Hals. Die Italiener schauten sorgenvoll, aber Tim machte ihnen ein Zeichen, dass alles in Ordnung wäre.

„Wie geht es weiter?", kreischte nun auch Ute und leerte ihr Weinglas vor Aufregung in einem Zug.

„Er will übermorgen meine kleine Vorlesestunde an Deck besuchen, dann sehen wir weiter", sagte Jessica mit stolzer Stimme.

Sie erntete erneut großen Applaus.

„Wenn du was Blödes über mich veröffentlichst, verklage ich dich, das ist ja klar", meinte Bruno, zwinkerte ihr aber zu.

„Das wäre in jedem Fall geschäftsfördernd", meinte Tim, griff quer über den Tisch nach Jessicas Hand und streichelte diese. Dann sagte er: „Ich freue mich für dich."

Pünktlich am nächsten Morgen machte die Kosta Onda im Hafen von Nuku'alofa an der Pier fest. Jessica und Tim hatten einen Ausflug gebucht, der schon um 8 Uhr morgens beginnen sollte und daher waren sie sehr früh wach. Als Tim unter die Dusche ging, nutzte Jessica die Zeit und ging zwei Decks tiefer, um von der Reling aus einen Blick auf diese Insel zu werfen. Erfreulicherweise traf sie dort auf die Landfrauen, denn dies war ja einer von Ritas Rauchpunkten. Allerdings rauchte sie gar nicht, sondern hing im wahrsten Sinne des Wortes mit den anderen zwei Frauen über der Reling.

„Komm her, das musst du gesehen haben", grölte sie, als sie Jessica entdeckte.

„Guten Morgen", wünschte Jessica.

Sie sah auf die steinerne Pier. Trotz der frühen Morgenstunden waren dort bereits viele Einheimische versammelt, die alle den Passagieren des Kreuzfahrtschiffes winkten. Eine Kapelle begann zu spielen. Danach nahm eine Frau ein Mikrofon in die Hand und rief: „Welcome to the Kingdom of Tonga! We are the friendliest people in the world!"

„Das ist mal eine Begrüßung", fand Rita, die sich nun doch eine Zigarette anzündete. Sie schaute Jessica an, die dankend ablehnte.

Jessica, Ute und Rosi hatten Tränen in den Augen, so sehr rührte sie der freundliche Empfang. Eher kopfschüttelnd betrachteten sie kurze Zeit später einen Passagier neben ihnen, der auf das Winken einer jungen Frau begeistert zurück winkte und ihr zurief, sie solle bleiben, wo sie sei, er wäre in fünf Minuten bei ihr.

„Klar", meinte Rita, „auf den hat sie bestimmt gewartet."

„Ist das nicht der, der immer mit einer Kapitänsmütze auf dem Kopf im Pool herum schwimmt? Der hat doch eine Frau", warf Rosi ein.

„Genau, der ist das", wusste Jessica.

„Ha, der ist ja dreimal so alt wie das Mädchen da unten", meinte Ute angewidert.

„Jeder blamiert sich auf dieser Reise, so gut er kann", schlussfolgerte Rita und zog intensiv an ihrer Zigarette.

Trotzdem wurde es ein wunderschöner Tag für alle. Man fuhr die Passagiere in alten Schulbussen ohne Klimaanlage auf der kleinen Insel herum. Es waren 37 Grad und doch waren die Gäste von dieser Destination so fasziniert, dass sie es kaum bemerkten. Zunächst ging es zum Königspalast, dann zu den eindrucksvoll gestalteten Gräbern der Ahnen. Dass der König selbst zu dieser Zeit auf einer Europareise in Italien war, tat der Begeisterung keinen Abbruch. Schließlich landeten alle Ausflugsbusse in einem typischen Dorf. Die Einheimischen hielten gut gekühlte Kokosnüsse als Getränk bereit und es gab auch wieder Brotfrucht. Diese hatte Rosi schon in der Markthalle von Papeete mit ihrem Geschmack fasziniert. Außerdem zeigten die Einwohner sehr eindrucksvoll, wie sie Fleisch in Palmenblättern eingehüllt auf dem Feuer garten. Jessica kaufte einen Fächer aus Bast, der den Schriftzug von Tonga trug und den Tim gleich eifrig nutzte. Die Stimmung war heute zwischen ihnen auch nicht besonders gut, aber sie stritten wenigstens nicht. Später zeigten die Einheimischen Tänze und Rituale, alles bei knapp 40 Grad im Schatten. Als sie danach ihre Gäste zum Tanzen einluden, ließen sich die Landfrauen das nicht zweimal sagen. Bruno versteckte sich vor Schreck sofort hinter einer großen Palme. Jessica und Tim saßen nur schlapp auf zwei Holzbohlen und winkten dankend, aber lachend ab. Jan tanzte mit Silvia gemeinsam mit einem Jungen in seinem Alter. Er war tiefschwarz und hatte die weißesten Zähne, die Jan je gesehen hatte. Jochen machte eifrig Fotos und freute sich auf diese Weise mit, auch ihm war wenig nach Bewegung zumute. Den Schock der E-Mail schien er verdaut zu haben, denn seine Laune war prima, aber vielleicht lag das auch nur an diesem exotischen Ziel. Auch für Paul und Erwin wurde dieser Ausflug zu einem besonderen Ereignis. Da sie an der Familie dranbleiben wollten, aber Angst hatten, sich auf dem Weg in das Dorf zu verfliegen, hatten sie sich in den französischen Reisebus geschmuggelt, denn da waren noch Plätze in der letzten Reihe frei und keine Kinder. Sie konnten als Geister eigentlich überall sitzen, doch sie hatten Stil und konnten es zudem nicht leiden, wenn sich jemand auf sie setzte oder sie gar auf dem Boden sitzen mussten. Als die Einheimischen ihr Ritual zur Geisterbeschwörung vollzogen, welches daraus bestand, dass ein Mann sehr eindrucksvoll mit einem brennenden Speer jonglierte, sahen sie plötzlich über der Menschenmasse zwei Geister schweben. Sie waren im

247

Gegensatz zu ihnen schwarz und als Paul neugierig näher heranflog, winkten sie ihm freundlich zu. Paul versuchte, mit ihnen zu sprechen, doch es gelang ihm nicht. Sie sprachen nur tongaisch und verstanden ihn nicht. So schnell wie sie aufgetaucht waren, verschwanden sie auch wieder, als der Tongaer das Ritual beendete. Sie hatten noch nie andere Geister getroffen und hier und heute, an dem Punkt, wo sie die größte Entfernung zum heimatlichen Deutschland hatten, war dies geschehen. Es war ein großer Moment für sie.

Als die Kosta Onda am Abend vor dem Essen ablegte, standen die drei Landfrauen erneut, wie am Morgen, an Deck 3. Sie sahen Menschen, die ihnen dieses Mal zum Abschied winkten. Von der Pier, von Booten, vom Strand aus, sogar aus dem Wasser grüßte eine vierköpfige Familie. Die Sonne tauchte die Insel bereits in ein leichtes Dämmerlicht und es war so ein Moment, der Stille und Liebe in sich vereinte. Rosi und Ute hatten schon wieder mit Tränen in den Augen zu kämpfen, während Rita meinte: „So, das war nun die Südsee, für einige ja ganz schön gesalzen. Nun kommt mein Ziel, Australien! Das war ja heute hier echt toll, aber dieser König, der muss sich mal eine bessere Terminplanung zulegen. Wieso war der denn in Italien, wenn wir hierher kommen?"

Trotz aller bewegten Gefühle brachen Ute und Rita in einen Lachkrampf aus. Das war typisch Rita, sie hielt sich immer und überall für die Nummer eins.

Jessica, die alleine ganz hinten am Heck auf Deck 9 das Auslaufen verfolgte, war auch tief bewegt, wie viel Anteilnahme die Einwohner an ihrem Abschied nahmen. Leider hatten sie und Tim sich nach der Rückkehr an Bord wieder gestritten. Es war albern, aber es ging darum, dass sie an den Ständen, die vor dem Schiff aufgebaut waren, T-Shirts gekauft hatten. Eins, das Tim besonders gut gefallen hatte, gab es nur in Größe L. Jessica hatte Maß genommen und gemeint, es würde passen. Zurück an Bord probierte Tim es an und es spannte erheblich. Dann hatte ein Wort das andere gegeben und Jessica hatte alleine die Kabine verlassen. Zunächst tauschte sie das T-Shirt um, konnte aber nur eins, mit einem anderen Motiv bekommen. Das hatte sie Tim auf die Kabine gelegt, denn er war nicht dort gewesen. Sie hatte ihn gesucht, aber bisher nicht gefunden. Der direkt am Hafen liegende Präsidentenpalast wurde kleiner und kleiner. Das Kreuzfahrtschiff wurde von einigen kleinen Booten begleitet, von denen die Menschen immer noch winkten. Jessica seufzte und winkte zurück.

Kapitel 8

Down Under bringt alles durcheinander

Müde landete der kleine Engel auf dem Dach des Terminals in Sydney. Vor diesem lag ein Kreuzfahrtschiff mit einem roten Schornstein.

Seltsam, dachte er, der Boss hatte mir doch ein Bild gezeigt, da war der Schornstein gelb und das Schiff war auch viel größer.

Er flog hinab und versuchte, den Namen auf dem Bug zu entziffern. „Ocean quest", las er. Obwohl sein Englisch eine Katastrophe war, erkannte er, das passte nicht. Da war er nach langer Anreise nun endlich am Ziel und das Schiff war nicht da. Er umflog es einmal und sah, dass in diesem Hafen ansonsten kein weiteres Kreuzfahrtschiff lag. Dann sah er das Schild, auf dem stand ‚Overseas Passenger Terminal'. Er war richtig, das war sein Bestimmungsort gewesen, den er in sein Navigationsgerät eingegeben hatte. Da entdeckte er plötzlich eine größere Menschenmenge, die aufgeregt diskutierte. Neugierig flog er näher.

Er hörte Sätze wie: „Ja, wo ist denn die Kosta Onda?"

„Ich fliege um die halbe Welt und dann soll ich tendern? Mit dem ganzen Gepäck?"

„Ich kann nicht mehr."

Schnell schlussfolgerte der kleine Engel, dass es sich um Passagiere handeln musste, die ebenfalls auf sein Kreuzfahrtschiff warteten. Er beschloss, den Boss anzurufen und ließ sich gemütlich auf dem Terminalschild nieder, denn so konnte er weiter die Menschen beobachten. Der große Amor nahm schon nach dem zweiten Klingeln ab.

„Na? Gut in Down Under angekommen?", fragte er mit fröhlicher Stimme.

„Down, was?", fragte er.

Amor seufzte, dann sagte er: „Down Under, so bezeichnet man Australien auch gern."

Der kleine Engel zuckte hilflos mit den Schultern und gab zu: „Ja, ich bin in Sydney am Kreuzfahrtterminal, aber hier ist kein Down Under, sondern alles durcheinander."

Amors Antwort war ein schallendes Lachen. Irgendwie fand sein Gehilfe das nicht fair, er begann zu weinen und die Tränen kullerten ihm die Wangen herunter. Amor hörte sein Schluchzen und wurde wieder ernst: „Was ist denn los?", fragte er.

„Das Schiff ist nicht da", jammerte der Engel.

„Kann es doch auch nicht", donnerte Amor nun los, „warum liest du nie, wirklich nie meine Reiseanweisungen?

Bei dir ist es jetzt Ortszeit 11 Uhr vormittags, der Anlauf der Kosta Onda ist für 12 Uhr vorgesehen."

„Tschuldigung", murmelte der Gehilfe, „aber am Terminal liegt ein anderes Schiff und das sieht nicht so aus, als ob es bald ablegen würde und außerdem sind hier Passagiere, die wohl auch auf das Schiff wollen und ebenfalls keine Ahnung haben."

„Dein Kreuzfahrtschiff kommt, aber es wird auf Reede liegen. Das stand übrigens auch in den Infos", gab Amor zur Antwort und trommelte ein wenig ungeduldig mit den Fingern auf der Tischplatte.

„Wovon ist die Rede?", fragte der Engel leise nach.

„Auf R-e-e-d-e, das Schiff liegt auf Reede, habe ich gesagt. Das bedeutet, es liegt vor der Stadt und es wird mit Booten getendert."

„Ach ja, vorhin erwähnte einer der Passagiere was von ‚Pfändern'", gab der Gehilfe zu.

Amor schlug sich mit der Faust gegen den Kopf. Er hatte für heute genug gehört, kurz überlegte er, ob er seinen Mitarbeiter vielleicht mit dieser Fernreise überfordert hatte. Selbst wenn es so sein sollte, jetzt war es zu spät. Mit seiner sonoren Stimme gab er ihm noch ein paar Anweisungen. Einen Pfeil sollte er schießen, der zugleich Jessica und Tim träfe. Nur so würden sich die zwei wieder annähern. Und er sollte das so schnell wie möglich erledigen. Das

Kreuzfahrtschiff würde zwei Tage lang in Sydney liegen, die mussten ausreichen. Danach war seine Rückkehr in die Zentrale geplant, neue Kunden würden schon dringend auf ihn warten. Der Engel nickte ergeben, dann legte Amor auf.

Nachdem er realisiert hatte, dass er noch eine Stunde Zeit hatte, beschloss er, sich die Stadt anzusehen. Er flog hoch in die Luft und nahm bewusst die dominierende Skyline der Stadt wahr. Die grauen Wolkenkratzer erhoben sich fast bis in den Himmel und ihm zu Füßen lag die Oper an einem grünen Park. Er fand, dass das Wahrzeichen von Sydney aussah wie einige aufgestellte Austern. Zur rechten Seite entdeckte er eine große Brücke. Er kniff die Augen zusammen. Spazierten dort oben wirklich Menschen? Neugierig flog er näher. Tatsächlich, wie kleine Ameisen marschierten Personen, natürlich mit einem Seil gesichert, von links bis zum höchsten Punkt der Brücke. Ungläubig schüttelte er mit dem Kopf, so etwas hatte er ja noch nie gesehen. Er fand, dass die Brücke eigentlich aussah wie ein alter Kleiderbügel. Er durchflog sie und kam in ein schönes Hafenviertel. Dort waren unzählige Restaurants, Bars und Geschäfte direkt am Wasser. Er setzte sich eine Weile auf eine Bank und beobachtete die Menschen. Sie wirkten alle so relaxed und fröhlich. Dann sah er einen farbigen Mann, dessen Kleidung nur aus Fell bestand und der offensichtlich geschminkt war, denn sein Gesicht zierten weiße Pfeile. Er blies unablässig in ein mindestens zwei Meter langes Rohr.

Manchmal blieben Passanten stehen und gaben ein wenig Geld in einen kleinen Korb, der neben dem Rohr stand.

Hier ist wirklich alles anders, dachte der Engel und sah auf seine Uhr. Es war 11:30 Uhr und er wollte sich vor der Ankunft des Schiffes noch mal die Oper ansehen. Aufgeregt dachte er an Jessica. Er freute sich auf ein Wiedersehen, wenn es auch eine ernste Lage war. So flog er an der Skyline vorbei und landete direkt auf dem Vorplatz der Oper. Hier wimmelte es nur so von Menschen. Er hob wieder ab und landete auf der Terrasse, die zum Meer hinaus ausgerichtet war. Die Sonne schien und er wanderte eine Weile herum. Dann machte er ein Selfie, im Hintergrund die Oper, das musste er seinem Boss gleich mal senden. So setzte er sich auf die kleine Mauer und schickte das Bild ab, dazu schrieb er: *Daun ander ist wirklich ganz anders, erwarte Jessica in Kürze.*

Stolz über diese Heldentat blickte er nach rechts und sah einen Seelöwen auf den Stufen liegen, die zum Meer hinunterführten. Er war genauso braun wie die Treppenstufen und bewegte sich nicht. Ob der tot ist?, dachte er. Da hob der Seelöwe wie zum Beweis seine Schwanzflosse und wedelte damit. Der Engel grinste und tat es dem Tier gleich, er legte sich auf die Mauer und döste ein wenig in der Sonne. Die Ruhe tat ihm gut nach den Strapazen der langen Anreise und der ersten Erkundung dieser faszinierenden Stadt. Er erwachte von einem tiefen Ton, der plötzlich an sein Ohr drang. Es war der Klang eines Typhons. Aufgeregt rappelte er sich hoch und dann sah er auch schon das weiße Kreuzfahrtschiff mit dem gelben Schornstein, welches in einiger Entfernung von der Stadt anscheinend bereits vor Anker gegangen war. Er erhob sich in die Luft und rief: „Jessi, ich komme."

Jessica verfolgte den Anlauf von Sydney von ihrem Lieblingsplatz auf Deck 10. Tim war mal wieder im Fitnessstudio. Seit dem Besuch des Königreichs von Tonga war schon wieder eine Woche vergangen. Jessica hatte einige Besuche im Hospital hinter sich. Mit dem Baby war alles in Ordnung. Gemeinsam mit Tim hatte sie zunächst überlegt, die Weltreise abzubrechen und in Sydney von Bord zu gehen, doch der Arzt hatte davon abgeraten. Der lange Flug wäre zu anstrengend und medizinisch könnte man sie bestens an Bord versorgen. So fügte sie sich in ihr Schicksal. Als Jessica erste Umrisse der australischen Küste erkannte, dachte sie zurück an die zwei wunderbaren Tage in Auckland, die sie dort mit Tim verbracht hatte.

Als sie morgens eingelaufen waren und Jessi den Watchtower gesehen hatte, fühlte sie sofort eine Verbundenheit zu dieser Stadt, in der sie nie zuvor gewesen war und die sie sich nicht erklären konnte. Am ersten Tag hatten sie den angebotenen Ausflug mitgemacht, eine Stadtrundfahrt und eine Fahrt in die gegenüberliegende Stadt Devonport. Dabei hatten sie eine große Brücke überquert und Jessica hatte die Skyline und die unzähligen Segelboote, die vor ihr lagen verzückt. Da sie über Nacht in dieser tollen Stadt gelegen hatten, waren Jessica und Tim zum Essen ausgegangen. Es war ihr Jahrestag gewesen, und auch wenn das gewählte Steakhouse lange nicht an das in Argentinien heranreichte, hatten sie das Essen genossen. Tim hatte irgendwann ihre Hand genommen und geküsst. Dann hatte er einen großen Schluck aus seinem Weinglas genommen und ihr erklärt, dass sie die neue Situation gemeinsam hinbekommen würden. Jessica war ein Stein vom Herzen gefallen. Sie hatten sogar darüber gesprochen, was sie sich wünschten und waren sich einig geworden, ein Mädchen wäre schön. Danach hatten sie noch einen Spaziergang durch den großen Jachthafen unternommen und Tim hatte aufgeregt auf einige Riesenboote gezeigt. Das legendäre Ocean-Volvo-Race war an diesem Abend zu Gast in Auckland. Sie hatten eine Zeit lang die Boote bewundert und danach den Fanshop gestürmt. Hand in Hand waren sie danach wieder an Bord gegangen und hatten sich nach gefühlten Ewigkeiten auf der Kabine leidenschaftlich geliebt. Tim war danach sofort eingeschlafen, aber Jessica hatte noch eine Weile mit Nina geskypt. Die hatte ja noch gar nichts gewusst und war sehr überrascht über die Neuigkeiten gewesen. Am nächsten Tag hatten sie vormittags noch einige Kosmetikartikel eingekauft, die zur Neige gegangen waren und sich danach einen Burger bei Burger King gegönnt. Auf dem Rückweg zum Schiff hatte Tim sie in einen Juwelierladen gezerrt und ihr ein wunderschönes, grünes Armband aus Jade – dafür war Neuseeland bekannt – gekauft. Als ihr Kreuzfahrtschiff abgelegt hatte und die italienische Version von „Time To Say Goodbye" aus dem Bordlautsprecher gespielt wurde, weinte nicht nur Jessica hemmungslos vor Rührung. Auch die Landfrauen hatten um die Wette geheult. Nur Bruno hatte sich an die Stirn getippt und zu Tim gesagt: „Was gibt es da zu flennen?"

Doch dann hatte er gesehen, dass auch Tim vor Rührung Tränen in den Augen gestanden hatten. Auf dem Weg nach Australien hatte Jessica wieder morgens um 10 Uhr ihre Lesung auf Deck 9 abgehalten. Inzwischen hatte sich das rumgesprochen und sie gewann immer mehr Zuhörer. Der Lektor Hubert war einmal anwesend, verschwand jedoch kurz vor dem Ende. Seitdem hatte sie ihn leider nicht mehr gesehen.

Jessicas Gedanken kehrten zurück in die Wirklichkeit und als sie, noch aus weiter Ferne, des ersten Blickes auf die Harbour Bridge und die Oper gewahr wurde, blieb ihr vor Freude fast das Herz stehen. Sie packte rasch ihre Sachen zusammen und stieg hinab nach Deck 9. Diesen Moment wollte sie teilen und sie wusste genau, dass Rita, Rosi und Ute garantiert an der Poolbar am Heck sein würden. So war es denn auch und Jessica wurde überschwänglich begrüßt. Zur Feier des Tages – man erreichte schließlich den sogenannten

5. Kontinent – hatten sie eine Flasche Sekt auf dem Tisch, die allerdings schon fast leer war. Dementsprechend gut war die Stimmung. Rita deutete, als Mario vorbeikam, auf die Flasche und sagte: „One more and one orange juice."

Er lächelte und verschwand eiligst in Richtung Tresen.

„Australien, Mädels, wir sind in Australien", brüllte Rita quer über das Deck und leerte den Rest ihres Glases in einem Zug.

„Juhu", machte nun auch Ute und prostete allen mit ihrem Glas zu.

„Und nachher geht es endlich ab in den Dschungel", grölte Rita und forderte Mario, der eigentlich die Sektflasche öffnen wollte, zu einem kleinen Tänzchen über Deck auf. Gern machte er den Spaß mit. Als sich Rita danach sichtlich erschöpft wieder auf ihren Stuhl fallen ließ, fragte Jessica, die nur zögerlich an ihrem Orangensaft nippte, derzeit mochte sie nämlich lieber Kirschsaft: „Wie Dschungel? Der ist doch meilenweit von hier entfernt?"

„Ja", schrie Rita, „ich fliege noch heute nach Brisbane und von dort aus ist es nicht mehr weit. Ich habe vor Monaten bei einer Agentur gebucht. Das ist mein Reisehighlight."

„Fahrt ihr da auch mit?", wollte Jessica von den anderen zwei Frauen wissen.

„Nein", meinte Ute, „viel zu teuer."

„Nö", piepste Rosi, „viel zu gefährlich."

„Ich bin eine Landfrau, holt mich hier raus", rief Rita aus und man sah ihr die Vorfreude im Gesicht an.

„Ihre Lieblingssendung", erklärte Ute Jessica, die nun wirklich entsetzt schaute.

Sie kannte natürlich dieses Camp aus dem Fernsehen. Tim und sie hatten sich damals die erste Folge angesehen. Wenn sie nur daran dachte, wie ekelhaft diese Kandidaten waren, dann schüttelte es sie. Vom ,delikaten' Essen mal ganz abgesehen.

„Und wann bist du wieder an Bord?", wollte sie nun wissen.

„Morgen Abend vor dem Ablegen, ist alles genau getaktet", meinte Rita.

„Und was macht ihr, Mädels?", fragte Jessica an Ute und Rosi gewandt.

„Bisschen durch die Stadt schlendern", meinte Rosi.

Jessi nickte, genau das hatten Tim und sie auch vor. Einfach Sydney entspannt genießen.

„Und ich muss unbedingt Kalli anrufen", gab Ute bekannt. Rita wollte schon losdonnern, als Ute nachsetzte: „Meine Verkäufe von den Kugeln waren sehr gut und da ich keinen Ausflug gebucht habe, kann ich mir das leisten."

„Da", rief nun Rosi, sehr laut für ihre Verhältnisse und deutete mit ihrem Zeigefinger in die Ferne. Alle sahen sich um, und sie bekamen Gänsehaut, denn vor ihnen erhoben sich die Umrisse der Oper von Sydney. Um Jessicas Taille legte sich ein Arm. Sie sah sich um und blickte direkt in Tims Augen.

259

„Dachte ich mir doch, dass ich dich hier finde", sagte er und küsste sie liebevoll auf die Nasenspitze. Sanft schmiegte sie sich an ihn. Er streichelte ihren noch nicht vorhandenen Bauch. Sie seufzte und war unendlich glücklich, diesen Moment nun doch noch gemeinsam mit ihm zu erleben.

Weniger glücklich war Bruno, der mit einem Fernglas hoch oben auf Deck 14 stand und die Skyline im Visier hatte. Dass er mitten auf dem Joggingparcours stand und eine absolute Behinderung für die Jogger darstellte, die dort ihre Runden um den Schornstein drehten, interessierte ihn natürlich nicht. Seit Auckland war er sauer und zwar auf die Reederei! Nach dem Abendessen hatte er auf seiner Kabine die Landganginformationen für Sydney vorgefunden, die deutlich beschrieben, dass man vor der Stadt auf Reede liegen würde und sowohl Tenderboote des Schiffes als auch der Stadt Sydney die Gäste rund um die Uhr an Land bringen würden. Er empfand das als absolute Frechheit, eine weitere Einsparmaßnahme der Reederei. Letztes Mal hatten sie noch vor „The Rocks" gelegen. Natürlich hatte er sich gleich am nächsten Tag bei Herlinde beschwert, doch das brachte wie immer nichts. Heute Morgen um 8 Uhr war die Ausgabe der Tendertickets im Theater gewesen und obwohl er schon gegen halb acht dort aufschlug, fand er eine Schlange vor dem Theater vor, die sich quer durch die Mirabellenbar und das Casino bis ins Atrium zog. Teilweise hatten die Mitreisenden sich sogar

Stühle mitgebracht. Die Kellner servierten Getränke. Bruno fand das alles unterirdisch, stellte sich aber trotzdem an und hatte nach 45 Minuten Tenderticket 32 ergattert. Anstatt gleich an Land zu gehen, musst er mit immerhin 2.000 anderen Passagieren warten. Akribisch nahm er nun die örtlichen Tenderboote mit seinem Fernglas in Augenschein. Sie waren größer als die Rettungsboote des Kreuzfahrtschiffes und ähnelten eher Fähren. Plötzlich ertönte über Bordlautsprecher eine Durchsage, wie immer in vier Sprachen und wie immer zuletzt auf Deutsch. Sie kündigte den Beginn des Tenderns an und rief die Passagiere mit den Tendertickets 1-10 auf, zu den Ausgängen zu kommen, die sich heute auf Deck 3 befanden.

„Eins bis zehn", knurrte Bruno, „das kann ja noch Stunden dauern." Er beschloss, sich so lange auf einen Sessel im Atrium zu setzen und dort zu warten. Diese Idee schien jedoch das ganze Schiff gehabt zu haben, denn als er dort eintraf, befanden sich an diesem Ort wahre Menschenmassen. Wütend stapfte er weiter, auch die Mirabellenbar war überfüllt. So setzte er sich missmutig auf einen Hocker im Casino und starrte böse auf einen Automaten. Auf diesem tollten fröhlich einige Meerkatzen herum, die über Steine in einem Fluss sprangen. In diesem lauerte ein böse aussehendes Krokodil, das gierig seine Zähne fletschte. Auf einmal tönte es aus dem Automat: „Huhu", eine der Meerkatzen winkte Bruno einladend zu.

„Halt die Klappe", knurrte dieser und wandte sich ab.

Das war eine Frechheit, er ließ sich doch von einem dummen Automaten nicht ansprechen. „Huhu", äffte er ihn nach und brabbelte vor sich hin: „Na, hier in Australien ist ja wirklich alles durcheinander." Er kramte sein Smartphone aus der Tasche, und als er die Maps-Seite aufrief, sah er die aktuelle Schiffsposition, wie nicht anders zu erwarten, mitten im Wasser.

Silvia und Jochen hatte sich im Verlauf der Südsee und der wunderschönen Tage in Auckland weiter einander genähert. Als ob Jan das zu spüren schien, blühte er auf. Er war wieder fröhlich und unterhielt seine Eltern mit einer kindlichen Leichtigkeit, die beide verzauberte. Jochen begann sich wieder mehr und mehr auf Silvia zu konzentrieren. Hier am anderen Ende der Welt fühlten sich Iris, Hamburg und seine eigentlichen Pläne nach der Rückkehr unwirklich und sogar falsch an. Silvia war noch immer eine wundervolle Frau und die Mutter seines Sohnes. Wie war er nur auf die Idee gekommen, das alles aufzugeben? Am Abend, als sie in Auckland gelegen hatten, waren sie an Bord geblieben. Es gab für die wenigen Kinder an Bord eine Veranstaltung der Kinderanimation im Kino. Erwachsene waren nicht eingeladen. Die Kleinen wurden mit gleichartigen Maorikindern zusammengeführt. Silvia und Jochen hatten an der Bar im Atrium gesessen und über ihren wunderbaren Ausflug am Tag gesprochen. Plötzlich hatte er eine unbändige Lust auf seine Frau verspürt. Als er ihr dies leise ins Ohr raunte, hatte sie geantwortet: „Worauf warten wir noch?"

Den Weg zur Kabine nahmen sie im Laufschritt und sie erlebten eine leidenschaftliche Stunde, die Jochen an ihre früheren Zeiten erinnerte. Deutlich war ihm wieder bewusst geworden, warum er Silvia damals geheiratet hatte. Silvia selbst war auch zufrieden, sie war sich sehr sicher, dass diese Affäre sich nun von selbst erledigen würde. Als Jochen später Jan aus dem Kino abholte und ihm sagte, dass Mama schon im Bett sei, schaute dieser sorgenvoll. Jochen bemerkte es genau und strich ihm über den Kopf.

„Mama und Papa sind müde", erklärte er dem Kleinen. „Wir gehen jetzt drei Pizzen oben auf Deck 9 holen und machen eine Pizza-Pyjama-Party in der Kabine, okay?"

„Oh, toll", freute sich Jan und begann gleich wieder zu strahlen. Seine Sorgen schienen vorerst vertrieben.

Plumps, der kleine Engel landete geräuschvoll auf Deck 14. Neugierig sah er sich um. Es waren ein paar Jogger unterwegs und da links stand ein älterer Mann, der mit verbissener Miene in sein Fernglas starrte und anscheinend Selbstgespräche führte. Er flog ein paar Decks tiefer und überlegte, wie er Jessica am besten finden könnte. Auf Deck 10 hinten am Heck war ein schöner Bereich, in dem überdachte große Korbsessel standen. Sie erinnerten ihn an überdimensionale Strandkörbe. In einem saßen zwei Männer, die zwar ein wenig blass, aber noch ganz rüstig aussahen, ansonsten war der Bereich leer. Neugierig flog er näher an sie heran und erschrak zutiefst, als einer der Männer sagte: „Erwin, siehst du auch, was ich sehe? Ein Engel, hoffentlich ist der nicht hier, um uns zu holen. Also, den Rest der Weltreise möchte ich nun auch noch mitmachen."

„Ja, Paul, ich sehe ihn deutlich", sagte der andere Mann und fasste seinen Freund an die Hand.

Amors Gehilfe war zwar überrascht, warum er sichtbar war, konterte aber sofort: „Gestatten, ich bin der Gehilfe des großen Amors. Ich bin wegen Jessica und Tim Regner hier. Wer seid ihr und warum könnt ihr mich sehen?"

„Wir heißen Erwin und Paul und sind Geister. Wir kommen von Sylt und sind hier auf Weltreise. Jessica und Tim kennen wir natürlich", meinte einer der Männer.

Der kleine Engel ließ sich auf dem Tisch vor ihnen nieder und beäugte sie neugierig. Echte Geister hatte er noch nie getroffen, geschweige denn aus der Nähe gesehen. Und dazu noch ein männliches Geisterpärchen, das war ganz nach seinem Geschmack, und sie kannten auch noch Jessica und Tim! Paul hatte sich als Erster gefasst und berichtete Amors Gehilfen nun die ganze Krise des Paares. Dieser nickte immer wieder, alles deckte sich mit dem, was er und Amor auf dem Bildschirm gesehen hatten.

„Ich bin hier, um das wieder zu regeln", verriet er den Geistern.

„Wie machst du das?", wollte Erwin wissen.

„Ich schieße einen Pfeil aus meinem Köcher, der beide zugleich trifft, so nähern sie sich wieder an", erläuterte der Gehilfe mit wichtiger Stimme.

Erwin schlug sich mit der Hand an die Stirn und sagte: „Natürlich, du bist ein Mitarbeiter von Amor. Paul, den haben wir doch vorletztes Jahr beim Jahresausklang auf Madeira getroffen, er hat die Körners auf die gleiche Weise wieder vereinigt!"

„Ja", schrie Paul, „na, das ist ja aufregend!"

„Ach", machte der Engel, „ihr kennt meinen Boss und ihr wart der Fall auf dem Nachbarschiff, den er kurz vor Mitternacht mal eben so geregelt hat?"

„Nein", sagte Erwin, „nicht wir, aber eben unser Hausbesitzer, aber eigentlich war er das damals noch gar nicht, das kam erst später."

In den nächsten zwei Stunden hatten die drei sich viel zu erzählen, über das Leben, den Jahresausklang auf Madeira und über Jessica und Tim, was natürlich das Lieblingsthema des Engels war. Die Geister zeigten sich beeindruckt, als sie die komplette Geschichte erfuhren, wie einst Amors Gehilfe diese zwei Menschen miteinander vereint hatte. Paul wollte unbedingt mal einen dieser Liebespfeile anfassen. Gern zog der Engel einen aus seinem Köcher und reichte ihn an Paul. Dieser befühlte ihn und kam zum Schluss, dass seine Außenhaut sehr rau sei.

„Wirkt aber", meinte der Engel.

Plötzlich klingelte sein Telefon. Es war der Boss. Augenrollend ging er ran.

„Nein", hörten ihn Erwin und Paul sagen, „Jessi habe ich noch nicht gesehen, ich bin hier, ähm, im Gespräch."

Die Geister hörten nur ein Brüllen am anderen Ende. Seelenruhig antwortete der Engel: „Erinnerst du dich noch an die netten Geister von Funchal? Vom Jahresausklang auf Madeira? Du, die habe ich hier getroffen und stell dir vor …", weiter kam er nicht, denn erneut brüllte es aus dem Hörer. Der Engel legte auf und sah ganz betrübt aus. Dann meinte er: „Ich soll sofort nach Darling Harbour fliegen, Jessica und Tim wären gerade im Hard Rock Café. Ich muss meinen Auftrag in Sydney abschließen und dann wieder in die Zentrale fliegen." Erwin und Paul nickten. Natürlich, der Engel war ja zum Arbeiten da! Sie hatten ihn schon lange genug aufgehalten. Da sagte dieser plötzlich: „Kommt ihr mit?"

„Warum nicht?", meinte Paul, denn er wollte zu gern einmal sehen, wie so ein Liebespfeil helfen konnte. Gemeinsam erhoben sie sich zu dritt in die Luft.

Ute marschierte im Stechschritt die George Street hinauf. Rosi kam kaum hinterher, zumal sie immer stehen blieb und begeistert die alten viktorianischen Prachtbauten fotografierte. Sie passierten wunderschöne Arkaden, doch Ute rannte und rannte. Schließlich blieb sie vor einem Gebäude endlich stehen. „Queen Victoria Building", las Rosi, als sie die Freundin endlich eingeholt hatte. Sie japste nach Luft und fragte: „Warum rennst du so? Außerdem bist du mindestens an drei Telefonzellen vorbeigelaufen, ich denke, du wolltest Kalli anrufen?"

„Später, da drin ist es", jubelte Ute.

„Was ist da drin?", hakte Rosi nach.

„Eine deutsche Bäckerei, endlich wieder deutsches Brot, komm", erklärte Ute und zog die Freundin in das Gebäude hinein.

In der imposanten Eingangshalle fanden sie einen Übersichtsplan. Rosi staunte über die hohen Decken, die teilweise mit buntem Glas verziert waren. Die Handläufe der Treppen waren aus Messing und ansonsten dominierte Marmor. Viele kleine, exklusive Ladengeschäfte lockten, doch Ute ging zielstrebig, und ohne nach links oder rechts zu schauen, in den hinteren Teil. Auf einmal jubelte sie. Auf einem großen, roten Schild stand: ‚Luneburger German Bakery Sydney'. Neugierig traten die Frauen an den Verkaufstresen heran. Sie erblickten unzählige Kuchen, Brötchen und verschiedenste Sorten Brot. Die Beschriftung war in Deutsch.

Rita deutete auf ein Brötchen, das mit Salami und Käse belegt war und sagte zu der Verkäuferin: „Please, this Brötchen."

„Guten Tag, möchten Sie es gleich hier essen und vielleicht einen Kaffee dazu?", war die Antwort im perfekten Deutsch. Ute und Rosi schauten die lächelnde Verkäuferin sprachlos an. Plötzlich vernahmen sie ein lautes Lachen und drehten sich um. Dort saß ein Mann in ihrem Alter, der ihnen irgendwie bekannt vorkam.

„Mädels, hier sprechen alle deutsch."

„Kennen wir Sie?", wollte Ute wissen.

„Ihr mich nicht, aber ich kenne euch, das ganze Schiff kennt euch doch. Ich heiße Reinhard."

Einladend machte er eine Geste, dass sich die Frauen zu ihm an den Tisch setzen sollten. Nachdem sie sich mit den belegten Brötchen und einem Kaffee versorgt hatten, setzten sie sich zu ihm. Während die Frauen genussvoll ihre Brötchen genossen, erzählte Reinhard von seinen letzten Reisen auf verschiedenen Kreuzfahrtschiffen. Er plauderte sehr charmant und interessant und die Frauen waren beeindruckt, was er schon alles erlebt hatte. Seitdem seine Frau vor fünf Jahren verstorben war, reiste er nun alleine, fand aber immer rasch Anschluss. Als Ute ihr Brötchen verspeist hatte, lehnte sie sich zurück und seufzte. Dann verkündete sie: „Das war lecker. Am liebsten würde ich ein Brot an Bord schmuggeln."

„Das ist verboten, Ute", piepste Rosi.

„Ach, Unsinn", meinte Reinhard, „das machen doch alle. Sicher geht ihr nachher noch Souvenirs einkaufen. Einfach alles in eine Tüte packen, das merken die von der Security nie."

„Dann kaufe ich eins", meinte Ute und stand auf. Sie wählte ein leckeres Roggenbrot aus, das die Verkäuferin sogar noch schneiden ließ.

Rosi schaute zwar nicht begeistert aus, sagte aber nichts.

„Was machst du denn jetzt noch?", wollte Ute von Reinhard wissen.

„Och, ich gehe eine Currywurst essen bei Alfons, dem gehört das German Schnitzelhaus. Das ist gleich um die Ecke."

„Da gehen wir mit", bestimmte Ute und lächelte Reinhard strahlend an. Dieser lächelte zurück und nickte. Rosi sah Ute von der Seite an. Was war denn in sie gefahren, plötzlich mit einem wildfremden Mann durch Sydney zu spazieren?

„Wolltest du nicht Kalli anrufen?", fragte sie die Freundin mit ein wenig Nachdruck in der Stimme.

„Wer ist denn Kalli?", fragte Reinhard neugierig.

„Ach, der kann auch bis morgen warten", meinte Ute, „wer weiß, wie spät es im Moment in Deutschland ist." Dann setzte sie noch nach: „Kalli ist ein Bekannter."

Rosi traute ihren Ohren nicht. Wenn doch bloß Rita da wäre, die hätte diesem seltsamen Verhalten von Ute schon ein

Ende gesetzt. Doch diese war weit weg. Rosi nahm sich fest vor hier, genau aufzupassen und Ute keine Sekunde mit Reinhard allein zu lassen. ‚Kalli ist ein Bekannter', das hatte sie von Ute noch nie gehört.

Nicht weit entfernt von der George Street, im benachbarten Viertel Darling Harbour, saßen Jessica und Tim in einem schönen Restaurant und warteten auf ihre Bestellung. Tim hatte gemeint, dass Jessica unbedingt mal einen Wagyu Beef Burger probieren müsste. Zuvor hatten sie den Shop des Hard Rock Cafés gestürmt. Dort hatten sie für Tims Nichte und für sich selbst wunderschöne T-Shirts gekauft und überraschend Silvia, Jochen und Jan getroffen. Jan bekam von Jessica spontan einen Bären geschenkt, der ebenfalls ein T-Shirt trug. Er strahlte und verkündete, dass er es ihm später ausziehen würde, denn Cruisy brauchte schließlich auch ein T-Shirt.

„Bei Silvia und Jochen scheint wieder alles in Ordnung zu sein", meinte Jessica und trank einen großen Schluck von ihrem alkoholfreien Bier. Tim nickte, probierte den kühlen Weißwein und antwortete: „Bei uns doch auch, oder?"

Er legte seine Hand auf ihre. Sie lächelten sich an. Dann meinte Jessica: „Ja, wir werden mit dem neuen Leben klarkommen müssen."

„Richtig", meinte Tim, „anscheinend soll es so sein."

In diesem Moment kam die Bestellung und Jessica stöhnte: „Himmel, sieht das lecker aus, aber die Portion ist riesengroß."

„Nun fang erst mal an zu essen", meinte Tim und griff hungrig zu seinem Besteck.

„Wie wollen wir Jessica denn finden?", fragte Paul, der direkt neben dem Engel flog. Dieser deutete auf ein Gerät, welches er in der Hand hatte, das stark einem Smartphone ähnelte. „Ich habe ihr Profil gescannt, sie sitzen in einem Lokal in Darling Harbour, das ist gleich dort drüben." Soeben überflogen sie die Oper und der Engel driftete nach rechts ab. Erwin und Paul folgten ihm. Sie sahen unzählig viele Restaurants, es war Samstagnachmittag, um die 20 Grad warm und viele Menschen verbrachten hier ihre Freizeit. Die drei traten durch die Tür und als der kleine Gehilfe Jessica das erste Mal nach langer Zeit live wiedersah, setzte sein Herz für einen Schlag aus. Paul und Erwin bemerkten deutlich die Reaktion ihres neuen Freundes und warfen sich hinter seinem Rücken bedeutungsvolle Blicke zu. Der Engel war eindeutig in seine Klientin verliebt. Jessica und Tim saßen direkt unterhalb eines großen Aquariums. Dort oben nahmen sie Platz und lauschten eine Weile dem Gespräch der Menschen. Sie unterhielten sich über den geführten Ausflug, der am nächsten Tag auf dem Programm stand. Ansonsten lästerten sie ein wenig über das Verhalten von Mitreisenden und natürlich über Herlinde.

Dabei lachten sie immer wieder und hielten von Zeit zu Zeit Händchen.

„Schießt du jetzt den Pfeil?", wollte Paul wissen.

„Nö", meinte dieser, „sie sitzen sich ja gegenüber, so kann ich sie nicht beide auf einmal treffen. Außerdem fühle ich zurzeit pure Harmonie. Regel 12A besagt, wenn man einen Liebespfeil auf Menschen schießt, die gerade keine Krise oder schlechte Stimmung haben, dann kann es passieren, dass sich einer von beiden in eine andere Person verliebt, die in dem Moment in seinem Sichtbereich ist."

Das Lokal war an diesem Nachmittag gut gefüllt und so verstanden die Geister die Entscheidung des Engels. Dieser gähnte, die Anreise steckte ihm noch in den Knochen. Paul sah das und meinte: „Flieg doch zurück auf das Schiff und schlafe ein wenig. Du kannst unsere Kabine benutzen."

„Oh, toll", bedankte sich dieser, erhob sich in die Luft, nicht ohne noch einen letzten Blick auf Jessica zu werfen und verschwand.

„Was machen wir denn nun?", wollte Paul wissen.

„Wir schauen uns die Oper aus der Nähe an, komm Paul", meinte Erwin und zog ihn mit sich hoch.

Am nächsten Tag begann der große Sydneyausflug schon morgens um 8 Uhr. Herlinde verteilte wieder auf ihre liebreizende Art und Weise die Tendertickets. Da dieser Ausflug im Preis der Weltreise enthalten war, herrschte überall reges Treiben. Heute tenderten die Boote zum nahegelegenen Zoo. Dort standen bereits gut sichtbar von Deck um die zwanzig Busse in Reih und Glied. Zunächst ging es unter der eindrucksvollen Harbour Bridge hindurch zu einem schönen Viertel, in dem kleine Häuser standen, die alle schmiedeeiserne Gitter zierten. Ute und Rosi saßen mit Bruno in Bus Nummer 5. Sehr zu Rosis Entsetzen war auch Reinhard in den Bus gestiegen, in Begleitung eines anderen Mannes, den er ihnen als Harald vorstellte. Ute freute sich sichtlich, die Männer nahmen direkt hinter ihnen Platz. Bruno, der links von ihnen in der Reihe saß, meinte: „Na, kaum ist Oberaufseherin Rita mal weg, reißt ihr gleich wen auf."

Dabei lachte er albern. Ute lachte auch, nur Rosi schaute ihn ein wenig böse an. Reinhard und Harald waren bester Laune und erzählten pausenlos Witze. So wurde es eine vergnügliche Fahrt. Als sie am legendären Bondi Beach hielten, trafen sie zufällig im Souvenirshop Jessica und Tim. Dieser hatte gerade mal wieder ein T-Shirt gekauft. Gemeinsam bestaunten sie bei einem Kaffee die Surfer, die auf den meterhohen Wellen zu tanzen schienen. Reinhard und Harald hatten sich ihnen wie selbstverständlich angeschlossen und Reinhard erzählte, dass er früher, als er jung war, selbst Surfer gewesen sei. Und natürlich hatte er nicht irgendwo gesurft, sondern auf Hawaii, in Kalifornien und auf Sylt. Ute riss beeindruckt die Augen auf. Auch Jessica bemerkte das und sah Rosi fragend an. Diese machte ihr Zeichen, dass sie später darüber sprechen würden. Dann mussten sie auch schon wieder in die Busse einsteigen. Das Mittagessen nahmen sie an Bord eines traumhaft schönen Schaufelraddampfers ein, der währenddessen im Hafen und vor der Oper herumfuhr. Müde und voller Eindrücke kehrten alle am späten Nachmittag auf die Kosta Onda zurück.

Unterdessen hatte sich der kleine Engel ordentlich ausgeschlafen. Gemäß Regel 12A konnte er den Pfeil nicht schießen und würde nun also auf Kreuzfahrt mitgehen. Der Boss war wenig begeistert gewesen am Telefon, gab aber schließlich seine Zustimmung. Er sollte nur sehen, dass er seinen Auftrag noch innerhalb von Australien erledigte. Er versprach es. Melbourne und Perth, verbunden mit ein paar Seetagen standen auf dem Programm.

Als Jessica und Tim um 18 Uhr zum Abendessen an Tisch 10 eintrafen, saßen Ute und Rosi mit verzweifelten Gesichtern da. Rosi weinte sogar. Bruno meinte gerade nicht sehr mitfühlend: „Na, die taucht bestimmt wieder auf. Und wenn sie einer geklaut hat, bringt er sie garantiert zurück."

„Was ist los?", fragte Jessica.

„Rita ist nicht an Bord zurückgekehrt", weinte Rosi bitterlich.

„Wo kommt denn das tolle Brot her?", fragte Tim und schielte neidisch auf Utes Teller. Sie reichte ihm eine Scheibe.

274

„Aber wir haben Sydney soeben verlassen", schrie Jessica nun auf, Bruno hielt sich übertrieben dramatisch die Ohren zu. Ute, die sich an der Rezeption über Ritas Verbleib erkundigt hatte, erklärte, dass der Flieger wohl pünktlich gewesen sei, doch es gab einen Stau in der Stadt und so hatte sie das letzte Tenderboot verpasst.

„Und dann fahren die einfach ab?", fragte Jessica entsetzt.

„Wer nicht pünktlich ist, hat eben Pech", meinte Bruno und setzte nach: „War ja kein Kosta-Ausflug, dieser Dschungelkram."

„Lecker, dieses Brot", fand Tim.

Jessica schüttelte über sein Desinteresse den Kopf. Da war eine Landfrau an Land geblieben und er ging zur Tagesordnung über.

„Was passiert denn jetzt?", hakte Jessica nach.

Ute berichtete, dass Rita in Sydney wieder auf dem Weg zum Flughafen war, um nach Melbourne zu fliegen. Dort würde sie die Nacht verbringen und übermorgen wieder zusteigen. Angeblich hatte Herlinde dies von Bord aus für sie organisiert.

„Zum Glück hat sie ihre Kreditkarte mitgenommen", meinte Rosi.

„Down Under bringt anscheinend alles durcheinander", meinte Jessica und lehnte sich in ihrem Stuhl zurück. Erst jetzt bemerkte sie die zwei leeren Plätze an ihrem Tisch und hoffte inständig, dass Mamma und Papa Italiano nicht auch an Land geblieben waren. Dies war jedoch nicht der Fall. Das Paar speiste sechs Decks höher auf Einladung der Reederei im Clubrestaurant.

Der Seetag nach Melbourne verlief für alle Passagiere eher unspektakulär. Es war 22 Grad warm und ab und an kam die Sonne durch. Die Eindrücke und Erlebnisse von Sydney hatten deutlich Spuren der Müdigkeit hinterlassen. Ute und Rosi dösten fast den ganzen Tag in ihren Liegestühlen. Jessica schrieb eifrig weiter an ihrem Reisetagebuch, während Tim sich im Fitnesscenter aufhielt. Für sie unsichtbar auf ihrer Lehne saß der kleine Gehilfe und las mit. Er hatte durch die Geister von ihrem neuen Talent erfahren und war ganz begeistert. Silvia und Jochen gingen mit Jan mal wieder ins 4-D-Kino und schauten einen der lustigen Animationsfilme, der sie in die Mine einer alten Westernstadt mitnahm. Jan schrie jedes Mal vor Freude, wenn sein Sitz ruckelte, oder von irgendwoher Wasser in sein Gesicht spritzte. Später probierte Jochen noch den Rennwagen-Simulator auf Deck 10 aus. Das war leider nur etwas für Erwachsene, aber Jan und Silvia konnten die Fahrt live auf einem Bildschirm in der benachbarten Bar verfolgen. Bruno tigerte fast den ganzen Tag um den gelben Schornstein. Sie alle waren nun schon siebzig Tage an Bord. Ihm reichte das langsam, aber das war auf seiner letzten Weltreise genauso gewesen. Er bezeichnete das Gefühl gern als Lagerkoller. Er wollte lieber gar nicht ausrechnen, der wievielte Seetag das nun heute war. Sie waren mehr oder weniger alle gleich. Er seufzte, die schlimmste Strecke stand noch bevor, von Perth nach Mauritius würde die Kosta Onda ganze sieben Tage auf dem Wasser sein, eine besondere Herausforderung für die Passagiere, aber auch für die Crew. Als das Kreuzfahrtschiff am nächsten Tag morgens um 8 Uhr im Hafen von Melbourne festmachte, der ein wenig außerhalb der Stadt lag, standen Ute, Rosi und Jessica auf Deck 3. Sie beobachteten, wie die Gangway montiert wurde und dann sahen sie Rita, die mit ihrem kleinen Rucksack zu ihnen hinauf wedelte, das Siegeszeichen machte und rief: „Ich bin ein Star, holt mich hier rauf!"

Die Welt der Landfrauen war wieder in Ordnung. Es gab eine herzliche Begrüßung mit vielen Umarmungen und ein paar Tränen. Gemeinsam fuhren sie zum Frühstück nach Deck 9 ins Buffetrestaurant hinauf und Mario musste trotz der frühen Stunde eine Flasche Sekt servieren. Für Jessica natürlich nur ein winziger Tropfen, verdünnt mit reichlich Orangensaft. Rita hatte sich den Teller vollgehäuft, als ob sie seit Tagen nichts zu essen bekommen hätte. Dann berichtete sie ausführlich über ihren Dschungeltrip. Es war aufregend gewesen, sie hatte sogar in dem legendären Baumhaus aus der Serie gesessen und tatsächlich auf einer Hängematte unter freiem Himmel übernachtet. Betreut wurde die kleine Reisegruppe von einem echten Ureinwohner, einem Aborigine namens Yagan, benannt nach einem berühmten Krieger. Abends hatte er ihnen auf seinem Didgeridoo vorgespielt. Rita durfte es auch mal probieren und war nun wild entschlossen, so ein Instrument zu kaufen. Auf Nachfrage, ob sie in Sydney nicht entsetzt gewesen sei, dass das Schiff ohne sie ausgelaufen war, machte sie nur eine wegwerfende Handbewegung. Eine Rita haute so schnell eben nichts um.

„So Mädels", beendete sie ihren Monolog, „was machen wir heute?"

„Also, Reinhard und Harald wollten uns nachher das Haus von Kapitän Cook zeigen", meinte Ute.

„Reinhard und Harald?", fragte Rita nach, „wer soll das denn sein?"

„Ja, die haben wir in Sydney beim deutschen Bäcker kennengelernt, die sind immer lustig drauf", antwortete Ute mit ruhiger Stimme.

„Reinhard und Harald", donnerte Rita nun los, „sag mal, spinnt ihr? Wir haben doch unsere Männer! Da bin ich mal 48 Stunden weg und ihr lasst euch anbaggern?"

Zur Bestätigung ihrer Worte haute sie mit der Faust auf den Tisch. Mario eilte sofort herbei, doch Rita scheuchte ihn wieder weg.

„Die baggern gar nicht", piepste Rosi.

„Seit wann habt i h r zwei denn eigentlich Männer?", gab Ute zurück und man hörte deutlich den scharfen Unterton heraus.

„Mädels, ich gehe mal Tim suchen", sagte Jessica und stand auf.

Das Thema sollten die Frauen lieber unter sich selbst klären. Sie fand Tim auf der Kabine, er schaute den Dokumentationsfilm über die Reederei, den er bestimmt schon zehnmal gesehen hatte. Doch es gab kaum ein anderes Fernsehprogramm. Dementsprechend war er auch leicht gereizt.

„Na, lebt Rita noch?", begrüßte er Jessica.

„Ja", meinte sie, „muss toll gewesen sein, allerdings begann eben ein Streit, da bin ich abgehauen."

„Weswegen denn?"

„Wegen Reinhard und Harald, Rita ist fast ausgerastet über die neue Bekanntschaft."

Da begann Tim herzhaft zu lachen, er nahm Jessicas Hand und meinte: „Komm, wir fahren jetzt in die Stadt, ich zeige dir das Haus von Kapitän Cook. Vor längerer Zeit war ich ja mal in Melbourne."

Nun grinste Jessica und setzte sich kurz auf den Rand seines Bettes. Amors Gehilfe, der in der Ecke des Zimmers stand, überlegte kurz, entschied sich aber gegen einen Schuss.

Die drei kommenden Seetage nach Perth bereiteten kaum einem Passagier Freude. Bei Windstärke 9 tanzte das Kreuzfahrtschiff auf den Wellen. Die Crew, die trotzdem arbeiten musste, hielt sich nur mit Pillen aufrecht. Bruno, der sich bei Herlinde über den starken Seegang beschwerte, bekam zur Antwort: „Ach, Herr Bahn, das ist ja nur ein sanftes Wellengeflüster, das kennen Sie doch von Ihren letzten Reisen."

Wütend war er wieder abgestapft. Die Seekrankheit traf auch Geist Paul, der da ohnehin empfindlich war und den kleinen Engel. Beide lagen bleich auf der Kabine und jammerten vor sich hin. Amors Gehilfe, der noch nie so starken Seegang erlebt hatte, zitterte unablässig. So konnte er keinen Pfeil schießen, obwohl die Voraussetzungen seit Kurzem wieder gegeben waren. Jessica und Tim verstrickten sich neuerdings immer wieder in Diskussionen. Der Engel empfand Jessica manchmal als wirklich rechthaberisch und kleinkariert, so war sie früher nie gewesen. Doch Geist Erwin hatte ihm erzählt, dass dies eine Folge der Schwangerschaft wäre, Frauen seien dann so. Das einzig Gute an diesen Seetagen war, dass er kein Netz hatte und so blieben verständlicherweise auch Amors tägliche Kontrollanrufe aus. Jan machten die zum Teil heftigen Schiffsbewegungen nichts aus, es war für den Jungen eher so wie Achterbahnfahren. Ob mit oder ohne Seekrankheit, alle

waren froh, als sie Freemantle, den Hafen von Perth, sicher
erreicht hatten.

Jessica und Tim fuhren morgens mit einer kleinen Bahn
mit Holzsitzen in das nahegelegene Stadtzentrum. Der Engel
heftete sich an ihre Fersen, begleitet von den Geistern, die
unbedingt verfolgen wollten, was passierte. Zunächst kauften
sie ein paar Kosmetikartikel ein, dann probierte Jessica Jeans
an. Genervt, weil keine passte, fuhr sie Tim an: „Du wirst
immer dünner und ich fetter, echt toll."

„Ich bin ja auch nicht schwanger", konterte dieser.

Die Gelegenheit war perfekt. Sie standen sehr eng
zusammen mitten vor der Kirche des kleinen Ortes. Der
Engel erhob sich in die Luft, spannte seinen Bogen, zückte
einen Pfeil und schoss … daneben. Dafür traf dieser einen
Mann, der hinter ihnen stand, direkt ins Herz. Es schien
ein Einheimischer zu sein, er trug einen großen Cowboyhut
und als er sich umdrehte, sah er eine junge Frau, die gerade
aus der Kirche kam, und er begann zu lächeln.

„So viel zur Wirkung", meinte Amors Gehilfe und ließ
sich frustriert auf einer Bank nieder. Die Geister setzten sich
rechts und links neben ihn und versuchten, Trost zu spenden,
während Jessica und Tim ihr Streitgespräch fortsetzten.

Die Landfrauen waren mit dem gebuchten Ausflug in die
Stadt Perth gefahren. Als Rita das erste Mal seit Tagen wieder

festen Boden unter den Füßen hatte, meinte sie: „Irgendwie habe ich immer noch Seegang und bekomme die Beine nicht so recht sortiert."

Die Frauen hatten Bruno, Reinhard und Harald im Schlepptau. Zähneknirschend hatte Rita Reinhard und Harald kennengelernt und dann befunden, dass sie doch nett seien. Das wäre ja auch nur für die Reise und hätte mit Hans-Hugo, Kalli und Josef nichts zu tun. Es war selten, dass sie nachgab, und Rosi verwunderte das insgeheim sehr. Die Stadtrundfahrt empfanden sie als langweilig, jedoch bot sich beim Botanischen Garten ein schöner Blick auf die Großstadt, die aus unzähligen gläsernen Hochhäusern zu bestehen schien. Zum Schluss gab es noch ein Stopp in Hillarys Harbour. Den Besuchern zeigte sich eine große Seebrücke, die aus Holz gefertigt war und viele Geschäfte, Bars und Restaurants beherbergte. Alle hatten Hunger, doch wie so oft in dieser Welt war nicht genug Zeit. Die Sonne am Himmel begann in diesem Augenblick, im Meer zu versinken und Reinhard rief spontan: „Kommt, Leute, ich spendiere einen Sundowner."

Das ließen sich alle, vor allem Bruno, nicht zweimal sagen. Gemeinsam stießen sie kurz Zeit später ganz rustikal mit Bierflaschen an. Die Sonne versank purpurrot im Meer.

„Heute verlassen wir mein Australien", jammerte Rita.

„Und nun kommt Südafrika, mein Reiseziel", jubelte Ute mit aufgeregter Stimme. Reinhard freute sich mit ihr, legte seine

Hand um ihre Schulter und erzählte, wie wundervoll es am Kap der Guten Hoffnung sei. Sie strahlte ihn an.

„Gibt es da auch Schlangen?", fragte Rosi ängstlich nach.

Reinhard lachte und gab zur Antwort: „Nee, da habe ich keine gesehen, aber Affen und Strauße, die laufen da frei rum." Ute begann wie ein junges Mädchen auf und ab zu hüpfen, bis Rita meinte: „Jetzt komm mal runter." Es war klar, was sie damit meinte.

„Wenn bloß diese sieben Seetage bis Mauritius schon um wären", gab Bruno bekannt, „ich glaub, ich bring noch irgendwen bis dahin um."

„Am besten Herlinde, Leiche Nummer vier", grölte Rita, und alle brachen in ein großes, gemeinsames Gelächter aus.

Später – sie waren gerade kurz vor dem Bus – kamen sie an einem Kunstwerk mit zwei Delfinen vorbei. Rita trat näher und sah, dass man ein Geldstück, einen Australischen Dollar, einwerfen konnte. Sie tat es und die Delfine drehten sich im letzten Sonnenlicht einmal um 360 Grad, dazu gaben sie ihre typischen Geräusche von ich. Alle betrachteten das Schauspiel und Rita meinte: „Cool, was? Rita lässt in Australien die Delfine tanzen."

Leider verspätete sich ihr Ausflugsbus bei der Rückkehr, es war 18:45 Uhr und der Maître ließ niemanden mehr in das Restaurant hinein, sondern verwies auf das Buffetrestaurant auf Deck 9. Dort war die Hölle los, da fast alle Busse verspätet zurückgekehrt waren. Die sechs ergatterten noch einen Tisch, doch der Service war nicht auf so einen großen Ansturm vorbereitet worden. Mario lief schweißüberströmt mit seinem Tablett zwischen den meckernden Gästen hin und her. Am Büffet schlugen sich die Gäste fast um die letzten Schnitzel. Es versprach ein spannender Auftakt für die nächsten sieben Seetage zu werden. Fast unbemerkt von den Gästen lief die Kosta Onda aus dem Hafen von Freemantle aus, verließ damit den Kontinent Australien und steuerte in die schwarze Nacht hinaus. Eine Woche würde sie nun auf dem Meer bis Mauritius benötigen.

Kapitel 9

3672 Seemeilen und ganz schön Sturm im Wasserglas

„3672 Seemeilen legen wir nun bis Mauritius zurück", las Rosi aus der täglichen Bordzeitung vor.

„Entsetzlich", fand Ute.

„Mir ist jetzt schon saulangweilig", meldete sich Rita zu Wort.

Es war der erste Seetag kurz nach dem Mittagessen und die drei Landfrauen lagen auf den Betten ihrer Kabine. Rita zappte mit der Fernbedienung herum, doch auf allen vier Kanälen liefen Filme, die sie bereits gesehen hatten. Seufzend schaltete sie den Fernseher wieder aus und wandte sich Rosi zu: „Was wird heute Nachmittag denn noch angeboten?"

Diese las laut vor: „14:30 Uhr Rumba-Tanzkurs, 15:30 Uhr Treff der Skatfreunde, 16:30 Uhr Kochpräsentation im Atrium, 17:30 Uhr Bingo."

Rita stöhnte genervt auf und meinte: „Können die sich nicht mal was Spannendes ausdenken? Das ist seit bald 80 Tagen derselbe Mist."

„Bruno darf heute zur Küchenführung, da bin ich total neidisch", meinte Rosi.

„Ja, eine erlesene Führung für die Repeater", beurteilte Rita die Sache, „die sollten lieber etwas für ihre Neuzugänge machen."

Ute kicherte leise.

„Was gibt es denn da zu lachen?", wollte Rita wissen und drehte sich zu der Freundin um. Diese hielt ein Buch in der Hand, das sie sich heute Morgen aus der Bibliothek ausgeliehen hatte. Es hieß ‚Wellengeflüster II Neue Seegänge mit Brina Stein'.

„Das ist zu lustig, dieses Wellengeflüster. Ich lese gerade eine Kurzgeschichte, die auf einem Kreuzfahrtschiff spielt, aber aus der Sicht einer Webcam."

Rita zog die Augenbraue hoch und meinte: „Na, die hätte hier nichts Spannendes zu sehen."

Da irrte sich die Landfrau allerdings, denn an Deck herrschte reges Treiben. Jochen, der heute Morgen auf der Waage gestanden hatte, joggte verbissen auf Deck 14 um den gelben Schornstein. 5 Kilo mehr hatte die Waage vermeldet, die mussten wieder runter. Außerdem hatte er sich vorgenommen, in diesen sieben Tagen eine endgültige Entscheidung über sein Leben zu treffen. Wie er nun so lief, wurde ihm klar, dass vermutlich alles so bleiben würde wie es war, denn Iris wollte ihn nicht mehr. Er hatte sich nicht mehr bei ihr gemeldet und sie sich nicht bei ihm. Mit Silvia war es fast so schön wie früher, nur, würden sie zu Hause wieder in den grauen Alltag verfallen? Davor hatte er große Angst. So drehte er Runde um Runde und kam immer wieder bei Bruno vorbei, der an seinem Lieblingsplatz an der Reling lehnte und versuchte, mit seinem Smartphone die Schiffsposition zu ermitteln. Nach zehn Runden stoppte Jochen schweißüberströmt und fragte Bruno: „Na, wo sind wir?"

„Auf dem Wasser", knurrte dieser und schimpfte: „Nicht mal hier oben hat man ein Netz, das ist eine bodenlose Frechheit, insbesondere am Seetag, wenn man darauf angewiesen ist."

Jochen nickte und setzte seine Runde fort, es war besser zu laufen, als sich die Beschwerden dieses alten Miesepeters anzuhören. Bruno steckte sein Telefon wieder ein und stieg nach Deck 9 hinab. Er schlenderte zum Heck in der Hoffnung, dort die Landfrauen anzutreffen. Inzwischen hatte er sich an sie gewöhnt, wenn er die Frauen auch immer noch niveaulos fand, zumindest waren sie unterhaltsam. Leider saßen sie nicht an der gewohnten Stelle. Ziellos ging er weiter durch das Buffetrestaurant. Obwohl es nicht geöffnet hatte, saßen hier Mitreisende, die teilweise Karten spielten oder auch Kreuzworträtsel lösten. An einem der Tische spielte ein Paar Kniffel.

Ein schwimmendes Altersheim, dachte Bruno. Er beschloss, auf einen Drink zu Victor in die Mirabellenbar zu gehen. Doch als er sich dieser näherte, hörte er die Stimme des italienischen Tanzlehrers: „1-2-3 und nun herum."

Er drehte wieder ab, Victor und der Drink mussten warten. Gelangweilt warf er sich in einen Sessel im Atrium und starrte böse aus dem Fenster. Dann sah er auf seine Uhr. Immer noch eine Stunde bis zur Küchenführung.

Auf Deck 10 saßen Erwin und Paul in großen gemütlichen Kuschelkugeln aus Korb und sahen auf das Meer. Die Reederei vermietete diese für 20 Euro am Tag und daher waren sie so gut wie immer leer. So hatte sich der sogenannte ‚paradiesische Winkel' zu ihrem Lieblingsplatz entwickelt. Das wusste auch Amors Gehilfe, der gerade angeflogen kam und sich zu ihnen gesellte. Mit Schwung landete er vor ihrer Kugel.

„Na?", fragte er, „was macht ihr?"

„Nix", meinte Paul mit gelangweilter Stimme.

„Was macht Jessi?", wollte Erwin wissen.

„Auch nix, sie hat sich nach dem Mittagessen ins Bett gelegt. Sie hat über Magenschmerzen geklagt. Tim ist ins Fitnesscenter gegangen, damit sie in Ruhe ein wenig schlafen kann."

„Hm", machte Paul.

Da klingelte plötzlich Amors Telefon.

„So ein Mist, ich denke hier ist kein Netz. Es ist mein Boss:" Er flog ein paar Meter zu Seite und telefonierte. Danach kam er wieder zurück. Sein Boss sei stinksauer, dass er seinen Auftrag bisher nicht erfüllt hatte. Leider hatte er auch kein Verständnis für sein Versagen in Freemantle gezeigt.

„Ich soll die Sache bis Mauritius endgültig erledigen und dann sofort zur Basis zurückkehren, ansonsten bekäme ich die Kündigung", verriet er den Geistern und begann hemmungslos zu weinen.

Erwin und Paul zogen den Engel in den Korb in ihre Mitte und versuchten ihn, so gut wie es ging zu trösten. So langsam begriffen sie, dass es im Himmel auch kein Vergnügen war, da ‚lebte' es sich als Geist doch komfortabler.

Jessicas Zustand verbesserte sich auch an den kommenden Tagen nicht. Tim machte sich große Sorgen und auch der Engel ließ sie nicht mehr aus den Augen. Als Jessica am Morgen des dritten Seetags unter der Dusche stand, sah sie plötzlich Blut an ihren Beinen herunterlaufen. Sie schrie auf und Tim öffnete sofort die Badezimmertür. Er erschrak, reagierte aber sofort. Er stellte die Dusche ab, wickelte Jessica in den Bademantel und führte sie an der Hand zum Bett. Dort legte er sie hin, säuberte ihre Beine mit einem Taschentuch und rief im Hospital an. Der kleine Engel flog zu ihr und streichelte ihre Wange, auch wenn sie es nicht merkte. Es dauerte keine fünf Minuten, da klopfte es an der Tür und zwei Sanitäter und ein Arzt traten mit einer Transportliege ein. Jessica zitterte am ganzen Körper und weinte. Der Arzt sprach beruhigend auf sie ein und maß ihren Puls. Dann sagte er: „Wir nehmen Sie jetzt mit ins Hospital und untersuchen Sie. Versuchen Sie bitte, sich zu beruhigen."

„Ich komme mit", meinte Tim.

Doch der Arzt verneinte, er solle erst mal zum Frühstück gehen und in einer Stunde nachkommen, im Augenblick könnte er nichts tun und auch nicht mit in das Behandlungszimmer. Geübt legten die Sanitäter Jessica auf die Liege und transportierten sie aus der Kabine. Amors Gehilfe saß auf dem Kopfteil und hielt ihre Hand. Tim saß danach bestimmt zehn Minuten regungslos da. Dann erhob er sich und fuhr hinauf nach Deck 9. Der Arzt hatte sicher recht, er musste eine Kleinigkeit essen. Betrübt saß er mit seinem Kaffee da und kaute lustlos auf einem Brötchen herum.

„Wo ist den Jessi?", hörte er plötzlich eine Stimme hinter sich.

Es war Silvia, die von Deck hineingekommen war, um sich noch einen Kaffee zu holen. Tim berichtete den Vorfall und sie drückte ihn mitfühlend. Dann meinte sie: „Geh sofort ins Hospital, sonst wirst du dich nicht beruhigen."

Als er mit dem Fahrstuhl nach Deck 2 hinunterfuhr, spielte sich in seinem Kopf ein ganzer Lebensfilm ab. Er sah Jessica auf dem Pooldeck, als er sie das allererste Mal gesehen hatte. Ihr Blick nach dem ersten Kuss, ihre Hochzeitsfeier. Er sah sie beim Jahresausklang auf Madeira, wie sie ihm lachend zuprostete. Und er sah ihr Strahlen in den Augen, als er ihr eröffnete, dass er nun ihren Lebenstraum erfüllen würde und soeben die Kreuzfahrt um die Welt gebucht hätte. Er hatte große Angst, sie womöglich jetzt und hier für immer zu verlieren. Als er im Hospital eintraf, kam der Arzt schon auf ihn zu und öffnete die Tür zu einem Besprechungsraum. Er bat Tim, Platz zu nehmen. Dieser setzte sich auf die vorderste Stuhlkante. Sachlich erläuterte der Arzt die Lage: „Also, Herr Regner, Ihre Frau hat starke Blutungen, wir haben einen Ultraschall durchgeführt. Die Blutungen kommen momentan nicht zum Stillstand."

„Das Baby", stammelte Tim.

Der Arzt legte ihm die Hand auf den Arm und meinte: „Jessica hatte eine Fehlgeburt, das steht fest. Wir müssen sie jetzt unter Narkose untersuchen."

Tim begann zu weinen, der Arzt reichte ihm ein Taschentuch. „Kann ich sie sehen?", wollte Tim wissen.

„Ja", meinte der Arzt, „ganz kurz, wir werden sie betäuben müssen, um nachzusehen."

Tim nickte.

„Wird sie, ich meine, wird sie wieder ganz gesund?"

„Ja", antwortete der Schiffsarzt, „nur mit eigenen Kindern wird das nichts mehr werden."

Tim atmete erleichtert auf. Dann führte der Arzt Tim zu Jessica. Sie lag da in diesem sterilen Bett und sah so klein und zierlich aus. Er setzte ein Lächeln auf, küsste sie auf die Stirn und versuchte sie mit fester Stimme aufzumuntern: „Wir schaffen das, Liebling, ich liebe dich."

Als Antwort drückte sie sanft seine Hand. Amors Gehilfe, der natürlich an ihrem Bett saß, heulte Rotz und Wasser. Dann besann er sich, zog einen Pfeil aus dem Köcher und traf mit einem Schuss sowohl Jessicas als auch Tims Herz, als Tim sich erneut über seine Frau gebeugt hatte. Beide zuckten kurz zusammen, es hatte geklappt.

Die Nachricht über Jessicas Fehlgeburt verbreitete sich wie ein Lauffeuer über die Kosta Onda. Die Landfrauen hatten es sich zur Aufgabe gemacht, Tim auf Schritt und Tritt zu begleiten und versuchten liebevoll auf ihre Art, ihn aufzuheitern. So richtig gut klappte das aber nicht und als er beim Abendessen verkündete, dass das Baby oder die Reste, die davon übrig waren, zwar erfolgreich entfernt worden seien, Jessica aber immer noch starke Blutverluste habe und auf die Intensivstation verlegt worden war, schwiegen alle betreten, sogar Bruno. Mamma Italiano ließ sich alles vom Maître übersetzen und weinte das ganze Abendessen lang.

„Figlia, figlia", rief sie immer wieder aus und zeigte auf ihr Herz.

Jochen und Silvia schauten mit Jan nach dem Abendessen ebenfalls an Tisch 10 vorbei, auch sie waren von diesen neuen Nachrichten schockiert. Tim verbrachte die einsamste Nacht seines Lebens. Immer wieder wachte er auf, presste Jessicas Kissen an sein Gesicht. Er konnte ihren Duft riechen. Das tat ihm gut und machte ihn auf der anderen Seite verzweifelt.

Jessica erwachte. Es war mitten in der Nacht. Entsetzt schaute sie auf die Schläuche an ihrem Arm. Über ihr hing ein großer Tropf. Als sie zum Fußende des Bettes schaute, sah sie dort einen kleinen, weißen Engel sitzen, der sie sorgenvoll betrachtete. Sie konnte sehen, dass er auf seinem Rücken einen roten Köcher hatte, aus dem eine Pfeilspitze, ebenso in Rot, herausragte.

„Wer bist du?", fragte sie mit schwacher Stimme.

Der Engel zuckte zusammen und dachte: Scheiße, sie kann mich sehen. Laut aber sagte er: „Ich bin Amors Gehilfe, dein Schutzengel."

„Amors Gehilfe?", wollte sie wissen.

„Ich passe auf dich auf, weißt du", war seine Antwort und er fuhr fort: „Übrigens schon eine ganze Weile."

Jessica schaute ihn ungläubig an. Er beschloss, ganz von vorn zu beginnen. Er fing an bei ihrer allerersten Kreuzfahrt, auf der sie sich unglücklich verliebte, weil er aufgrund des Bugstrahlruders den Liebespfeil falsch schoss. Dann erzählte er von ihrer ersten Begegnung mit Tim und endete schließlich mit der Kreuzfahrt vorletztes Jahr zum Jahresausklang nach Madeira. Jessica blickte ihn ungläubig an, dann sagte sie: „Du weißt ja alles über mich und mein Leben."

„Das stimmt", gab der Engel zu, „und ich habe auch deine Freundin Nina mit Hansjörg zusammengeführt."

Nun war Jessica hellwach, sie wollte alles über ihn und seinen Job wissen. Nur zu gern beantwortete der Engel ihre Fragen und ließ auch den einen oder anderen Seitenhieb auf seinen Chef nicht aus. Sie hörte geduldig zu, längst war der Engel näher gekommen und sie streichelte bei seinen Ausführungen vorsichtig seine kleinen Flügel, die sich so kuschelig wie Samt anfühlten. Schließlich meinte sie: „Aber warum habe ich dich nie gesehen? Und wieso sehe ich dich jetzt?"

Er fasste Mut und streichelte sanft ihren Arm, es war seine erste Berührung, die sie spüren konnte. Dann sagte er: „Jessi, du hast dein Kind und sehr viel Blut verloren. Du bist auf der Intensivstation. Du bist auf der Schwebe zwischen Leben und Tod, nur deswegen kannst du mich sehen."

Jessica nickte, alleine schon, dass er sie Jessi nannte, irritierte sie. Dann wollte sie wissen: „Werde ich sterben?"

„Nein", gab der Engel zur Antwort.

„Wie kannst du dir da so sicher sein?"

Er lächelte, kramte sein vermeintliches Smartphone hervor und tippe das Datum vom 10. April ein. Dann reichte er es Jessica. Sie schaute auf das Display, sah das Datum in der Zukunft und ein Bild von sich und Tim Arm in Arm an dem berühmten Schild vom Kap der Guten Hoffnung. Sie lächelte.

„Ich kann in die Zukunft goggeln, weißt du", sagte der Engel.

„Werden Tim und ich weiter glücklich zusammen sein können?", wollte sie wissen.

„Oh ja", meinte Amors Gehilfe, „ich habe ja wieder mal einen Pfeil auf euch geschossen, das wird schon werden."

Jessica schloss die Augen und schlief beruhigt ein.

„Ich liebe dich", murmelte er und küsste sie sanft auf die Wange, doch diesen Kuss spürte sie gar nicht mehr.

Am nächsten Morgen betrat Tim bereits um 9 Uhr das Hospital. Der Arzt lächelte, als er ihn unsicher näher kommen sah.

„Herr Regner, kommen Sie, Ihre Frau wurde heute Morgen von der Intensivstation in ein normales Zimmer verlegt."

Tim fiel ein Stein vom Herzen und als der Arzt die Zimmertür öffnete, strahlte ihm Jessica entgegen. Sie sah noch ein wenig geschafft, aber viel besser als am Vortag aus. Sie umarmten sich, dann sagte sie: „Es ist alles wieder in Ordnung, ich muss nur heute noch hier bleiben." Der Arzt, der Tim begleitet hatte, meinte: „Ja, und bitte in den nächsten sieben Tagen keine großen Anstrengungen, das betrifft auch das nächste Ziel Mauritius. Wenn alles gut verläuft, können Sie Südafrika schon wieder in all seiner Schönheit genießen."

„Ich weiß", gab Jessica zurück.

Tim blieb noch eine ganze Stunde bei ihr. Sie redeten über das verlorene Kind und schwelgten in Erinnerungen, wie sie sich damals gefunden hatten. Tim erzählte von seinen Ängsten und Jessica von dem merkwürdigen Traum, den sie heute Nacht gehabt hatte und in dem ein Engel sie besucht hatte.

Besagter Engel hing gut gelaunt wieder auf Deck 10 mit den Geistern im Korb herum. Begeistert berichtete er ihnen erst von dem gelungenen Schuss und natürlich intensiv von dem Gespräch mit Jessica. Ihre Berührungen hatten sich so gut angefühlt, schwärmte er. Erwin und Paul waren beeindruckt und sehr froh, dass diese Sache so gut ausgegangen war. Der kleine Engel hüpfte aufgeregt zwischen ihnen herum.

„Musst du sofort zurück?", wollte Paul wissen.

„Theoretisch schon", meinte dieser, „aber wenn, dann fliege ich erst von Mauritius."

Paul überlegte kurz, dann sagte er: „Du hast doch noch einen Pfeil über, kannst du den nicht auf Silvia und Jochen schießen? Die haben sich zwar wieder angenähert, aber mir geht es um den kleinen Jan, er soll nicht mehr leiden, ich hatte erst gestern ein langes Gespräch mit ihm und habe ihm versucht auszureden, dass er schuld sei, wenn sich seine Eltern streiten."

„Ja, aber dafür brauche ich Amors Genehmigung", gab der Engel zu bedenken.

Das verstanden die Geister und baten den Gehilfen inständig, darüber mit seinem Boss von Port Louis, dem Hafen von Mauritius, vor seiner Abreise zu sprechen. Er versprach es. Eine Weile schauten alle gemeinsam auf das Meer. Die Sonne schien und die Kosta Onda hinterließ im Meer eine traumhafte Heckwelle. Plötzlich fragte Paul: „Sag mal, bist du nach deinem Tod eigentlich gleich Engel geworden?"

Der Gehilfe bejahte. Erwin wusste, worauf sein Mann hinauswollte und meinte: „Weißt du, warum wir Geister sind und keine Engel?"

Paul drückte stumm und dankbar die Hand seines Mannes. Der kleine Engel lächelte und meinte: „Klar, es gibt da noch eine Aufgabe, die ihr auf Erden erfüllen sollt, glaubt mir, die Recrutingabteilung da oben ist sehr streng, die hätten euch sonst gleich eingezogen."

Nachdenklich sahen Erwin und Paul sich an. Welche Aufgabe könnte das bloß sein?

Seetag Nummer 5 war angebrochen und die Nerven bei Passagieren und Crewmitgliedern lagen bracher als brach. Silvia hingegen war mit der Entwicklung der Dinge sehr zufrieden. Sie war sich sicher, Jochen zurückerobert zu haben. Sein neues Handy lag seit Tagen unaufgeladen auf dem Nachttisch und er war ihr gegenüber so aufmerksam wie zu der Zeit, als sie noch ohne Jan und frisch verliebt waren. Wer immer diese Iris auch sein mochte, sie würde Vergangenheit werden. Ein wenig sorgte sie der Alltag, der sicher nach ihrer Rückkehr schnell wieder zurückkehren würde, doch sie schob die negativen Gedanken schnell zur Seite. Sie waren nun kurz vor dem Traumziel Mauritius, dahin hatten sie damals ihre Hochzeitsreise gemacht und Silvia nahm sich ganz fest vor, dass dies die zweite werden würde. Lächelnd blickte sie auf. Sie waren im Kinderbereich von Deck 10 und Jan kletterte bestimmt zum zehnten Mal die kleine Rutsche hinauf. Jochen stand im Becken, um ihn aufzufangen. Das Wasser ging ihm dabei nur bis zu den Oberschenkeln. Die Sonne schien und die Außentemperatur betrug 25 Grad. Seit Perth war es jeden Tag ein Grad wärmer geworden. Für Port Louis waren 30 Grad und mehr angekündigt. Silvia starrte ihren Mann an und fand, dass er für sie immer noch so attraktiv war wie früher. Als ob er ihren Blick zu spüren schien, drehte er sich um, warf ihr ein Luftküsschen zu und fragte: „Wie spät ist es, Schatz?"

‚Schatz', ihr lief eine kleine Ameisenarmee über die Haut. Sie schaute auf die Uhr und rief: „Fast 17 Uhr."

„Oh", wandte er sich an Jan, der erwartungsvoll oben auf der Rutsche saß: „Letzter Durchgang, Kumpel, wir müssen in die Kabine, um uns für das Abendessen umzuziehen."

Jan sah wenig begeistert aus und meinte: „Warum muss man in dieser Welt immer um 18 Uhr am Tisch sitzen?"

Jochen lachte laut auf und machte ihm ein Zeichen, zu rutschen. Zu Silvia sagte Jochen: „Oder wollen wir bleiben und später verrückte Pizza holen?"

„Oh ja", jubelte Jan und sah seine Mutter bittend an.

„Auf keinen Fall", sagte diese, „heute wird Jessica das erste Mal wieder am Abendessen teilnehmen und ich habe sie noch nicht wiedergesehen."

Jan rutschte und schrie begeistert auf, als er ins Wasser und die Arme seines Vaters tauchte. Dann kletterten sie beide aus dem Becken und Jochen rubbelte seinen Sohn trocken.

„Ich hatte gar nicht an Jessi gedacht", meinte Jochen entschuldigend.

„Warum war sie denn eigentlich im Hospital?", fragte Jan.

Jochen und Silvia sahen sich an, wie sollte man einem Fünfjährigen eine Fehlgeburt erklären? Silvia überlegte kurz und sagte: „Weißt du, die Jessica war ja schwanger und erwartete ein Baby."

„Weiß ich doch", gab er zurück.

„Nun ja, das Problem war, dass das Baby nicht weiterwachsen konnte, da musste es frühzeitig heraus und ist nun nicht mehr da."

Wie dämlich ich rede, dachte Silvia.

Wie toll sie das erklärt hatte, fand Jochen.

Jan machte ein nachdenkliches Gesicht. Liebevoll nahm er Cruisy auf den Arm, der Schlumpf hatte auf der Sonnenliege gelegen. Er presste ihn an sich und schaute seine Eltern an. Dann gab er zu Antwort: „Nur gut, dass ich damals gewachsen bin, sonst wäre ich heute vielleicht nicht bei euch."

Jochen und Silvia tauschten einen tiefen Blick und umarmten dann gleichzeitig ihren Sohn. Dieser japste und sagte: „Nicht so doll, Cruisy bekommt ja gar keine Luft mehr." Arm in Arm gingen die drei kurze Zeit später zu ihrer Kabine.

Als Jessica und Tim kurz nach 18 Uhr an ihrem Tisch im Restaurant eintrafen, trauten sie ihren Augen nicht. Jessicas Platz war mit lauter kleinen roten Herzen dekoriert, die offensichtlich selbst gemalt und liebevoll ausgeschnitten waren. Vor ihrem Platzteller standen eine angezündete Kerze und eine Karte. Jessica schossen sofort die Tränen in die Augen. Der Tisch war schon komplett und als sie Jessica sahen, erhoben sie sich alle sofort. Papa und Mamma Italiano stürzten auf sie zu und drückten und küssten sie innig. Mamma sprach in fließendem Italienisch auf sie ein und das brachte Jessica wieder zum Lachen, denn sie verstand kein Wort. Der Maître Salvatore, der plötzlich auch da war, hieß sie willkommen und erklärte ihr, dass Mammas Worte große Liebe bedeuteten. Dann war der Rest des Tisches dran, Jessica zu umarmen und zu drücken, selbst Bruno nahm sie in die Arme. Silvia, Jochen und Jan waren die Nächsten und Jan schenkte Jessica ein selbstgemaltes Bild. Es zeigte ihr Schiff, die Kosta Onda. Ganz oben auf Deck 14 konnte man ein Strichmännchen erkennen, das fröhlich winkte.

„Das bist du", erklärte Jan mit stolzer Stimme.

„Ihr seid ja alle verrückt", meinte Jessica.

„Na, das weißt du doch eh seit 80 Tagen", grölte Rita und setzte nach: „Und nun wird Geburtstag gefeiert."

Schon, wie auf ein Zeichen, stand Don Michael neben Jessica. Auf seinem Tablett hatte er gleich zwei Flaschen Champagner und Gläser für alle. Auch er hieß sie freundlich willkommen und schenkte ein.

„Aber", meinte Jessica, „ich habe doch gar keinen Geburtstag, der ist doch erst im September."

„Du hattest deinen zweiten, meine Liebe, und darauf stoßen wir jetzt an", erklärte Ute.

„Genau, aber zuvor gibt es ein Geburtstagsständchen, Mädels Aufstellung", kommandierte Rita.

Dann begannen die Landfrauen, laut und wie immer ziemlich schräg, zu singen, die umliegenden Tische, das deutsche Eck, sang nach der ersten Strophe den Refrain einfach mit, nach der Melodie zu ,Von den blauen Bergen kommen wir':

Zum Geburtstagsfeste kommen wir und wir trinken gern
ein Gläschen Bier.
Ja, wir trinken immer wieder und wir singen frohe Lieder
zum Geburtstagsfeste kommen wir.

Refrain:

Hallo Jessi heute sind wir hier. Hallo Jessi wir sind gern bei dir.

Haben extra freigenommen und sind gern zu dir gekommen,

zum Geburtstag gratulieren wir.

Auch ein Schnäpschen trinken wir sehr gern, ob zu Hause

oder in der Fern.

Ja, wir freuen uns am Leben, darum lasst uns einen heben,

auch ein Schnäpschen trinken wir sehr gern.

Refrain:

Hallo Jessi heute sind wir hier. Hallo Jessi wir sind gern bei dir.

Haben extra freigenommen und sind gern zu dir gekommen,

zum Geburtstag gratulieren wir.

„Nun reicht es aber", befand Jessica lachend, „lasst uns anstoßen."

Alle umliegenden Tische applaudierten begeistert, während die Gläser an ihrem Tisch aneinanderstießen.

„Wir hätten noch zwei Strophen", schrie Rita.

Tim machte den Frauen ein Zeichen, sich zu setzen. Erstaunlicherweise taten sie das ohne Widersprüche. Jessica bewunderte zunächst die Kerze. Kerzen waren auf Kreuzfahrtschiffen generell verboten.

„Die ist von mir", trumpfte Bruno auf.

Jessica sah sie näher an, sie war handgemacht und zierte die Skyline von Auckland. Sie blickte Tim an, dieser lächelte.

„Eigentlich war sie für mich, aber als diese Planungen für heute Abend losgingen, dachte ich mir, sie wäre das perfekte Geschenk für dich", meinte Bruno.

Jessica langte quer über den Tisch nach seiner Hand und drückte sie. Er erwiderte den Druck.

„Auspusten", rief Rita.

„Ja", sagte Rosi, „und du musst dir was wünschen, das geht dann in Erfüllung."

„Aber du darfst es nicht sagen", gab Ute bekannt.

Jessica pustete die Kerze aus und sah dabei Tim tief in die Augen. Er erahnte ihren Wunsch und nickte ihr zu. Dann nahm Jessica die kleinen Herzen näher unter die Lupe.

„Wir waren heute im Bastelkurs", kicherte Rosi.

„Die habt ihr selbst gemacht?", fragte Jessica.

„Oh ja", donnerte Rita los, „aber was da im Bastelkurs abgeht, möchtest du nicht wissen."

Sie rollte mit den Augen.

„Oder doch", meinte Ute, „da kriegst du gleich neues Material für deinen Reisebericht."

Daraufhin brachen die Landfrauen in einen ihrer bekannten Lachkrämpfe aus.

„Nun lies mal die Karte", meinte Tim.

Jessica beschloss, die Frauen ein anderes Mal näher zum Thema Bastelkurs zu befragen, das klang gut. Dann klappte sie die Karte auf, deren Vorderseite ihr Kreuzfahrtschiff zeigte.

Als Erstes sah sie, dass alle persönlich unterschrieben hatten, sogar Tim. Er hatte also von dieser Überraschung gewusst und vermutlich auch den Champagner bestellt. Der Text der Karte lautete wie folgt:

Liebe Jessica,

80 Tage um die Welt, das gab es früher schon. Wir haben noch 35 Tage vor uns und freuen uns, diese mit Dir zu erleben, an Bord und unserem Tisch 10. Sei nicht traurig über das, was Du verloren hast, alles hat im Leben einen Sinn und manchmal erkennt man ihn später. Das wünschen wir Dir / Euch. Wir freuen uns sehr, für immer ein Teil Deiner Reise um die Welt zu bleiben. Das kann uns keiner nehmen und vielleicht sehen wir uns ja sogar alle einmal wieder. Genug der Worte, der nächste Kontinent unserer Reise erwartet uns: Afrika, wir kommen! Es drücken Dich Rita, Rosi, Ute, Bruno, Silvia, Jochen, Jan, Papa & Mamma Italiano und Tim.

Gerührt legte Jessica die Karte auf den Tisch und sah alle an. Dann leerte sie ihr Glas in einem Zug und rief: „Don Michael, nachschenken."

Sie brauchte eine Weile, bis sie herausbrachte: „Danke! Danke an euch."

Alle strahlten um die Wette und Don Michael versuchte, nun endlich die Essensbestellungen aufzunehmen. Er war schon im Verzug mit der Bordküche, hatte aber diesen persönlichen Moment nicht stören wollen, so war er eben. Der kleine Engel, der mit ins Restaurant geflogen und sich schüchtern in eine Ecke verzogen hatte, heulte mal wieder Rotz und Wasser. Er war so glücklich, weil Jessica es war und er sah eigentlich gar nicht ein, warum er diese wundervolle Kreuzfahrt in nicht mal zwei Tagen beenden sollte. Südafrika war bestimmt auch ein Traumziel und schließlich gab es noch Jochen und Silvia. Er ahnte im Voraus, dass sein Gespräch am nächsten Tag mit dem Boss hart werden würde.

Währenddessen ließ Jessica sich zum Essen nach Wochen mal wieder Wein einschenken und Rita verkündete: „Heute gießen wir uns einen auf die Lampe, nun geht das ja bei dir wieder!"

Überrascht waren alle, als ausgerechnet Tim meinte: „Das machen wir heute auch mal, meine Jessi hat sich das verdient."

Zwei Tage später dümpelte die Kosta Onda mit weniger als 20 Knoten auf den Zielhafen Port Louis zu. Die Landfrauen lagen bei 29 Grad und einer Luftfeuchtigkeit von fast 80 Prozent gemütlich auf Deck 10 backbord im Schatten auf Sonnenliegen, die nahe der Reling standen.

„Morgen, endlich Mauritius, endlich Land", schnaufte Rita und versuchte sich vergeblich mit ihrem Buch ein wenig Luft zuzufächeln.

„Ja", freute sich Ute, „dann kann ich auch endlich Kalli mal wieder anrufen."

Rita sah die Freundin von der Seite an und meinte: „Ach, ist der noch aktuell? So wie du seit Australien an Reinhard klebst, dachte ich, Kalli wäre out."

„Spinnst du?", schrie Ute auf.

„Ruhe", erklang es aus der Liegenreihe hinter ihnen. „Ich sag nur meine Meinung, wie ich es immer tue", war die Antwort von Rita, jedoch eine Tonspur leiser.

„Ja, das tust du immer und manchmal passt es überhaupt nicht", gab Ute zurück.

„Rita, Ute, nun streitet doch nicht, wir haben doch Urlaub", versuchte Rosi einzulenken.

„Eine Weltreise ist kein Urlaub", gab Rita bekannt.

„Ha", machte Ute, „und das sagst ausgerechnet du!"

Rita fuhr von der Liege hoch, als plötzlich ein Mann rechts neben ihnen an einer Liege rüttelte, auf der eine ältere Frau bis eben geschlafen hatte.

„Stehen Sie sofort auf, das ist meine Liege!"

Die Frau öffnete die Augen, schloss sie wieder und meinte mit seelenruhiger Stimme:

„Was heißt hier Ihre Liege? Es gibt genug davon an Bord, suchen Sie sich doch eine andere."

„Auf dieser Liege entspanne ich seit mehr als 80 Tagen, also auch heute", knurrte er und begann, die Liege zu kippen.

Die Frau fiel auf den Boden und schrie laut auf.

Fassungslos sahen die Landfrauen dem Geschehen zu. Rosi reagierte als Erste und sprang auf, um ihr zu helfen. Die Frau bedankte sich und sah auf den Mann herab, der bereits auf der Liege Platz genommen hatte und sich genüsslich ausstreckte. „Ich beschwere mich jetzt an der Rezeption über Sie", verkündete die Frau.

Der Mann zuckte gleichgültig mit den Schultern.

„Der ist noch krasser als Bruno", johlte Rita.

„Der Liegenkipper, ich lach mich schlapp, das ist was für Jessi", fand Ute.

Sie klatschten gegenseitig ihre rechten Hände ineinander und Rosi, die das sah, war froh, dass wieder Frieden herrschte.

„Können Sie endlich mal ruhig sein?", hörten sie erneut hinter sich.

Rita drehte sich um, zeigte der Stimme, zu der ein eigentlich recht nett aussehender Mann gehörte, einen Vogel. Dann sagte sie zu ihren Freundinnen: „Kommt, Mädels, mir ist das hier zu ruhig. Wir gehen zu Mario an die Bar, ich brauch jetzt ein Sektchen."

Utes und Rosi klatschten begeistert in die Hände und sprangen von ihren Liegen auf.

Der kleine Engel beendete seine Unterredung mit dem Boss, indem er zufrieden auf den kleinen, roten Punkt auf seinem Telefon drückte. Erleichtert atmete er auf. Das war vielleicht ein Gespräch gewesen! Ihm war nicht klar gewesen, dass Amor ihn die ganze Zeit mittels seines Bildschirmes beobachtet hatte. Speziell seine Aktion im Hospital, als Jessica zwischen Leben und Tod schwankte und er mit ihr gesprochen hatte, brachte ihm von seinem Boss nicht nur einen verbalen Wutausbruch ein, sondern auch eine Abmahnung. Die Regeln im Himmel waren streng, es gab nur eine Abmahnung, sollte es danach noch mal zu einem Zwischenfall kommen, wurde man entlassen und in die Aktenverwaltungsabteilung versetzt. Dann war Schluss mit dem Außendienst und man fristete sein Dasein im dunklen Archiv. Kein schöner Gedanke. Nur die Tatsache, dass Jessica die Begegnung als Fiebertraum wertete, hatte ihn gerettet. Wegen Jochen und Silvia musste er eine ganze Weile auf Amor einreden. Schließlich genehmigte er dann doch den Auftrag, aber mit der klaren Vorgabe, diesen schnell zu erledigen. Er versprach es. Außerdem sollte er sich von Jessica fernhalten. Das versprach er nicht, aber er versicherte, es zu versuchen. Interessiert blickte er auf das Meer. Seit ein paar Tagen wurde es immer türkiser, was ihm gut gefiel.

Pflichtbewusst schaute er in sein Telefon und scannte Jochens und Silvias Bewegungsprofil ein. Jochen lag auf der Kabine und las ein Buch, während Silvia mit Jan am Kinderpool auf Deck 10 spielte. Ohne ein schlechtes Gewissen klappte er das Gerät zu, da konnte er im Moment ohnehin nichts tun. Er begann, sich zu langweilen und beschloss zu schauen, ob die Geister in ihrem Korb auf Deck 10 lagen. So flog er zunächst über Deck 9 und sah die Landfrauen an einem Tisch an der Heckbar sitzen. Eine Flasche Sekt stand auf dem Tisch und sie schnatterten um die Wette. Jessica war leider nicht zu sehen. Dafür fand er die Geister, wie vermutet auf Deck 10.

„Ich bringe gute Kunde", rief er schon aus der Luft. Erwin und Paul blickten ihn gespannt an.

„Der Boss hat den Auftrag genehmigt, Jochen und Silvia sind nun meine neuen Klienten", rief er fröhlich aus.

„Super", freute sich Paul und drückte dem Engel sanft die Flügel.

„Fein", meinte auch Erwin, „hat er sonst noch etwas gesagt?"

„Das wollt ihr lieber nicht hören", verriet der Gehilfe, „er hat einen wahren Tobsuchtsanfall bekommen, weil ich mit Jessica gesprochen habe."

„Das kann ich mir gut vorstellen", grinste Erwin.

„Ich hab eine Abmahnung bekommen, soll den neuen Auftrag schnell ausführen und mich von Jessica fernhalten", jammerte der Engel.

„Ah, du Armer", fand Paul, „woher wusste er das denn?"

„Er hat mich mit seinem allwissenden PC beobachtet, er kann in die ganze Welt schalten, wisst ihr?", erklärte der Engel.

Paul schüttelte mit dem Kopf und meinte: „So strenge Sitten sind das im Himmel, da bleibe ich lieber ein Geist.“

Als Rita nach gefühlten Wochen endlich wieder Boden unter den Füßen hatte, seufzte sie leise. Die Kosta Onda hatte pünktlich morgens um 8 Uhr im Hafen von St. Louis festgemacht. Hinter sich hörte sie eine Frau sagen: „Endlich wieder Land nach sieben Seetagen, da gab es aber auch gar nichts zu sehen.“

Rita kicherte und boxte Rosi in die Seite, die ebenfalls grinste.

Im Hafen angekommen sahen sie sich um. Ute stand nur ein paar Meter entfernt in der Telefonzelle und winkte ihnen. Sie waren mit Reinhard, Harald und Bruno verabredet. Reinhard hatte noch von Bord ein Großraumtaxi inklusive Fahrer und deutschsprachigem Reiseleiter gebucht. Gemeinsam wollten sie nun einen Ausflug über die Insel machen. Plötzlich sahen sie Bruno winken, der sich gern angeschlossen hatte. Nun sahen sie auch Reinhard und Harald und das Taxi. Dort angekommen wurde ihnen Fahrer Didi und Reiseleiter Eddy vorgestellt.

„Wo ist denn Nummer drei?“, wollte Reinhard wissen.

„Sie telefoniert noch“, gab Rosi zu.

Reinhard nickte und meinte mit einem schelmischen Lachen in den Augen: „Vermutlich mit Kalli, ihrem Bekannten.“

„Mit wem sonst?“, sagte Rita und kletterte in den Van. Dieser war sehr komfortabel und vor allem mit einer

Klimaanlage ausgestattet. Das war angenehm, denn selbst zu der frühen Uhrzeit, es war kurz vor 9, zeigte das Thermometer im Hafen schon satte 25 Grad und das im Schatten! Da kam Ute auch schon angelaufen, sie strahlte über das ganze Gesicht.

„Gibt es was Neues?", wollte Rosi wissen.

„Später", meinte Ute und lächelte geheimnisvoll.

„Na, dann mal los", sagte Reinhard, der als Letzter einstieg. Schwungvoll schloss er die große Tür des Vans. Sicher fuhr Didi aus dem Hafen heraus und Eddy erzählte begeistert geschichtliche Details über die grüne Insel Mauritius. Er und Didi waren vor zehn Jahren zu einem Urlaub hierhergekommen und einfach geblieben. Die Landfrauen waren beeindruckt über den Mut der Männer, die sie auf ein Alter von ungefähr 40 Jahren schätzten. Den ersten Stopp legten sie auf einem Berg ein, der eine traumhafte Aussicht über die Insel bot. Eddy erklärte Flora und Fauna. Bruno interessierte das wenig, deshalb bummelte er zu einem kleinen, mobilen Verkaufsstand. Er sah einen kleinen, grauen Vogel aus Holz, der ein gelbes Köpfchen und ebensolche Füße hatte. Der Verkäufer lächelte, nahm ihn in die Hand und blies in ein Loch am Kopf hinein. So erzeugte er einen tiefen Ton und dann deutete er auf den Vogel und sagte: „Dodo."

„Ach, der Bruno hat schon den Dodo kennengelernt", freute sich Eddy.

„Dodo?", riefen die Landfrauen wie aus einem Munde.

„Ja", sagte Eddy, „das war ein Nachtvogel, der früher hier gelebt hat, er ernährte sich nur von Früchten. Leider starb er 1690 aus."

„Also unter ‚Dodo‘ kenne ich nur doppelte Doornkaats", grölte Rita und spielte damit auf Heinz Erhardt, einen ihrer Lieblingsschauspieler, an. Ute lachte und Eddy fand: „Ihr seid ja eine lustige Truppe." Bruno, der für fünf Dollar einen Dodo gekauft hatte und unablässig nun darauf herumpfiff, hielt inne und sagte: „Heute Morgen sind wir noch gemäßigt. Das wird noch besser."

Alle drei Landfrauen schauten ihn ungläubig an. So langsam wurde er wirklich sympathisch und er hatte ‚Wir‘ gesagt!

Als Nächstes besuchten sie die eindrucksvolle Werkstatt, in der noch die berühmten Holzschiffe von Mauritius handgefertigt wurden. Die Männer wollten gar nicht mehr aus dem Laden hinaus, während die Landfrauen lieber an einem Stand vor dem Geschäft einen Zuckerrohrschnaps probierten. Da die Männer immer noch nicht in Sicht waren, tranken sie sogar noch eine zweite Runde. Didi kam zu ihnen und warnte sie vor dem hohen Alkoholgehalt bei der Hitze.

„Lass mal, mein Junge", sagte Rita, „betreutes Trinken brauchen wir nicht, wir sind da geeicht."

Ute und Rosi kreischten vor Freude. Er zuckte lächelnd mit den Schultern und ging zurück zum Van. Er ließ ihn an und drückte auf die Hupe, sie mussten weiter.

„Was hat Kalli denn nun erzählt?", hakte Rita nach.

Ute strahlte und rief: „Hans-Hugo hat das ‚Haus Erwin'
auf Sylt gekauft!"

„Was?", schrie Rita und begann vor Freude im Kreis zu
hüpfen.

„Und nun?", wollte Rosi wissen.

„Nun fahren wir weiter um die Welt und wenn wir wieder
zu Hause sind, fahren wir mit Hans-Hugo, Kalli und Josef alle
zusammen nach Sylt! Hans-Hugo hat das Haus für uns alle für
eine Woche reserviert. Der eigentliche Verkauf und damit die
Übernahme ist nämlich erst zum 31. Dezember geplant. Die
Hütte läuft ja noch weiter in der Vermietung."

Jetzt tanzte auch Ute auf der Straße. Endlich traten die
Männer aus dem Geschäft, Reinhard schleppte ein großes
Paket. Er lächelte, als er die Frauen so fröhlich sah, klopfte auf
sein Paket und meinte: „Das war mein Traum, ein Segelboot
aus Holz von Mauritius."

Dann sah er den Zuckerrohrschnapsstand und rief: „Eine
Runde für alle, Fahrer ausgeschlossen."

Didi seufzte, er ahnte, dass sie hier nicht so schnell
wegkamen.

Silvia und Jochen waren mit Jan zur nahegelegenen
Waterfront gebummelt. Dort durchstreiften sie die
vielen, interessanten Geschäfte und schließlich einen
Handwerkermarkt. Amors Gehilfe war ihnen dicht auf den

Fersen, doch bisher hatte es keine passende Gelegenheit für einen Schuss gegeben. Er zuckte zusammen, als Jan plötzlich rief: „Guckt mal, da ist Jessi!"

Er blickte in die angezeigte Richtung. Sie saß mit Tim auf einem Ponton, der im Wasser schwamm und nur durch einen kleinen Steg mit dem Ufer verbunden war. Es handelte sich um ein Restaurant, ‚The Deck‘ las er auf einem Schild. Jan war schon losgelaufen und hatte ihren Tisch erreicht. Silvia und Jochen folgten ihm und der Engel dachte: „Da muss ich ja nun mit."

Jessica und Tim luden die drei an ihren Tisch ein. Gern setzten sie sich zu ihnen. Soeben wurde ihr Essen, Hühnchen mit Curry an Reis, serviert und Jochen rief spontan aus: „Das will ich auch."

Jessica probierte und meinte kauend: „Hervorragend."

Jochen bestellte zwei Portionen und für Jan eine Portion Pommes. Leider saß der Junge direkt zwischen dem Ehepaar. Der Auftrag vom Engel sah aber vor, wie auch bei Jessica und Tim, beide mit einem Pfeil zu treffen. Das war hier aussichtslos, trotzdem blieb er noch ein wenig in der Nähe. Silvia legte Jessica die Hand auf den Arm und meinte: „Du siehst schon viel besser aus."

Jessica lächelte und meinte: „Danke, ich fühle mich noch ein wenig schlapp, deshalb sind wir nur bis hierher gegangen.

Aber es wird jeden Tag besser. Muss nur noch der Kopf wieder heilen."

Dabei streichelte sie Jan. Silvia nickte. Tim nahm sanft die Hand seiner Frau. Jochen begann zu lachen, alle blickten ihn ein wenig befremdet an. Er nahm das kleine Schild, das auf dem Tisch stand und das eindeutig die Nummer 10 trug.

„Endlich, nach über 80 Tagen, darf ich auch mal an Tisch 10 sitzen."

Nun stimmten alle in sein Gelächter ein. Das war ein seltsamer Zufall. Sogar der Engel lachte, flog aber zurück zum Schiff, er hatte viel zu viel Angst, dass sein Boss ihn womöglich wieder beobachten würde. Außerdem war er zufrieden, Jessica so gesund und glücklich zu sehen.

Was sie wohl mit dem Kopf gemeint hat?, grübelte er, als er über das Wasser in Richtung Kosta Onda flog.

Erwin und Paul lagen an einem schönen Sandstrand in einer Hängematte, die zwischen zwei Palmen gespannt war. Sie schauten auf das nahe Meer, das im Licht der Sonne in all den Blautönen schimmerte, die ein Maler gern in seiner Palette hätte. Doch Erwin bemerkte, dass etwas nicht stimmte, denn Paul, der sonst immer redete, schwieg schon seit ihrer Ankunft. Er sah seinen Mann von der Seite an, dieser schaute mit verbissener Miene auf das Meer. So nahm Erwin Paul in den Arm und fragte: „Was ist denn los?"

Paul zuckte zusammen, er war so tief in sich versunken gewesen. Er zuckte hilflos mit den Schultern.

„Hast du Heimweh nach Sylt, nach zu Hause?", fragte Erwin liebevoll nach.

„Ja, nein, ach ich weiß es alles gerade nicht", gab Paul zu.

Erwin blickte seinen Mann überrascht an, so zerrissen kannte er ihn gar nicht. Paul seufzte laut, dann sagte er: „Mich quält diese Geisterfrage. Warum, bitte warum sind wir welche und was zum Teufel ist unsere Aufgabe, die wir auf Erden noch erfüllen müssen?"

Nun stöhnte Erwin auf: Dieses Thema wieder. Er kannte doch die Antwort darauf auch nicht. Der kleine Gehilfe war ein lieber Kumpel geworden, doch er führte ihnen ständig vor, dass in ihrem ‚Leben' irgendetwas nicht stimmte. Und das mitten auf ihrer Weltreise. Manchmal hatte Erwin das alles satt und wollte zurück nach Hause in seine gewohnte Umgebung.

„Willst du zum Liebesengel aufsteigen und ernsthaft für diesen großen Amor und zu seinen Bedingungen arbeiten?", fragte Erwin härter als beabsichtigt.

Paul begann zu weinen und Erwin tat seine schroffe Antwort sofort leid.

„Was ist denn die Alternative?", heulte sein Mann.

„Gute Frage", gab Erwin wesentlich sanfter zurück.

Paul kuschelte sich nun eng an ihn. Nachdenklich blickte er in den blauen Himmel.

„Du, Erwin?", fragte er.

„Hm", brummte dieser.

„Ich habe heute Nacht wieder von unserem tödlichen Autounfall in der Braderuper Heide geträumt."

Auch das noch, dachte Erwin, dieses Gespräch hatten sie bereits hundertmal geführt.

Er drückte aber nur Pauls Hand und dieser sprach weiter: „Also, diese Kurve, du weißt schon, die ich angeblich nicht bekommen habe. Ich habe das heute Nacht nochmals klar durchgespielt. So schnell bin ich nicht gefahren und ich habe gebremst, da bin ich mir jetzt ganz sicher."

„Du hast gebremst?", fragte Erwin mit ungläubiger Stimme, „das hast du noch nie erzählt."

„Doch", sagte Paul, „ich bin mir sicherer als je zuvor."

„Wir hatten den Porsche kurz zuvor von der üblichen Jahresinspektion mit Reifenwechsel aus der Werkstatt abgeholt", flüsterte Erwin.

„Eben", meinte Paul, „vielleicht lief da was falsch? Meinst du, der kleine Engel kann auch in die Vergangenheit googeln?"

„Davon bin ich überzeugt", meinte Erwin und ergänzte, „den Gefallen muss er uns unbedingt tun."

Pauls Antwort war ein kräftiges Nicken und ein intensiver, langer Kuss auf die Lippen seines Mannes. Nur gut, dass sie niemand sehen konnte.

Am Abend fand sich die übliche Runde an Tisch 10 ein. Die Kosta Onda legte gerade ab und sie entfernten sich langsam von der Pier von St. Louis. Bruno hing an dem großen Panoramafenster und machte durch die Scheibe, die leider dreckig war, noch ein paar Aufnahmen.

„Immer, aber auch immer legt der Kahn dann ab, wenn wir essen", knurrte er.

„Ach komm, Bruno", rief Rita, „nun murre nicht wieder herum, du warst heute so lustig an Land."

„Genau", betätigte Rita, „wo ist denn der Dodo-Vogel?"

„Auf der Kabine", meinte Bruno mit versöhnlicher Stimme und setzte sich wieder auf seinen Platz.

„Was für ein Vogel?", fragte Tim.

Bruno klärte ihn nur zu gern darüber auf. Als er geendet hatte, sagte Jessica: „Übermorgen ist der zweite Seetag nach Maputo."

„Schrecklich, schon wieder zwei Seetage", fand Rosi und löffelte weiter ihre Spargelcremesuppe, die eigentlich nach nichts schmeckte.

Tim grinste. Rita sah auf und fragte: „Und was ist da?"

Jessica legte ihr Besteck zur Seite. Mittlerweile sahen sie alle am Tisch an. Sie atmete tief durch und verkündete mit stolzer Stimme: „Um 16 Uhr lese ich für das deutschsprachige Publikum in der Weinbar."

„Nein", grölte Rita. Don Michael, der in dem Moment ihren leeren Salatteller abräumen wollte, zuckte unsanft zusammen.

Ute sprang auf und fiel Jessica um den Hals. Rosi lächelte glücklich und wollte wissen: „Wie kam denn das?"

„Der Lektor Hubert kam vorhin zu mir und hat mich gefragt, da habe ich ja gesagt. Es wird in der Bordzeitung als Veranstaltung angekündigt."

„Alle Achtung", sagte nun auch Bruno.

„Leute, darauf müssen wir anstoßen", bestimmte Rita.

Alle erhoben ihre Gläser und das Klirren erfüllte den ganzen Raum. Neugierig blickten Silvia, Jochen und Jan von der anderen Seite zum Tisch 10 hinüber.

„Da müssen wir nachher mal vorbeischauen, die feiern schon wieder irgendwas", meinte Silvia. Jochen nickte. Jan meinte: „Die sind alle so cool und immer ist bei denen Action, die werde ich nach der Reise sehr vermissen."

Jochen griff nach Silvias Hand. Der kleine Gehilfe überlegte, schoss aber nicht, denn was er eben an Tisch 10 gehört hatte, war zu aufregend gewesen. Seine Jessica hielt ihre erste Lesung vor Publikum, da musste er dabei sein. Auf ein paar Tage kam es nun auch nicht mehr an.

Kapitel 10

Abschied im tierischen Südafrika

Es war der Mittag des zweiten Seetags auf dem Weg nach Maputo. Jessica und Tim hatten nur ein kleines Mittagessen am Buffet eingenommen, denn Jessica war viel zu aufgeregt wegen ihrer bevorstehenden Lesung. Erfreulicherweise hatte es an dem Aktionsstand einen großen Fisch gegeben, der frisch aufgeschnitten und serviert worden war. Danach war sie auf der Kabine ihre Textpassagen nochmals durchgegangen und hatte in ihre E-Mails geschaut. Auf einmal ging das Internet, trotz Seetag, und sie hatte Nina in Skype online gesehen. Sie rechnete, bei Nina in Berlin war es jetzt nicht 13 Uhr, sondern 14 Uhr, so schrieb sie die Freundin an.

Jessi: Ninamaus, bist du da?

Nina: Jessi … endlich, wie geht es dir? Hast du alles gut überstanden?

Jessi: Ja, uns geht es wieder gut, wer weiß, wofür das gut war.

Nina: Ich bin so froh. Lachen musste ich trotzdem über deine Mail, der Engeltraum!

Jessi: Ja, seltsam, aber seitdem ist bei Tim und mir wieder alles prima.

Nina: Jessi, ich habe gerade auf die Internetseite der Kosta Onda geschaut, wo fahrt ihr denn hin?

Jessi: Na, nach Maputo.

Nina: Nee, ihr fahrt nach Süden, nicht nach Norden. Jessi: Was?

Nina: Ja, ganz eindeutig.

Jessi: Seltsam.

Nina: Ja.

Jessi: Du, ich habe nachher eine Lesung in der Weinbar aus meinen Reiseberichten!

Nina: Juhuuuuuuuuuuuuuu! Wenn du wieder da bist, schreibst du ein Buch!

Jessi: Ja, ich glaube auch.

Nina: Wenn es bloß schon so weit wäre … du fehlst mir.

Jessi: Du mir auch, alles gut mit Hansjörg?

Nina: Jaaaaaaaaa, wir machen nächsten Monat eine Woche Urlaub, irgendwohin in die Sonne, es ist so kalt hier in Berlin.

Jessi: Wohin?

Nina: Steht noch nicht fest, kennst ja Hansjörg und seine Büroterminplanungen!

Jessi: :-)

Nina: :-)

Jessi: Du, ich muss langsam los, drückst du mir die Daumen?

Nina: Alle, die von Hansjörg mit und auch die vier Pfoten von Kater Willi!

Jessi: Danke, auf bald, Süße, ich drück dich. *Nina*: Ich dich auch und grüß Tim von mir! Jessi: Mache ich, grüße bitte Hansjörg!

Jessica klappte den Laptop zu und sagte zu Tim: „Grüße von Nina."

Er winkte und las weiter in seinem Buch.

„Nina meinte, wir fahren gar nicht nach Maputo gen Norden, sondern nach Süden, sie konnte das auf der Liveroute im Internet sehen."

„Mich wundert hier nichts mehr, Hauptsache wir fahren nach Kapstadt, wir wollten in Maputo wegen des teuren Visums ja sowieso nicht von Bord", war Tims Antwort.

„Stimmt", meinte Jessica.

Am Abend gab es an Tisch 10 zunächst nur ein Thema: Jessicas gelungene Premierenlesung. Bestimmt fünfzig Mitreisende hatten sich in der kleinen Weinbar auf Deck 5 versammelt und gebannt ihren Worten gelauscht. Sie hatten an den richtigen Stellen gelacht und an den passenden mit den Köpfen geschüttelt. Sogar Papa und Mamma Italiano waren da gewesen, obwohl sie natürlich kein Wort verstanden hatten. Aber sie wollten Jessica sehen. Nach der Lesung waren einige

Passagiere, die Jessica noch gar nicht kannte, zu ihr gekommen. Sie alle lobten ihren Schreibstil sehr. Einige wollten sogar wissen, wann es ihre Erzählungen als Buch geben würde. Eine Frau hatte gesagt: „Das war der schönste Seenachmittag der Reise, endlich mal ein vernünftiges Programm."

Jessicas Wangen hatten sich vor Freude rot gefärbt. Zum Schluss waren nur noch sie und ihre Freunde in der Bar. Tim hatte sie minutenlang geküsst, auch er hatte vor Freude Tränen in den Augen. Rita rief zu einem Umtrunk auf, da trat der Lektor Hubert zu Jessica und bat die Gruppe, zu warten. Auch er lobte Jessica sehr. Dann verkündete er, dass er nicht nur Lektor, sondern auch Literaturagent sei. Er befand, dass man aus diesen Reisenotizen unbedingt einen Roman machen sollte. Jessica hatte ihn ungläubig und mit großem Staunen in den Augen angeschaut.

„Ja, aber ist es heutzutage nicht schwierig, einen seriösen Verlag zu finden?", hatte sie schließlich gefragt.

Er hatte gelacht und geantwortet: „Sie haben schon einen, denn ich habe ihre kleine Textprobe von neulich an einen Verlag gesendet, mit dem ich zusammenarbeite. Die Rückantwort war positiv, der Verlag will Sie nach Ihrer Rückkehr kennenlernen und einen Vertrag abschließen."

Jessica war in ihren Sessel zurückgerutscht, Tim hatte gestrahlt wie nie zuvor und die Landfrauen hatten einen ohrenbetäubenden Lärm veranstaltet, als ob sie gerade die

Fußballweltmeisterschaft gewonnen hätten. Danach hatten sie alle, samt Hubert, an die Atriumbar geschleift und natürlich hatte es Tim sich nicht nehmen lassen, die Freunde und den Lektor einzuladen.

Nun beim Abendessen schwärmten sie alle immer noch von dem Ereignis. Bruno schaffte es sogar mittels des Maître, den Italienern klarzumachen, was da heute passiert war. Mamma bestand darauf, auch ein Buch zu bekommen. Der Maître erzählte, dass ihre Nichte deutsch könne, die würde übersetzen. Jessica versprach es und Papa drückte sie stolz.

„Das alles hier ist kein Zufall", sagte Rita bestimmt zum zehnten Male, „das sollte so sein und pass mal auf, der Hubert bringt dich ganz groß raus."

Nach der zweiten Runde Schampus hatte Rita ihm einfach das ‚Du' angeboten. So war sie eben.

„Also, ich brauche mindestens zehn Bücher, die verschenke ich zu Weihnachten", piepste Rosi glücklich.

„Tolle Idee", fand Ute und überlegte, wie viele sie wohl benötigte.

Jessica lachte glücklich.

„Hans-Hugo, Kalli und Josef werden ausrasten vor Freude", grölte Rita und leerte ihr Weinglas in einem Zug. Don Michael stand schon neben ihr, inzwischen kannte er die Gewohnheiten seiner Gäste in- und auswendig.

„Du beschreibst mich aber nicht so miesepetrig, oder?", wollte Bruno wissen.

Rita wollte soeben zu einer ihrer typischen Antworten ansetzen, als eine Stimme aus dem Bordlautsprecher erklang. Wie immer erfolgte die erste Ansage auf Italienisch, dann auf Französisch und die Deutsche kam als dritte.

An der Reaktion von Mamma merkten alle schon, dass etwas nicht stimmte.

„Maputo kaputt", rief sie ärgerlich aus.

Jessica sah Tim an, Nina hatte offensichtlich doch recht gehabt. Schließlich erklang endlich Herlindes Stimme: „Liebe Gäste, ich störe Sie nur ungern beim Abendessen, aber der Kapitän der Kosta Onda hat uns gebeten, Ihnen mitzuteilen, dass wir nicht wie geplant weiter nach Maputo fahren. Dies hat sicherheitsrelevante Gründe. Wir fahren nun direkt nach Richards Bay, Südafrika, das wir morgen früh um 8 Uhr erreichen. Die Kosten für gebuchte Ausflüge werden automatisch auf Ihr Bordkonto erstattet. Ihre gebuchten Ausflüge für Richards Bay bleiben für den zweiten Tag bestehen, für den ersten Tag können Sie ab sofort im Tour Office Ausflüge buchen. Wir bedanken uns für Ihr Verständnis und wünschen weiterhin eine gute Navigation!"

Als Herlindes Stimme verstummte, haute Bruno gleich dreimal hintereinander auf den Tisch und schrie: „Nun reicht es mir, Mosambik war einer der Höhepunkte der Reise! Ich hatte heute wie immer am Seetag keinen Empfang, sonst hätte ich das längst bemerkt." Dass er zudem vergessen hatte, sein Handy aufzuladen, verschwieg er bewusst.

Rita tat es ihm gleich und brüllte: „Schweinerei!"

„Ich hab mich doch heute Morgen nicht umsonst eine Stunde angestellt, um dieses teure Visum zu kaufen", rief Bruno erneut lauthals aus und meinte: „Diese Dame lernt mich jetzt mal richtig kennen."

Wütend erhob er sich von seinem Stuhl.

„Ich komme mit", kreischte Rita.

Der Rest des Tisches sah ihnen zunächst sprachlos nach. Sie stapften durch das Restaurant, als wären sie auf einem Kreuzzug. Der Maître sah ihnen nur kopfschüttelnd nach. Jessica fand als Erste die Sprache wieder und verriet dem Rest: „Heute Morgen habe ich mit meiner Freundin Nina geskypt, die hat im Internet auf unsere Position geschaut und gesehen, dass wir anscheinend in die falsche Richtung fahren. Warum sagen die das jetzt erst durch?"

„Weil sie sich sonst den ganzen Tag die Beschwerden angehört hätten", meinte Tim und aß seelenruhig weiter.

„Ob Rita und Bruno da was ausrichten können?", überlegte Rosi laut.

„In keinem Fall", meinte Ute, „aber hoffentlich können sie das mit dem teuren Visum klären."

Als Bruno und Rita die Rezeption erreicht hatten, war dort schon eine große, schimpfende Menschentraube versammelt. Von den Gästebetreuern war nichts mehr zu sehen. Diese waren nämlich unmittelbar nach ihren Durchsagen in die Crewmesse geflüchtet und überließen ihre wütenden Gäste lieber den Rezeptionsmitarbeitern. Bruno fluchte erneut. Dann sahen sie Reinhard, der Mühe hatte, sich aus der Menschenmenge herauszudrängeln.

„Visum wird automatisch erstattet", rief er Rita und Bruno zu, „hat Frau Herlinde nur vergessen vorzulesen."

Rita und Bruno lachten hysterisch auf. Dann blickten sie zum Tour Office, wo sich ebenfalls eine lange Schlange gebildet hat.

„Die deutschsprachigen Ausflüge sind sowieso schon ausgebucht", meinte Reinhard, als er ihre Blicke sah.

„Und nun soll ich einen ganzen Tag in Richards Bay festsitzen?", explodierte Bruno erneut, „da ist nichts außer grüner Wiese, wir liegen weit draußen und Taxen sind dort Mangelware!"

Doch es kam noch ganz anders. Zwar kam pünktlich um 8 Uhr am nächsten Tag Land in Sicht, doch die Kosta Onda legte nicht an. Sie lag ungefähr elf Kilometer vor dem Hafen und rührte sich nicht von der Stelle. Alle Passagiere, die Ausflüge gebucht hatten, warteten in der Lobby. Um 10 Uhr ertönte, wieder mehrsprachig, die Durchsage, dass sich die Fahrt in den Hafen von Richards Bay verzögern würde, dies sei aber kein technisches Problem und die Reederei Kosta hätte alles korrekt angemeldet. Schlussendlich lief sie um 17 Uhr ein und erneut wurden alle Ausflüge abgesagt und dem Bordkonto gutgeschrieben, denn nun galt es, erst die Immigration durchzuführen und das südafrikanische Zollpersonal kam an Bord. Die Stimmung unter den Passagieren war geladen bis explosiv. Das bekamen leider auch die lieben Servicekräfte zu spüren, die versuchten, an diesem Abend noch schneller Getränke zu bringen oder das Essen zu servieren. Es half nichts. Auch nicht, dass das Animationsteam in Osterhasenkostümen herumlief und Schokoladeneier verteilte. Bruno brachte es beim Abendessen an Tisch 10 auf den Punkt: „Das war ja wohl der überflüssigste Tag der ganzen Reise. Heute ist Ostersamstag; da sitze ich normalerweise zu dieser Zeit mit meinem Freund Knut am Osterfeuer und wir gießen uns einen hinter die Lampe und hier", er deutete aus dem Fenster, wo nichts als grüne Wiese und ein kleiner Strand zu sehen war, „wird nicht mal zur Unterhaltung ein Osterfeuer geboten."

Der Rest des Tisches nickte, nur Rita konterte: „Ach, du hast einen Freund?"

Bruno schleuderte seine Serviette nach ihr, verfehlte sie aber knapp, und so landete die Serviette auf dem Boden. Don Michael eilte herbei, um sie aufzuheben. Rita begann, herzhaft zu lachen und zur Überraschung aller zwinkerte Bruno ihr mit seinem linken Auge zu. Auf einmal trat Hannelore vom Nachbartisch an Tisch 10 heran, in ihrer Hand schwenkte sie einen Zettel. Sie sagte: „So, ihr Lieben, jetzt werde ich euch mal ein Ostergedicht vorlesen, das wird zur weiteren Erheiterung beitragen."

Bevor irgendjemand widersprechen konnte, legte sie auch schon los. Hannelore setzte ihre Brille auf, stellte sich in Pose und las:

Der Osterhase

Der Hase ist am Osterfest

als Eierlieferant …

und weil er sich gut braten lässt

als Festmahl anerkannt.

Am Morgen wird das Hasilein

als Streicheltier benutzt

und abends dann im Kerzenschein

mit Rotkraut

weggeputzt

Fröhliche Ostern!

„Von Gerhard P. Steil", sagte Hannelore, als sie endete und ihre Brille abnahm. Sie wurde mit einem stürmischen Applaus bedacht. Nicht nur Tisch 10 klatschte, auch alle anderen umliegenden Tische, an denen deutschsprachige Passagiere saßen. Endlich war mal was los!

Erwin und Paul war es auch den ganzen Tag langweilig gewesen. Sie warteten nicht auf das Anlegen, sondern auf den Engel. Dieser hatte jedoch bildlich den ganzen Tag an Jochen und Silvia geklebt, doch es hatte sich keine gute Gelegenheit für einen Schuss ergeben. Er hatte nur noch einen Pfeil und der musste sitzen. Frustriert gab er nach dem Abendessen auf. Da zog sich die Familie auf die Kabine zurück und sah einen Film im Bord-TV. Sie hatten sich aus der Schokoladenbar Pralinen mitgenommen und kuschelten sich zu dritt auf das große Doppelbett der Eltern. Jan lag in ihrer Mitte. Eine Weile sah Amors Gehilfe der Familie und dem Film zu. Es lief Ice Age und er amüsierte sich köstlich über Sid, ein tollpatschiges Faultier, das eigentlich überall gegen lief und ständig eins auf die Nase bekam. Jan war ein großer Sid-Freund und bejubelte die Szenen, in denen er vorkam. Irgendwann erkannte der Engel, dass hier heute nichts mehr auszurichten war. Außerdem fiel ihm ein, dass Erwin und Paul heute Morgen angedeutet hatten, dass sie etwas mit ihm besprechen wollten. So flog er geradewegs zu deren Kabine und als er eintraf, lagen die zwei bereits auf dem Bett, schliefen aber noch nicht.

„Und?", fragten sie wie aus einem Mund. Der Engel schüttelte den Kopf.

„Schade", meinte Paul.

„Morgen klappt das", motivierte ihn Erwin.

„Ich hoffe es", meinte der Gehilfe und schnallte seinen Köcher ab.

Er setzte sich zu den Geistern auf das Bett und fragte: „Ihr hattet heute Morgen noch eine Frage an mich?"

Paul hüstelte nervös und sagte: „Nun, du hast uns ja erzählt, dass du in die Zukunft googeln kannst."

„Klar", meinte der Engel, „wenn es meine Klienten betrifft, geht das, denn dafür muss man von Amor freigeschaltet sein."

„Nur für deine Klienten?", fragte Paul enttäuscht.

„Ja", meinte der Gehilfe und schaute die Geister fragend an. Da brach es aus Paul heraus. Unter Tränen erzählte er dem Engel von dem Unfall in der Braderuper Heide auf Sylt und von der Tatsache, dass ihm neulich bewusst geworden war, dass er doch gebremst hatte. Er deutete auch an, dass er glaubte, dass da vielleicht die Ursache ihres Geisterdaseins lag, verbunden mit der Frage nach dem Warum. Als er geendet hatte, sagte Erwin: „Meinst du, du kannst deinen Boss bitten, dass wir in das Jahr und auf unseren Unfall zurückschauen können? Ein Fehler oder eine Manipulation an unserem Porsche können möglich gewesen sein, denn er kam direkt aus der Werkstatt.

Wir hatten im Leben nicht nur Freunde. Viele Sylter mochten schwule Männer nicht und einige neideten uns auch den Erfolg mit dem ‚Haus Erwin‘.“

Nachdenklich betrachtete der Engel die Geister. Inzwischen waren sie ihm gute Freunde geworden. Freunde halfen sich untereinander, zudem war seine Neugier geweckt.

„Okay, ich helfe euch“, versprach er, „aber dafür muss ich erst meinen anderen Auftrag erledigen. Ich kenne Amor, wenn ich ihm vorher damit komme, sagt er Nein.“

Alle drei klatschten sich mit den Händen ab, die Geister spürten neue Hoffnung und Paul rief: „Jetzt ein Friesengeist, das wär was!“

„Was für ein Geist?“, wollte der Engel wissen.

Erwin lachte herzlich und erklärte: „Der Friesengeist ist ein Schnaps, den trinken wir zu Hause auf Sylt immer.“ Plötzlich verstummte Pauls fröhliches Lachen. Erwin sah seinen Mann von der Seite an. Paul sagte nur einen Namen: „Lars!“

Erwin wusste, worauf er hinauswollte. Amors Gehilfe schaute wieder fragend.

„Lars war ein Gast in unserem Haus, der aus Amerika kam. Er besuchte bei uns einen Freund, da waren wir schon Geister. An einem Abend haben wir mit ihm einige Gläser Friesengeist geleert.“

„Ihr wart schon Geister und er konnte euch sehen?",
fragte der Engel mit aufgeregter Stimme.

„Ja", gab Erwin zu, „aber seltsamerweise nur an dem einen
Abend, „er war einst in einem früheren Leben der Erbauer des
Hauses. Als er in seinem neuen Leben wieder dorthin kam,
hatte er ein Déjà-vu."

Den kleinen Engel schüttelte es. Wie spannend waren doch
diese Geister!

„Ja", jammerte Paul, „er kam aber ein paar Tage später
zurück und konnte uns nicht mehr sehen. Ich flog ständig vor
seiner Nase herum, sprach zu ihm, doch es half nichts, wir
waren wieder unsichtbar."

Der Engel sah nachdenklich aus. So etwas war ihm in seiner
Engellaufbahn auch noch nicht passiert und er war sich sicher,
dass er auch Amor für diese Geschichte begeistern konnte.
Er musste nur erst mal seinen eigentlichen Auftrag erfüllen.
Dann würde er die Geistergeschichte auflösen. Beglückt
dachte er, dass die angenehme Nebensache war, dass sich seine
Kreuzfahrt dadurch noch verlängern würde und dadurch
natürlich auch die Zeit mit Jessica.

Der Ausflug am kommenden Tag, der seine Besucher in
ein typisches Zuludorf führen sollte, startete schon morgens
um 8 Uhr. Nachdem die übliche Warterei und die Schlacht
um die Busnummern mit Herlinde vorbei waren, saßen alle
Passagiere müde in einigermaßen komfortablen Bussen.

Jessica hatte sich für alle angestellt und gleich elf Aufkleber für Bus Nummer 5 ergattert. Herlindes Blick, als sie Elf gesagt hatte, war filmreif gewesen. Nacheinander hatte sie ihr die Aufkleber mit Schwung auf die Jacke geklebt. Nun saßen Rita, Rosi, Ute, Bruno, Reinhard, Harald, Jochen, Silvia, Jan, Tim und sie im selben Bus. Die Fahrt in das Dorf war für anderthalb Stunden angesetzt. Die örtliche Reiseleiterin redete ohne Punkt und Komma auf ihre meist schlafenden Gäste ein: „Das Zulu-Volk, übersetzt hieße es Himmel, ist eine afrikanische Volksgruppe. Sie umfasst elf Millionen Menschen und gilt als größte ethnische Gruppe Südafrikas. Sie leben in einer Provinz, in die wir jetzt fahren. Ihre Sprache nennt sich isiZulu."

„Easy Zulu", kommentierte Rita, „das ist ja easy."

Die Freunde lachten, die Reiseleiterin tat, als ob sie den Einwurf nicht gehört hätte und fuhr mit ihren Ausführungen fort. Pünktlich auf die Minute stoppte der Bus vor einem großen Holzzaun. Jessica sah hinaus. Vor dem Dorf spielten einige Kinder. Sie waren kaffeebraun und hatten große, fast schwarze Augen. Ihr Herz ging auf.

„Schau mal", sagte sie zu Tim.

Auch er lächelte. Als alle aus dem Bus ausgestiegen waren, stand zunächst eine Führung durch das Dorf auf dem Programm. Man zeigte ihnen die Hütten, die Kochstellen und sogar die Werkstatt, in der Speere, Pfeile und Bögen geschnitzt wurden. Geführt wurden sie von einem großen, dicken Mann, der die gleiche Hautfarbe wie die Kinder hatte, nur seine Haut war an den Armen und Beinen mit weißer Schminke bemalt. Bei einem Ortswechsel schmiss sich Rita an ihn heran und meinte: „Mister Zulu, one photo". Schnell warf sie Ute die Kamera zu.

Und genauso schnell drückte die Freundin auf den Auslöser. Rita dankte und kontrollierte das Bild, dann haute sie sich auf die Schenkel vor Freude und verkündete: „Ha, das wird Hans-Hugo mächtig beeindrucken."

„Wieso willst du Hans denn beeindrucken?", piepste Rosi. Ute begann, schallend zu lachen. Rita sah Ute irritiert an.

„Ihr seid mir so Landfrauen ohne Männer", lachte Reinhard, „im Grunde habt ihr jede mindestens einen." Nun gluckste auch Harald vor Lachen.

„Mister Zulu", freute sich auch Bruno, „das wäre was für Jessi, wo ist die eigentlich?"

Jessica und Tim hatten sich schon früh von der Führung abgesetzt. Alleine durchstreiften sie das Dorf, das auf Jessica seinen ganz eigenen Zauber versprühte. Sie schauten in die Rundhütten hinein und fanden schließlich auch die dorfeigene Schule. Jessica bestaunte die Gemälde der Kinder an den Wänden. Sie waren so ursprünglich und einfach wie dieses Dorf. Eine Palme, eine Hütte, davor als Strichmännchen skizziert eine Familie. Jessica seufzte, Tim nahm sie in den Arm, sie verstanden sich wie vor Jahren wieder ohne Worte.

„Was ein Pfeil aus meinem Köcher so alles bewirken kann", fand Amors Gehilfe, der sich aber entfernte, um Jochen und Silvia zu suchen. Lange musste er nicht forschen. Sie saßen bei einem einheimischen Bier vor dem Restaurant. Von Jan war weit und breit nichts zu sehen. Neugierig flog er näher, denn er wollte wissen, worüber sie sprachen, denn sie wirkten beide gerade sehr angespannt.

„Und wo hast du Iris kennengelernt?", fragte Silvia. Dem kleinen Engel stockte der Atem.

„Auf einem Kongress", war Jochens Antwort.

Amors Gehilfe ärgerte sich, dass er den Anfang der Unterredung verpasst hatte. Wie war wohl bloß die Sprache auf Jochens Geliebte gekommen?

„Und nun wirst du nach der Reise uns, deinen Sohn und mich, verlassen und zu dieser Frau nach Hamburg ziehen?", wollte Silvia wissen.

„Nein", gab Jochen zu Antwort, „es ist aus."

„Wieso?", hakte sie nach.

Jochen wischte sich seinen Schweiß von der Stirn, obwohl es heute nur 23 Grad Außentemperatur waren. Nach einer Weile meinte er: „Sie will mich nicht mehr."

Silvia lachte höhnisch auf und gab zur Antwort: „Woher willst du wissen, ob ich dich nach dem Geständnis noch will?"

Jochen griff hilflos nach der Hand seiner Frau. Das war der Moment, auf den der Engel gewartet hatte. Er nahm den letzten Pfeil aus seinem Köcher, spannte seinen Bogen und schoss. Er traf mit nur einem Pfeil beide Hände. Seine Klienten zuckten zusammen. Ihre Gesichtsausdrücke veränderten sich. Jochen sagte: „Weil ich ein Idiot war und du mir vergibst. Du und Jan, ihr seid meine Familie und ich kann nicht ohne euch leben. Es war ein Irrweg, wir müssen nur unseren Alltag als Paar neu finden, dann wird alles gut."

Silvia lächelte, ihr Plan war aufgegangen, und sie küsste seine Hand, die eben noch Zielscheibe des Pfeils gewesen war. Sie meinte: „Ich weiß genau, was du meinst. Auch mir war es oft zu langweilig. Ich verzeihe und verspreche es dir, wir werden einen Weg finden."

Jochen sprang auf und umrundete den Tisch, dann küsste sich das Paar leidenschaftlich und lange wie nie zuvor.

„Guter Job, kleiner Engel", hörte der Gehilfe plötzlich einen Kommentar hinter sich. Der Engel erstarrte, diese Stimme kannte er. Er drehte sich langsam um und sah direkt in das Gesicht seines Chefs. Der große Amor war nach Südafrika gekommen!

Derweil hatte Bruno am anderen Ende des Zuludorfs einen original handgefertigten Speer erstanden. An seinem Griff befanden sich sogar noch einige einheimische, weiße Federn. Wie immer in der Welt hatte er für das Souvenir fünf

Dollar bezahlt. Doch ihm war das egal. Im Geiste spießte er damit bereits Herlinde auf. Die würde sich nun nicht mehr trauen, einen Hafen ausfallen zu lassen, da war er sich ganz sicher.

„Wie willst du den Speer eigentlich an Bord kriegen?", fragte Reinhard.

Bruno schaute ihn fragend an.

„Spitze Gegenstände und Waffen darf man nicht an Bord bringen", half Harald.

„Ha", machte Landfrau Rita, „das werde ich übernehmen, schaut mal, ich werde ihn einfach wie einen Regenschirm nach unten an der Security vorbeitragen."

Schon stolzierte sie mit dem Speer herum. Ute und Rosi bogen sich vor Lachen und als sie später alle wieder im Bus saßen, stimmte Rita das Lied ‚I'm Singing in The Rain' an, der komplette Bus sang einfach mit. Die örtliche Reiseleiterin wusste zwar nicht, worum es ging, freute sich aber über die Fröhlichkeit ihrer Gäste. Von Regen war zwar nichts zu sehen, aber der Gast war König und so konnte auch sie mal eine Redepause einlegen. Morgen kam schließlich das nächste Kreuzfahrtschiff. Ritas Plan ging auf. Der nette Security-Offizier schaute zwar einmal kurz auf den Speer, winkte Rita aber durch. Im Fahrstuhl übergab sie den Speer an Bruno und meinte: „Den können wir nun auch nutzen, um Herlinde umzubringen, die lässt kein Ziel mehr ausfallen."

Bruno lachte schallend los, küsste die überraschte Rita sanft auf die Wange und meinte: „Du bist eine Frau nach meinem Geschmack."

Ritas Gesichtsfarbe veränderte sich von normal auf purpurrot und sie sah, ganz gegen ihre Art, verlegen zu Boden. Ute und Rosi kicherten albern, aber leise vor sich hin.

„So", meinte Amor", „komm mal, kleiner Engel, wir fliegen nun zur Basis zurück."

„Ähm", machte der Engel, „das geht noch nicht."

Sein Boss sah ihn fragend und mit einem strengen Blick an. Da brach es aus dem Gehilfen heraus. Er erzählte alles über seine Geisterfreunde und ihren Verdacht, dass sie sozusagen geparkt wurden und gern die Vergangenheit aufklären würden. Mit kritischem Blick lauschte Amor seinen wortreichen Ausführungen.

„Es könnte ein Mordanschlag gewesen sein, weißt du. Nur wir können das aufklären und Erwin und Paul sollten doch wenigstens die Chance haben, die Wahrheit zu erfahren", schloss der Engel schließlich.

Amor wanderte eine Weile auf und ab. Er dachte nach. Die Auftragslage daheim war mehr als üppig, doch er spürte tief in sich, dass dies hier vorging. Irgendwas stimmte da nicht. Außerdem erinnerte er sich sehr gut an die zwei netten Geister, die er damals beim Jahresausklang auf Madeira nur viel zu kurz kennengelernt hatte. Da waren sie in Begleitung eines Vogels gewesen, eines Spatzen, wenn er sich recht erinnerte. Der hatte ihn gebeten, einen Liebespfeil auf den Kapitän des Schiffes und seine Frau zu schießen, um deren Ehe zu retten, was auch gelang. Er beschloss zu bleiben. Im besten Fall wurden aus den Geistern nach der Auflösung ihres Zwischenzustandes Engel. Die Personaldecke der Gehilfen im Himmel war mehr als eng, und sie konnten Verstärkung jeglicher Art sehr gut brauchen. Die Geister hatten Potenzial und er wäre keine echte Führungskraft, wenn er dies nicht erkannt hätte. Dafür hatte er die Gespräche zwischen ihnen und dem Gehilfen in den letzten Wochen beobachtet. Erwin würde ein wahrer und erfolgreicher Gehilfe werden. Paul, so emotional wie er war, benötigte noch den letzten Schliff. Doch ein gutes Coaching, das er selbst übernehmen würde, könnte das lösen.

„Na gut", meinte Amor, „wir fliegen zurück an Bord und schauen, was wir für die Jungs tun können. Danach geht es aber heimwärts."

Der Engel strahlte, er würde die Kreuzfahrt mit Jessica fortsetzen und zudem noch seinen neuen Freunden helfen können. Amor schaute bereits in sein allwissendes Smartphone und meinte: „Das wird harter Tobak, aber wir ziehen das jetzt durch."

Der Engel war viel zu glücklich, um diese Worte aufnehmen zu können. Um Kraft zu sparen, beschlossen sie, in einem der

Busse mit zur Kosta Onda zu fahren. Doch nach einer Abfahrt sah es in diesem Moment nicht aus, denn die Passagiere strömten in großen Schritten auf das Restaurant des Dorfes zu.

„Was es wohl gibt?", fragte Rosi ängstlich, „hoffentlich kann man das essen und wird nicht krank davon."

„Schlimmer als an Bord wird es nicht sein", meinte Bruno. Die Landfrauen kreischten vor Freude über diesen Kommentar laut los.

„Ich war vorhin schon mal gucken bei der ersten Gruppe, da sah das alles sehr lecker aus. Auf jeden Fall gibt es irgendwas mit Huhn", verriet Harald.

Genau in diesem Moment kreuzte ein Huhn ihren Weg. Bruno scheuchte es ein wenig, doch es lief davon.

„Komm zurück", rief er, „wir gehen gemeinsam Mittagessen."

Rita glückste und meinte: „Das ist wohl erst morgen dran."

„Ich glaube, ich bringe keinen Bissen runter", jammerte Rosi.

Der große Amor, der alles verfolgt hatte, sah seinen Mitarbeiter ungläubig an.

„Das sind Weltreisende?", fragte er und schüttelte mit dem Kopf.

„Ja", nickte der Engel, „das sind die Leute, die mit Jessica und Tim an Tisch 10 sitzen, jedenfalls zum Teil."

„Warum ist denen das Essen hier so wichtig?", wunderte sich Amor, „die sind doch seit 90 Tagen an Bord, da gibt es doch Nahrung in Hülle und Fülle."

„Ihnen schmeckt es dort nicht so gut", verriet der Gehilfe, „das Essen sei oft so ungewürzt."

Amor lachte auf und haute seinem Engel gegen die Flügel: „Na, du kennst dich ja gut aus. Du bist ja schon ein richtiger Kreuzfahrtexperte geworden."

Die Antwort des Gehilfen war ein Strahlen auf seinem Gesicht, Lob verteilte der Boss nämlich nur selten.

Am nächsten Tag erreichte die Kosta Onda ihren zweiten Hafen in Südafrika, Durban. Das war Utes Traumziel gewesen, einmal die Tiere Südafrikas aus nächster Nähe zu erleben. So hatte sie den Ausflug in das Tala Wildreservat gebucht. Rita hatte ihr einen Vogel gezeigt und deutlich klar gemacht, dass sie entweder Tiere in freier Wildbahn sehen wollte, oder gar keine. Ein Wildreservat wäre abgesperrt, die Lebensbedingungen der Tiere schrecklich. Das sei keine echte Safari! Rosi hatte Angst, die Tiere würden womöglich den kleinen Jeep attackieren, mit dem die Tour stattfinden sollte. Deshalb blieb sie lieber bei Rita. Nun durchstreiften die zwei bereits seit einiger Zeit die Millionenstadt Durban.

„Alles nur grau hier und Plattenbauten wie früher in der DDR", schimpfte Rita vor sich hin.

„Nicht wirklich hübsch", fand auch Rosi.

Sie setzten sich auf eine Bank und blickten auf den Hafen zur Kosta Onda hinüber.

„Na ja, noch zwei Seetage, dann sind wir in Kapstadt, das kann ja nur der Hammer werden", überlegte Rita laut.

„Guck mal, der Strand dahinten sieht traumhaft aus und da sind sogar Surfer", sagte Rosi und deutete auf die vielen kleinen, bunten Segel, die auf dem Meer zu tanzen schienen.

„Geht es dir noch gut?", rief die Freundin entsetzt auf.

„Wieso?", wollte Rosi mit schüchterner Stimme wissen.

„Haie, Durban ist bekannt für Haie, die haben sogar Netze im Meer."

Erschrocken hielt Rosi sich die Hand vor den Mund. Das hatte sie nicht gewusst. Sie beschlossen, ein Taxi zurück zum Schiff zu nehmen, denn es begann nun zusätzlich auch noch leicht zu nieseln. Rosi war besonders enttäuscht, Durban war die Geburtsstadt ihres Lieblingssängers, Howard Carpendale. In seinem Lied „Durban" sang er von tanzenden und singenden Menschen auf den Straßen. Sie hatten nur Autos, Staus und den Geruch von Abgasen eingeatmet. Sie fand das unschön. Missmutig öffnete Rita mit ihrer Bordkarte die Kabinentür, als sie auf einen Umschlag trat.

„Vermutlich mal wieder eine Zwischenrechnung", meckerte sie und warf diesen achtlos auf den Schreibtisch.

„Ach schau mal, John hat die Wäsche gebracht", freute sich Rosi.

„Na, wenigstens etwas", fand Rita.

Rosi ging zum Schreibtisch, öffnete den Briefumschlag und zog einen Zettel heraus. Es war ein Fax und es kam aus Deutschland! Sie las und begann durch die Kabine zu tanzen. Rita sah sie seltsam von der Seite an, solche Gefühlsausbrüche hatte ihre Freundin nur selten. Dann schrie Rosi, ja sie schrie: „Wir sind Tante!"

Rita begriff und riss ihr das DIN-A4-Blatt aus der Hand. Dort stand:

Kabine 4253

Rita, Ute, Rosi

Ihr lieben weltreisenden Mädels – STOPP – ihr seid heute Nacht alle drei Patentanten geworden – STOPP – es ist ein Mädchen – STOPP – sie ist 3,2 Kilo schwer und 49 cm groß – STOPP – sie heißt Filippa, ein typisch portugiesischer Vorname in Gedenken an das Wellengeflüster zu Silvester in Portugal – Baby und Ina sind wohlauf – STOPP – soll euch grüßen – STOPP – ich bin bei der Geburt umgefallen – STOPP – die Taufe verbinden wir mit unser kirchlichen Hochzeit im August, wenn ihr wieder da seid – STOPP – kommt bald wieder – STOPP – Euer Basti und Herr Schmitt wuff – ENDE

Nun schrie auch Rita aus Leibeskräften und die Frauen tanzten gemeinsam durch die Kabine.

„Patentanten, wir sind Patentanten", rief Rita.

„Ja", freute sich Rosi, „Filippa, was für ein schöner Name!"

Rita klatschte in die Hände und meinte: „Ich wusste ja gleich, dass dieser Mann der richtige für unsere Ina ist."

Rosi kommentierte das ausnahmsweise mal nicht. Tatsächlich war es damals an Bord eher so gewesen, dass speziell Rita Basti abgelehnt hatte, weil er als Fitnesstrainer an Bord gearbeitet hatte. Bis zur Silvesternacht war sie felsenfest davon überzeugt gewesen, dass er auf jeder Reise eine andere Frau hatte, doch sie wurde eines Besseren belehrt. Und nun machte er die drei Landfrauen in ihrem Alter sogar noch zu Patentanten.

„Los komm, an die Bar, das muss begossen werden", fand Rita.

Rosi nickte.

Die Freude bei Erwin und Paul war groß gewesen, als der Engel seinen Boss am Abend mit auf die Kosta Onda gebracht hatte. Gemeinsam schwelgten sie in Erinnerungen an den Jahreswechsel damals vor Madeira. Aufgeregt berichteten die Geister, dass die Ehe von Kapitän Körner immer noch glücklich sei. Er war damals der Klient von Amor gewesen. Dieser freute sich sichtlich, dass die Wirkung seines Pfeils, den er kurz vor Mitternacht abgeschossen hatte, bis heute anhielt. Allerdings berichteten sie auch von den finanziellen Sorgen des Hausherrn. Paul erzählte ausführlich, wie letztes Jahr zu Silvester drei ältere Männer mit eben den Landfrauen, die jetzt an Bord seien, gekommen waren. Dieser Besuch hatte alles verändert und sie auf die Idee gebracht, doch einfach mit um die Welt zu fahren. Amor war beeindruckt. Dann teilten sie ihm ihr persönliches Anliegen mit und dankten ihm, dass er nicht sofort zur Basis geflogen war. Amor hört geduldig zu und versprach, am nächsten Tag mit der Aufarbeitung des Falls zu beginnen. Er musste mehr Informationen zusammensuchen und er würde ein paar Tage dafür benötigen. Eine Frage stellte er den Geistern jedoch: „Hattet ihr Feinde auf Sylt?"

Erwin und Paul sahen sich betreten an, dann gestand Paul: „Weiß nicht, Neider vielleicht, weil unsere Pension so gut lief und nicht alle mögen Schwule."

Amor hatte nur genickt. Heute in Durban hatte er nichts anderes getan, als zu recherchieren. Der kleine Engel durfte sogar mit ins Wildreservat fahren. Gern wollte er die Geister mitnehmen, um sie auf andere Gedanken zu bringen, doch Erwin hatte gemeint: „Engel, da sind unzählige Tiere, die können uns doch sehen, nein, das geht nicht."

So war er allein mitgeflogen, hatte natürlich Jessicas Bus gewählt und die ganze Zeit förmlich an ihr geklebt. Er war sich sicher, dass sein Chef viel zu beschäftigt sei, als ihn auch noch zu kontrollieren. Außerdem konnten das die letzten Tage mit ihr sein, dessen wurde er sich immer klarer bewusst. Am Abend war der komplette Tisch 10 außer Rand und Band. Die Nachricht über die Geburt von Inas und Bastis Baby toppte fast den Ausflug ins Tala Wildreservat. Die Landfrauen gaben reichlich Sekt aus, für die umliegenden Tische gleich mit.

„Filippa, Filippa", rief Mamma Italiano immer wieder.

Auch Jessica feierte fröhlich mit, doch Tim kannte sie gut genug, um zu wissen, dass immer noch eine große Traurigkeit in ihrem Herzen weilte. Nachdem die Neuigkeit über das Baby ein wenig gesackt war, berichteten alle wild durcheinander. Ute erzählte, was sie gesehen hatte auf ihrer Pirschfahrt durch das Reservat. Affen, Giraffen, Gnus, Kudus, Strauße, Nashörner und sogar ein Nilpferd, das nur Minuten später in einen See abtauchte. Bruno zeigte auf der Kamera stolz seine Fotos der Tiere herum. Jessica sah ebenfalls ihre Bilder durch und meinte: „Schaut mal hier, das älteste Zebra der Anlage. Es heißt daher Granny."

Rita nahm ihr den Fotoapparat aus der Hand.

„Es sieht aus, als ob es lacht", fand Rita.

„Toll, was?", freute sich Jessica.

Bruno kam um den Tisch herum und schaute Rita über die Schulter.

„Wie hast du das denn hinbekommen?", wollte er von Jessica wissen.

„Sie hat einfach zur richtigen Zeit auf den Auslöser gedrückt", meinte Tim unbeeindruckt. Schnaufend setzte sich Bruno wieder und suchte nochmals seine Zebrabilder heraus. Auf keinem einzigen fand er Granny lachend. Das nervte ihn gewaltig und er leerte sein Bierglas in einem Zug. Don Michael war sofort an seiner Seite.

Später saßen Jessica und Tim noch in der kleinen Weinbar. Tim hatte zwei Gläser von dem teuersten südafrikanischen Rotwein auf der Karte bestellt, einen Meerlust Rubicon von 2010. Die nette Weinkellnerin Lara hatte dazu kleine Kanapees gereicht, die mit Shrimps, Lachs und Käse belegt waren. Sie stießen an. Seufzend lehnte sich Jessica in ihrem Sessel zurück. „Südafrika ist echt toll", fand sie.

Tim lächelte und meinte: „Warte, bis du Kapstadt siehst, es wird dir den Atem rauben."

Dann griff er in sein Sakko und reichte Jessica eine Broschüre. Sie blickte ihren Mann erstaunt an, als sie den Titel las:

Auch Sie können helfen – SOS Kinderdorf Richards Bay!

Fragend sah sie Tim an.

„Ich habe den Flyer im Zuludorf mitgenommen. Vielleicht ist es eine gute Idee, eine Patenschaft für ein Kind in Südafrika zu übernehmen. Wir können eins aussuchen und natürlich später auch mal besuchen, was meinst du?"

Jessica blickte Tim lange und sprachlos an, dann fiel sie ihm um den Hals. Leider ging dabei der Sessel zu Boden, auf dessen Lehne der kleine Engel, eng an seine Jessica gekuschelt, gesessen hatte. Schmerzend rieb er sich sein Hinterteil, während Jessica und Tim einen innigen Kuss tauschten. Tränen liefen über Jessicas Wangen. Tim küsste sie weg.

Das wird mit einer der glücklichsten Augenblicke meines Lebens bleiben, dachte sie.

Zu Tim sagte sie: „Ich liebe dich."

Das erwiderte er gern und sie schmusten eng miteinander. Der kleine Engel heulte auch, vergessen waren seine Schmerzen. Er war dankbar, dass er diesen Moment mit Jessica teilen durfte, denn er konnte natürlich auch ihre Gedanken lesen.

So eine Weltreise verändert Menschen nachhaltig, befand er für sich, denn wenn ein Paar, das nie Kinder haben wollte, plötzlich eins erwartete, dieses wiederum verlor und sich dann für eine Patenschaft interessierte, das war schon großes Kino, ganz großes. Nach diesem Vorfall rappelte er sich auf und beschloss, seinen Boss zu suchen, die neuesten Entwicklungen an Bord würden ihn interessieren, da war er sich ganz sicher.

Die zwei Seetage nach Kapstadt verliefen eher unspektakulär. Die Passagiere der Kosta Onda erholten sich von den Eindrücken der letzten Ziele. Man schlief, ging Mittagessen und wer noch keine Planungen für Kapstadt gemacht hatte, der tat dies jetzt. Amor arbeitete fast Tag und Nacht an seinen Recherchen. Ebenso tippte Jochen wieder und wieder Sachen in seinen Laptop. Silvia fragte ihn nicht, was er da schrieb, sie hatte das Vertrauen zu ihrem Mann wiedergefunden und war sich sicher, dass er ihr zu gegebener Zeit berichten würde, was er geschrieben hatte.

Dann kam der große Tag. Morgens gegen 6 Uhr 30 kam der dominante Felsen des „Kap der Guten Hoffnung" erstmals in Sicht. Die Landfrauen standen mit Jessica und Tim auf Deck 3. Sie wurden mit einem wunderschönen Sonnenaufgang belohnt. Es schien so, als ob die Sonne die dunklen Wolken über dem Land zur Seite drängte und der erst fast schwarze Felsen begann nach und nach zu leuchten. Rita rauchte vor Aufregung eine Zigarette nach der anderen. Rosi und Tim schossen eifrig Fotos. Schließlich kam die Skyline von Kapstadt in Sicht. Die Passagiere sahen Hochhäuser, weiße Strände und natürlich den Tafelberg, der sich hoch über der Stadt erhob. Die Freude war perfekt, als die Kosta Onda in das Hafenbecken einfuhr und unter ihr immer wieder ein Seelöwe hindurchtauchte. Tim und Rosi versuchten vergeblich, ihn zu fotografieren, er tauchte immer wieder ab.

„So", meinte Tim, „jetzt gehen wir erst mal frühstücken."

„Was macht ihr heute?", wollte Ute wissen.

„Wir haben den Ausflug zum Kap gebucht", antwortete Jessica, „und ihr?"

„Wir gehen gleich von Bord, wir haben schon von Deutschland aus einen deutschsprachigen Fahrer gebucht. Das Kap und das Weingebiet stehen auf dem Plan", protzte Rita.

„Toll", fand Jessica, „viel Spaß."

„Danke", jubelte Ute, „wir sehen uns heute Abend."

Jochen und Silvia verließen mit Jan gegen 9 Uhr das Schiff. Sie nahmen den Shuttlebus und fuhren zu der nahegelegenen Waterfront, die das eigentliche Stadtzentrum von Kapstadt war. In der Bordzeitung war davor gewarnt worden, sich – insbesondere in der Dunkelheit – im alten Stadtzentrum zu bewegen. Unendlich viele Läden waren in die Waterfront integriert und Silvia kaufte im großen Stil ein. Magnete, T-Shirts, einen kleinen Stofflöwen für Jan. Sie verfiel in einen totalen Shoppingrausch. Jochen ließ sie lächelnd gewähren. Auch ihn faszinierten die Läden, die mal nicht typisch touristische, sondern eher individuelle Ware anboten. Als sie danach in Richtung Hafen schlenderten, entdeckte Jan ein großes Riesenrad. Jochen und er waren Feuer und Flamme, doch Silvia winkte ab, sie litt unter extremer Höhenangst. Während sie auf die zwei unten wartete, sah sie plötzlich einen interessanten Bäcker. Neugierig ging sie auf den Laden zu und lachte, als sie auf zwei Stühlen davor Reinhard und Harald sitzen sah. Sie winkten ihr zu und Reinhard rief: „Brot, tolles deutsches Brot!"

Silvia trat ein und war begeistert. Das Geschäft war wie eine alte Bäckerei eingerichtet. Links stand ein großer Holzofen, die Verkaufstheke war aus massivem Stein gemauert. Sie kaufte ein kleines Roggenbrot und ließ es gleich schneiden. Als Jochen und Jan wieder Boden unter den Füßen hatten, bejubelten sie das Brot und alle drei aßen gleich eine Scheibe aus der Faust. Sie setzten sich eine Weile auf den Rand eines Brunnens, um auszuruhen. Jochen nahm Silvia in den Arm und meinte: „Ein Hammer, von da oben konntest du die ganze Küste sehen, bis zum Kap."

Silvia lächelte und kuschelte sich eng an ihn.

„Wir könnten ja morgen einen Mietwagen nehmen und dorthin fahren", schlug sie vor.

„Hier ist Linksverkehr, kannst du das?", fragte er und küsste sie sanft auf die Nasenspitze.

„Weiß ich nicht, aber gemeinsam können wir doch wieder alles, oder?", war ihre Antwort.

„Was ist denn linker Verkehr?", wollte Jan wissen. Silvia und Jochen lachten laut auf.

„Ich bin der Gerhard und fahre mit euch zum Kap", stellte sich der Mann vor, den Rita in ihrem Alter schätzte. Er war groß, schlank, braun gebrannt und trug komplett weiße

Kleidung. Auf seinem Kopf hatte er einen großen Hut aus Stroh.

Der könnte mir gefallen, dachte Rita.

„Wir heißen Rosi und Rita", stellte sich Rosi vor.

„Prima", meinte er und schaute in seine Unterlagen, „aber seid ihr nicht zu dritt?"

Rosi deutete auf die nah gelegene Telefonzelle und meinte: „Ute kommt gleich, sie telefoniert noch."

Er nickte, dann meinte er zu Rita: „Kannst du auch sprechen?"

Rosi kicherte albern und Rita meinte: „Sicher, das wirst du noch erleben."

Gerhard lachte. Und tatsächlich, nachdem Ute auch in den großen, silbernen Van eingestiegen war, kam er bis zum ersten Stopp am Boulders Beach nicht mehr zu Wort. Die Landfrauen plapperten in einem fort, er hörte Namen wie Kalli, Hans-Hugo und Josef. Dann wieder ging es anscheinend um die Geburt eines Babys. Eine große Hochzeit stand bevor und schließlich wurde ausführlich über die Insel Sylt und ein altes Kapitänshaus geplaudert. Erst die kleinen Pinguine am Strand, denen sie auf einem Holzsteg sehr nahe kamen, ließen die Frauen verstummen.

„Da sind ja wieder meine Jungs", freute sich Rosi.

Gerhard sah sie fragend an und sie berichtete, wie sie vor Monaten in Patagonien erstmals diese Tiere in freier Wildbahn gesehen hatte. Er war beeindruckt und fragte: „Vor Monaten? Wie lange seid ihr denn bis heute unterwegs?"

„Seit 94 Tagen", trumpfte Rita auf.

„Wir machen eine Weltreise, aber nun ist sie zum Glück auch bald vorbei", steuerte Rosi bei.

Für diese Aussage kassierte sie einen bösen Blick von Rita, die sich wie selbstverständlich bei Gerhard unterhakte und meinte: „Von Italien sind wir rund um Südamerika gefahren, danach durch die Südsee, nach Neuseeland und Australien. Soll ich dir mal ein paar Reisegeschichten erzählen?"

Gerhard grinste und meinte: „Na, ihr habt heute schon genug geredet, jetzt erzähle ich euch mal was über Südafrika, einverstanden?"

Dabei wand er sich aus Ritas Arm, zwinkerte ihr aber mit dem linken Auge zu.

Jessica und Tim hatten mit Bus Nummer 7 bereits das Kap erreicht. Sie hatten Bruno im Schlepptau. Jessica war total begeistert, auf dem Weg dorthin liefen in freier Wildbahn Affen und sogar Strauße herum. Nicht selten musste der Bus anhalten, um die Tiere nicht zu verletzen. Als sie endlich das berühmte Holzschild sahen, auf welchem stand: „Cape of Good Hope, the most south-western point of the African continent", bat sie Bruno, ein Foto von sich und Tim zu machen und drückte ihm ihre Kamera in die Hand. Bruno verscheuchte mit einer Handbewegung schnell noch ein paar andere Passagiere, damit Jessi und Tim ganz alleine auf dem Bild waren. Jessica strahlte in die Kamera. Bruno schoss zur Sicherheit gleich mehrere Fotos. Dabei blickte Jessica Tim an und plötzlich lief es ihr eiskalt den Rücken hinunter. Dieses Bild hatte sie bereits einmal gesehen, sie kannte die Situation, sie hatte sie schon einmal gefühlt. Das gab es doch gar nicht, sie war nie zuvor hier gewesen und doch fühlte es sich so vertraut an. Plötzlich fühlte sie eine innige Umarmung und drehte sich um, doch da war niemand und Tim war längst wieder zu Bruno gegangen. Dennoch konnte sie spüren, dass jemand ihr körperlich nahe war. Die Worte von Bruno rissen sie aus ihren Gedanken: „Darf ich jetzt bitte auch mal mit dem Schild aufs Foto?", fragte er und schob Jessica sanft zur Seite. Diese ging zu Tim hinüber. Er sah seine Frau an und wollte wissen: „Ist alles in Ordnung?".

„Ja, ja", machte sie, die Umarmung ließ nach und verschwand schließlich.

Um 9 Uhr waren nahezu alle Passagiere der Kosta Onda und große Teile der Crew an Land. Amor und sein Gehilfe trafen sich auf Deck 10 mit Erwin und Paul. Als die Engel angeflogen kamen, saßen die Geister schon sichtlich nervös in ‚ihrem' Korb.

„Und? Hast du Neuigkeiten?", fragte Erwin den großen Amor.

„Ja", meinte dieser.

Der kleine Engel nahm wie selbstverständlich im Korb zwischen den Geistern Platz. Amor selbst flog eine Weile vor der Kuschelkugel auf und ab, schließlich landete er auf dem Tisch und zückte sein allwissendes Smartphone. Er tippte und wischte einige Minuten darauf herum, dann zeigte er den anderen eine Szene, die über zehn Jahre zurücklag. Sie zeigte einen himbeerroten Porsche, der durch eine kurvige Heidelandschaft fuhr und an einer besonders engen Stelle ungebremst in eine Steinmauer vor. Das Fahrzeug überschlug sich dabei mehrfach und ging in Flammen auf.

„Unser Unfall", begann Paul zu weinen.

Amor zog die Zeitleiste ein Stück zurück. Nun konnten sie in den Wagen vor dem Unfall blicken, Amor zoomte an eine bestimmte Stelle und meinte: „Da, schaut mal auf Pauls rechtes Bein und seinen Fuß!"

„Du hast gebremst, du hast tatsächlich gebremst", meinte Erwin fassungslos.

Nun begann auch er zu weinen. Der kleine Engel schaute ratlos zwischen den Geistern hin und her. Amor wanderte nun auf der Zeitleiste zurück und zeigte Erwin und Paul eine Szene, die in einer Autowerkstatt spielte. Deutlich sahen sie, wie ein Mann unter ihrem Porsche lag und sich mit seinem

Werkzeug an dem Wagen zu schaffen machte. Als er unter dem Wagen hervorkroch, wischte er sich mit seiner Hand den Schweiß von der Stirn.

„Das ist ja Sven", rief Paul aus.

„Genau", sagte Amor, „Sven Svenson, ein Mechaniker der Autowerkstatt, und der hat eure Bremsen manipuliert."

„Sven?", rief Erwin aus, „aber er war doch unser Freund?"

„Anscheinend nicht", murmelte der kleine Gehilfe.

„Er lebt noch", wusste Paul und seine Stimme klang noch fassungsloser.

Ratlos sahen sich die Geister an.

„Was machen wir denn jetzt?", wollte der Engel von seinem Boss wissen.

„Erwin und Paul, ihr lasst das für den Rest der Reise sacken. Wenn ihr wieder zu Hause seid, werden der kleine Engel und ich euch auf Sylt besuchen kommen und gemeinsam werden wir das Rätsel lösen."

Die Geister flogen auf und fielen Amor um den Hals. Sie fanden kaum Worte für das eben Erlebte, so dankbar waren sie. Auch der kleine Engel wurde mehrfach gedrückt und geherzt.

„Nun, genug damit", sagte Amor und steckte sein Smartphone wieder weg, „die Zeit des Abschieds ist gekommen, mein Gehilfe und ich müssen zu unserer Basis zurückfliegen."

Erneut folgten einige Umarmungen und dann erhoben sich die Engel in die Lüfte. Erwin und Paul winkten ihnen so lange hinterher, bis sie nicht mehr zu sehen waren.

„Das ist ja wie im Krimi", meinte der Gehilfe zu seinem Boss. Dieser nickte. Als sie die Südspitze Afrikas überflogen, deutete Amor nach unten. Sie sahen Jessica und Tim an einem Schild aus Holz stehen. Fragend sah der kleine Engel seinen Chef an.

„Ja, gut, verabschieden darfst du dich noch, ich bin ja kein Unengel."

„Danke, sie kann mich ja jetzt nicht mehr sehen", sprach dieser und flog hinunter zu Jessica.

Kapitel 11

Westlich von Afrika kommt unangemeldeter Besuch

Auch der zweite Tag in Kapstadt brachte den Passagieren der Kosta Onda wunderschöne Eindrücke und Erlebnisse. Pünktlich um 17:30 Uhr legte das Kreuzfahrtschiff ab, um nach zwei Seetagen den Hafen Walvis Bay in Namibia zu erreichen. Um 18 Uhr gab es an Tisch 10 viel Gesprächsstoff. Rita schwärmte dermaßen über den Ausflug mit Geri, wie sie ihn nun immer nannte, dass es schon fast peinlich war.

„Rita hat Guide Geri angebaggert", lachte Ute.

„Stimmt ja gar nicht", zickte diese, „ihr seid nur neidisch, dass er mir die Waterfront allein gezeigt hat und seine Visitenkarte habe ich auch, ich soll mich melden, wenn ich mal wieder hier bin."

„Na, du kommst ja regelmäßig in Kapstadt vorbei", kicherte Rosi.

Rita streckte den Frauen die Zunge heraus. Jessica, Tim und Bruno lachten laut auf. Bruno erzählte, dass er in der kleinen Markthalle an der Waterfront gewesen war und einen Fleischspieß mit vier verschiedenen Sorten gegessen hatte:

Strauß, Zebra, Krokodil und Warzenschwein. Stolz zeigte er auf seiner Kamera die Bilder herum.

„Igitt", rief Rita, die froh über den Themawechsel war.

„Das könnte ich nicht", befand Rosi.

„Und? Was schmeckte dir am besten?", wollte Tim wissen.

„Warzenschwein", beantwortete Bruno die Frage.

Rita würgte leise. Jessica und Tim waren auch in der Waterfront gewesen und hatten natürlich deutsches Brot und Teewurst gekauft. Die verspeisten sie nun genüsslich. Don Michael hatte zwar entgeistert geschaut, dennoch hatte er ihnen zwei einfache Teller gebracht. Bruno schielte neidisch auf Tims Brot und stocherte lustlos in seinem Gulasch herum, das mal wieder zähes Fleisch enthielt.

„Magst du eine Scheibe?", fragte Jessica, die seinen Blick gut deuten konnte.

„Oh ja, bitte", freute sich Bruno. Er nahm eine Scheibe Brot, bestrich diese dick mit Teewurst und biss genussvoll hinein.

„Hm", machte er und verdrehte die Augen gen Decke, „das ist das beste Abendbrot der ganzen Reise."

Alle begannen herzhaft zu lachen, so wie Bruno aß. Dann berichtete Jessica über ihren Besuch am Kap und ihrem Déjà Vu. Alle hörten gespannt zu, nur Tim verzog leicht das Gesicht. „Davon weiß ich ja gar nichts", beschwerte er sich.

„Ja, ich musste selbst darüber nachdenken, aber nun weiß ich, was los war", verkündete Jessica.

„Na?", fragte Rita neugierig.

In allen Einzelheiten schilderte sie ihren Traum, den sie auf der Intensivstation gehabt hatte und endete schließlich bei der Szene, wie der Engel sie in die Zukunft hatte blicken lassen. Alle hatten schon längst gegessen, doch keiner stand auf, sehr zum Leidwesen von Don Michael, der eigentlich den Tisch für die zweite Sitzung eindecken musste. Ungeduldig trat er von einem Fuß auf den anderen.

„Und du hast im Traum diese Szene am Schild gesehen?", fragte Rita.

„Mir macht das Angst", sagte Rosi.

„Hast du mich auch gesehen?", wollte Bruno wissen.

„Nein", gab Jessica zur Antwort, „ich habe die Szene praktisch aus deiner Perspektive gesehen."

„Ach so", meinte dieser, freilich nicht mehr so interessiert. Tim faltete seine Serviette zusammen, ein sicheres Zeichen, dass er das Restaurant verlassen wollte. Er trank sein Glas Wein aus und meinte: „Jessi, nun ist es mal gut, ich liebe ja deine Fantasie, aber jetzt übertreibst du es."

Jessica lächelte ihn an und sagte in die Runde: „Es war keine Fantasie, denn du, lieber Schatz, hattest das braune T-Shirt an, das wir zusammen in Durban gekauft haben. Das konnte ich auf der Intensivstation noch gar nicht kennen."

Alle am Tisch hielten die Luft an, Jessica rückte ihren Stuhl zurecht, um aufzustehen. Don Michael war schon an ihrer Seite. Jessica beschloss, die Sache mit der Umarmung, mit der sich der Engel sicher bei ihr für dieses Mal verabschiedet hatte, lieber nicht auch noch zu erzählen. Das würden die anderen nie verstehen. Sie für sich wusste, dass sie ihren eigenen Engel da oben im Himmel hatte, der ihr und Tim immer beistand und das fühlte sich verdammt gut an. Nun war er wieder weggeflogen und somit bestand im Moment keine Gefahr.

Die zwei Seetage nach Namibia gestalteten sich für alle eher langweilig. Das Wetter war grau und bedeckt und die Außentemperatur betrug nicht mal zwanzig Grad. Am zweiten Tag betätigte der Kapitän der Kosta unablässig den Typhon. Das war auf dem ganzen Schiff, selbst in den Innenräumen, nicht zu überhören.

„Trööt", machte Rita genervt.

Die Landfrauen saßen mit Tim und Jessica gelangweilt im Atrium. Es war früher Nachmittag und sie tranken Sekt. Dieses Mal allerdings aus Frust. Um 12 Uhr war der Buchungsbeginn für die Ausflüge nach Namibia gewesen und als sie nach dem Mittagessen zum Tour Office gingen, waren alle deutschsprachigen Ausflüge ausgebucht gewesen. Bruno hatte sich Punkt 12 Uhr angestellt und konnte anschließend nur noch ein kleines Stück Pizza im Buffetrestaurant ergattern. Er hatte immerhin noch einen Ausflug buchen können.

„So ein Mist", schimpfte Rita zum dritten Mal vor sich hin.

„Wir müssen unbedingt in dieses Swakopmund", meinte Tim, „ich will einkaufen und dort gibt es eine deutsche Brauerei, die haben auch Haxe."

„Für ein Taxi ist es zu weit, das sind anderthalb Stunden Fahrzeit", wusste Rosi.

In der Mitte des Atriums begann der nette Mann aus dem Bordshop, der Marcel hieß, eifrig damit, seine üblichen Verkaufstische aufzubauen.

„Was die uns wohl heute wieder andrehen wollen?", meinte Rita.

„Ich tippe auf Taschen", sagte Jessica.

„Oder Billiguhren", meinte Ute.

„Seit 97 Tagen immer der gleiche Kram", beschwerte sich Rita und winkte Mario herbei. Er zeigte auf die Gläser und fragte in sehr gebrochenem Deutsch: „Noch ein Rund?"

Alle nickten. Er lächelte.

„Na, der hat schnell gelernt", meinte Ute und kippte den Rest ihres Glases in einem Zug runter, der Nachschub war schließlich gesichert.

„Den werde ich vermissen, wenn wir wieder zu Hause sind", gab Rosi zu.

Alle stimmten ihr nickend zu. Da sprang Jessica plötzlich auf und meinte: „Ich weiß was, ich bin gleich wieder da!"

Der Rest sah ihr nach, sie ging in Richtung Tour Office. Aus der anderen Richtung kam Bruno angeschlendert, er stoppte bei der Gruppe und fragte: „Und? Habt ihr Tickets?"

Ein einheitlich gereiztes „Nein" ließ ihn verstummen. Er setzte sich und Mario, der gerade den Sekt servierte, fragte: „Eine Biera, ja?"

„Was sonst?", war Brunos Antwort.

„Ob es in Walvis Bay auch ein Postamt gibt? Wir wollen doch unbedingt das Telegramm an Ina und Basti senden."

„Bestimmt", meinte Rosi, „aber wenn die da kein Deutsch können?"

„Dann sind wir angeschissen", seufzte Ute und alle stießen mit ihren Gläsern an.

Plötzlich kam Jessica um die Ecke, sie strahlte und schwenkte in ihrer Hand fünf Tickets.

„Fünf Mal Swakopmund und Anfahrt der Düne Sieben", lachte sie.

Tim sprang auf und fiel seiner Frau um den Hals. Die Landfrauen applaudierten, wie es so ihre Art war, und Rita schrie quer durch das Atrium: „Jessi, du bist unsere Heldin, wie hast du das denn gemacht?"

Jessica japste nach Tims Kuss nach Luft und meinte: „Ich habe nachgefragt, welcher Ausflug nach Swakopmund noch nicht ausgebucht war und stellt euch vor, bei den Franzosen war noch Platz! Ich kann ja ein wenig Französisch und übersetze für euch im Bus. Vor Ort in der Stadt setzen wir uns ab und gehen alleine."

„In das Brauhaus und zum Schlachter", grölte Tim, was nun wirklich ungewöhnlich für ihn war.

Zur Überraschung aller sagte Bruno: „Ich freu mich für euch."

Rita verkündete: „Jetzt spendiere ich eine Runde Schnaps, wer will einen Jägermeister?"

Fünf Hände streckten sich in die Luft. Mario kam herbei, er wusste zwar nicht, was mit seinen Gästen geschehen war, doch er merkte, dass sich ihre Stimmung deutlich verbessert hatte. Derweil packte Marcel einige Uhren zu einem günstigen Preis und ein paar Taschen der Marke Guess auf die Tische im Atrium.

Jochen und Silvia lagen entspannt im Wellnessbereich auf Deck 12 auf zwei Liegen, die nur ein kleiner Gang trennte. Sie trugen flauschige Bademäntel und ihre Füße waren in Handtücher gewickelt. Sie hatten soeben eine wunderbare Paarmassage genossen, während Jan die Zeit bei der Kinderanimation verbrachte. Silvia seufzte glücklich. Jochen nahm über den Gang hinweg ihre Hand.

„Wann müssen wir Jan abholen?", fragte sie ihren Mann. Jochen blickte auf die Uhr um meinte: „Erst in einer halben Stunde."

„Schön", fand Silvia und streckte sich genüsslich.

„Du bist schön", sagte Jochen und küsste ihre Hand.

Silvia strahlte. Sie stand auf und kuschelte sich zu Jochen auf die Liege. Sie waren zu dieser Zeit ganz alleine im Ruheraum.

„Ist dir schon aufgefallen, dass Jan seit Wochen nicht mehr mit Cruisy gesprochen hat?", fragte Jochen.

„Ja", gab Silvia zu, „ich glaube, er hat nur mit ihm gesprochen, weil wir uns beide nicht mehr richtig miteinander unterhalten haben."

„Das kann gut sein", meinte Jochen, „wie so eine Art Ventil." Silvia nickte und kuschelte sich noch enger an ihren Mann.

„Ich habe in den letzten Tagen eine E-Mail an Iris verfasst", verriet Jochen.

Fragend sah seine Frau ihn an.

„Ich kann das so nicht stehen lassen", meinte er, „sie hat wenigstens eine Begründung und ein paar Abschiedsworte verdient."

„Das finde ich fair", meinte Silvia.

„Ich will die Mail morgen früh raus senden, möchtest du sie lesen?"

„Ja", hauchte Silvia und freute sich über sein Vertrauen. Schnell packten sie ihre Sachen zusammen und verließen den Spabereich.

Jochen überlegte, dass vielleicht ja noch genug Zeit bleiben würde, um seine Frau richtig glücklich zu machen. Auf eine Viertelstunde kam es hinsichtlich der Abholung bei der Kinderanimation nicht an.

Die lieben Geister Erwin und Paul saßen auf ihrer Kabine. Sie vermissten den kleinen Engel und fühlten sich so nutzlos. Hatten sie hier noch eine Aufgabe an Bord? Jochen und Silvia waren wieder glücklich vereint, Jan war ein fröhliches Kind geworden, was sollten sie noch hier? Erst gestern hatten sie ein langes Gespräch mit dem Kind geführt und Jan hatte verkündet: „Mama und Papa sind jetzt neu verliebt, nun sind wir wieder eine richtige Familie."

Dazu dieser permanente Nebel! Den kannten und liebten sie von Sylt. Paul brachte es auf den Punkt: „Weißt du, Erwin, ich habe so viel Welt gesehen, das hat mich richtig müde gemacht."

Erwin nickte, ihm ging es nicht anders. „Ja", meinte er und fuhr fort: „Ich habe überlegt, einen Flieger von Lanzarote zu nehmen. Selbst die ganze Strecke zu fliegen, wäre wohl zu anstrengend."

„Wie viele Tage sind das noch?", fragte Paul.

„Dreizehn", rechnete Erwin nach.

„Das sind nicht mal mehr zwei Wochen", jubelte Paul und umarmte Erwin aufgeregt.

„Ja", meinte dieser, „wir suchen uns ein Flugzeug bis Hamburg und dann ist es nur ein Katzensprung bis Sylt."

Paul begann das berühmte Lied der Kultband, die Ärzte, zu singen, gern stimmte Erwin in den Refrain mit ein und so sangen sie zusammen: „Ich will zurück nach Westerland."

Danach folgte eine innige Umarmung. Jeder Geist hing seinen ganz eigenen Gedanken nach. Über Sven, den Unfall und die ganzen Sachen, die Amor ihnen gezeigt hatte, hatten sie bisher nicht wieder gesprochen. Anscheinend in gegenseitiger Übereinstimmung hatten sie sich still geeinigt, dass dies erst nach ihrer Rückkehr wieder ein Thema sein würde. Wenn sie wieder daheim sein würden, auf ‚ihrer' Insel, 54 Grad Nord, 8 Grad Ost!

Am frühen Morgen des nächsten Tages erreichte das Kreuzfahrtschiff den Hafen von Walvis Bay. Die Kosta Onda lag, wie so oft auf dieser Weltreise, in einem hässlichen Containerhafen, über dem zudem ein intensiver Nebelschleier waberte. Der französische Ausflug in die einst deutsche Kolonie Swakopmund startete gegen 10 Uhr. Bereits der erste kurze Stopp nach fünfzehn Minuten Fahrzeit begeisterte die Gäste. In diesem Moment setzte sich die Sonne gegen den Nebel durch und an dem Strand, wo der Ausflugsbus hielt, standen wie gemalt Hunderte von Flamingos, geradezu so, als ob sie auf die Kreuzfahrer gewartet hätten.

„Die Jungs sind pinker als pink", freute sich Jessica und schoss unzählig viele Fotos. Tim lächelte. Dann zückte sie noch schnell ihr Smartphone und machte ein Selfie. Auch die Landfrauen waren begeistert und Rosi meinte: „Mal was anderes als die Schwäne in Deutschland."

Danach ging es wieder in den Bus. Nachdem er die Stadt verlassen hatte, fuhren sie ungefähr eine Stunde lang durch die Wüste. In der Ferne waren hohe Dünen zu sehen. Ab und an sahen die Passagiere am Wegesrand Ferienanlagen und nur vereinzelt einheimische Siedlungen. Allein die Einfahrt in die Stadt Swakopmund verzauberte die Passagiere. Im Kolonialstil erbaute Häuser säumten die breiten Straßen. Überall prangten an diesen Bauten deutsche Namen wie ‚Kronheimer' oder ‚Altes Amtsgericht'.

„Juhu, daheim", grölte Rita durch den ganzen Bus. Sollte ausgerechnet sie auch so etwas wie Heimweh verspüren?

Nach dem Aussteigen klärte Jessica kurz mit dem örtlichen Reiseleiter, dass sie mit Tim und den Frauen alleine ihren Rundgang machen würden. Er erklärte ihr den Weg zum Brauhaus Swakopmund. Der erste Souvenirshop wurde dann aber doch direkt von den Landfrauen gestürmt. Als sie eintraten, sagte die Verkäuferin: „Guten Morgen."

Alle zuckten erst zusammen, dann lachten sie. Im Hintergrund lief das Radio und plötzlich sagte die Stimme aus dem Radio: „Guten Morgen, ach es ist ja schon gleich Mittag, schön, dass Sie Hitradio Namibia eingeschaltet haben."

Jessica bekam eine Gänsehaut, während die Landfrauen Souvenirs im großen Stil einkauften. Eine Kappe mit ‚I LOVE NAMIBIA', eine Holzkatze, ein paar Geschirrtücher mit dem Motiv des alten Amtsgerichts von Swakopmund. Jessica fand für Tim ein wunderschönes, schwarzes T-Shirt, das mit Wörtern aus dem alten Südwesterdeutsch bedruckt war.

„Das wievielte T-Shirt auf dieser Reise ist das?", wollte Ute wissen.

Tim zuckte mit den Schultern und grinste, dann gab er zu: „Ich habe noch nicht nachgezählt."

„Ich glaube, wir müssen noch einen Koffer kaufen", überlegte Jessica laut.

Tim nickte.

„Wir auch", schrie Rosi, „da muss der Tommi schauen, wie er die alle noch in den Bus bekommt."

Die Freunde lachten nun zwar, aber die Heimreise würde noch ein logistisches Meisterwerk werden. Nachdem sie den Shop verlassen hatten, schlenderten sie die vom Reiseleiter beschriebene Straße entlang, als Tim plötzlich einen deutschen Schlachter entdeckte. Auf dem Schild über dem Laden stand: ‚Deutsche Fleischerei Namibia'. Sie traten ein und konnten sich nicht satt sehen an der reichhaltigen Auslage. Schließlich kauften alle drei Landfrauen und natürlich Tim die sogenannte

‚gute Teewurst' und auch ein Brot ein.

„Das Abendessen ist gerettet und nun geht es zur Haxe", freute sich Tim.

„Ich verkaufe Bruno heute ein Teewurstbrot für fünf Dollar", kicherte Rita.

Nur kurze Zeit später fanden sie das Brauhaus. Als die kleine Gruppe eintrat, sahen sie Bruno allein an einem Tisch sitzen. Vor ihm stand ein halb leeres Weizenbierglas und ein Teller, auf dem eine riesengroße Haxe thronte. Tim grüßte den Wirt und rief: „Fünfmal das Gleiche!"

Bruno freute sich sichtlich, seine Tischnachbarn zu treffen. Es wurde ein fröhliches mittägliches Gelage. Das Weizenbier floss in Strömen, die Haxen wurden goldgelb und knusprig serviert und später mit diversen Runden Underberg begossen.

„Endlich wieder Underberg", jubelte Ute, „der erste nach 4 Monaten!"

„Den hast du immer beim Jahresausklang auf Madeira getrunken", meinte Rosi.

„Genau, und damit hast du damals Kalli beeindruckt, sonst hätte er uns nie angesprochen", grölte Rita.

„Was wäre alles nicht passiert", sagte Ute mit nachdenklicher Stimme und Tränen in den Augen.

Die Gruppe fühlte sich nicht nur durch das Essen, sondern auch durch die Einrichtung wie zu Hause, oder auch wie damals an ihrem allerersten Abend in dem kleinen, rustikalen Hotel in der Schweiz. Rita, die merkte, dass die Stimmung zu kippen drohte, verkündete: „So, Mädels, wir singen jetzt unser Schweizer Lied, und ihr", sie deutete bestimmend auf Tim und Bruno, „singt mit!"

Und so kam es, dass im fernen Namibia, aus einem deutschen Brauhaus am frühen Nachmittag lauthals das Heidi-Lied erklang:

Rosi, Ute, unsere Welt sind die Meere,

Rita, Rosi, auf Deck 12 da sind wir zu Haus,

dunkle Schnäpse, bunte Cocktails bei Sonnenschein,

Ute, Rita, brauchen wir zum Glücklichsein.

Rosi, Rita wir fahrn hinaus,

finden das Glück

und dann kommen wir wieder zurück!

Tim und Bruno gehorchten und sangen mit. Sie sangen dreimal die Strophe, da hatte selbst der Wirt, der natürlich ein Deutscher war, ein Einsehen und spendierte eine letzte Runde Underberg. Sie zahlten und auf dem Rückweg zum Busparkplatz torkelten sie schon ein wenig. Der Stopp an Düne Sieben wurde zu einer leichten Katastrophe, denn die Landfrauen kletterten sie zum Teil halb hoch und wollten gar nicht mehr in den Bus einsteigen. Wieder wurden zahlreiche Fotos gemacht und der Reiseleiter hatte alle Mühe, sie zum einstiegen in den Bus zu bewegen. Lauthals sangen sie erneut ihr Lied, zum Glück verstanden die Franzosen kein Wort.

Tisch 10 blieb an diesem Abend übrigens leer. Zurück an Bord fielen die Landfrauen und Jessica mit Tim in einen langen Schlaf. Auch Bruno, der kurz nach ihnen mit dem deutschen Bus eintraf, schaffte es am Abend nicht mehr zum Essen ins Restaurant. Don Michael schaute besorgt auf den leeren Tisch und hoffte, dass seinen Gästen nichts passiert war. Auch Mamma und Papa Italiano und selbst Silvia und Jochen kam das Fehlen aller seltsam vor.

„Hoffentlich ist da nichts geschehen", sorgte sich Silvia.

Jochen nickte.

Als Jessica am nächsten Morgen erwachte, schien die Sonne schon stark durch das Kabinenfenster. Sie blickte auf die Uhr, sie zeigte 10 an. Sie ließ sich zurück in die Kissen fallen und stöhnte, denn ihr Kopf dröhnte.

„Nie wieder eine deutsche Kolonie", sagte sie laut.

„Doch", meinte Tim, der zeitgleich wach wurde, „dahin müssen wir zurück, auch würde ich gern Lüderitz einmal sehen."

„Aber bitte ohne Landfrauen und ohne Brauhaus", war Jessicas Antwort.

Tim lachte laut auf, dann meinte er: „Mit gemäßigtem Brauhaus und ohne Landfrauen, können wir uns darauf einigen?"

Jessica lachte und kuschelte sich an seine Schulter. Dann sagte sie: „Wir haben das Frühstück verpasst, was machen wir?"

Tim reckte sich und schlug vor: „Lass uns in Ruhe duschen und dann gehen wir eben Mittagessen, es ist doch Seetag."

Es war der erste Seetag nach Namibia, wie so viele zuvor ohne große Highlights. Nach dem Mittagessen schrieb Jessica weiter an ihrem Reisetagebuch und Tim sah zum x-ten Mal den gleichen Film im Bord-TV. An diesem Tag passierte nicht mehr viel, außer dass abends die Sonne filmreif und purpurrot im Meer versank.

Auch der zweite Seetag bot kaum Abwechslung. Es war der hundertste Tag der Reise, doch die Passagiere registrierten diese Zahl kaum. Die Hälfte von ihnen wollte einfach nur noch nach Hause. Die ‚Welt' war vorbei, was sollten sie nun noch hier an Bord? Die kommenden Ziele waren Mainstream, die kannte jeder. Sie zählten die Tage bis zur Heimkehr. Die anderen waren wild entschlossen, nun aus jedem Hafen noch ein persönliches Highlight zu machen. Und so war es auch nicht erstaunlich, dass nach zwei weiteren Seetagen die meisten Passagiere im Hafen von Jamestown, St. Helena, förmlich an Land sprangen. Die körperlich eingeschränkten Reisenden kletterten die legendäre Jakobsleiter erst recht hinauf, die aus unendlich vielen Treppenstufen aus Stein bestand. Danach war das Bordhospital stark frequentiert und man sah mehr Personen als je zuvor mit Verbänden und Pflastern jeder Art an Deck. Am Abend trug Bruno an Tisch 10 zur echten Erheiterung aller bei, denn er hatte einen Lautsprecher an sein Smartphone angeschlossen und spielte gleich mehrfach hintereinander ‚St. Helena‘, das Lied von Freddy Quinn. Die Landfrauen trällerten den Refrain begeistert mit:

St. Helena, das Spiel ist aus.

Ein Kaiser schaut aufs Meer hinaus.

Und denkt daran,

dass es sich nie mehr ändern kann.

Bruno freute sich sichtlich über die Aufmerksamkeit. Schließlich meinte Jessica mit nachdenklicher Stimme: „Stimmt, nun ist unsere Reise fast vorbei, alles aus, ich fang morgen mal an zu packen.“

Alle blickten sie überrascht an, nur Tim meinte: „Wir haben heute in weiser Voraussicht eine große, neue Tasche im Bordshop gekauft.“

„Wir haben doch noch 14 Tage an Bord“, kreischte Rita entsetzt.

Ute legte ihre Hand auf die der Freundin. Mit sanfter Stimme meinte sie: „Rita, es ist alles gut, aber man muss doch auch mal den Tatsachen ins Auge sehen. Nun geht es bald nach Hause und dann nach Sylt."

Ritas Antwort war ein entschuldigendes Lächeln. Das überraschte alle. Ausgerechnet Rosi platzte heraus: „Und Hans-Hugo, der wartet doch schon auf dich."

„Genau", freute sich Rita, trank ihr Glas Haut-Marin in einem Zug aus und Don Michael stand bereits neben ihr.

„Den nehme ich mit", schrie sie, „der ist unbezahlbar."

Don Michael verstand zwar nicht, worum es ging, freute sich aber über die Heiterkeit an seinem Tisch.

Auch die lieben Geister zählten die Tage bis nach Lanzarote. Da ihnen unendlich langweilig war, besuchten sie am zweiten Seetag nach Praia Jessicas Decklesung um 10 Uhr morgens. Es waren angenehme 27 Grad und es wehte ein warmer Wind über Deck 9. Erwin und Paul amüsierten sich sehr über den Reiseabschnitt Südafrika, den Jessica aus ihrer persönlichen Sicht schilderte. Auch die Szene am Kap war in den Bericht gewandert und während Tim nur entsetzt schaute, meinte Paul zu Erwin grinsend: „Der kleine Engel hat sich wohl noch verabschiedet."

Erwin nickte und meinte: „Warum sie das wohl fühlen konnte?"

Hilflos zuckte Paul mit den Schultern.

Als sie endete, bekam sie großen Applaus. Rita orderte bei Mario eine Runde Sekt für alle.

„Glaubst du das wirklich, also, dass du einen Schutzengel im Himmel hast?", wollte Rosi wissen.

„Ja", sagte Jessica, „ich weiß, dass er wirklich auf mich aufpasst, da oben."

„Hoffentlich bekommt der Gehilfe deshalb nicht wieder Ärger", meinte Paul.

„Kann gut sein", stimmte Paul zu.

Mario servierte und alle stießen an.

„Ach, Kinder, bald sind wir auf Sylt", rief Ute aus, die aufgrund von Tims Blicken der Meinung war, dass ein Themenwechsel ein guter Gedanke wäre.

„Ich möchte aber nicht im Ahnenzimmer wohnen, das ist mir unheimlich", piepste Rosi.

„Hans-Hugo wird das schon regeln", meinte Rita und setzte nach: „Ich finde das so aufregend, dass er das ‚Haus Erwin‘ gekauft hat!"

Paul und Erwin erstarrten. Kapitän Körner hatte das Haus, ihr Haus, an Hans-Hugo verkauft? Das konnte doch nicht sein. Da waren sie mal 100 Tage am anderen Ende der Welt und in ihrer Heimat brach alles zusammen?

„Wann beginnt denn der Umbau?", wollte Rosi wissen.

„Keine Ahnung, irgendwann im nächsten Jahr", gab Ute zu, „aber das werden wir sicher erfahren."

„Aber in der Dachkammer spukt es, da wohnen Geister, ich bin mir sicher. Das kann gefährlich sein", gab Rosi zu bedenken.

Erneut sahen sich die Geister sprachlos an. Woher wusste sie das? Und was gab es eigentlich in ihrem Hause umzubauen? Sie hatten genug gehört und flogen zurück in ihre Kabine. Erwin flog nervös auf und ab.

„Nun setz dich mal hin", meinte Paul, „du machst mich nervös."

Erwin seufzte und sagte: „Jetzt ist es sogar zwingend, dass wir von hier verschwinden und nachsehen, was zu Hause los ist. Lass uns versuchen, schon von Praia einen Flieger zu bekommen. Ich bin tief beunruhigt."

Paul nahm seinen Mann in den Arm und gab zu: „Ich auch."

Für Jochen und Silvia waren die vier Seetage nach Praia wie eine zweite Hochzeitsreise. Gleich nach dem Frühstück brachten sie Jan zur Kinderanimation. Die nette Betreuerin Celeste hatte begonnen, mit ihm ein Puzzle aus insgesamt 1000 Teilen zusammenzusetzen. Es zeigte das Kreuzfahrtschiff Kosta Onda, wie es durch die Golden Gate Bridge von San Francisco fuhr. Jan war so mit Feuer und Flamme dabei, dass er es gar nicht erwarten konnte, morgens in den Klub zu gehen. Silvia und Jochen genossen danach immer ein Gläschen Sekt an der Atriumbar und kuschelten sich bis mittags wieder ins Bett. Sie waren sich so nah wie nie und unbeschreiblich glücklich.

„Was macht ihr eigentlich immer, während ich arbeite?", fragte der Kleine an einem Mittag. Sie saßen im Buffetrestaurant und verspeisten gemeinsam eine riesengroße mit Schinken und Ananas belegte Pizza. Jochen verschluckte sich prompt und bekam einen Hustenanfall. Silvia klopfte ihm auf den Rücken und reichte ihm schnell ein Glas Wasser, dann sagte sie zu Jan: „Wir ruhen in der Zeit ein wenig, weißt du."

„Ihr schlaft?", fragte der Junge mit ungläubiger Stimme.

„Nicht direkt", quetschte Jochen hervor.

„Wie kann man indirekt schlafen?", fragte Jan.

Einige deutschsprachige Gäste, die mit ihnen am Tisch saßen, grinsten. Dann sagte die Frau, die neben Jan saß: „Vielleicht arbeiten deine Eltern ja auch an einem kleinen Schwesterchen."

Silvias Gesicht verfärbte sich tiefrot. Jochen sah erst die Frau, dann seine ungläubig an.

„Das wäre ja prima", rief Jan aus, „die nennen wir dann Onda." Vor Freude haute er mehrfach zur Bestätigung mit seinem Besteck auf den Tisch. Silvia hatte sich wieder gefasst und fragte Jan: „Das würde dir gefallen?"

„Ja, ja", krähte dieser fröhlich weiter und meinte: „Was heißt eigentlich Onda?"

Jochen und Silvia zuckten mit den Schultern und sahen sich tief in die Augen. Schweigend aßen alle einige Minuten weiter. Als Jan nicht mehr mochte, schob er seinen Teller in die Mitte des Tisches. Er lehnte sich in seinem Stuhl zurück und gab bekannt: „Morgen früh gehe ich wieder zu Celeste puzzeln, da könnt ihr ja auch weiterarbeiten. So viele Tage bis nach Hause sind es jetzt nicht mehr, da müsst ihr Gas geben, denn wenn wir erst zu Hause sind, ist Papa doch wieder dauernd im Büro."

Die Tischnachbarn johlten los vor Freude. Das Paar lächelte zwar, aber beide dachten unabhängig voneinander, dass ihr Kind nicht ganz unrecht hatte. Nach der Weltreise sollten viele Sachen anders werden, das war ihnen beiden jedoch bewusst.

Am Tag 106 der Weltreise mache das Kreuzfahrtschiff im Hafen von Praia, einer der Kapverdischen Inseln, fest. Die Sonne lachte bei 25 Grad vom Himmel. Im Grunde die besten Voraussetzungen für einen schönen Tag, doch abends herrschte nicht nur an Tisch 10 mangelnde Begeisterung über diesen Stopp.

„Wie lange wart ihr denn heute draußen?", fragte Bruno kauend in die Runde.

„Gar nicht", gab Jessica zu, „uns hat Mindelo auf der Hinreise schon nicht gefallen, da sind wir an Bord geblieben."

„Wir sind exakt 15 Minuten in diesem grässlichen Zentrum herumgelaufen, dann sind wir wieder abgehauen", meinte Ute.

Rita nickte eifrig, schluckte den letzten Bissen Fleisch hinunter und ergänzte: „Dreck, überall Dreck."

„Das kann ich nur bestätigen", kommentierte Bruno und verriet: „Als ich ins Taxi einsteigen wollte, hat mich irgend so eine verlotterte Kreatur auf Englisch angebrüllt, dass ich ihr sofort fünf Dollar geben soll!"

„Und?", wollte Tim wissen, „wie war deine Antwort?"

„Ich habe ihr auf Deutsch gesagt, dass ich auf der ganzen Welt niemals eine so unfreundliche Person getroffen habe."

„Das hat sie bestimmt verstanden", feixte Rita.

Bruno warf ihr eine Kusshand zu und setzte nach: „Mein Vogel, den ich ihr gezeigt habe, ist international verständlich."

Ute begann zu kichern und meinte: „Deinen Dodo?"

Nun lachte auch der Rest von Tisch 10 und auch Bruno stimmte mit ein, als ihm bewusst wurde, was er da gerade erzählt hatte.

Wie Menschen sich in einem so langen Zeitraum doch verändern können, dachte Jessica und nahm sich fest vor, später auf ihrer Kabine eine Notiz dazu zu machen.

Auf dem Weg nach Teneriffa erlebten die Gäste zwei weitere quälende Seetage. Gelangweilt marschierten alle durch St. Cruz und wussten nicht so richtig etwas mit sich anzufangen. Jessica und Tim suchten wie jedes Mal die kleine

Bar, in die sie damals eingekehrt waren, als sie sich kennenlernten, doch auch dieses Mal fanden sie sie nicht. Tim meinte zwar zu wissen, dass sie in einer bestimmten Straße lag, doch Jessica bestand darauf, dass sie an echten Holzfässern gesessen hatten, die die Bars dort alle nicht hatten. Schließlich kehrten sie in eine andere Tapas Bar ein und ließen sich dort die landestypischen kanarischen Kartoffeln mit roter und grüner Mojosoße schmecken – die Papas arrugadas. Das Besondere an dem Gericht war, dass die Kartoffeln in Salz gegart waren und dadurch ein wunderbar intensives Aroma hatten. Hätten sie sich am Abend zuvor mit den Landfrauen näher ausgetauscht, die nur ein paar Seitenstraßen weiter saßen, hätten sie ,ihre' Bar wiedergefunden, denn genau in dieser saßen die Landfrauen. Hier hatten sie vor drei Jahren Hans-Hugo, Kalli und Josef kennengelernt. Speziell Ute heulte die ganze Zeit vor Glück und als der Wirt sie dann auch noch wiedererkannte, waren es Freudentränen. Mit Händen und Füßen versuchten sie ihm zu erklären, was seitdem alles geschehen war. Er begriff und gab eine ganze Flasche Rotwein aus. Und nicht nur das, er drückte Ute sein Handy in die Hand und bestand darauf, dass sie Kalli anrief. Das ließ sich die Landfrau nicht zweimal sagen. Erfreulicherweise meldete sich dieser sofort: „Kalli, ich bin es Ute."

„Mein Schatz, wie ist das Wetter auf Teneriffa?"

Ute stellte das Smartphone laut. Nun grölten Rita und Rosi auch in den Hörer.

„Wir sind in unserer Bar und der Wirt hat uns wiedererkannt. Er hat eine Flasche Rotwein ausgegeben!"

„Wie schön", war Kallis Antwort.

„Was machen Hans-Hugo und Josef?", brüllte Rita dazwischen.

„Denen geht es gut", lachte Kalli, „kommt ihr mir nur wieder nach Hause."

„Noch sechs Tage", rief Ute, „wart ihr mal bei Ina und Basti?"

„Natürlich", erzählte Kalli, „gleich nachdem sie aus dem Krankenhaus heraus waren. Die kleine Filippa ist ein Goldschatz. In sechs Tagen kommen wir alle nach Hannover-Wülferode und holen euch ab. Ina hat eine große Willkommensparty geplant."

Ute jubelte. Rosi klatschte vor Freude in die Hände.

Rita dachte: Hannover-Wülferode, wie das nach Buenos Aires, Tonga und Mauritius klang.

„Du, ich muss auflegen", meinte Ute, „weißt du, es ist das Telefon des Wirtes."

Kalli lachte und sagte mit ernster Stimme: „Ja, klar, bald bist du wieder da, ich habe dich schrecklich vermisst. Ich liebe dich."

„Wir dich auch", brüllte Rita und der Wirt drückte den Aus-Knopf.

Ute lachte noch, dann begann sie wieder zu weinen. Rosi nahm die Freundin in den Arm, Rita orderte einen Schnaps für alle. Der würde der Freundin über ihr Heimweh hinweghelfen. Zur gleichen Zeit hob der Flieger mit der Flugnummer C5408 vom Flughafen Teneriffa Süd gen Hamburg ab. In der fast leeren Business Class saßen entspannt die sylter Geister auf den leeren Plätzen in Reihe A. Paul drückte sich die Nase an der Scheibe platt, als die Maschine über das Meer startete und danach den Blick auf Teneriffas größten Berg, den Teide, freigab, nachdem ihr Flugzeug die Wolken durchbrochen hatte. Danach lehnte er sich in seinem Sitz zurück und sah Erwin an.

„Und?", fragte dieser.

Er kannte seinen Mann, nun würde es nur so aus ihm herausprudeln. Genau so kam es dann auch, fast eine Stunde redete Paul ohne Punkt und Komma. Er ließ die komplette Weltreise und ihre Erlebnisse Revue passieren. Erwin ließ ihn gewähren. Schließlich endete Pauls Monolog mit den Worten: „Es war gigantisch und das größte Erlebnis unseres Lebens."

„Ich freu mich mal wieder auf einen guten Sylter Friesengeist", verriet Erwin.

„Ich auch", gestand Paul und kuschelte sich an Erwins Schulter.

Dann hing jeder Geist seinen eigenen Gedanken nach und es waren doch dieselben. Was war in ihrer Abwesenheit mit Kapitän Körner geschehen? Bedeutete der Verkauf des Hauses Erwin womöglich den Verlust ihrer Dachkammer? Würde der große Amor sein Versprechen einhalten und nach Sylt kommen, um das Rätsel um ihren Tod aufzuklären? Und was würde dann geschehen? Würden sie weiterhin als Geister auf der Erde leben dürfen?

Gegen 8 Uhr morgens hatte die Kosta Onda im Hafen von Arrecife auf der Insel Lanzarote pünktlich festgemacht. Jessica und Tim kamen gerade vom Frühstück in die Kabine zurück, als Jessicas Smartphone klingelte. Beide zuckten zusammen, denn dieses Geräusch hatten sie seit Monaten nicht mehr gehört. Jessica blickte auf das Display und meinte: „Es ist Nina, hoffentlich ist nichts passiert."

Sie nahm ab und schon am Klang von Ninas Stimme wusste sie, dass alles in Ordnung war.

„Jessi", brüllte die Freundin fast in den Hörer, „gehe sofort mal nach Deck 3 und schau herunter!"

„Was?", fragte Jessica nach.

„Komm raus", befal Nina und legte auf.

„Wir sollen nach Deck 3 rauskommen und runterschauen", meinte Jessica zu Tim, der sie verständnislos ansah.

„Dann machen wir das mal", meinte er.

Als sie die Tür zum Außendeck öffneten, trafen sie als Erstes auf die Landfrauen, denn dieser Ort war ja Ritas bevorzugter Rauchplatz nach dem Frühstück. Sie winkten ihnen sofort und deuteten auf die Pier. Dort stand ein Paar mit einem großen Transparent, auf diesem stand:

:-) wir grüßen die Weltreisenden Jessica und Tim! :-)

Fassungslos blickten Jessica und Tim auf die Pier hinunter. Da standen tatsächlich Nina und Hansjörg! Jessica schossen sofort Tränen in die Augen.

„Ihr habt tolle Freunde", fand Rita.

Nina hüpfte wie wild auf und ab und rief: „Packt eure Sachen für einen Ausflug zusammen, wir machen uns jetzt einen tollen gemeinsamen Tag auf dieser Trauminsel."

Dann deutete sie auf einen himmelblauen Fiat 500 Cabrio. Überwältigt schauten sich Tim und Jessica an, damit hatten sie nicht gerechnet. Die Landfrauen wünschten ihnen noch rasch viel Spaß. Als sie keine zehn Minuten später die Begrüßung auf der Pier verfolgten, heulten alle drei vor Freude mit. Rita fand wie so oft als Erste die Sprache wieder und meinte: „Scheiße, hat mich diese Welt emotional gemacht!"

Auch an Land wurde geweint. Jessica und Nina lagen sich bestimmt zehn Minuten lang schluchzend in den Armen, während Tim und Hansjörg sich immer wieder, so wie Männer eben sind, auf die Schulter klopften.

„Was macht ihr denn hier?", fragte Jessica schließlich. Hansjörg hatte Taschentücher verteilt und Jessica schnäuzte geräuschvoll hinein.

„Urlaub", meinte Hansjörg.

„Wir haben eine Woche Lanzarote mit Hotel und Mietwagen gebucht", verriet Nina.

„Natürlich mit einem gewissen Zeitplan als Vorgabe", grinste ihr Mann.

Selbst Tim traten Tränen in die Augen.

„So", Nina klatschte in die Hände, „und nun geht es los, gemeinsam die Insel erkunden. Und zwar mit diesem wunderschönen Leihwagen, es ist ein echtes, kleines Schnuffelchen."

Die Frauen quetschten sich auf die Rückbank, die Männer nahmen vorne Platz. Hansjörg steuerte das Cabrio sicher aus dem Hafen von Arrecife. Jessica konnte das alles immer noch nicht fassen. Nina war da! Die Freundinnen drückten sich immer wieder herzlich. Nach einer Weile fragte Nina: „Bist du wieder ganz in Ordnung?"

„Ja", lachte Jessica immer noch unter Tränen, „mit mir ist alles wieder in Ordnung."

Dann erzählte sie den Freunden von den neuen Plänen, für ein Kind aus einem SOS-Kinderdorfes eine Patenschaft zu übernehmen. Hansjörg suchte im Rückspiegel den Blick von Nina und lächelte ihr aufmunternd zu.

„Und wie ist so eine Weltreise?", wollte die Freundin wissen.

„Unwirklich, unglaublich, bizarr und einzigartig", gab Jessica zu.

„Alleine die ganzen Leute an Bord, die mit uns reisen. Da kann man sich in manchen Fällen an den Kopf fassen", meinte Tim.

Hansjörg sah Tim interessiert von der Seite an. Dieser fuhr fort: „Auf Mauritius haben sie ein Paar, ich glaube es waren Franzosen, von Bord verwiesen, weil sie sich mit Möbelstücken gegenseitig verhauen haben."

„Ja", wusste Jessica, „und noch bevor wir Kap Hoorn erreicht hatten, waren schon zwei Leute gestorben."

Nina und Hansjörg schüttelten ungläubig mit den Köpfen.

„Ihr seht beide zehn Jahre jünger aus", fand Nina und strich Jessica liebevoll über die Wange.

„Ja und zehn Kilo leichter", lachte Hansjörg, „gab es da nichts zu essen an Bord?"

„Zähes Fleisch und totgebratenen Fisch", murrte Tim und fragte: „Wir gehen doch nachher irgendwo zum Mittagessen?"

„Na klar", sagte Hansjörg, „wir machen zuerst einen Stopp an dem Museum von César Manrique und dann fahren wir in das Weingebiet La Geria und suchen uns dort ein schönes Lokal."

Jessica und Tim strahlten um die Wette. Nach kurzer Zeit lenkte Hansjörg den Fiat auch schon auf einen Parkplatz. Manriques Museum war ein beeindruckendes flaches, weises Haus mit unzähligen Bildern und Skulpturen. Tim war sofort fasziniert, und aus dem Innenbereich gar nicht mehr wegzukriegen. Zudem war das Haus einst in den Lavafelsen gebaut worden. An einem Fenster, das nach Süden ausgerichtet war und einen wunderschönen Ausblick auf die nahen Feuerberge bot, floss das schwarze Lavagestein sogar noch durch das Fenster in den Raum hinein. Jessica interessierte eher der hübsche botanische Garten. Gemeinsam setzte sie sich mit Nina auf eine Bank und betrachteten einen Wasserfall, der einen künstlich angelegten Pool speiste. Ein sanftes Wellengeflüster, das allerdings von irgendeiner nicht sichtbaren Musikanlage kommen musste, bot die perfekte Untermalung.

„So türkis war das Wasser in der Südsee", sagte Jessica und umarmte Nina bestimmt zum hundertsten Mal an diesem Tag. „Hast du auch bunte Fische dort gesehen?", wollte die Freundin wissen.

Jessica bejahte.

„Wo hat es dir denn am besten gefallen?", bohrte Nina weiter. Jessica überlegte eine Weile, dann meinte sie: „Auckland, dahin würde ich auswandern, wenn ich könnte. Ushuaia in

Feuerland mit den Pinguinen, Tonga, das war auch so cool und Kapstadt, also da muss ich unbedingt noch mal hin."

Sie merkte selbst, wie sehr sie durcheinanderredete. Die Welt war einfach nicht in ein paar Sätzen zu erklären. Plötzlich sahen die Frauen Hansjörg winken, sie wollten weiterfahren.

Nachdem sie das Weinanbaugebiet erreicht hatten, hatten sie die Qual der Wahl. Es gab unzählig viele Winzer. Sie entschieden sich schließlich für die Finca ‚El Chupadero', denn dort standen viele einheimische Autos. Die Bodega bot gemütlich gestaltete Außensitzplätze mit direktem Blick auf die schwarzen Feuerberge, die gerade in einem einzigartigen Licht schimmerten, da sie durch die Sonne angestrahlt wurden. Tim suchte einen Wein aus, der quasi direkt neben ihnen angebaut wurde und bestellte noch eine Flasche Mineralwasser dazu. Dann vertieften sich alle in die umfangreiche Speisekarte. Tim legte die Karte als Erster zur Seite und schlug vor: „Lasst uns doch einfach Tapas bestellen und dann probieren wir uns durch."

Begeistert nahmen die Freunde diesen Vorschlag an. Als die nette Kellnerin an den Tisch kam, die übrigens sehr gut deutsch sprach, sagte Nina zu ihr: „Für mich bitte nur Wasser." Fragend sahen Jessica und Tim sie an.

„Na, ich fahre nachher."

Jessica fand: „Aber einen Schluck Wein zum Anstoßen auf unser Wiedersehen kannst du doch trinken?"

„Nein", sagte nun auch Hansjörg.

Jessica sah Nina an, diese lächelte, da begriff Jessica und schrie: „Nein?"

„Doch", war Ninas Antwort. Jessica sprang auf und fiel der Freundin um den Hals. Die Frauen begannen erneut zu weinen.

Tim schlug Hansjörg auf die Schulter, dieser gab zu: „Nina hatte so Angst, es euch zu sagen, eben wegen eures schlimmen Erlebnisses."

„So ein Quatsch", rief Jessica, „ihr wolltet immer Kinder, wir nie. Wann kommt es?"

„Im August", strahlte Nina und fragte, an Jessica gewandt: „Magst du Patentante werden?"

Erneutes Freudengeheul setzte ein. Plötzlich bellte es, die Freunde sahen sich erstaunt um, nirgendwo war ein Hund zu sehen. Die Kellnerin, die rücksichtsvoll abgewartet hatte, lachte und deutete nach oben: „Das ist nur Pedro, unser Hofhund, er liebt es, auf dem Dach zu spazieren."

Jessica sprang auf: „Das muss ich sofort fotografieren, einen Hund auf dem Dach habe ich noch nicht."

Tim erklärte: „Das ist Jessis neues Hobby, Tierfotografie."

„Ich hatte gehört, es wäre das Schreiben", meinte Hansjörg.

„Das eine schließt das andere ja nicht aus", war Tims Antwort und er gab die umfangreiche Essensbestellung auf.

Nach dem üppigen Mittagessen fuhren die vier noch ein wenig in die Feuerberge. An einer besonders schönen Stelle veranstalteten sie mit dem Auto ein Fotoshooting. Lachend knipste Tim Jessica und Nina Arm in Arm, wie sie aus dem geöffneten Cabriodach herausschauten. Jede sammelte einen besonders schönen, kleinen Lavastein ein, obwohl das natürlich gesetzlich verboten war. Doch die Freundinnen wollten unbedingt eine authentische Erinnerung an diesen besonderen, gemeinsamen Tag haben. Auf dem Rückweg zum Hafen fuhr Nina und Jessica saß auf dem Beifahrersitz. Sie begann, den Freunden die Engelsgeschichte zu erzählen. Tim hatte sich insgeheim gewundert, dass diese erst jetzt kam. Er beschloss einfach, dazu zu schweigen.

„Und du hast den gesehen?", quietschte Nina vergnügt.

„Dieser Engel hat Nina und auch mich verkuppelt?", fragte Hansjörg und sah Tim von der Seite an. Dieser winkte ab.

Jessica nickte und erzählte auch noch die Geschichte vom Kap der Guten Hoffnung. Fasziniert hörte Nina zu. Sie erreichten den Hafen. Es war schon kurz vor 17 Uhr und die Kosta Onda sollte in einer halben Stunde auslaufen. Es folgten wortreiche Verabschiedungen und innige Umarmungen. Nina und Hansjörg versprachen, bis zum Auslaufen zu warten.

Als gegen 17:30 Uhr das Typhon des Kreuzfahrtschiffes erklang, standen Jessica und Tim auf Deck 3. Hansjörgs

Antwort war ein langes Hupen des Fiat 500. Alle vier winkten und winkten. Die Landfrauen waren ebenfalls da und als die Pier außer Sicht war, verkündete Jessica stolz: „Ich werde jetzt ebenfalls Patentante."

Tim dagegen dachte über dieses kleine Auto nach. Das wäre genau der richtige Stadtflitzer für Jessica, deren Cabrio mittlerweile ohnehin alt und klapprig war.

Kapitel 12

Überraschende Wendungen und das große Finale an
Tisch 10

Amors Gehilfe war nervös. Soeben hatte die Assistentin
des Chefs angerufen und ihn gebeten, sich sofort in das Büro
von Amor zu einem Austausch zu begeben. Das Wort
‚Austausch' war bei Amor negativ besetzt und
dementsprechend wunderte sich der kleine Engel nicht über
den grimmigen Gesichtsausdruck seines Chefs, als er eintrat.
Amor bedeutete ihm, sich zu setzen, dann tippte er kurz
etwas in seinen allwissenden Computer und drehte den
Monitor zu ihm um. Der Engel sah ein kleines himmelblaues
Auto, das durch eine Vulkanlandschaft fuhr und in dem
offenbar vier Personen saßen. Ihm wurde heiß und kalt. Das
konnte nur Lanzarote sein und er war sich sicher, dass sich
Jessica in dem Auto befand. Heimlich verfolgte er nämlich
immer über die Internetseite der Reederei die Webcam der
Costa Onda.

Unsicher sah er seinen Boss an.

„Zoom dich mal rein in diese Szene", meinte dieser und lehnte sich in seinem Sessel zurück.

Der Gehilfe tat es und tatsächlich sah er kurze Zeit später Jessica und Tim.

„Da sind ja auch Nina und Hansjörg", rief er freudig aus, „wie kommen die denn nach Lanzarote?"

„Das ist erst mal zweitrangig", donnerte Amor los, „schalte den Lautsprecher an."

Der Engel tat es und konnte deutlich Jessicas Stimme hören. So hörte er alles über sich und dazu noch, dass sie von seiner Existenz wusste. Sie hatte ihn am Kap sogar gefühlt!

„Scheiße", brachte er schließlich heraus.

Amor stand auf und tigerte vor ihm auf und ab: „Es ist bei uns noch n i e vorgekommen, dass Engel zu ihren Klienten sprechen und sichtbar sind. Du hättest n i e m a l s, hörst du, niemals die Intensivstation betreten dürfen."

Der Gehilfe sah betreten zu Boden und nickte.

„Was aber das Schlimmste ist, ist nicht die Tatsache, dass Jessica es nun anderen Menschen erzählt. Viele werden es ohnehin nicht glauben. Das Schlimmste ist …", sagte Amor und machte eine künstliche Pause, „ … dass sie dich am Kap fühlen konnte. So etwas kam ebenfalls noch nie vor und wir müssen herausbekommen, w a r u m das so war. Ich hätte dir nie eine Verabschiedung erlaubt, wenn ich das geahnt hätte."

Der kleine Engel hatte sich auf seinem Stuhl ganz klein

gemacht. Er dachte wieder an die Szene am Kap. Er meinte sich zu erinnern, dass Jessica kurz gezuckt hatte, als er sie mit seinen Armen umschlang, doch er hatte das nicht auf sich bezogen und dies würde er auch nicht dem Boss verraten.

„Was kann ich denn dafür?", jammerte er.

„Das gilt es nun zu ergründen", sagte Amor mit strenger Stimme.

„Und wie machen wir das?", piepste der Gehilfe.

„Auf dem Weg nach Sylt zu Erwin und Paul werden wir bei Jessica und Tim vorbeifliegen und dann werden wir das nochmals testen. Bis dahin hast du übrigens Hausarrest. Ab mit dir ins Archiv."

Als der Engel später die verstaubten Akten sortierte, kam dennoch ein warmes Gefühl in ihm hoch. Er würde Jessica wiedersehen! Sein Herz schlug ihm bis zum Hals. Trotzdem hoffte er inständig, dass sie ihn nicht fühlen konnte, auf ein Leben in diesem eingestaubten Archiv hatte er wirklich keine Lust.

Die Kosta Onda fuhr in der nächsten Nacht durch die Meerenge von Gibraltar und legte tags darauf im Hafen von Málaga an. Mit einem, natürlich mal wieder kostenpflichtigen, Shuttlebus wurden die Landfrauen den kurzen Weg zum Stadtzentrum gefahren. Als sie ausstiegen, sahen sie sich begeistert um. Ihre Blicke fielen auf alte prachtvolle Bauten.

An der Straße war jede Laterne mit üppigem Blumenschmuck in den schönsten Frühjahrsfarben verziert.

„Da, Kutschen", schrie Rita und deutete nach rechts.

„Oh süß, Pferde", schwärmte Rosi.

„Mädels, wir machen jetzt eine Kutschfahrt durch Málaga", schlug Ute vor.

„Nehmt ihr mich mit?", fragte Bruno, der wohl auch im Bus gesessen hatte, sie hatten ihn gar nicht bemerkt.

Kurze Zeit später saßen alle vier in der offenen Kutsche, die gemütlich vor sich hin zuckelte. Der Fahrer hatte sich als Pablo vorgestellt, sprach zwar weder Deutsch noch Englisch, hielt aber immer mal wieder an und deutete auf die Sehenswürdigkeiten. Als Erstes fuhren sie an der beeindruckenden Kathedrale Santa Iglesia Catedral Basílica de la Encarnación vorbei, die aufgrund ihrer langen Erbauungszeit mit verschiedenen Baustilen beeindruckte. Dann wählte Pablo den Weg zum Hafen und sie sahen die Alcazaba, eine große Palastanlage, die von grünen Gärten gesäumt war. Die Sonne schien und es war angenehme 25 Grad warm. Rosi und Bruno schossen um die Wette Fotos. Die Fahrt führte weiter an verschiedenen Museen und interessanten Geschäften vorbei und endete schließlich am Anfang der Fußgängerzone. Rita sprang als Erste vom Kutschbock und sagte zu Pablo: „Gracias. Vino tinto?"

Er deutete die Straße hinauf und schrieb auf einen Zettel den Namen ‚El Pimpi'. Rita warf ihm einen angedeuteten Handkuss zu. Er lächelte.

„So, Mädels", verkündete Bruno mit fröhlicher Stimme, „ich lade euch heute zur Kutschfahrt ein."

Die drei Frauen sahen ihn sehr erstaunt an.

„Du wirst noch richtig nett", kicherte Rita.

„Wir laden dich dafür auf einen Wein ein", bestimmte Ute.

Nachdem Bruno gezahlt hatte, bummelten sie ein Stück die Straße hinauf und fanden bald die Bodega ‚El Pimpi'. Sie traten ein und fanden eine Art Gewölbekeller vor, in dem überall alte und historische Plakate hingen. Gut gelaunt nahmen sie an einem rustikalen Holztisch Platz. Hier war die Kommunikation einfacher, denn erfreulicherweise sprach der Wirt deutsch, wenn auch nur gebrochen. Sie bestellten den Rotwein des Hauses und eine Auswahl an Tapas. Schnell füllte sich der Tisch mit Pata Negra-Schinken, Pimientos, Manchego-Käse, Oliven und der typisch spanischen Salami. Dazu servierte der Wirt Weißbrot und eine Knoblauchsoße. Alle griffen eifrig zu. Sie waren bereits bei der zweiten Runde Wein, als Bruno sich genüsslich reckte und fragte: „Sagt mal Mädels, nun fahren wir schon so lange zusammen um die Welt und immer wieder höre ich die Namen eurer Freunde. Hans-Hugo, Kalli und Josef. Wie und wo habt ihr die denn kennengelernt?"

Ute strahlte, das war ihre Lieblingsgeschichte und so schilderte sie wortreich, wie sie die Männer beim Jahresausklang auf Madeira näher kennengelernt hatten. Sie endete mit den Worten: „Und hier in diesem Keller fühle ich mich fast wie nach Teneriffa zurückversetzt."

Rita tippte sich an die Stirn und meinte: „Das sagst du in jeder Bodega in Spanien, so ein Blödsinn, hier sieht es doch ganz anders aus."

„Vielleicht ist der Wein der gleiche?", half Bruno. Ute streckte Rita die Zunge heraus.

„Warum hat dich das interessiert?", wollte Rosi an Bruno gewandt wissen.

Dieser setzte sein Glas ab und meinte mit erstaunlich schüchterner Stimme: „Na ja, in unserem Alter ist es nicht mehr leicht, eine Partnerin zu finden."

„Du", machte Rita und zeigte mit dem Finger auf Bruno, „du suchst eine Partnerin? Und das fällt dir drei Tage vor Reiseende ein?"

„Das Schiff war doch voll von allein reisenden Damen aus allen möglichen Ländern", meinte auch Ute.

Bruno winkte ab und sagte: „Ach, diese alten, italienischen Diven, die alle denken, sie wären Sophia Loren oder diese kleinen Französinnen, die den ganzen Tag Kette rauchen, die sind doch alle nichts. Ihr gefallt mir gut", gestand Bruno, leerte sein Glas in einem Zug und orderte die nächste Runde.

Sprachlos sahen die Landfrauen ihn an. Ute fand als Erste die Worte wieder: „Also, ich bin an Kalli vergeben, aber wenn Rita oder Rosi Interesse haben?"

Bruno wurde rot im Gesicht, sogar röter als der Wein im Glas, der soeben serviert wurde. Er räusperte sich: „So war das ja nun nicht gemeint, außerdem scheint es mir schon so zu sein, dass aus Hans-Hugo und Rita und auch aus Rosi und Josef nach eurer Rückkehr Paare werden."

Ausgerechnet Rosi ergriff die Initiative und legte Bruno die Hand auf den Arm, dann sagte sie: „Lass uns doch gute Freunde sein."

Rita, die in ihre eigenen Gedanken versunken war, kehrte wieder in die Wirklichkeit zurück, erhob ihr Glas und rief: „Auf die Freundschaft!"

Alle stießen an. Bruno strahlte so glücklich wie noch nie.

„Warst du denn mal verheiratet?", bohrte nun Rita.

„Ja", sagte Bruno, „fast dreißig Jahre. Inge war ein wunderbarer Mensch und sie verstarb mit gerade mal sechzig Jahren viel zu früh. Wir waren gleich alt gewesen. Fast zeitgleich beförderte mich die Bank, bei der ich gearbeitet hatte, in den Vorruhestand. Das war einfach zu viel auf einmal. Ich begann, mein Leben zu hassen und mich selbst auch. In der Rolle des Miesepeters gefiel ich mir. Da konnte ich meinen ganzen Frust herauslassen. Aber eigentlich bin ich ganz anders."

Erneut herrschte nach diesem offenen Bekenntnis langes Schweigen am Tisch. Dann stand Rita auf, kam um den Tisch herum, drückte Bruno und küsste ihn auf beide Wangen. Er hatte Tränen in den Augen.

„Noch eine Runde Wein", brüllte Ute, haute auf den Tisch und meinte: „Wisst ihr, was wir machen?"

Fragend sahen Rita, Rosi und Bruno sie an.

„Wir planen später an Tisch 10 ein großes Treffen in Deutschland nach der Weltreise, wir sehen uns alle wieder."

Rosi klatschte vor Freude in die Hände.

„Das würde mich freuen", rief Bruno mit lauter Stimme. Dezent wischte er sich eine kleine Träne aus den Augen. Rita hüpfte auf und ab und johlte: „Hurra und wisst ihr wo?"

Alle sahen sie erwartungsvoll an.

„Auf Sylt im ,Haus Erwin'! Jessi, Tim, Reinhard, Harald, Jochen, Ute, Jan, alle müssen kommen. Unsere Männer natürlich auch."

Ute war nun völlig aus dem Häuschen und begann, um den kleinen Tisch zu tanzen.

Rosi meinte: „Wie wäre es zum Jahresausklang?"

Alle strahlten und man klatschte sich mit den Händen gegenseitig ab. Die Sache war besiegelt.

Jessica und Tim kannten Málaga bereits und waren nur ein wenig durch die kleinen Gassen der Altstadt geschlendert. Jessica musste unbedingt ein Málagaeis essen. Zwei Stunden verbrachten sie im Museum von Picasso, wo es ihnen letztes Mal schon so gut gefallen hatte, die Zeit aber knapp war. Die süße, kleine Bodega, die noch so ursprünglich gewesen war, hatte leider einem Bekleidungsgeschäft weichen müssen. Darüber waren beide sehr betrübt. Als sie an einem Geschäft mit Koffern vorbeikamen, fragte Tim seine Frau: „Brauchen wir noch einen?"

Jessica schüttelte den Kopf. Nachdem sie St. Helena verlassen hatten, packte sie jeden Tag eine Stunde. Das fühlte sich traurig an und sie hatte stets das Gefühl, die Welt, ihren Lebenstraum, einzupacken. Manchmal nahm sie Souvenirs aus dem Schrank, wo sie selbst nicht mehr wusste, wann und wo sie diese noch gekauft hatten.

„Nee", meinte Jessica, „die Tasche aus dem Bordshop sollte reichen."

Tim steuerte auf ein Restaurant zu, das einen hübschen, kleinen Garten hatte und sagte: „Komm, wir genießen noch ein Glas Rotwein und dann gehen wir zurück zum Schiff." Jessica nickte und setzte sich. Ganz gegen ihre Gewohnheit war sie sehr schweigsam.

„Ist alles in Ordnung?", wollte Tim wissen.

Jessica bejahte, rückte dann aber damit heraus, wie seltsam sie es fand, dass die Reise nun bald vorbei wäre. Sie fragte sich auch, wie es sich wohl nächstes Jahr um diese Zeit anfühlen würde, wenn sie ganz normal in ihrem Reisebüro sitzen würde.

Und überhaupt, wohin sollte man die nächste Kreuzfahrt unternehmen, was kam nach der Welt? Jessica steigerte sich richtig in ihre Melancholie hinein und begann sogar ein wenig zu weinen. Tim nahm sie in den Arm und küsste liebevoll die Tränen weg. Dann meinte er: „Ruf doch deinen kleinen Engel mal an, wohin er gern reisen würde."

Jessica lachte laut auf und antwortete: „Du glaubst mir die Geschichte immer noch nicht."

Tim grinste, so gefiel seine Frau ihm schon besser. Dann lehnte er sich zurück und gab zu: „Die Welt hat auch mich nachdenklich gemacht. Ich mag nicht mehr in den Alltag ins Büro zurückkehren."

Das kam für Jessica total überraschend. Sie sah Tim lange an. Er liebte seinen Job als Marketingmanager über alles.

„Weißt du, ich will frei sein, so frei wie in dieser Welt."

„Und was willst du tun?", fragte sie ihn.

Tim nahm einen Schluck aus seinem Weinglas, dann verriet er: „Ich will die Rinderzucht ausbauen und hauptberuflich betreiben. Wir verkaufen unsere Stadtwohnung in Frankfurt und ziehen ganz ins Rheingau. Von dem Erlös des Verkaufes möchte ich mir neben der Rinderzucht einen zweiten, eigenen Weinberg zulegen und auch den Weinanbau professionell und nicht nur als Hobby betreiben."

Jessica sah ihren Mann an. Ungläubig schüttelte sie mit dem Kopf. Mit so etwas hatte sie nie gerechnet. Er suchte über den

Tisch hinweg ihre Hand und drückte sie lange, dann fuhr er fort: „Und dein Reisebüro, also das Ladengeschäft, machen wir zu und stellen es auf einen mobilen Reiseservice um. So kannst du von zu Hause arbeiten, musst morgens nicht reinfahren und stundenlang im Stau stehen. Du brauchst künftig auch Zeit für das Schreiben. Denk daran, was Hubert gestern gesagt hat."

Jessica nickte. Nie hatte sie erwartet, dass sich nach der Weltreise ihr gemeinsames Leben so verändern könnte. Sie liebte ihr Reisebüro, doch als sie so darüber nachdachte, fand sie Tims Gedanken auch reizvoll. Warum sollten sie es nicht probieren?

„Ich kann ja Lesungen im Weinberg anbieten", lachte sie.

Tim lächelte. Er war froh, dass sie heute dieses Gespräch geführt hatten, nun freute er sich richtig auf zu Hause.

Als sie später zum Hafen hinunter schlenderten, sahen sie zwei Rikschas. In einer saßen Rita und Bruno, in der zweiten, die der ersten dicht folgte, saßen Ute und Rosi. Bruno und Rita winkten ihnen zu und sangen lauthals das Lied von Cindy & Bert:

Wenn die Rosen erblühen in Málaga, ist für uns unser Sommer der Liebe da.
Denn die Rosen, sie blühen in jedem Jahr für ein glücklich sich liebendes Paar.

„Na, die sind ja wieder drauf", fand Jessica.

„Ich vermute, sie haben irgendwo reichlich getankt", sagte Tim.

Als sie das Kreuzfahrtterminal erreicht hatten, bummelten sie noch ein wenig durch die ansässigen Geschäfte. Tim kaufte mal wieder ein T-Shirt mit dem Aufdruck des kleinen Hafens von Málaga. Jessica erstand ein hübsches Halstuch, das in den Farben rot und orange leuchtete und sie immer an diesen Tag in Andalusien erinnern würde.

„Nach der Reise muss ich mal die Anzahl deiner T-Shirts zählen", neckte Jessica ihren Tim. Er zuckte gleichgültig mit den Schultern und deutete auf einen hübschen Koffer.

„Meinst du, wir sollten nicht doch?"

Jessica verneinte. Gut gelaunt schritten sie kurze Zeit später Arm in Arm an Bord über die Gangway der Kosta Onda.

Silvia und Jochen hatten diesen wunderbaren Sommertag am Strand La Malagueta verbracht, der nur einen Steinwurf entfernt vom Schiff lag. Sie hatten gebadet, sich gesonnt und einfach diesen wunderbaren Tag genossen. Am Nachmittag baute Jochen mit Jan keine Sandburg, sondern ein Schiff in den Sand. Es war bestimmt zwei Meter lang. Gemeinsam suchten sie Muscheln und versuchten, den Namen Kosta Onda zu legen. Jan jubelte, als es ihnen schließlich gelang. Silvia machte unendlich viele Fotos. Mit zerzausten Haaren, braun gebrannt und glücklich kehrten sie später zurück an

Bord. Silvia ging mit Jan unter die Dusche und Jochen, der warten musste, schaltete seinen Computer an. Plötzlich zuckte er zusammen, er sah eine E-Mail von Iris. Er hatte schon lange nicht mehr an sie gedacht. Rasch überflog er die Mail, dann schaute er ungläubig auf. Er erhob sich und sah eine Weile aus dem Fenster. Auf dem Kai liefen bereits die Vorbereitungsmaßnahmen für das Ablegen. Gerade wurde die Gangway eingezogen. Jochen fühlte tief in sich hinein, doch da tat nichts weh. Im Gegenteil. Als Silvia lachend mit Jan aus dem Bad kam und den Platz in der Dusche freigab, fand er sie schöner als je zuvor.

„Ist alles in Ordnung?", fragte sie ihn. Er strich sich durch die Haare.

„Ja, lies mal die Mail, die ich aufhabe, sie ist von Iris."

„Wer ist Iris?", wollte Jan wissen.

„Niemand mehr", sagte sein Vater und verschwand im Badezimmer.

„Wie kann man niemand mehr sein?", wunderte sich das Kind.

„Man ist niemand mehr, wenn man Vergangenheit ist", erklärte Silvia.

Rasch zog sie erst Jan, dann sich selbst für das Abendessen an. Dann setzte sie sich an Jochens Laptop und begann zu lesen. Diese neuen Nachrichten erstaunten auch sie.

Den Vormittag des nächsten Seetages verbrachte Jessica komplett mit dem weiteren Packen der Souvenirs und der Kleidung. Tim hatte am Vortag übrigens recht behalten, was die Landfrauen betraf. Weder sie noch Bruno waren zum Essen erschienen. Nach so vielen gemeinsamen Abendessen war es Jessica ganz seltsam vorgekommen, mit Tim und Mamma und Papa Italiano alleine am Tisch zu sitzen. Mamma hatte immer wieder „Casa, casa" gerufen und drei Finger in die Luft gehoben.

Tim lag auf dem Bett und sah seiner Frau beim Packen zu.

„So", sagte sie schließlich, „wir brauchen doch noch einen Koffer."

Tim stöhnte genervt auf und meinte: „Warum haben wir nicht den schönen Koffer in Málaga gekauft?"

Jessica zuckte mit den Schultern.

„Gut, wir wollen morgen sowieso nicht nach Marseille rein, lass uns bei den Shops in der Nähe des Terminals schauen. Da waren doch welche?", schlug er zur Versöhnung vor.

„Ich weiß es ehrlich gesagt nicht mehr", gab Jessica zu.

Nach dem Mittagessen schauten sie nochmals im Bordshop vorbei, doch jegliche Art von Gepäckstücken war ausverkauft. Sogar die gelben Rucksäcke, die seit Monaten als Ladenhüter herumgelegen hatten, waren vergriffen. Danach schlenderten sie ein wenig über das Schiff. In der Mirabellenbar sahen sie die Landfrauen sitzen. Sie tranken Kaffee. Man begrüßte sich herzlich und Jessica und Tim setzten sich zu ihnen.

„Seid ihr krank?", fragte Tim und deutete auf ihre Getränke. Mario kam zusätzlich soeben mit drei Gläsern Mineralwasser an den Tisch.

„Ja", meinte Rita und hielt sich den Kopf.

„Lass uns doch mal einen Cocktail trinken", schlug Jessica vor.

Tim bestellte zwei Long Island Ice Tea. Es war zwar noch früh am Tag, doch das war der Cocktail, den er Jessica damals vor vielen Jahren an den Tisch geschickt hatte, um sie kennenzulernen. Jessica lächelte. Tim gab Mario seine Bordkarte.

„Bruno hat uns gestern unter den Tisch getrunken", jammerte Rita schließlich.

„Ja, in einer Bodega in Málaga", stöhnte Ute.

Jessica und Tim erfuhren, dass sie auf direktem Wege in ihre Kabinen gewankt und erst vor einer Stunde wieder aufgestanden waren.

„Na, als wir euch in der Rikscha gesehen haben, sah das noch ganz lustig aus", fand Jessica.

Ein qualvolles Stöhnen war die Antwort des Trios.

„War Bruno auch nicht beim Abendessen?", wollte Rosi wissen.

Jessica schüttelte mit dem Kopf. Rita grinste. Dann fiel ihr ein, dass Jessica und Tim ja die großen Neuigkeiten rund um Bruno noch gar nicht kannten und sie begann, von den Gesprächen in der Bodega zu erzählen. Gespannt hörten sie zu. Dass sie sich alle in Deutschland einmal wiedersehen wollten, ließ Rita aber aus, denn sie hatten vereinbart, das am letzten Abend mit allen an Tisch 10 zu besprechen.

Am nächsten Tag machte die Kosta Onda morgens um 8 Uhr im Hafen von Marseille fest. Sie lagen weit draußen, mindestens zwanzig Minuten von der Stadt entfernt. Mit ihnen lagen zwei weitere, große Kreuzfahrtschiffe im Hafen an der langen Pier.

„Oh, schau mal, eine Adia", freute sich Jessica, als sie von Deck 9 hinunterblickte.

„Welche es wohl ist?", fragte sie und verrenkte sich den Hals. Ob es die war, auf der sie einst Tim an Bord kennen- und lieben gelernt hatte?

„Davor liegt noch eins", meinte Tim.

Es war blau, hatte einen weißen Schornstein und seine Außenhaut zierten Schriftzüge.

„Eins aus der Flotte ‚Mein Dampfer'", wusste Jessica.

Sie waren extra früh aufgestanden, um das Kofferproblem zu lösen, bevor allen anderen Passagieren das Gleiche einfiel. Der Ausstieg dauerte jedoch eine Weile, denn die rund 700 französischen Gäste beendeten die Weltreise hier. In Málaga waren 200 Spanier abgestiegen, langsam wurde es leer an Bord.

Wie es wohl sein wird, morgen im Hafen von Savona auf das Kreuzfahrtterminal zu blicken, wo vor vier Monaten alles begann?, fragte sich Jessica.

Als ob Tim ihre Gedanken lesen könnte, sagte er: „Morgen sind wir einmal rum."

Sie drückte seine Hand. Im ersten Laden hatten sie kein Glück, denn dort wurden keine Koffer verkauft. Tim deutete auf einen Laden, der ein wenig abseits lag. Sie gingen hinüber, öffneten die Tür des Geschäftes und sahen einen großen, blauen Koffer. Jessica und Tim strahlten ihn an wie Kinder den Weihnachtsbaum. Eifrig kam der französische Verkäufer angelaufen und zeigte den beiden, dass man mittels von zwei Reißverschlüssen den Koffer sogar noch weiter vergrößern konnte.

„Geht da alles rein?", fragte Tim Jessica.

„Super", jubelte diese und hüpfte vor Freude auf und ab. Tim zahlte und als sie zurück zur Kosta Onda kamen, posierte Jessica lachend vor der Kamera mit dem Koffer. Tim machte auch eine Aufnahme mit ihrem Smartphone und Jessica sendete es Nina als WhatsApp mit folgendem Text: *Liebe, nun musste doch noch ein Koffer her, Kuss aus Marseille.*

Die Landfrauen verbrachten den ganzen Vormittag ebenfalls damit, Koffer zu packen. Jede von ihnen hatte im

Bordshop eine zusätzliche Tasche gekauft und so waren sie recht erfolgreich, ihr Hab und Gut zu verstauen.

„Wie Tommilein das wohl alles in den Bus bekommt?", kicherte Rita.

„Auf den freue ich mich schon sehr", gab Ute zu.

„Ich freue mich auf den schönen Abend in der Schweiz", meinte Rosi.

Rita klatschte in die Hände und rief: „Kinder, heute Abend wird noch mal an Tisch 10 Party gemacht! Es ist das letzte Galadiner!"

„Wir haben die Welt umrundet", schrie nun auch Ute.

Den Frauen ging es deutlich besser. Da klopfte es an der Tür. Rita öffnete und sah Bruno mit einem Zettel vor der Tür stehen. Er grüßte und trat ein.

„Das ist eine einzige Sauerei", sagte er.

„Was denn?", wollte Rita wissen.

Er sah auf den Zettel und verriet: „Herlinde hat die Abreiseinfos gerade verteilen lassen. Wir dürfen nicht mehr als 2 Koffer pro Person mitnehmen. Spinnen die denn?"

Rosi schaute erschrocken auf ihre zusätzliche Tasche.

„Cool bleiben", meinte Rita, „der Tommi macht das schon."

„Der Tommi", schnaufte Bruno, „der kommt, aber nicht alleine."

Verständnislos sahen ihn die Frauen an. Bruno erklärt: „Hier steht, dass ein zweiter Fahrer mit an Bord sein wird und dass deshalb keine Zwischenübernachtung in der Schweiz stattfinden wird. Der Bus wird mit den üblichen Pausen bis Hamburg durchfahren. Da bin ich vielleicht morgens um 3 Uhr in Hamburg."

„Aber die Männer können doch nicht nachts um 1 Uhr in Hannover-Wülferode stehen", rief Ute aus.

„Keine Schweiz?", Rosi hatte Tränen in den Augen.

„Die sparen wieder an der Leistung, wie seit 114 Tagen", moserte Bruno, „wir haben schließlich die Übernachtung und das Essen bei Urs bezahlt."

„Genau", meinte Rita und zerrte an Bruno herum, „komm, wir gehen zur Rezeption und machen denen mal Feuer unter dem Hintern."

Beide stürmten aus der Tür. Ute und Rosi tauschten einen traurigen Blick. Keine zehn Minuten später waren sie zurück. Herlinde hatte sich mal wieder herausgeredet und die Schuld auf das jeweilige Reisebüro abgewälzt. An das sollten sie sich nach Rückreise wenden.

„Ha", machte Ute, „da fragen wir heute Abend mal bei Jessi nach, die muss das doch wissen."

Die anderen nickten. Plötzlich klatschte Bruno in die Hände, das hatte er noch nie getan, dementsprechend sahen die Frauen erstaunt auf: „Wir lassen uns diesen letzten Tag von der blöden Herlinde nicht verderben. Schaut aus dem Fenster, das Wetter ist fantastisch. Wir nehmen jetzt den Shuttlebus und fahren in die Stadt. Dann geht es hinauf zur Basilika Notre Dame de la Garde. Von dort aus hat man einen so wunderschönen Ausblick über die Stadt. Ich war da auf der Hinreise schon und möchte euch das gern zeigen."

„Worauf warten wir?", schrie Rita.

Der Shuttlebus hielt an einer großen Hauptstraße in der Nähe des kleinen Hafens. Entspannt schlenderten Bruno und die Frauen diesen entlang. Unzählige Fischrestaurants säumten die kleine Promenade. Fischer boten ihren Tagesfang selbst frisch vom Kutter an. Ute dachte an Kalli – Fisch und er waren für sie untrennbar miteinander verbunden. Sie nahm sich fest vor, an diesen Ort einmal mit ihm gemeinsam zurückzukehren.

„Hier heute Abend Fisch essen und die Sonne im Meer versinken sehen", schwärmte Rosi.

„Heute Abend ist Tisch 10 angesagt", meinte Rita, „ein allerletztes Mal."

In ihrer Stimme schwankte nun auch schon ein wenig Melancholie mit.

„Da ist die kleine Bahn, die fährt uns den Hügel hinauf", wusste Bruno.

Sie stiegen ein. Die Fahrt war kurzweilig, der Zug schlängelte sich Meter um Meter in die Höhe und die Fahrgäste erhaschten immer wieder wunderbare Ausblicke auf die Stadt und das blau schimmernde Mittelmeer. Oben angekommen hielt die Bahn auf einem Parkplatz und bis zu dem Eingang in die Basilika waren es nur ein paar Treppenstufen. Als sie den Eingang erreicht hatten, sagte Bruno: „Dreht euch um und schaut hinab."

Die Landfrauen taten es und wurden mit einem außergewöhnlich schönen Ausblick belohnt. Sie sahen hinab in die Stadt, in der Ferne leuchteten die Seealpen in warmen Farben und sie konnten sogar die drei Kreuzfahrtschiffe im entfernten Hafen erkennen.

„Da, unsere Ondi", sagte Rita.

Alle schwiegen ergriffen, denn ihnen wurde in diesem Moment deutlich bewusst, dass ihr Heim nicht mal mehr zwölf Stunden ihres sein würde. Das fühlte sich seltsam an.

„Danke, dass du uns das gezeigt hast", meinte Rosi und küsste den überraschten Bruno, natürlich nur ganz sanft, auf die Wange. Bruno strahlte. Dann deutete er auf eine felsige Insel, die vor der Stadt lag.

„Das ist die Île d'If", sagte er.

Deutlich sahen sie eine große Festung, die sich auf dem Eiland erhob.

„Was für eine schöne Burg", fand Ute.

„Es war mal ein Gefängnis", wusste Bruno, „dort saß einst der Graf von Monte Christo fest, jedenfalls in der Literatur."

„Schaffen wir es noch dahin?", fragte Rita interessiert nach.

Bruno sah auf die Uhr und antwortete: „Dieses Mal leider nicht mehr."

Auf die Insel Île d'If hatten es aber Jochen, Silvia und Jan an diesem Tag geschafft. Mit einem kleinen Motorboot hatte sie ein Fischer für wenig Geld hinüber gefahren und versprochen, sie vier Stunden später wieder abzuholen. Sie nahmen an einer spannenden Piratenführung teil und Jan sog begierig alle Informationen über den berühmten Grafen auf. Im Hafen hatten sie sich ein wenig Brot, Käse und Wurst gekauft und so veranstalteten sie nach dem Rundgang ein kleines Picknick auf einem der Felsen. Danach dösten Jochen und Silvia entspannt in der Sonne, während Jan fröhlich über die zahlreichen Felsen hüpfte. Als der Fischer sie später am vereinbarten Platz pünktlich abholte, durfte der Junge sogar zu ihm ins Führerhaus. Der Mann ließ ihn auch kurz das Boot steuern. Seine Eltern lagen sich in den Armen auf der Bank auf dem Außendeck. Es war das erste Mal, dass sie allein waren und Jan außer Hörweite seit der Mail von Iris. Silvia kuschelte sich eng an ihren Mann und als er sie noch dichter zog, fühlte sie klar, dass es nun wieder ihr und ganz alleine ihr Mann war.

„Ich bin so froh, dass wir diese Reise gemacht haben", flüsterte sie ihm ins Ohr.

„Ich auch", raunte er zurück.

Sie sah ihm in die Augen und sie wusste, dass er die Wahrheit sagte und wirklich so empfand.

„Dass Iris wirklich nun alle Brücken in Deutschland abgebrochen hat und nach Amerika gegangen ist, hätte ich nicht erwartet", meinte sie.

Jochen strich sich durch die Haare. Dann gab er zu: „Mich hat dieser Schritt auch überrascht. Nie hat sie mir gesagt, dass das ihr Traum ist. Sie hat Amerika nicht mal als Urlaubsziel erwähnt. Vielleicht kannte ich sie doch weniger, als ich dachte. Und nun will sie dort in einer ganz anderen und neuen Branche beruflich Fuß fassen."

Silvia nickte.

„Ich wünsche ihr Glück", murmelte Silvia.

Jochens Antwort war ein langer Kuss auf ihren Mund. Er lehnte sich zurück und sah auf das Meer. Die Gischt spritzte von Zeit zu Zeit über den Rand ihres Bootes. Die Tropfen, die auf seine Hand fielen, taten ihm gut. Er fühlte mehr als je zuvor das Leben und was noch wichtiger war, er fühlte, dass alles richtig war. Kurz dachte er an den Anfang der Reise und daran, was Amphitrite damals zu ihm gesagt hatte. Sie würden heute Nacht nicht mehr die Meerenge von Bonifacio passieren, aber er war sich auch sicher, dass er die Meeresgöttin jetzt nicht mehr sehen könnte, denn er war ja nicht mehr unglücklich verliebt, sondern wahnsinnig glücklich verheiratet.

Der letzte Abend an Bord war von vielen Abschieden geprägt. Allein das Verabschieden von den lieben Crewmitgliedern führte zu Tränen in allen Bars schon vor dem Gala-Abend im Restaurant. Man hatte vier Monate miteinander verbracht, war zusammengewachsen wie eine Familie. Gemeinsam hatte man die Welt erlebt, ob es nun die Einfahrt nach Rio gewesen war oder das kleine Königreich Tonga, das heute wieder so unendlich weit weg war. Eifrig wurden überall Adressen getauscht und, wie bei dem Ende einer jeden Kreuzfahrt, versprach man, sich zu schreiben. Dem erfahrenen Kreuzfahrer war bewusst, dass es bei zehn Kontakten später höchstens zwei aktive geben würde. Das würde auch bei einer Weltreise nicht anders sein.

Pünktlich begann im Restaurant das letzte Abendessen um 18 Uhr, auch an Tisch 10. Don Michael überreichte – wie immer am Gala-Abend – die Speisekarte kunstvoll zusammengerollt. Alle studierten diese eifrig.

Kapitäns – Gala – Abendessen

Vorspeisen

Im Ofen gebackener Dorsch mit Kartoffeln und hart gekochten Eiern

Brasilianischer gegrillter Käse mit Bohnenpüree

Albondigas-Suppe mit Rinderfrikadellen

~

Hauptgericht

Trenette mit Hummer-Ragout Tortellini mit Gorgonzola-Käse
an Walnüssen

Frittierte Hähnchenbrust an Curry nach Paulista Art

Rinderfilet auf Rotweinsoße, serviert mit Williamskartoffeln

Gemüse-Tempura mit Koriander

~

Salat

Gemischter Salat mit Dressing nach Wahl

~

Nachtisch

Käseplatte mit Rosinenbrot Eisbecher Kosta Onda
Orangentorte

418

„Na ja", meinte Bruno und legte die Rolle auf den Tisch, „geklungen hatte es immer gut, aber die Umsetzung."

Zunächst überreichten die Gäste Don Michael und Eram zwei prall gefüllte Umschläge. Längst wussten die Passagiere, dass sie in ihrem Zuhause von dem Geld, das sie an Bord verdienten, auf den Philippinen ganze Familien ernährten. Die Kellner hatten Tränen in den Augen, die Gäste an Tisch 10 hatten sie die ganze Zeit immer sehr großzügig bedacht und dieses Geschenk zum Abschied hatten sie nicht erwartet. Es herrschte während des Essens eine große Stille. Kein Wunder, das deutsche Eck war alleine, denn die Franzosen, die die ganze Zeit hinter ihnen gesessen hatten, waren heute Morgen ausgestiegen. Alle blickten auf ihre Teller, aßen stillschweigend und hingen ihren Gedanken nach. Als der Nachtisch serviert wurde, wirbelte Don Michael ein letztes mal die Torte über Kopf herum. Dieses mal fiel sie nicht auf den Boden. Man erinnerte sich an das Erlebnis, winkte Papa Italiano und lachte gemeinsam über die Erinnerung. Wie lange war das her?

Keiner wusste es mehr. Nach dem Essen erschien Don Michael plötzlich mit Sektgläsern und mehreren Flaschen am Tisch. Bruno grinste das erste Mal an diesem Abend, Jessica und Tim schauten überrascht auf. Auf einmal kamen dann auch Jochen, Silvia und Jan dazu. Kurze Zeit später trafen Reinhard und Harald ein. Rita machte Papa und Mamma Italiano ein Zeichen, Salvatore zu holen, damit er übersetzen konnte. So formierte sich um den Tisch 10 ein großer Stuhlkreis und als Don Michael die Gläser verteilt hatte, bedeutete sie ihm und seinem Kollegen, sich ebenfalls ein Glas einzuschenken. Der Maître, der eben eintraf, nickte seinen Mitarbeitern zu und bekam von Rita persönlich auch ein Glas gereicht. Er strahlte. Rita stand auf und klopfte mit einem Löffel an ihr Sektglas. Das komplette deutsche Eck, also alle umliegenden Tische, drehte sich zum Tisch 10 um. „Das erinnert mich an die Abschlussszene in der Serie ‚Das Traumschiff‘“, flüsterte Rosi Jessica ins Ohr.

Diese drückte fest ihren Arm.

Rita räusperte sich und sagte: „Liebe Mitglieder und Freunde von Tisch 10! Eine großartige Reise, unsere Weltreise, geht zu Ende. Wir Landfrauen danken euch für wunderschöne Stunden, gemeinsame Eindrücke und großartige Ausblicke!“

Sie nickte Bruno zu, der sich nun erhob und fortfuhr: „Die Zeit hat uns vereint, aus Fremden Freunde gemacht und Erinnerungen in unser Herz befördert, die ewig währen werden. Unser Dank geht aber auch an die liebevolle Umsorgung in den letzten 115 Tagen und an Don Michael und Team.“

Bruno setzte sich wieder und bekam viel Applaus. Jessica, die ganz gerührt war, übersetzte seine Worte ins Englische und Salvatore für Papa und Mamma ins Italienische. Dann stand Ute auf. Ihre Serviette segelte dabei vom Schoß, doch das störte niemanden. Sie sprach: „Man sieht sich im Leben immer zweimal, sagt ein bekannter Spruch. Und wir Frauen mit Bruno haben beschlossen, dass wir das nicht dem Zufall überlassen werden."

Sie erntete ebenfalls großen Applaus. Dann setzte sie sich wieder. Jessica und Silvia schossen schon die Tränen aus den Augen. Dann erhob sich Rita wieder: „Und deshalb planen wir mit euch allen ein Wiedersehen auf der Insel Sylt im Haus unseres Freundes Hans-Hugo. Das ‚Haus Erwin' bietet Platz für uns alle und dort möchten wir eine große Weltreise-Party mit euch und unseren Freunden feiern. Sollte der Platz nicht für alle reichen, weichen wir in die Dachkammer aus. Ihr seid alle eingeladen."

„Oh nein", entfuhr es Rosi angstvoll, „da wohnen doch die Geister."

„Erwin und Paul sind total cool", mischte sich Jan ein.

„Du kennst die?", fragte Rosi fassungslos nach.

„Logo", meinte das Kind, „sie waren doch fast die ganze Zeit mit an Bord."

Jochen bedeutete Jan, ruhig zu sein. Beleidigt schwieg das Kind. Rosi blickte unsicher in die Runde. Tim grinste in sich hinein und war gespannt auf diesen Hans-Hugo und die anderen Jungs. Wie die das wohl fanden, dass die Landfrauen hier für sie wildfremde Leute einluden?

Rita erhob ihr Glas und man stieß gemeinsam an. Plötzlich erhob sich Hannelore vom Nachbartisch hinter ihnen.

„Auf Tisch 10 und seine Menschen", rief sie aus und kam näher. Wortreich erklärte sie allen, was für eine schöne Gemeinschaft sie doch seien und dass sie selbst sich manchmal in den ganzen Tagen danach gesehnt hatte, nicht an Tisch 8, sondern an Tisch 10 sitzen zu dürfen. Alle blickten sich zu dem Zweiertisch um, wo sichtlich bedröppelt ihr Mann saß und mit dem Kopf schüttelte. Doch Hannelore ließ sich nicht beirren.

„Ihr wisst ja vielleicht, dass ich auf der Reise beim Bordchor mitgemacht habe", redete sie weiter.

Alle nickten.

„Und deshalb singe ich euch jetzt ein Abschiedslied", strahlte sie, stellte sich in Pose und begann mit lauter, wenn auch sehr melodischer Stimme die alte schottische Ballade ‚Auld Lang Syne' – ‚nehmt Abschied Brüder ungewiss' nach der Übersetzung von Claus Ludwig Laue zu singen:

Nehmt Abschied, Brüder,
ungewiss ist alle Wiederkehr,
die Zukunft liegt in Finsternis
und macht das Herz uns schwer …

Als sie geendet hatte, klatschte der gesamte Tisch 10 und Rita stand auf und umarmte Hannelore. Diese vergoss ein paar Tränen und setzte sich wieder auf ihren Platz, von dem aus sie 115 Tage eine gute Aussicht und prächtige Unterhaltung genossen hatte. Ihr Mann sagte keinen Ton.

„Wollen wir auch noch mal unser Lied singen?", schrie Rita in die Runde. „Bitte nicht", war Brunos ehrliche Antwort. Ute klopfte sich auf die Schenkel vor Lachen. Draußen sank die Sonne immer tiefer, schon bald würde sie auf das Meer treffen. Es war kurz nach zwanzig Uhr und eigentlich längst Zeit aufzustehen, doch niemand machte Anstalten dazu. Ihnen allen war bewusst, dass dies das Ende ihres Traums von einer Kreuzfahrt um die Welt war.

„Ich werde unsere kleine Ondi vermissen", seufzte Rita und nahm einen großen Schluck aus ihrem Glas.

„Ich auch", gab Jessica zu.

„Und ich erst", sagte Bruno, „Herlinde mal ausgeschlossen."

„Was heißt eigentlich O-n-d-a?", fragte Jan.

Nun sahen alle den Maître an, dieser übersetzte Papa Italiano kurz die Frage und beide beratschlagten kurz. Dann sprach er mit Jessica ein paar Sätze auf Englisch und diese verriet schließlich der Runde: „Onda ist Italienisch und bedeutet so viel wie Welle!"

Rita haute mit der Faust auf den Tisch und schrie: „Wisst ihr was? 115 Tage an Tisch 10, Wellengeflüster auf Weltreise, das war die Reise unseres Lebens!"

Alle stießen ein letztes Mal gemeinsam an und das Klingen der Gläser erfüllte den ganzen Raum.

Nachwort

6. Juli 2015

Wir sind schon wieder zwei Monate zu Hause und heute habe ich es endlich geschafft, meine 8.000 Fotos vollständig zu sichten und einige Schnappschüsse an meine lieben Mitreisenden zu senden. Angekommen sind wir übrigens bis heute nicht vollständig. Viele Erinnerungen und Begebenheiten stecken in diesem Buch. Das hat bei der Aufarbeitung geholfen, doch längst nicht alles ist 1:1, vieles ist auch meiner Fantasie entsprungen – natürlich auch die Charaktere. Andere Sachen sind so, wie wir sie erlebt und im wahrsten Sinne des Wortes erfahren haben. Alles in allem bin ich dankbar für diese Reise. Mein Mann und ich haben Unglaubliches erlebt und stets begleitete uns die Inspiration, was davon in meinem ersten Roman landen würde. Wir wurden auf unserer Kreuzfahrt um die Welt weder ausgeraubt, noch waren wir richtig krank und wir trafen auf viele nette und interessante Menschen, die uns halfen, eine schöne Zeit zu erleben. Speziell mit einigen Crewmitgliedern freundeten wir uns sehr eng an.

6. Oktober 2015

Auch nach fünf Monaten sind wir zu Hause in keiner Weise richtig sortiert. Plötzlich fiel uns ein, dass ja Oktober war und wir uns doch mal um das Thema ‚Winterreifen‘ kümmern sollten. Wir hatten nun schon die ersten kalten Nächte und nach neun Monaten Sommerzeit froren wir wesentlich mehr als sonst. Der Roman liegt nun auch mal ein paar Wochen, zu viele andere Dinge beschäftigen mich. Im November erfolgt die Buchveröffentlichung des Werkes, „Jahresausklang auf Sylt – Wellengeflüster in Westerland“, das ich auf der großen Reise geschrieben habe – das erfordert viel Arbeit. Unser Urlaub in Südfrankreich ging viel zu schnell vorbei. Ganz langsam denken wir an das neue Jahr und überlegen, was wir machen können. Mein Mann und ich sind uns einig, nur was Kleines, vielleicht eine Woche norwegische Fjorde. All das Erlebte ist noch lange nicht verarbeitet. Zu einigen Mitreisenden haben wir noch Kontakt. Die Fotos sind immer noch nicht vollständig sortiert, aber zumindest eine Auswahl ist getroffen für die Fachzeitschrift, in der mein Reisebericht erscheinen soll. Ich denke oft daran, wie es mir letztes Jahr um diese Zeit ging. Es wird sich sicher nächstes Jahr zu unserer Reisezeit seltsam anfühlen, zu Hause zu sein im ganz normalen Alltag, davon bin ich heute schon überzeugt.

6. Januar 2016

Heute vor einem Jahr begann der große Traum und ich sitze gerade total unspektakulär im Büro. Ich starre auf die Karte der Weltreise, die dort hängt und kann meine Gefühle nicht in Worte fassen. Im Internet lese ich, dass die Costa Luminosa, das Schwesterschiff der Deliziosa, heute zu einer Weltreise aufbricht. Möchte ich die Zeit zurückdrehen? Ja? Nein! Es war ein Glück, alles so erlebt zu haben, wie es war. Eine Weltreise vorzubereiten, ist eine wahre Kraftübung. Da haben wir alles richtig gemacht, nur hat mich niemand darauf vorbereitet, wie ich mich danach fühle. Manchmal auf der Reise hatte ich überlegt, wie ich empfinden würde, doch ich fand keine Antwort. Es ist eine gewisse Leere da, die ich aber gut mit dem Schreiben an diesem Roman kompensieren kann. Aktuell starte ich mit Kapitel 8 und befinde mich in Australien. Das gibt mir Kraft!

6. März 2016

Fast einen Monat eher als geplant geht mein Roman ins Lektorat. Heute vor einem Jahr waren wir mitten in der Südsee auf dem Weg nach Tonga. Mein Agent hat zwar gesagt, ich soll aufhören zu schauen, was vor einem Jahr war, doch ich kann es nicht lassen. Sicher wird sich das aber nun auch bald relativieren. Der Roman ist fertig geschrieben und ich fühle mich, als ob ich ein zweites Mal um die Welt gefahren wäre. Die schönsten Plätze dieser Reise haben es in dieses Buch geschafft. Das war mir besonders wichtig. Ich kann nicht sagen, dass alles frei erfunden wäre, vieles ist so dicht an der Wirklichkeit, zum Beispiel einige Dialoge oder Verhaltensweisen von Menschen in bestimmten Situationen, dass ich mich selbst manchmal beim Schreiben wundere. Nie hätte ich mir das an Bord vorstellen können.

Liebe Leser,

ich hoffe, Ihnen hat meine Kreuzfahrt um die Welt beim Lesen so viel Freude bereitet wie mir beim Schreiben. Wenn Sie zwischendurch mal laut aufgelacht haben wie Rita, Tränen vergossen haben wie Jessica oder sich nach dem Sinn des Lebens wie Geist Paul gefragt haben, dann waren Sie ganz dicht an mir als Autorin dran. Noch ein Tipp: Wenn Sie jemals auch von einer so großen Reise träumen oder sie gar selbst planen, dann seien Sie sich gewiss, dass sich Ihr Leben nach der Rückkehr nachhaltig verändern wird. Nicht sofort, aber schleichend. Ebenso empfehle ich Ihnen zu notieren, wann und wo Sie Ihre Mitbringsel gekauft haben und die Anschaffung eines zusätzlichen Kleiderschranks wäre auch nicht schlecht, wenn Sie so ein T-Shirt-Fan sind wie ‚mein' Tim. Brunos gab es übrigens ganz viele an Bord und sie entwickelten sich leider nicht so nett wie mein Protagonist im Buch. Kinder auf Weltreise? Auch das gab es wirklich, wenn es auch der Sohn des Ersten Offiziers war. Um Gerüchten vorzubauen, denn meine erfahrenen Leser wissen ja, dass ich meiner Hauptperson Jessica sehr nahe bin: Das Hospital haben wir zum Glück nie von innen gesehen. Papa und Mamma Italiano gab es übrigens wirklich, ich freue mich, dass wir noch heute mit ihnen Briefe austauschen, obwohl wir nicht dieselbe Sprache sprechen. Eine wahre Traumreise ist es gewesen, ohne Zweifel. Aber wenn Sie zwischen meinen Zeilen gelesen haben, dann gab es auf der langen Reise auch Aufs und Abs, das gehört dazu und ist ganz normal, wie ich gelernt habe. Wohin reist man nach der Welt eigentlich noch, werde ich oft gefragt? Nun, ich habe da noch ganz viele Ziele, auf die ich mich freue. Ob ich noch mal eine Weltreise machen würde, wenn das möglich wäre? Die Antwort nach ein wenig zeitlichem Abstand lautet: Ja!

Wenn Sie weitere Fragen haben oder mir gern ein Feedback zu meinem Roman mitteilen möchten, dann freue ich mich auf Ihre Mail an:

brina-stein@email.de !

Maritime Grüße und vielen Dank für den Kauf dieses Buches, Ihre Brina Stein

Danke

Mein größter Dank geht an meinen Mann Dirk, der meinen Traum von einer Kreuzfahrt um die Welt mit mir realisiert hat. Tatsächlich verbrachten wir 115 Tage an Tisch 10, wenn natürlich auch mit ganz anderen Menschen, hier sind wirklich die Charaktere im Roman frei erfunden. Danken möchte ich auch meinen Eltern, meinem Agenten Hubert Quirbach und vielen Freunden, die uns daheim in Deutschland via Webcam der Costa Deliziosa täglich ‚verfolgt‘ haben. Eine interne und natürlich geheime Facebookgruppe mit realen Freunden hat manchmal über das Heimweh geholfen, das unweigerlich auch bei einer Traumreise auftritt. Ein weiterer Dank geht an alle lieben Crewmitglieder des Kreuzfahrtschiffes, die uns stets liebevoll umsorgt haben und immer ein offenes Ohr für unsere Anliegen hatten. Sie waren für uns Familienersatz.

Mein großer Weltreiseroman ist etwas ganz Besonderes für mich und daher freue ich mich, dass ihn Hubert Quirbach wie gewohnt lektoriert hat und Attila Hirth dem Buch ein unvergleichliches Gesicht gegeben hat.

Gedankt sei auch der kleinen ‚Deli‘, die mich stets sicher über die Meere dieser Welt brachte und zu Zielen, die mir den Atem raubten.